SKY RIDGE

BOMBEROS

FUEGO

SLOANE ST. JAMES

CROSS BOOKS

Obra editada en colaboración con Editorial Planeta – España

Título original: *Fight*

Bajo el sello editorial CROSSBOOKS M.R.
Avenida Presidente Masaryk núm. 111,
Piso 2, Polanco V Sección, Miguel Hidalgo
C.P. 11560, Ciudad de México
www.planetadelibros.com.mx

Primera edición impresa en España: noviembre de 2025
ISBN: 978-84-08-31030-3

Primera edición impresa en México: abril de 2026
Primera reimpresión en México: abril de 2026
ISBN: 978-607-39-4172-3

Impreso en los talleres de Litográfica Ingramex, S.A. de C.V.
Centeno núm. 162-1, colonia Granjas Esmeralda, Ciudad de México
Impreso en México – *Printed in Mexico*

Lista de reproducción

Prólogo: *Breaking Point (FU),* Logan Michael

1. *Pesticides,* Moselle, Matt Hip
2. *Bride at a Bar,* Vwillz, Mike
3. *Weren't for the Wind,* Ella Langley
4. *American Dream,* Drayton Farley
5. *Let It Burn,* Shaboozey
6. *Coal,* Dylan Gossett
7. *Risk,* Gracie Abrams
8. *Spin You Around,* Morgan Wallen
9. *Up in Flames,* Leszewo
10. *Straight and Narrow,* Sam Barber
11. *FMRN,* Lilyisthatyou
12. *Unhealthy,* Anne Marie con Shania Twain
13. *Smoke and a Light,* Ole 60
14. *White Mustang,* Lana Del Ray
15. *Ghost in my Guitar,* Alana Springsteen con Chris Stapleton
16. *Twin Flame,* Brennan Story
17. *A Lot More Free,* Max McNown
18. *Ain't Doin' Jack,* Josh Ross
19. *Fuck Your Sunshine,* Laszewo

20. *Dead to Me*, Viola
21. *World on Fire*, Nate Smith
22. *Amnesia*, Josh Abbott Band
23. *Civilian*, Wye Oak
24. *Backroad*, Lecade
25. *It Is What It Is*, Abe Parker
26. *Good Die Young*, Wetzel
27. *Everything Under the Sun*, Waylon Wyatt
28. *The Emotion*, BORNS
29. *If I Were the Devil*, Colby Acuff
30. *Hold On*, Chord Overstreet
31. *Red Flags*, Josh Ross
32. *The Night We Met*, Lord Huron
33. *I'm the Sinner*, Jared Benjamin
34. *Everything We Need*, Wilfred
35. *Wine into Whiskey*, Tucker Whitmore
36. *Pitchin Fits*, Drayton Farley
37. *WOW*, Zara Larsson
38. *A Cigarette*, Gavin Adcock
39. *Burning Down*, Alex Warren
40. *Feathered Indians*, Tyler Childers
41. *Make It Out Alive*, Matthew Gold
42. *Maxed Out*, Bayker Blankenship
43. *Love is Beautifully Painful*, Darkrose Ghost Duet
44. *Religiously*, Bailey Zimmerman
45. *Beneath Oak Trees*, Dylan Gossett
46. *Half of Forever*, Henrik
47. *What He'll Never Have*, Dylan Scott
48. *Let It Burn*, Jared Benjamin
49. *Holy Smokes*, Bailey Zimmerman
50. *Skin and Bones*, David Kushner
51. *Shake the Frost*, Tyler Childers

Advertencia de contenido

En este libro se abordan temas como el trauma por abuso en contextos religiosos, en el que se incluye la terapia de conversión y la homofobia. También aparecen imágenes de claustrofobia, desastres naturales, situaciones de riesgo en incendios forestales, estrés postraumático complejo, ataques de pánico y recuerdos de fallecimientos presenciados.

Además, este libro contiene escenas sexuales explícitas de alto voltaje.

Glosario

Antorcha de goteo: herramienta que sirve para crear quemas por puntos o quemas prescritas mediante el goteo de combustible en el terreno.

Aparato: helicóptero.

Autobomba: vehículo provisto de una bomba de agua y mangueras para sofocar incendios.

Bomberos de élite: un equipo de bomberos forestales muy bien entrenados cuya función es luchar directamente contra las llamas y excavar líneas de defensa.

Brigada helitransportada: equipo de bomberos entrenados para ofrecer apoyo a los helicópteros en las labores de extinción.

Buzo: prenda ignífuga de color amarillo elaborada con tejido de aramida (Nomex).

Cadena: unidad de medida que se usa en el contexto de los incendios forestales de Estados Unidos. Ochenta cadenas equivalen a una milla, de modo que cada cadena mide sesenta y seis pies.

Ceniceros: agujeros en el suelo llenos de cenizas calientes y brasas.

Columna convectiva: columna compuesta por el humo y

las pavesas generadas por un incendio y que, transportadas por el viento, pueden ayudar a su propagación. Las pavesas pueden llegar a cubrir distancias de dos kilómetros antes de tocar tierra.

Comandante de Incidente (CI): dentro del Sistema de Comando de Incidentes, compuesto por docenas de personas, es quien está a cargo de las operaciones, la planificación, la estrategia y los servicios de un incendio determinado.

Combustión arbórea: ignición de uno o más árboles.

Contrafuego: incendio provocado para apagar o cortar los progresos de otro incendio.

Cramp ones: pieza de metal con púas que se sujeta a la suela de la bota para escalar o caminar sobre el hielo o la nieve.

Cuadrilla: grupo formado por hasta diez personas asignadas a una autobomba, que tienen la misión de lidiar directamente y en primera línea con las llamas. Para ello echan mano de herramientas muy variopintas, principalmente mangueras y agua.

Detector de incendios Osborne: un tipo de dioptra que se usa en las torres de vigilancia para detectar el comportamiento direccional (acimut) del humo para alertar a las brigadas forestales de la localización de un incendio.

Escalera de combustibles: distribución de los combustibles en la vertical, que facilita el ascenso del fuego desde los combustibles de superficie hasta las copas de los árboles. Cuando las llamas ascienden por la escalera de combustibles puede desatarse un fuego de copas.

Escarabajo joya o *Melanophila*: insectos que se sienten atraídos por los incendios forestales porque utilizan la madera recién quemada (y a veces incluso aún ardiente) para desovar. Se congregan alrededor de las zonas arrasadas y tienen unas potentes mandíbulas que en ocasiones utilizan para morder a los bomberos forestales mientras realizan las labores de extinción.

Fronda: zona de espesura que aún no ha ardido.

Fuego de copas: fuego que se propaga por las copas de los árboles o arbustos. Es un fuego de gran intensidad, de rápido desplazamiento, y que está conducido generalmente por el viento.

Helibalde o bambi: recipiente rígido o flexible transportado por un helicóptero y utilizado para arrojar agua sobre el fuego, con o sin supresores o retardantes. Los helibaldes se rellenan en lagos o ríos y pueden transportar casi diez mil litros de agua.

Jefe de sector: persona responsable de una sección del Sistema de Comando de Incidente, y a cargo de dirigir al equipo y las tareas de extinción en un incendio forestal.

Línea de control o de defensa: cualquier barrera, ya sea natural o artificial, que sirve para impedir el avance de las llamas.

Línea de fuego: trazado en el cual han sido removidos los combustibles con el objetivo de detener el avance de las llamas. Las realizan los bomberos con la ayuda de herramientas como el Pulaski.

Madera muerta: un árbol muerto, normalmente arrasado por las llamas, que se mantiene en pie y supone un peligro para las cuadrillas de tierra.

Meteorólogo especializado: el meteorólogo especializado en incendios forestales.

Pedrero: masa de piedras sueltas que conforma o cubre una pendiente.

Peones: bomberos forestales no especializados. Estos se suelen organizar en cuadrillas de entre dieciocho y veinte trabajadores que se dedican a crear cortafuegos, cortar árboles y arbustos con motosierra y crear quemas por puntos con las antorchas de goteo.

Pulaski: herramienta constituida por una hoja de acero con dos filos, uno en forma de hacha y el otro en forma de azada.

Punto de anclaje: una localización estratégica desde la que comenzar a construir un cortafuegos con inicio en una zona ignífuga, como un sedimento de piedras, un riachuelo o un camino. El objetivo del punto de anclaje es evitar que las llamas rodeen el cortafuegos y corten la vía de escape a los bomberos.

Quema controlada o prescrita: quema de vegetación dentro de un área acotada, efectuada bajo condiciones predeterminadas tales que permitan el logro de reducción de riesgos y de restablecimiento de los ecosistemas naturales.

Raciones de campaña: ración ligera y de tamaño reducido que proporciona al consumidor una nutrición completa.

Salida: tarea de extinción de un incendio.

Salto de la línea cortafuego: cruce de una línea de control o de una barrera natural por un borde de fuego.

Stihl: marca de motosierras que usan los bomberos forestales para cortar vegetación, madera muerta y demás.

Tierra quemada: la zona que ya ha quedado arrasada por las llamas.

Todoterreno: vehículo de transporte de personal que no tiene tanque de agua. Tiene ocho asientos y se utiliza para trasladar a grandes cantidades de personal a la zona del incendio.

UTV: (Utility Terrain Vehicle, por sus siglas en inglés). Se trata de un vehículo todoterreno más grande que un *quad* que se suele utilizar con fines laborales en lugar de para actividades recreativas.

Vía de escape: ruta que permite alejarse de áreas de peligro en el caso de que el riesgo fuera demasiado alto.

Voluntario: bombero (forestal) voluntario.

A S: este libro es tan mío como tuyo. Gracias por todo

Prólogo
Callahan

Hace cinco años

¿En qué momento se empezó a usar la palabra *agradable* para alabar un funeral? ¿Quién fue el primero en utilizarla? Me encantaría tirarlo por una escalera. Llevo todo el día oyendo comentario tras comentario acerca de lo maravilloso que ha sido el sermón, como si fuera el único tema de conversación insulsa que existe. Los funerales son funerales. Son todos una mierda. Este, no obstante, es el peor..., porque lo vi morir, y el recuerdo de su cuerpo sin vida no deja de repetirse en mi mente. Lo único bueno es que murió al instante.

Me alivia salir de la funeraria por fin, pero ir hasta el dúplex de Garret me parece igual de horrible, si no es que más. No sé dónde se va a meter toda esta gente, no es una casota. Avanzo por la calle residencial y me detengo para estacionar la camioneta detrás de muchos otros vehículos, pertenecientes a sus amigos y familiares.

Garret Macomb era nuestro líder, el superintendente de la brigada de bomberos forestales de élite a la que pertenezco y el padre de uno de mis mejores amigos. Muchos de mis compañeros incluso llegarían a afirmar que era como un padre para todos nosotros.

—¿Estás bien? —me pregunta Molly, mi prometida, mientras baja el visor del asiento del pasajero y se aplica otra capa de labial.

Está intentando apoyarme, pero noto un tono subyacente en su voz. Está frustrada conmigo y no la culpo. Desde que vi morir a Garret he estado cada día más ausente. Me arrastran los pensamientos y no dejo de distraerme.

Por culpa de mis horarios de trabajo, pasamos juntos poco tiempo. Llevamos saliendo desde la prepa y después nos asentamos en Sky Ridge, en el estado de Washington, para que yo pudiera perseguir mi sueño de ser bombero forestal; aquí Molly encontró una escuela estupenda para desarrollar su carrera como profesora. Al principio todo iba sobre ruedas, pero con cada temporada de incendios, nuestra relación se deteriora un poco más. Los turnos duran catorce días, y después solo nos conceden unos cuantos días de descanso antes de volvernos a llamar para asignarnos a otro lugar.

De vez en cuando la ubicación del trabajo cae cerca de casa, y en esas ocasiones podemos pasar más tiempo juntos. Cuando estoy en casa, Molly es mi prioridad, pero estoy notando que se aleja de mí. Además, últimamente tengo la cabeza centrada en el trabajo. Cada noche, antes de dormir, repito las escenas del día en la mente. Tengo que superar estos obstáculos mentales para centrarme en arreglar las cosas con Molly y retomar la normalidad.

—Sí —miento—. Te veo dentro. No tardo nada.

Con un suspiro, se baja de la camioneta y se alisa el vestido. La sigo con la mirada hasta que la veo entrar en la casa. Tengo que aclararme la cabeza o la acabaré perdiendo a ella también.

Me cuesta armarme de valor para entrar en casa de Garret, que es donde se celebra el velatorio. Un rato después, abro la portezuela de la camioneta y me bajo. Al cerrarla, respiro hondo y percibo que una mujer mayor vestida de negro camina a mi lado; es Ruth Haggleberg, la chismosa del pueblo. Estaba tan metido en mis pensamientos que no había reparado en ella ni en su bandeja de comida cubierta con papel aluminio.

—¿Me permites que te eche una mano? —le ofrezco.

—¡Sí, gracias! —Me entrega la fuente y caminamos juntos hacia la casa. Ruth me dedica una sonrisa animada—. Qué funeral tan agradable.

Por Dios bendito.

Tomo aire por la nariz y lo único que puedo ofrecerle es una sonrisa tensa y de labios apretados.

—Ajá.

Se pone a parlotear sobre las cosas tan agradables que dije sobre Garret en la elegía, pero yo no la escucho. Solo pienso en si quedará algo de tequila en la botella que tenía King. Tomamos un par de tragos antes del funeral para poder soportarlo.

Al llegar a la escalera de entrada a la casa, me coloco la fuente en una mano y le abro la puerta a Ruth.

—¡Qué caballeroso! —canturrea ella.

Me da unos golpecitos en el dorso de la mano y se me adelanta.

—Yo lo dejo en la cocina —le digo antes de que se adentre en la marabunta de asistentes.

Entro en el recibidor y esquivo los cuerpos que abarrotan la sala de estar, abriéndome camino hasta la cocina, donde dejo la fuente con menos suavidad de la debida. La fuente impacta contra la barra con un sonoro golpe. No sé lo que habrá preparado esa vieja, pero es más denso que el plomo.

Me doy la vuelta y busco a Molly entre la muchedumbre, pero no la encuentro. Pasan varias personas a mi lado y yo les cedo espacio hasta que me encuentro pegado a la pared. Entonces poso la mirada en Xander. Me obligo a mirar a mi mejor amigo, al que apenas reconozco. Emana dolor; nunca volverá a ser el mismo.

Es como si estuviera hueco por dentro, eviscerado por la muerte de su padre, y yo tuviera el cuchillo en la mano. El día en el que tuve que notificarle a mi mejor amigo el fallecimiento de su padre fue el peor de mi vida. Tardaré mucho tiempo en volver a ver la luz en su rostro.

—¿Dónde está Molly? —me pregunta King; pego un brinco del susto, y él se apoya contra la pared a mi lado.

Es mi otro mejor amigo de la cuadrilla, y agradezco su presencia.

—Está por aquí...

—La habrá abordado la vieja Ruthie.

Suelto una pequeña carcajada.

—La acabo de ayudar a traer una fuente de comida; he cargado hachas más livianas.

Niega con la cabeza con una sonrisita en los labios y nos quedamos contemplando a las masas con las espaldas pegadas a la pared.

—¿Qué tal te sientes con lo del ascenso?

Cuando conseguí los requisitos para que me ascendieran a capitán me puse loco de contento. El plan era muy sencillo. Garret Macomb tenía que jubilarse al final de la estación de incendios, momento en el que Xander ocuparía el puesto de superintendente de la brigada de bomberos forestales de élite de Sky Ridge. Yo me había quemado las pestañas para que, cuando Garret se jubilara y Xander ascendiera, estuviera preparado para adjudicarme el puesto de capitán. Este ascenso era muy importante.

Traía consigo un aumento considerable de sueldo, que nos hacía mucha falta, y me permitiría darle a Molly la boda de sus sueños. Ya llevamos siete años comprometidos; le prometí esa boda y no pienso casarme con ella hasta que pueda ofrecérsela. Encima, el aumento de sueldo implicaría poder dejar de una vez el departamento rentado. Llevo desde que nos mudamos aquí ansiando comprarme una casa que con una remodelación quedaría genial. Está en bastante mal estado, pero nos lo podemos permitir y tiene mucho potencial. Puede que tardemos en dejarla a nuestro gusto, pero con un poco de cariño no me cabe duda de que lo lograremos.

Estábamos entusiasmados con la perspectiva de poder iniciar la siguiente fase de nuestras vidas gracias a este ascenso. No obstante, al fallecer Garret antes del final de la temporada, ha habido un cambio de planes. Ahora la feliz ocasión ha quedado arruinada y no tengo ni un poco de ganas de celebrar.

Me encojo de hombros.

—Ojalá no hubiera sucedido así.

—Te entiendo.

—Es raro estar aquí, ¿no? Entre todas sus pertenencias —añado mientras contemplo la habitación.

Entre la marabunta de gente emergen pequeños recuerdos de Garret. El sillón en el que se sentaba a ver el beisbol está ocupado por un desconocido que tiene un plato lleno de comida sobre el regazo. Niego con la cabeza al ver que una plasta de salsa se desliza hasta el suelo. Seguramente, luego la pisará alguien y se pegará a la alfombra.

Hay fotos de la familia de Xander por las paredes. Su madre y sus hermanos han venido desde Míchigan para asistir al funeral. Me he enterado de que Xander heredará el dúplex y que le tocará organizar las pertenencias de su padre. No sé cómo va a soportarlo.

Con el rabillo del ojo veo entrar a Jacob, otro miembro de la cuadrilla. Vi, su hermana melliza, lo sigue. Hay una charla constante por toda la casa. El tono es generalmente animado, como el que se podría esperar oír en un convite de bodas o en una fiesta de graduación. Es el murmullo de gente poniéndose al día y compartiendo recuerdos bonitos de Garret. Yo he evitado recordar. Cuando lo hago, cualquier recuerdo queda oscurecido por la imagen de su muerte. Qué mierda.

Molly dice que tengo que salir adelante. Lo intento, pero a veces me parece imposible. Por mucho que quiera. He ido a terapia, pero además de volver a casa agotado y vacío, no saqué nada en claro, y además me quedé sin energías para dedicárselas a Molly, lo que desencadenó una discusión que acabó por hacerle pasar la noche en casa de una amiga. No puedo permitir que los problemas que me acechan por la mente me destrocen la vida. Tengo que hallar la forma de enterrarlos bien hondo para que no vuelvan a salir a la superficie. O al menos que nadie lo note. Nadie comprendería este cambio en mi personalidad. Yo no soy así, soy una persona de trato fácil.

—Lo que es raro es esta cantidad de gente —comenta King mientras se estira para dejar pasar a una persona que lleva un ramo de lirios blancos en la mano. Alzamos las cabezas para no recibir una cachetada de pétalos. Señala el grupito de bomberos del condado que se han reunido en una esquina—. Me sorprende que los cabeza cuadradas de los municipales no se hayan puesto a evacuar al personal. Hemos excedido el aforo.

Me río.

—Al menos no ha venido Dave. —Las palabras salen de mis labios antes de que pueda detenerlas.

Dave y Molly eran vecinos de toda la vida. Ella dice que es como un hermano, pero no me sorprendería descubrir que él está enamorado de ella desde que eran niños. Me parece sospechoso que acabara viviendo en el mismo pueblo que nosotros. Además, lleva tiempo intentando cambiar del cuerpo de bomberos municipales al de bomberos forestales. Yo le di una oportunidad, por Molly, y lo incluí en la cuadrilla esta temporada; craso error. Dio problemas desde el minuto uno. Es un imbécil arrogante, se cree mejor que los demás, cuestiona todas las órdenes que recibe y jamás se preocupa por sus compañeros. Además, su ética laboral es una mierda y se le han caído más motosierras al suelo que a nadie.

Cuando Garret me preguntó si creía que debíamos ofrecerle un puesto permanente, le respondí sin vacilar que «Ni de broma». No obstante, como vivimos en un pueblo pequeño, Dave se enteró y lleva comportándose como un idiota desde entonces.

—Probablemente no se atreviera a dejarse ver por aquí a causa del rechazo y demás —añade King. Le cae más o menos igual de bien que a mí.

Gracias a su altura, no nos cuesta detectar a Xander cuando se acerca a nosotros.

—Hola, amigo.

Se coloca a nuestro lado contra la pared.

—Hola.

—Qué pena que no haya venido nadie —ironiza King.

—Me parece que mis hermanos subestimaron la cantidad de gente que vendría. Se los intenté explicar... —Tiene la voz vacía. Lo detesto.

Nos quedamos allí plantados como sardinas en lata entre la cocina y la sala de estar y yo agradezco infinitamente que estemos hombro con hombro, porque contemplar el rostro deshecho de Xander es una tortura. Tener que darle la noticia fue lo peor. Las palabras sabían fatal al salir de mi boca. Si hubiera podido tragármelas, lo habría hecho sin dudar.

El constante ruido de las conversaciones a nuestro alrededor se desvanece mientras mi mente regresa a ese día. La expresión en el rostro de Garrett justo antes de morir... Un millón de palabras intercambiadas en esa mirada. La imagen quedará grabada en mi mente para siempre. No pude hacer nada para evitar que ese árbol cayera.

El dolor que vi en su semblante me atormentará para siempre. Sabía que iba a morir; se lo vi en los ojos, y no estaba preparado.

Me alivia que Xander no estuviera presente, y pienso llevarme esa imagen a la tumba. Espero ser capaz de enterrarla tan hondo que ni siquiera yo mismo pueda recuperarla. Quiero olvidar que existe. Por desgracia, resurge cada vez que veo una foto suya, de las que hoy estoy rodeado. Mi mente entra en un *loop* y de pronto me parece que hace un calor abrasador, que el ambiente se densifica, que no puedo respirar. «Recupera la compostura, maldición». Miro la puerta de entrada, pero está bloqueada por personas que se despiden.

Necesito tomar el aire.

—Voy al baño —digo, y me impulso para separarme de la pared.

Me dirijo hacia el pasillo con la esperanza de que el dormitorio de invitados esté vacío y pueda encerrarme un rato hasta que me pueda recomponer. A cada paso me repiquetea el corazón y lo único que oigo es el latir de la sangre en los oídos; se me estrecha el campo de visión. «Demonios, ¿estaré sufriendo un infarto?».

Parece que mis pensamientos están llegando al desagüe y no soy capaz de alejarlos del remolino. Por mucho que me esfuerce, no puedo dirigirlos a ninguna otra cosa. «Inspira». Tengo el pecho demasiado en tensión como para respirar, y me parece que me está aplastando el enorme peso de todo lo ocurrido. Me tiemblan los dedos al intentar descontracturarme el cuello; más que una contractura me parece el nudo de una horca.

Por fin llego al dormitorio y al girar la manija de la puerta aguanto la respiración mientras espero que llegue la sensación de alivio.

Pero no llega.

Me impacta contra el vientre la imagen de mi futura mujer cogiéndose a otro hombre.

Parece que al final sí ha venido Dave.

1
Scottie

Presente

Los fluorescentes de la lóbrega oficina municipal titilan, pero no parece molestar a nadie. Hay silencio, únicamente roto por el traqueteo de los teclados y de los ratones que emergen de los cubículos y oficinas. De vez en cuando, también suena un teléfono.

Me estiro los pantalones de vestir recién planchados. Los secadores del vestidor de mujeres no calentaban bastante para quitar todas las arrugas de mi blusa de algodón, pero conseguí alisarla bastante. Tener tu vida en una maleta es lo que hay, vivir en el coche es lo que hay.

Con un poco de suerte, el atuendo no será un factor decisivo a la hora de obtener este puesto de técnico de emergencias médicas. Si me lo conceden, podré pagar el depósito de un pequeño estudio en Sky Ridge. El casero me ha dicho que podía pagar en efectivo a final de mes. Ya me he comprometido a rentarlo sin siquiera verlo. Mientras tenga techo, cuatro paredes y baño, me da igual cómo sea. Ya he puesto esa dirección en el papeleo y, de momento, nadie me ha dicho nada.

Sale un hombre de una oficina.

—Hola, ¿Prescott? Me llamo Noah, hemos hablado por teléfono hace un rato.

Indico a mi rostro que conforme una sonrisa y miro a los amables ojos de un hombre corpulento. Es el encargado de recursos humanos de esta oficina municipal, en la que gestionan las plazas libres de los empleos públicos, como el de técnico de emergencias médicas al que me he presentado yo.

Me pongo de pie y le estrecho la mano con energía.

—Sí. Un placer conocerlo.

Lo agarro de la palma y le proporciono un apretón firme. No soy débil. En absoluto.

Tengo formación, no es la primera vez que trabajo de esto, he completado el papeleo. Me lo he ganado. Me indica que pase a su oficina y que me acomode en una de las sillas que hay enfrente de su escritorio mientras él hace lo propio en la que tiene detrás de la mesa.

El escritorio de metal café está plagado de papeles y calendarios. Trago saliva mientras lo veo buscar entre las pilas hasta que da con un sobre de manila. Cuando lo abre veo que tiene mi nombre escrito.

—Parece que tienes los títulos y el papeleo al día —murmura mientras hojea mi aplicación sin mirarme.

Asiento.

—Así es.

—¿Cuándo quieres empezar?

—Cuanto antes. —¿Me habré precipitado al contestar? No quiero que sepa lo desesperada que estoy.

—No creo que haya algún problema. —Vuelve a hojear los papeles, en busca de algo—. ¿Has enviado el certificado de vacunación por fax?

Carajo.

—Ay, creía que sí —miento, y me inclino hacia delante para enfatizar, como si me sorprendiera ver que no está en el expediente—. Mis disculpas, ¿sería posible que lo enviara por correo electrónico esta misma tarde?

—Por supuesto. —Cierra el expediente—. Como sabes, tenemos una vacante de técnico de emergencias médicas en el Departamento de Bomberos de Sky Ridge, que está en la Carretera Comarcal 2, no muy lejos de aquí.

He pasado por delante con el coche por lo menos una docena de veces, y en cada ocasión susurré una oración a los dioses de la contratación. Como es un pueblo muy pequeño, no hay mucha competencia, y eso hace que la estadística juegue a mi favor.

—Tienen un gran equipo. Creo que encajarás muy bien con ellos. —Me desliza un papel que saca del mismo sobre. Parece un formulario de oferta de empleo. El corazón se me pone a galopar y contengo las lágrimas—. Serán treinta y seis horas a la semana. Tres días de trabajo y cuatro de descanso.

Perfecto.

—Estoy acostumbrada a trabajar por turnos.

—El salario es de veinticuatro dólares a la hora.

—Estupendo.

«Por favor, deja que lo firme».

—¿Tienes alguna otra pregunta?

—No, señor. Estoy encantada de poder trabajar allí.

Toma un bolígrafo, aparentemente encantado de quitárseme de encima de una vez.

—Excelente. Ya he redactado el formulario de oferta de empleo.

Me lo entrega para que le eche un vistazo y yo asiento mientras contengo las ansias de gritar.

—No lo firmaremos hasta que no tengamos el certificado de vacunación. Cuando lo hayas enviado, si todo está en orden, te haré llegar una copia del formulario por *email* para que la firmes y nos la devuelvas firmada. Así no tendrás que volver a venir aquí. —Carraspea—. Una vez listo eso, podrás empezar a trabajar el martes que viene. ¿Te parece bien?

—¡Genial! —Sonrío, es la primera vez que no lo tengo que fingir—. Ningún problema, se lo enviaré por *email* en cuanto llegue a casa. Muchas gracias.

«Tengo trabajo».

Se levanta y yo lo imito. Nos damos la mano, le vuelvo a dar las gracias y me marcho.

Al salir de la oficina me dirijo hacia mi coche, que he dejado en la esquina más alejada del estacionamiento. No puedo permitir que nadie mire por la ventanilla y descubra las pruebas de que este vehículo me ha servido de vivienda desde hace varias semanas. Estoy haciendo lo que puedo.

Según parece, una cuota de gimnasio es más barata que un hotel, y allí puedo bañarme todas las veces que quiera, y disfruto de los mismos beneficios. Excepto de la cama. Por suerte, los empleados asumen que soy una loca de las pesas en vez de una sin techo que necesita un baño. Por el lado bueno, nunca había estado tan en forma.

Me estoy ocultando en la otra punta del país. Estoy muy lejos del pueblecito en el que me crie, y de la comunidad que está empeñada en hacerme la vida imposible.

Si son capaces de comprobar mi número de la seguridad social, es muy probable que puedan llamar a mi lugar de trabajo y causarme problemas, pero ya hace semanas que me marché. La lata de café que tenía escondida en lo más profundo de la alacena de la cocina se fue llenando muy despacio de monedas y billetes durante todo el año. Esos ahorros me han traído hasta Sky Ridge, en Washington, que es el lugar más alejado de mi casa que me puedo imaginar, y nunca había sido tan feliz.

Miro alrededor sin llamar la atención antes de abrir la puerta y subirme al coche. Al salir del estacionamiento, me dirijo directamente a la biblioteca para usar las computadoras para descargar el certificado de vacunación del portal del paciente de mi lugar de nacimiento y enviárselos a Noah.

En otras circunstancias habría llamado por teléfono a mi médico para pedirle que enviara el certificado por fax, pero si alguien se enterara de adónde se estaban transfiriendo los documentos, el consejo se enteraría al instante. A lo mejor no les importa que me haya marchado, pero no pienso correr riesgos.

Ya que estoy en la biblioteca, actualizo compulsivamente el correo electrónico a la espera del formulario de oferta de empleo. «Tranqui, Prescott, que no te lo van a enviar de inmediato». Me tocará esperar varias horas.

Podría ir al gimnasio y correr en la cinta, pero ese ejercicio tan repetitivo me provocará más ansiedad aún. Nunca he sido buena para correr sin moverme de lugar; prefiero estar fuera, donde me puedo distraer con el entorno.

Salgo de la biblioteca y vuelvo a subir al coche, enciendo la radio y me dirijo a uno de los senderos del pueblo. Es un día espléndido para dar un paseo.

El estacionamiento está vacío a estas horas, algo previsible a media mañana de un día laboral, cuando todo el mundo está en el trabajo. Me cambio el atuendo formal por unos pantalones de montañismo, un abrigo ligero y unas botas. El azul del cielo contrasta con el verde del paisaje de una forma despampanante.

Yo nací entre colinas y, cuando enfilé la carretera hacia el noroeste y entré en Washington, fue la primera vez que vi montañas de verdad. Son tan altas que tienen la cumbre cubierta de nieve y apuñalan las nubes. Son tan anchas que no se ve ni dónde empiezan ni dónde terminan.

En cuanto piso el sendero con las botas, se me pone una sonrisa en la cara. Cuando estoy en plena naturaleza es cuando más feliz me siento. La tierra está teñida de un color siena cálido e intenso a causa de las agujas de pino que la alfombran. Me lleno los pulmones del fresco y húmedo aire otoñal, inhalo el aroma de los árboles de hoja perenne y dejo que su contenido me llene el alma. Este podría ser mi hogar. Podría nadar en estos bosques para siempre. Solo llevo unas pocas semanas aquí y ya ansío echar raíces en estas montañas.

Cuando llevo más o menos un kilómetro y medio recorrido, el bosque da paso a un claro y los rayos del sol me calientan el rostro cuando alzo la cara para beber agua. El camino no está tan marcado en esta zona, así que me tengo que guiar por los hitos, los montículos de piedras que han ido dejando los agentes forestales a modo de guía. Dentro de unos tres kilómetros debería haber un mirador. Me centro en ese objetivo en vez de en el celular que me pesa en el bolsillo. «Es demasiado pronto para que llegue el formulario».

Dejo vagar los pensamientos mientras aprieto el paso y contemplo el paisaje, salpicado de vez en cuando por las marmotas que sacan la cabeza desde detrás de un saliente rocoso, como el que me está ofreciendo ahora unos gorjeos.

—Hola, amigo. Solo estoy de paso.

Le tiembla la mano al lado de su peluda barriga amarilla y yo sonrío al pasar. Hoy va a ser un buen día. Me llegará la oferta de trabajo, después confirmaré la renta con el casero y conseguiré ese estudio. Quién sabe, tal vez pueda mudarme durante esta semana. No tendré muebles, pero al menos tengo un colchón inflable. Sinceramente, seguro que el suelo es más cómodo que dormir arrugada en el asiento trasero del coche, como llevo haciendo varias semanas.

Además, siempre se regalan cosas en las páginas de segunda mano. He visto el edificio por fuera y, si el interior corresponde con el exterior, no me extraña que el departamento lleve vacío tanto tiempo. Es un basurero, pero está a punto de convertirse en mi basurero. Pocilga, dulce pocilga.

Un poco más adelante veo una señal que indica que el mirador se encuentra a la izquierda. Tomo ese camino y sigo soñando despierta con el futuro que me espera aquí. Es la primera vez que hago esta ruta, pero espero que la vista desde lo alto sea maravillosa.

No tardo en llegar al mirador. Al final del sendero se abre un gran valle que da a un precioso lago, cuya superficie refulge bajo la luz del sol. Hay colinas y bosques hasta donde alcanza la vista. Es espectacular.

Sí. Este podría ser mi hogar.

2
Callahan

Al final de la calle principal hay un cartel de neón que dice «BAR» con una flecha que señala hacia el viejo edificio de ladrillos. Mae y Jack llevan regentando este negocio desde antes de que yo me mudara aquí. Los únicos que saben que este local se llama Shifty's son los oriundos de Sky Ridge, y la mayoría de los parroquianos son bomberos forestales. No todos viven en el pueblo, pero este establecimiento hace unos años que se convirtió en un punto de encuentro para la gente del gremio.

Mis ojos tardan un instante en adaptarse a la tenue iluminación del local casi sin ventanas, en contraste con el brillo del sol de la calle. En el interior hay más carteles de neón, la mayoría anuncios de cerveza. La pesada puerta se cierra tras de mí y me acogen el familiar olor a humedad y las risas de mis compañeros, que deben de ir ya por la segunda ronda.

Hoy hemos quedado para celebrar la extinción del incendio más reciente. Fue bastante difícil, y estamos todos agotados, pero es una excusa para salir a tomar unas cervezas. King y Xander están en el medio de la barra y yo ocupo el taburete de al lado. En cuanto me siento, aparece una cerveza Coors helada sobre la barra de madera de pino desgastada;

la madera está amarillenta a causa del paso del tiempo. Alzo dos dedos y le doy las gracias a Lou, el viejo barman que tan bien nos conoce, con un gesto de la cabeza.

King y Xander se están riendo de un comentario de Bobby, así que tomo un sorbo de cerveza y me uno a la conversación.

—Pues resulta que han dejado a un montón de compañeros a la espera en un estacionamiento de Florida, en el que hace un calor de los mil demonios, mientras el resto de los peces gordos de Washington D. C. están disfrutando de un banquete de lujo porque a nosotros nos puede llevar el diablo, ¿no? Se están atiborrando de mariscos en una sala con aire acondicionado mientras que los bomberos no pueden llevarse nada a la boca por si acaso a alguno de los jefes se le ocurre venir a pasar revista a las tropas y a los camiones. Como si fuera un maldito desfile. Entonces... —Bobby se ríe—. Después de haber pasado horas a pleno sol, se acaba la movida, ¿no? Y ¿quién creen que aparece con los bolsillos llenos de camarones sin pelar? El imbécil de Wyatt Bradley. El cabrón se pone a mirar a los muchachos y dice algo como: «Qué pena que no hayan podido entrar, porque la comida está de muerte», mientras se zampa los camarones que lleva en el bolsillo.

—Ni de broma el jefe del Servicio Forestal se puso a comer camarones que se sacó del bolsillo —dice Xander, y niega con la cabeza mientras se acerca la cerveza a los labios.

Bobby levanta la mano con la palma hacia delante.

—Lo juro por Dios.

Pongo los ojos en blanco y sonrío. Ya he escuchado esa historia varias veces. La última vez que la oí, el jefe del Servicio Forestal llevaba la camisa mal abotonada y el cinturón al revés.

Nos ponemos a intercambiar anécdotas y rumores, y también a comentar los trabajos que nos esperan. Cuando termine la temporada de incendios, tendré unas semanas libres antes de que empiece la temporada de nuevo. Es un trabajo estupendo. Acceso a las pistas y a todas las conejitas esquiadoras que me entren en la cama. Y el dinero no está nada mal. Se me va la mente a la temporada de esquí.

—Acaban de contratar a una persona. Un técnico de emergencias médicas, creo —dice Xander, sacándome así de mis pensamientos.

No sé de qué están hablando.

—¿Quién ha contratado a un técnico de emergencias médicas? —pregunto, en un intento de meterme en la conversación.

—El Parque de Bomberos de Sky Ridge.

Las noticias corren más rápido en Shifty's que en el periódico local.

—Un chico nuevo... ¿o una chica? Eso es información secreta —inquiere Tex. Hace años que llegó aquí desde Texas, pero se le ha quedado el apodo.

Curly se queda mirando al infinito.

—Se acuerdan de la rubia aquella, Abigail? Carajo, era una locura.

—Amigo, menudos ojazos azules que tenía. —Dixon suelta una bocanada de aire—. Abby era lo mejor.

«Lo que era lo mejor eran las mamadas que hacía». La mitad de los allí presentes asienten y se quedan mirando las botellas de cerveza con nostalgia, recordando su destreza oral. «Santo Dios».

Xander se ríe.

—No lo sé, pero se llama Prescott, así que supongo que será un chico.

—Carajo —dice Tex, y después se termina la cerveza y deja la botella vacía sobre la barra con un golpe seco. Lou ya le está abriendo otra.

—Aunque fuera una chica —interviene King—, el encargado de las emergencias médicas seguro que será Matt, que es casi más zorrón que Woods. —Me da una palmada en la espalda.

—Oye —sonrío—. No te metas conmigo.

No es que me lleve a la cama a una chica nueva cada noche, pero soy un hombre soltero que viaja mucho por trabajo y que tiene problemas con el compromiso. Después de descubrir a Molly en cuatro delante de Dave en el funeral de Garrett Macomb, me cerré a cualquier posible relación futura. En este sector hay muchas infidelidades. Los bomberos forestales pasan mucho tiempo separados de sus parejas, así que sucede tanto por una parte como por la otra. Yo nunca he engañado a nadie, solo de pensarlo me da un asco visceral. En las cuadrillas en las que he trabajado, un tercio de los compañeros están emparejados, un tercio divorciados, y el otro tercio se lo pasa en grande; yo estoy en este último grupo. La vida es corta. El sexo es divertido. Mientras que todos estemos de acuerdo, ¿qué más da?

De vez en cuando siento una punzada de soledad, sobre todo cuando mis compañeros hablan de las mujeres que los esperan en casa, pero solo de pensar en descubrir otra infidelidad basta para evitar que me meta en una relación seria; tengo muchos problemas que solucionar y no quiero echárselos encima a nadie.

Es más sencillo tener sexo sin ataduras. Divertido y sin complicaciones. Además, la mayoría de las mujeres con las que salgo tienen la misma visión. Quieren un asunto pasajero, y yo estoy encantado de procurárselos. Las que buscan una relación, las que creen que pueden «arreglarme», no tardan mucho en darse cuenta de que sus esfuerzos son inútiles. El lugar donde antes estaba mi corazón ahora está yermo, así que no tiene sentido intentar asentarse allí, donde nunca volverá a crecer nada.

Me tomo otra cerveza. El bar se va llenando de vecinos de Sky Ridge según avanza la noche, por eso cuando oigo que se abre la puerta no le doy mayor importancia hasta que me percato de que se ha hecho el silencio. Giro la cabeza hacia la derecha para ver lo que ha dejado a todo el mundo sin palabras. Seguramente algún forastero que viene a preguntar el camino.

Enseguida me fijo en la despampanante mujer que avanza hacia el otro extremo de la barra. No es de aquí. Si se ha perdido, me ofrezco voluntario para llevarla a casa y acompañarla hasta su cuarto para que no se pierda por el camino.

Cuesta distinguir si tiene el pelo rubio o pelirrojo a causa de las luces de neón, pero le cae en amplias ondas sobre los hombros. Está en forma, pero tiene curvas, y si eso lo combinas con sus labios carnosos, es una mujer excepcional.

—Me la pido —dice Caleb mientras se separa de la barra.

Es un novato que está terminando su primera temporada. Es el tipo más influenciable que he conocido.

—Siéntate —le advierto sin desviar la mirada del frente.

Poso la botella en la barra y no la pierdo de vista con el rabillo del ojo. A Caleb esta mujer le queda grande.

—Allá vamos —farfulla Xander.

Bueno, a lo mejor sí que tengo un poco de reputación.

Inclino la cabeza y él me alza una ceja.

Le sostengo la mirada moralista y me retracto.

—¿Sabes qué, Caleb? Que retiro lo dicho. Vete con todo. Te la has pedido con todas las de la ley. Ya me quedaré yo con la siguiente.

Xander aparta la mirada y sonríe contra la boca de la cerveza antes de darle un trago.

Caleb me mira con los ojos entrecerrados y yo me encojo de hombros. No pierde un segundo, se levanta del taburete a trompicones y se presenta a la mujer. La pobre no ha tenido tiempo ni de sentarse. Tal como era de esperar, le dedica una sonrisa educada, pero parece ligeramente incómoda cuando Caleb le dedica sus mejores piropos, que me encantaría escuchar, aunque solo fuera para reírme un poco. Lo dejo que se ponga en ridículo durante un minuto.

—Aquí va... —dice Curly.

La mujer le dedica una mirada apenada a Caleb y yo no puedo evitar sonreír. Pobrecito. Regresa a nosotros como un cachorro triste. Se me levanta la comisura de los labios y suelto una carcajada. Debería haberlo pensado mejor, pero los errores son los mejores maestros. Caleb llega a donde estamos nosotros y se deja caer sobre el taburete mientras farfulla:

—Es una cabrona.

—Suerte para la próxima —le dice alguien, y le da un buen manotazo en la espalda.

Yo tomo un sorbo y noto que la mujer me está clavando los ojos. Cuando la miro, aparta la vista a toda velocidad y toma asiento en un taburete. El ruido acostumbrado regresa al bar. Ella saca la cartera del bolso, la abre sobre el regazo y revisa el contenido de uno de los compartimentos. Se le mueven los labios, como si estuviera hablando sola. «Está contando los billetes». Tras unos segundos, asiente, y Lou se le acerca para servirle lo que le pida.

Después, se da la vuelta y agarra una botella de Jack Daniels y un vaso vacío. O bien ha tenido un mal día o bien está de celebración. Observo cómo se reclina sobre el taburete y restriega los labios. Estira los brazos y golpetea la barra con los dedos, echa un vistazo alrededor y contempla las caras desconocidas con una leve sonrisita.

«Está de celebración».

Cuando su mirada se cruza con la mía, se queda clavada hasta que Lou rompe el hechizo al dejar un vaso con un par de dedos de *whisky* delante. Le dedica un asentimiento a modo de agradecimiento y él le dice lo que le debe.

Saca uno de esos billetes que acaba de contar.

Me aclaro la garganta.

—Apúntamelo a mí, Lou.

Caleb emite un gruñido contrariado.

Ella vuelve a mirarme, y consigo una sonrisa que le llega a los ojos. Alza el vaso y articula «gracias» sin emitir sonido alguno.

Asiento y le guiño un ojo mientras le doy un trago a la cerveza, y después me giro hacia mis compañeros para continuar con la conversación.

Hasta que se le acerca Dave Banner.

Dave, el bombero municipal al que nunca he podido soportar. Dave, el que no ha podido pasarse a los forestales. Dave, el que se cogió a Molly, mi prometida, la dejó embarazada y se casó con ella. «¿De qué agujero ha salido este?». Acaban de tener el segundo hijo hace unas semanas. No debería estar mirando a esta chica así. Siento un tic en la mandíbula. Nunca me pareció que Dave y Molly fueran la pareja perfecta, pero, según parece, me equivocaba. Se merecen el uno al otro. Me han pasado pocas cosas más horribles que su traición. No se lo desearía a nadie.

—¿Todo bien? —me pregunta King.

—Sí —afirmo, y le doy la espalda a la escena que se está desarrollando a un par de metros de distancia.

Dave está demasiado cerca para lo que yo creo conveniente y, según el lenguaje corporal de la chica, a ella también se lo parece. Cuando Caleb intentó tirarle los perros, me pareció gracioso. Supuse que ya me llegaría la oportunidad más tarde, pero ahora que dos chicos han intentado ligar con ella en una sola noche, no se me ocurriría ni por lo más remoto ir a coquetear con ella. Ya debe de creer que este pueblo está lleno de babosos desesperados. No hace falta que se lo confirme yo.

Niega con la cabeza en respuesta a sus insinuaciones, pero él no parece dispuesto a aceptar un no, al contrario que Caleb. Dejo la cerveza y planto las manos en la barra para apartar el taburete, momento en el que Xander grita por detrás de mí:

—¡Dave! —Este se gira para mirarnos. Aparto la cara, relajo los brazos y me vuelvo a inclinar hacia delante. No quisiera que el imbécil ese vea que le guardo rencor—. Oye, ¿qué tal el bebé? ¿Es el segundo o el tercero? Perdona, es que Molly y tú tienen tantos que ya ni me acuerdo.

Con una sonrisita, le doy un sorbo a la cerveza.

—El segundo —suelta Dave entre dientes.

—Ay, es verdad. Bueno, enhorabuena... Dale saludos a tu mujer de mi parte.

Dave retrocede, probablemente para regresar a la mesa donde se han juntado los bomberos municipales.

—No hacía falta que hicieras eso —me quejo con Xander.

—Yo creo que sí. —Levanta la cerveza y le da un buen trago. Después continúa—: Me gusta bastante el ambiente de este basurero, y no creo que Lou —señala al barman, que nos está sonriendo— nos dejara volver a poner un pie en su establecimiento si le arrancaras la cabeza a Dave. Seguramente, May y Jack tendrían algunas cositas que decirte. Y por el fuego que veo en tus ojos, seguro que iba a acabar así. —Vuelve a mirar al barman—. ¿No te parece, Lou?

King tiene las suficientes neuronas como para saber que no debe reírse, pero percibo su sonrisa radiante desde detrás de Xander.

—Correcto —contesta Lou con una carcajada—. Mae acaba de cambiar los tapetes de la barra.

—¡Cal, amigo, que acaban de cambiar los tapetes! —enfatiza Xander mientras señala dichos tapetes con la mano abierta.

Pongo los ojos en blanco y me bebo lo que me queda de cerveza.

—¿Otra? —pregunta Lou.

—Sí, señor.

La abre y la intercambia por la botella vacía.

—Invita la casa. No dejes que te afecte lo de ese tipo.

—¿Qué tipo? —Pongo los ojos en blanco.

Dave no me afecta. No necesito un trato especial.

—Discúlpame... Me parece que he sido yo el que ha dejado a Dave en evidencia. ¿Dónde está mi cerveza gratis, Lou? —argumenta Xander.

La mirada de la chica me incendia la nuca.

«Al demonio».

Mientras Xander y Lou discuten como un par de ancianos, me levanto del taburete y me dirijo al final de la barra para sentarme a su lado. Clavo la mirada al frente y me quedo en silencio, ella hace lo mismo.

Pasan unos minutos.

El aire que nos separa se vuelve más y más denso a causa de la anticipación porque ninguno de los dos quiere ser el que dé el primer paso. Es como un juego y resulta sorprendentemente entretenido. Ella no me mira, y yo a ella tampoco, pero apostaría todo lo que tengo a que los dos estamos pensando en lo mismo. Casi me termino la cerveza sin pronunciar palabra. Su vaso también está bastante vacío.

Al fin, rompe el silencio.

—¿Vas a decir algo o te vas a quedar ahí sentado sin más?

Trago lo que me quedaba de cerveza y doy un golpecito en la barra con dos dedos para pedir otra ronda.

—Quedarme aquí sentado, sin duda.

—Ah, ya veo —comenta.

Lou recoge la botella vacía y la cambia por una llena y helada.

—A ella tampoco le caería mal que le rellenaras la copa —le digo.

Se da la vuelta para agarrar la botella de *whisky* y vierte el líquido ambarino en el vaso bajo.

—Gracias —le dice a Lou cuando este desliza el vaso hasta ella.

Yo le dedico un asentimiento de cabeza a modo de agradecimiento antes de que se vaya.

—Me puedo pagar las copas —me dice.

—Mejor, porque esta no te la pienso invitar. Lo de antes fue algo puntual, porque me diste lástima.

Da un sorbo.

—Esta es la legendaria hospitalidad de Sky Ridge, por lo que veo.

Chasqueo la lengua.

—En efecto.

—¿Qué te hace pensar que merezco lástima? —pregunta.

—A ver... No sé si alguien te lo habrá dicho alguna vez... —me inclino hacia ella y bajo la voz—, pero, es que..., eres muy poco atractiva.

Esto la hace reír lo bastante alto como para que Dave lo oiga, y yo me río con ella.

—Bueno, tan fea no seré si tu amigo intentó llevarme a casa antes incluso de que posara el trasero en la silla.

Me encojo.

—Disculpa, es adoptado.

—Creo que es la primera verdad que sale de tu boca desde que te has sentado aquí.

Me encojo de hombros y bebo un poco de cerveza.

—Soy un mentiroso empedernido.

Ella toma un sorbo de su copa.

—Ah, genial, me encantan los mentirosos.

—¿Ah, sí? Pues a lo mejor debería darte mi número.

—Vaya —dice con cara seria, y se gira para mirarme.

Dios, es todavía más guapa vista de cerca. Su melena pelirroja combina a la perfección con las pecas que adornan el puente de su nariz.

Maldición, me encantan las pecas... y cogerme a las pecosas.

—Oye, hay un montón de mujeres en este pueblo que matarían por conseguir mi número.

—Otra vez con las mentiras... —Se abanica de broma y yo me río.

Entrecierra los ojos y yo tomo un sorbo de cerveza, pero sin romper el contacto visual con ella. Podría pasarme el día entero perdido en su mirada. Sus ojos no son del tono azul hielo que se suele asociar con unos ojos azules. Son profundos, borrascosos, me recuerdan a un mar turbulento.

—De acuerdo.

Se pone a buscar el celular y yo sonrío. Cuando me lo pasa, frunzo el ceño. Es un teléfono de los de tapa. ¿En serio? Nunca la había visto por aquí, no sé ni cómo se llama, y va y saca un celular de usar y tirar. Al abrir los contactos veo que solo tiene dos: «Jefe» y «Casero», es como un desfile de banderas rojas. Hago como que no me doy cuenta y me pongo a escribir mi número mientras me suenan todas las alarmas en la mente. Vuelvo a mirarla y, maldición, es que es la chica más guapa que he visto en mi vida. Al diablo, el rojo es mi nuevo color favorito. Acabo de escribir mi número y lo guardo bajo el nombre «Cal el mentiroso» antes de devolvérselo.

—¿Me dirás tu nombre?

—Scottie. —Me ofrece la mano para que se la estreche y yo la tomo.

—Callahan Woods —me presento—. ¿Me escribirás, Scottie?

—Probablemente no —responde, sin dejar de estrecharme la mano ni de sonreír.

Me río y la suelto.

—En fin, ha sido un horror conocerte.

Se le levanta la comisura del labio.

—Lo mismo digo.

Me levanto del taburete.

—A lo mejor nos vemos por ahí —añade.

—Espero que no. —Le guiño un ojo y vuelvo con los chicos.

Se termina lo que le queda en el vaso, paga a Lou y deja un par de dólares sobre la barra antes de levantarse y salir del local sin tan siquiera mirarme de reojo.

Vuelvo a sentarme en el taburete al lado de King y de Xander y este niega con la cabeza.

—¿Y bien, quién es tu nueva amiguita? —pregunta King.

—Scottie —respondo, y echo un último vistazo a la puerta—. Scottie, el bombón.

Caleb suspira, decepcionado por su fracaso.

Nos pasamos unas horas bebiendo cerveza y compartiendo batallitas del fuego que acabamos de extinguir. Con cada cerveza vamos subiendo el volumen y perdiendo dicción. Hoy vamos a darlo todo hasta tarde. Hemos tenido una buena temporada. Un par de avisos más y se acabó. Estoy a punto de pagar la cuenta cuando me vibra el celular en el bolsillo.

Gracias por la copa.

Una sonrisa me ilumina el rostro y redacto la respuesta.

Un placer.

3

Scottie

Mientras me estoy colocando la identificación en la cadera, Matthew abre varias puertas de gabinetes en la estación de bomberos.

—Aquí es donde guardamos los excedentes.

—Entendido. —Asiento ante las palabras de mi nuevo superior, que me está enseñando la estación de bomberos. ¿Todos los de este pueblo son guapos o qué? ¿Será el agua? ¿Debería beber más?

Matt es atractivo al estilo Ken. Lo miro como un científico estudiando un espécimen. Es muy... guapo. Por suerte, no me atrae sexualmente, y creo que nos vamos a llevar bastante bien. Es amable, inteligente, y me trata como una igual, no como en otras estaciones de bomberos en las que he trabajado, donde les encantaba reírse de la nueva.

Los bomberos parecen agradables. Uno de ellos, Dave, se me presentó en el bar. Creo que se le había ido la mano con la bebida. Uno de los parroquianos le llamó la atención porque según parece tiene mujer e hijos. La verdad es que sospecho que ni se acuerda de mí, porque no me ha dedicado ni una mirada, y lo agradezco.

Matt abre otro gabinete, en el que hay maniquíes para

practicar primeros auxilios y otros materiales de prácticas. Una bolsa que contiene la cabeza de un maniquí cae al suelo como si fuera la merienda de Hannibal Lecter. «No pierdas la cabeza, chica». La vuelvo a meter en el gabinete y cierro la puerta, después sigo a Matt hacia una habitación muy amplia con ventanales que dan al exterior. En el centro de la sala hay mesas de ping pong y futbolitos. En una de las paredes hay un televisor y un sofá de cuero que ha vivido mejores momentos.

—La sala de descanso.

—Muy bien.

—Algunos se toman estos juegos bastante en serio. —Señala los dos pizarrones que están colgados en la pared, uno con los resultados del campeonato de futbolito y otra con los del tenis de mesa.

—Buah, yo no llego a esos niveles. Ya no. Podría haberme dedicado a esto profesionalmente, pero ya sabes, la vida... —remato la broma con un suspiro anhelante.

—¿Lesiones? —pregunta, siguiéndome la broma.

—No, me venció la presión. Los fans, las mujeres, el dinero... Acabó siendo demasiado para mí. Por eso, como es lógico, me convertí en técnico de emergencias médica.

—Es lo más lógico. —Matt suelta una carcajada y yo sonrío. Al menos mi superior tiene sentido del humor. Esta broma no habría funcionado en mi último trabajo—. Creo que encajarás muy bien. Laurel y Pete están en un servicio, pero cuando vuelvan te los presento.

—Genial, me encantará conocerlos.

Paso el tiempo libre revisando el material y la bolsa, memorizando dónde se guardan los productos. No hay dos estaciones de bomberos iguales, y no quiero cagarla.

—Ambulancia veintitrés, de camino con un hombre de cincuenta y cuatro años que ha sufrido una caída de un techo de unos cuatro metros y medio de alto. Escala de Glasgow normal. Deformidad en la muñeca izquierda, sin hemorragia. No hay más lesiones visibles. —Miro por encima del guante de látex, donde he apuntado las constantes con un marcador—. Tensión arterial 120/70, pulso 79, respiraciones 18, saturación 98. Collarín cervical colocado. Llegamos en siete minutos.

Después de haber ingresado al paciente en el hospital, le entrego el informe a la enfermera del triaje de urgencias. Entonces me vibra el celular en el bolsillo, lo que me proporciona una pequeña dosis de emoción. Lo ignoro para evitar sonreír mientras le hablo a la enfermera de la muñeca rota del paciente. Este número lo tienen muy pocas personas: mi casero, mi jefe y Cal.

Cal «el mentiroso», como él mismo se bautizó en mi lista de contactos. Tiene un poco de aspecto de mujeriego, por mucho que esté en sus treinta, pero su confianza y su apariencia me provocan mariposas en el estómago. Es muy guapo. Barba desaliñada, mandíbula potente, ojos café intenso y una sonrisa irresistible que me hizo sonrojarme. Parece un leñador de una porno. Por no hablar de que me proporcionó mi primera risa auténtica desde hace mucho tiempo. La conversación fluyó y, en nuestro breve encuentro, me olvidé de todas las cosas de las que he escapado. No me sentí ansiosa ni defensiva. Solo fui Prescott Timmons, disfrutando del momento.

—¿Estás lista? —me pregunta Matt al terminar el servicio.

Asiento y me quito los guantes, que tiro en un bote de basura de camino a la salida. Me saco el celular del bolsillo y sonrío al ver su nombre en la pantalla.

Hola, tú.

Hola.

¿Dónde estás?

En el hospital, ¿por?

Diablos. ¿Todo bien?

Sí, estoy trabajando.

Atravesamos las puertas automáticas. Matt y yo volvemos a la ambulancia y nos abrochamos los cinturones de seguridad. Él avisa a la central por radio de que regresamos a la estación de bomberos. Mientras conduce, relleno los papeles del paciente. Usan un programa diferente al que no estoy acostumbrada, así que me falta un poco de práctica.

Ah, trabajas en sanidad.

Dudo un poco antes de responder. Cuando revelo que soy técnica en emergencias médicas me llueve un aluvión de preguntas, tipo «¿Qué es lo peor que has visto?» o «¿Se te ha muerto algún paciente?». Además, apenas lo conozco, y técnicamente sí trabajo en sanidad.

Sí. ¿Y tú?

Soy entrenador de delfines.

Pongo los ojos en blanco. Hay que reconocérselo, sabe hacer justicia a su apodo.

...

Un hueso duro de roer, ¿eh? Trabajo en temas forestales.

Eso me cuadra con las marcas de bronceado que le vi.

¿Leñador?

A veces lo parece.

Debes de tener poco trabajo.

No, la verdad es que estamos a tope. Pero me acordé de ti y...

¿Otra mentira?

No, pero esto sí...
Espero que pases un día horrible, Scottie 😉.

Se me levanta la comisura de los labios y niego con la cabeza.

Gracias. Espero que el tuyo también sea una porquería.

Cierro la tapa del celular y me lo vuelvo a guardar en el bolsillo con una mezcla de sentimientos en las entrañas. No estoy en un momento vital en el que pueda empezar una relación, así que no sé por qué me permito pensar en este chico. Estoy intentando empezar una vida nueva. Aunque es bastante gracioso... y está muy bueno. ¿Cómo puede ser posible que me parezca que esta atracción llega demasiado pronto y demasiado tarde al mismo tiempo?

Regreso a mi departamento con una sonrisa de satisfacción después de haber sobrevivido a mi primer día de trabajo sin cagadas catastróficas. Me parecía importante dar buena impresión. Me quedan muchos días para cometer errores, pero el primero quería que fuera perfecto.

Abro las alacenas de la cocina, que están casi vacías, y pienso en lo que voy a cenar. ¿Duraznos enlatados o ejotes enlatados? Saco los ejotes y agarro mi abrelatas de confianza para retirar la tapa. La sonrisa se me ensancha cuando los escurro en el fregadero. ¡Tengo un fregadero! Vivir en el coche te permite apreciar objetos tan sencillos como las cañerías. Ya no tengo que bañarme en el gimnasio. Ya no tengo que usar los lavabos de las gasolineras.

Saco un tenedor de plástico del cajón y me dirijo a la ventana del departamento. Aparto el colchón inflable de una patada, me siento delante de la ventana y apoyo el codo sobre el alféizar. La calle no está tan abarrotada como Main Street, pero puedo observar a la gente pasar al lado de mi edificio, y eso es casi tan adecuado como un televisor. Clavo el tenedor en los ejotes y me los meto en la boca. El sabor salado y ligeramente ceroso de las verduras me sabe como un plato de un restaurante de tres estrellas Michelin. En serio, cenaría esto aunque no estuviera en bancarrota.

Me llevo otro bocado a la boca, pero se queda a medio camino al ver una mujer con un sombrero enorme de color naranja que empuja un cochecito, un cochecito para gatos. Pues sí, en su interior hay un gato rubio atigrado que rebota con cada bache de la banqueta. Al verlo menearse se me escapa una carcajada. Qué personajes hay en este pueblo. Me vibra el celular. Dejo el tenedor dentro de la lata y lo pongo todo sobre el alfeizar. «Otro mensaje de Cal».

¿Qué tal estuvo tu día?

Bien. ¿Y el tuyo?

Bien. Estoy muerto de hambre. ¿Quieres salir a comer algo?

Como otro bocado y vuelvo a dejar el tenedor dentro de la lata.

Lo siento, acabo de cenar.

Vaya. ¿Tienes planes el sábado por la noche?

El *whisky* que me tomé el otro día era a modo de celebración por haber conseguido el trabajo. Quería sentirme como una más, estar entre gente normal. Desde que me marché de Arkansas me he sentido muy aislada, me hacía falta esa velada en el bar, pero ahora todo el dinero que me queda lo reservo solo para emergencias. Me toca cenar enlatados hasta que me paguen el primer sueldo.

La única persona con la que he tenido citas ha sido con Jonathan. ¿Los hombres siguen invitando a las mujeres a cenar? ¿Y si quiere ir a un sitio caro? No puedo arriesgarme a tener que pagar a medias y a que mi cuenta bancaria se quede temblando.

Lo siento, este fin de semana lo tengo imposible. ¿Lo dejamos para el que viene?

Es una cita.

«¿Qué demonios estoy haciendo?». No llevo en este pueblo ni dos semanas y ya he quedado para salir con alguien. Tengo treinta y dos años y hace más de una década que no tengo una primera cita, y no sé si aquellas cuentan o no. Esto no está bien, pero madre mía, qué bien me sentó coquetear. Ansío normalidad, y eso implica salir de mi zona de confort. Aunque no debería andar pensando en salir con nadie, me sale natural. ¿Qué más da?

«Te estás metiendo en camisa de once varas».

Después de ese mensaje, la culpa me obliga a entrar en Facebook. Veo que la gente le ha dejado mensajes de condolencia y de apoyo a Jonathan, que los miembros más osados de la comunidad me insultan. Me niego a formar parte de esa vida; me asquea pensar cuánto tiempo tardé en marcharme. Le avisé muchas veces de que llegaría el día en que me largaría. Era la única vía de escape.

Aun así, me preocupo por él. ¿Por qué no vino conmigo? Podríamos habernos marchado juntos. Haber vuelto a empezar de cero y vivir como es debido por una vez en la vida.

En otro estado, con otro empleo, con otra gente, un nuevo comienzo. Borrón y cuenta nueva.

Es raro pasar de tener gente a tu alrededor a todas horas a... no tener a nadie. Solo tengo tres contactos en la agenda. Mi casero, mi jefe y un desconocido con el que me topé en un bar. Al principio el silencio me daba paz, pero últimamente me aturde. Como ahora.

Necesito tomar aire. Voy a salir a correr y a ver la casa de mis sueños. A sacarme de la cabeza esta ansiedad.

4
Scottie

El frescor de septiembre me disipa las preocupaciones en cuanto pongo un pie en la calle y tomo una bocanada de aire reparador. Hace fresco, pero no permito que mi cuerpo sienta el frío antes de ponerme a trotar. Mis pies impactan contra la banqueta a un ritmo constante mientras me obligo a centrarme en las calles y el urbanismo de Sky Ridge para sacarme de la cabeza La Grey, a Jonathan y el debate sobre si seré una imbécil de remate o no.

—Hemlock Street —murmuro mientras paso al lado del cartel bañado por la luz naranja de la farola.

En cada cruce repito el nombre de las calles, con la intención de aprenderme el trazado de la zona. Seguro que en un mes me conozco este pueblo como la palma de la mano.

—Marshall...

Recorro otra cuadra.

—Payne...

Otra manzana.

—Spencer...

Giro a la derecha y tomo la calle lateral. Esta es mi favorita. Tiene casas alineadas a ambos lados. Es como sacada de un cuadro de Norman Rockwell. Admiro la arquitectura victoriana, cuyas torretas y galerías siempre me han fascinado. La mayor parte de las viviendas son de estilo modesto y seguramente daten de principios de siglo. Veo luz cálida en el interior y me imagino cómo serán las familias que las habitan.

Casi todas las casas tienen porches pintados de blanco con columnas ornamentales. Jardineras decorativas con crisantemos otoñales y calabazas naranjas en los escalones. No se parecen en nada a las cabañas en las que me crie.

Todas las casas de la calle tienen un detalle bonito como mínimo, pero esta es mi favorita. No sé qué es lo que tiene esta vivienda victoriana en concreto, pero cada vez que la veo se me llena el corazón de esperanza. Siento una conexión especial con ella. Ver esta casa me hace sentir optimista sobre mi futuro; me reconforta. Me gusta creer que algún día podré permitirme una casa como esta y convertirla en mi hogar. Tras dejar atrás el número 218 de la calle Spencer, exploro el resto del barrio y encuentro más detalles arquitectónicos que admirar.

Los habitantes de estas casas tan adorables probablemente hayan tomado buenas decisiones toda la vida. Han sido inteligentes. Han pensado por sí mismos. Se han marcado un objetivo y se han esforzado para conseguirlo. Me asalta una nostalgia extraña, pero ¿cómo puedes sentir añoranza sobre algo que nunca ha existido?

—¡Scottie! —brama una voz a mi espalda, y me quedo paralizada.

Me doy la vuelta muy despacio, suelto el aire y relajo los hombros cuando veo una cara conocida que corre hacia mí. Callahan.

Me limpio el sudor de la frente y sonrío. Llevo el pelo recogido en una cola de caballo y la brisa provoca que se me ponga la piel húmeda del cuello de gallina.

Jadeo un «hola» y alzo la mano para ofrecerle un débil saludo. Él lleva puesto un pants y una rompevientos, y ambos le quedan a la perfección. Diría que ronda el metro ochenta, es decir, que me saca unos veinte centímetros. Parece que no he sido la única que ha decidido aprovechar el frescor vespertino para hacer ejercicio.

—Hola —dice casi sin aliento—. ¿Has salido a correr?

Se me ensancha la sonrisa.

—¿Cómo lo has deducido?

—Bueno, al principio no lo tenía claro, pero el atuendo y la carrerita te han delatado. Además, no he visto que te persiguiera nadie. —Señala mis mallas y mis tenis con la cabeza. Juraría que se queda mirando un segundo más de lo normal.

—Vaya habilidad de deducción. —Echo a correr otra vez y él se pone a mi lado.

—Gracias. —Corremos en silencio unos momentos—. ¿Vives por aquí?

Suelto una carcajada y bajo el ritmo. A pesar de que sea mi sueño comprarme una de estas casas, me parece un comentario muy gracioso.

Gira la cabeza para mirarme, porque me he quedado un poco atrás, y después se detiene para que lo alcance.

—¿De qué te ríes?

—Da bastante miedo preguntar a una mujer si vive por la zona cuando está corriendo sola.

Se encoge de hombros.

—Me parece que ya te estás arriesgando al salir a correr sola por la noche.

Me río.

—Tienes razón, sería horrible que apareciera un desconocido y se pusiera a preguntarme dónde vivo...

—Menos mal que yo no soy un desconocido.

Lo miro y me guiña un ojo. Maldición, qué sonrisa tiene. Dientes perfectamente blancos, alineados. Sonrisa confiada.

—Supongo que sí... No obstante, sigo sin tener ganas de juntarme con mentirosos.

—¿Aunque salgan a correr por la noche? A lo mejor podríamos quedar para salir a correr algún día, si es que no estoy de viaje por trabajo.

—¿Tienes que visitar muchos acuarios para entrenar delfines?

Sonríe.

—En efecto. En serio, si quieres salir a correr juntos, no tienes más que escribirme.

¿Qué pretende? Alzo una ceja.

—¿Estás echándome los perros?

Me pone un brazo delante y ralentizamos el ritmo; acabamos por detenernos en el siguiente cruce.

—En serio. No pretendo ligar contigo ni nada. Hay muchos forasteros que vienen al pueblo a trabajar. No todos son personas con las que te gustaría encontrarte a solas. Le daría el mismo consejo a mi hermana.

Contengo la respiración y lo miro a la cara, en busca de algún indicio de falsedad.

—No soy muy fan de hablar mientras corro —digo.

—No tenemos por qué hablar.

—Estoy intentando conocer el pueblo.

—¿Quieres que sea tu guía privado? Bueno, ahora sí te estoy echando los perros un poco.

Otra vez esa sonrisa. Qué determinación la suya.

—Tal vez. Pero ahora debería volver a casa, mañana tengo que madrugar —le digo, y tomo la calle de la derecha.

—Me alegro de haberte encontrado —me dice.

Me despido con la mano y corro unas cuantas zancadas hacia atrás.

—Ten cuidado al volver a casa, me han dicho que hay gente muy rara en este pueblo —bromeo.

Cal sonríe.

—¿Pensarás lo que te he propuesto?

—Lo pensaré. —Me doy la vuelta y retomo el paso que llevaba antes.

—Al menos no es un no —grita.

—Tampoco es un sí —le devuelvo el grito con la cara un poco ladeada.

Vuelvo a girar a la derecha en el siguiente cruce y regreso al departamento. Sonrío al entrar en el edificio, pues mi confianza en mi reciente independencia no hace más que crecer. No obstante, al entrar en el estudio que he rentado, se me congela la sonrisa. Después de ver aquellas casas tan bonitas, ver el colchón en el suelo y el enorme cesto de la ropa sucia lleno de mis pertenencias resulta patético. Me va a costar llegar a Spencer Avenue. Mi departamento huele a humedad y me propongo comprar una vela o algo cuando tenga un poco de dinero extra para gastar.

Me quito la sudadera en el diminuto cuarto de baño. Tengo zonas sonrojadas en el pecho y en la cara después de correr en el frescor de la noche. Enciendo el agua de la regadera y frunzo el ceño al comprobar la poca presión que tiene. Me vibra el celular, que llevo en el bolsillo de la cadera, y lo saco antes de quitarme las mallas.

Quería saber si habías llegado bien a casa.

👍 E incluso he cerrado la puerta para que no entre la chusma.

Callahan Woods. Entro en la agenda y cambio el nombre de su contacto para que sea solo Callahan.

Las mariposas me vuelven a invadir el estómago y me muerdo el labio. Hablar con Callahan es como recibir un subidón de dopamina. Es vigorizante. Me gusta coquetear con él. Me resulta divertido, emocionante y novedoso. Me ayuda a olvidarme de quién soy y de dónde vengo. Después de quitarme el top deportivo y la ropa interior, me meto en la regadera y cierro la endeble cortina.

—Algún día... —prometo en voz alta— las cosas cambiarán.

En esta ocasión no me envuelve el silencio. A lo mejor solo es por el subidón que me ha provocado salir a correr, pero siento una especie de... ¿liviandad? Tarareo una canción que he oído por la radio. Hasta la música es mejor fuera de allí.

5
Callahan

Recibo un aviso de incendio en Oregón.

—Carajo.

No me sorprende, con este otoño tan seco que estamos teniendo. A ver si llueve pronto. Un incendio forestal puede devorar las hojas caídas en un abrir y cerrar de ojos. Me opongo a ordenar el papeleo de cierre de temporada al que le he dedicado todo el tiempo desde el último incendio. Miro el reloj y descubro que solo dispongo de una media hora para hacer el equipaje y salir.

En circunstancias normales, estaría encantado. Una última vuelta antes de cerrar la temporada es música para mis oídos. Antes, con cada aviso que recibía se me ponía dura, pero desde aquella mortífera temporada de hace unos años en la que perdimos a Garrett y a Jacob, cada aviso viene acompañado de un sentimiento de terror. Desde entonces, siempre que hay una situación de riesgo me acompaña una sensación de malestar de la que no me puedo librar. Me roba el sueño, los pensamientos, la paz mental. Cuesta gestionar el trauma cuando no dejas de toparte con él. Sigo adorando el fuego, eso no va a cambiar, pero ahora es distinto. Sospecho que Xander está pasando por algo parecido. Él perdió algo mucho más importante que yo. No me extraña que ya casi no vuelva a su casa.

Al agarrar la bolsa roja me doy cuenta de que voy a tener que cambiar de fecha la cita que había concertado con Scottie. Nada como hacer planes para que el universo me los desbarate. Es una superstición antiquísima. Basta con hacer la compra o concretar un plan para que llegue un aviso. No obstante, al final de la temporada suele haber bastante calma, por eso me arriesgué.

No sé qué es exactamente lo que me atrae de Scottie, pero llevaba tiempo sin esforzarme tanto con una mujer. Probablemente sea la novedad. Llevo meses sin disfrutar de una buena persecución, y sospecho que eso beneficia al atractivo de Scottie. Encontrar una mujer con la que salir, sobre todo entre avisos, nunca me ha resultado difícil. Y por muy práctico que resulte, ¿qué aliciente hay si no me tengo que esforzar? El estira y afloja es lo mejor. Me saco el celular del bolsillo y le mando un mensaje.

Lo siento mucho. Tengo que viajar por trabajo. Vamos a tener que cancelar la cena del sábado. ¿Te parece bien si buscamos otro momento?

No te preocupes.

Me llega un mensaje de Xander, el superintendente.

Oye, tengo un compañero en el incendio de Mahonia y me ha dicho que van a reclutar a medio mundo.

Suena bien. Ya nos estamos preparando. ¿A qué hora llegas?

A las 15.35.

Recibido.

No tarda mucho en llegar y nos ponemos a cargar el camión. Como capitán de la cuadrilla, voy delante, y Xander conduce. El resto de nuestros compañeros se reparten entre los dos todoterrenos.

El cielo se va enturbiando según pasan las horas. Al acercarnos a las coordenadas, vemos una enorme columna de humo que, mezclada con el atardecer, tiñe el cielo de un naranja eléctrico. Después de un trayecto de unas tres horas y media, nos estacionamos en el campamento base temporal.

Nos llega un mensaje al grupo. Lo abro, me río y niego con la cabeza. Se ha filtrado la cantidad de personal al que han convocado y varios compañeros de los que vienen en los todoterrenos están echando cuentas sobre cuánto les costará ligarse a una enfermera buenota. Pongo los ojos en blanco.

—Demonios, no está ni montado el hospitalillo y ya están hablando de que les chupen la verga.

Xander se ríe de mi hipocresía. No le falta razón, he ligado mucho en incendios. Normalmente con bomberas aerotransportadas o voluntarias. Nunca con una enfermera, al menos en un incendio, pero conozco a un par de chicos que sí. Encaja en el estereotipo: las enfermeras y los bomberos combinan tan bien como el tequila y las malas decisiones. Somos una pareja del infierno.

Hasta donde yo sé, no hay ninguna ambulancia en el campamento, así que igual no se les hace. Adoro compartir campamento con un montón de médicos inexpertos que nunca han estado en un incendio forestal. Es lo que más me gusta del mundo.

Supongo que llegarán refuerzos mañana o esta noche, depende de dónde vengan. Según la información que ha recibido Xander, me esperaba encontrar mucho más personal del que hay, pero me alegro de que podamos asentarnos primero. Al bajar del camión el cielo ya se está oscureciendo. Los bomberos se bajan de los todoterrenos y cada uno toma sus pertenencias y se pone a instalarse a toda prisa. Xander y yo vamos a hablar con el supervisor de zona.

Cuando damos por finalizada la reunión con el mandamás, estoy agotado. Extiendo el saco de dormir en una zona del suelo frío que parece bastante blanda y me acuesto. Más que blanda es dura y despiadada. El saco de dormir tarda varios minutos en calentarse. No hay contaminación lumínica en esta zona tan apartada, pero el humo nos impide ver las estrellas, así que cierro los ojos y dedico el resto del tiempo a dormir. Mañana tocará madrugar.

Casi no ha salido el sol cuando veo una ambulancia a lo lejos. Debe de haber llegado por la noche. Me incorporo, todavía dentro del saco de dormir, y entrecierro los ojos. Veo que dice «SKY RIDGE» en el lateral. Otro bombero se despierta y ve lo mismo que yo.

—Oye —le digo a Xander, que está bebiendo café de una taza de latón humeante—. ¿Sabías que venían médicos de Sky Ridge? —El aliento me forma nubes de vaho en el frío aire matinal.

—Pues al diablo la enfermera buenota —nos interrumpe Tex desde algún lugar a nuestra espalda—. Ahí vendrá el técnico nuevo, el tal Preston o Prescott o no sé qué, ¿verdad?

Me río y abro el saco de dormir, me estremezco cuando

me crujen las articulaciones al ponerme en pie. Miro al horizonte y me tomo un instante para apreciar el amanecer, después giro la cabeza hacia el fuego al que tendremos que enfrentarnos hoy. Vaya mastodonte.

6
Callahan

El olor de los incendios forestales es único, pero muy familiar. Huele a humo, pero con una nota de dulzor o de acritud, según los compuestos orgánicos que se emitan. Cuando arden pinos ponderosa, desprenden un aroma dulzón, como a vainilla; los álamos huelen amargos.

Mientras la cuadrilla desbroza árboles y arbustos, los vientos del este típicos del inicio del otoño alimentan las llamas y las vuelven complicadas de sofocar. De vez en cuando nos entra humo y tierra en los ojos, que nos rascan las córneas con cada parpadeo.

Los leñadores y sus cuadrillas están despejando una línea de unos seis metros de ancho alrededor de la montaña, derribando árboles y arrancando arbustos que podrían trasladar las llamas a las copas. Los trabajadores retiran la vegetación que está en la trayectoria del incendio con la esperanza de dejarlo sin combustible. Es un proceso tedioso, pero las líneas se crean a base de golpes de Pulaski.

Los incendios forestales, como al que nos estamos enfrentando, son el mejor recordatorio de que deberíamos llevar a cabo más quemas prescritas. La vegetación que crece sin control es el mejor combustible para los incendios, pues los ayuda a expandirse más y más rápido y a causar mayores daños. En cambio, si mantuviéramos el sotobosque más limpio, seríamos capaces de contener los incendios y también de evitar que se descontrolaran. Por eso es tan importante esta labor. No solo sirve para mantener los incendios bajo control, sino también para evitarlos.

Cada año se reduce el número de bomberos forestales. Menos bomberos forestales implica menos contención de incendios y menos medidas preventivas. Pero claro, a ver quién es el guapo que elige dormir en el suelo, pasar semanas o incluso meses separado de sus seres queridos, llevar el cuerpo al límite día tras día y arriesgar la vida y la salud en terrenos inhóspitos..., por el mismo sueldo que te pagan en Starbucks.

Hay que estar un poco chiflado para meterte en esto. Los miembros de mi cuadrilla son unos apasionados del medio ambiente y de los bosques de nuestro país. Eso o les encanta prender fuego a cosas. Lo que, para ser sinceros, nos coloca a todos en algún punto del espectro de la piromanía.

En realidad, este trabajo tiene unas recompensas magníficas. Pasas tiempo al aire libre, echas una mano al medio ambiente, viajas a algunos de los rincones más bonitos e inexplorados del planeta y tus compañeros de trabajo son como tu familia. Cuando pones tu vida en manos de tu cuadrilla, se crea un vínculo. Hay quien lo achaca al trauma compartido. Sea lo que sea, se crea a través del trabajo duro, del sudor y del dolor. Todo es un esfuerzo coordinado, y siempre tienes que darlo todo. Aquí no existe la conciliación laboral. Aquí es todo o nada.

Tenemos a tres incendiarios con antorchas de goteo prendiendo pequeños fuegos allá por donde van para quemar los restos de combustible que hayan podido quedar en la línea. Resulta casi imposible detener un incendio que viene de cara, pero sí se puede ir quemando por delante e interceptarlo a medio avance. Retirar el combustible y cortarle el paso es lo que mejor puede funcionar para sofocarlo. O al menos para ralentizar su avance.

Tomo un trago de agua y me vuelvo a guardar la botella en la mochila. Hoy básicamente estoy haciendo tareas de control de calidad, pero de vez en cuando me agacho para arrancar algún arbusto o cualquier material orgánico que hayan arrancado los miembros de mi cuadrilla para lanzarlo a la fronda. El viento arrecia y me enderezo al mismo tiempo que King. Entonces oímos el indiscutible sonido de un árbol ardiendo.

«Carajo».

Nos damos la vuelta justo a tiempo de ver una escalera de combustible que ha transformado uno de los pinos altos en una pira vertical, cuyas llamas suben por el tronco hasta la copa. Burbujas de brea hierven y explotan sobre la corteza del árbol con sonoros restallidos cuando las llamas rodean el árbol, y el viento envuelve el fuego, que se bebe el oxígeno que le proporciona para aumentar su potencia.

El viento mueve una densa nube de humo hasta nuestra línea, y a través de la madera llega una oleada de aire tórrido acompañada de cenizas ardientes y chispas prendidas que se dirigen hacia los árboles intactos como un millar de luciérnagas enojadas.

Las chispas aterrizan sobre la pinaja de uno de los árboles más altos y sus ramas se van prendiendo poco a poco. Las llamas del primer pino se extienden al de al lado, que ya está incendiándose a causa de las chispas que le caen como una lluvia de fuego. Me lamento al ver tres árboles más caer presas de las llamas. En el sotobosque se desatan más focos pequeños.

King deja caer el Pulaski y se apoya en el mango.

—Carajo, qué chingadera.

A pesar de que en cierto modo resulta fascinante ver cómo los árboles se convierten en infiernos airados, estos acontecimientos nos parecen un insulto de parte de la propia Madre Naturaleza.

—¡Lluvia de chispas! ¡A cincuenta metros! —grito para alertar a la cuadrilla que nos precede, que transmite el mensaje a la siguiente.

Tomo la radio y solicito a los grupos Alfa y Bravo que nos ayuden a controlar la zona para asegurarnos de sofocar el salto de la línea antes de que se salga de control; he visto chispas llevar el fuego a una distancia de medio kilómetro. Si no lo controlamos enseguida, el cambio de viento habrá echado a perder el trabajo de las últimas ocho horas.

Una chispa ardiente se me cuela por el cuello del traje.

—Carajo —grito entre dientes mientras me doy golpes para fusionar la chispa con mi piel y así apagarla. Cómo detesto que pase eso. Duele más que las picaduras de los escarabajos joya.

Después de haber pedido refuerzos, contacto con la central para que manden el helicóptero a hacer un vuelo de reconocimiento y alguna que otra carga de agua para apagar los posibles saltos de línea que podamos haber pasado por alto. Si mojamos toda la zona, detendremos el avance, pero por el momento la prioridad es retirarse a una distancia prudencial, regresar a la línea y contener las llamas.

La radio suena por encima del crujir de la madera ardiente y recibimos confirmación del trabajo aéreo. El lago más cercano no queda muy lejos de aquí.

En menos de diez minutos oímos el rugir cadencioso de las aspas del helicóptero por encima de nuestras cabezas y lo escuchamos soltar la carga de agua, que lo llena todo de un leve rocío. Al marcharse el aparato, llega otro aviso por radio.

—A todas las unidades del incendio de Mahonia, atentos al informe meteorológico que les ofrecemos a continuación.

El meteorólogo especializado que nos habla por radio nos advierte que viene hacia nosotros una gran tormenta. Mientras controlamos el cruce de línea, llegan noticias por radio de que van a cerrar el tráfico aéreo en la zona. Poco después nos ordenan que volvamos al campamento.

Los bomberos se agrupan alrededor de diversas hogueras, se acomodan sobre troncos de árbol y se disponen a cenar temprano. Cuando la gente se pone a comer sin decir una palabra, sin charlar ni bromear, se extiende un silencio siniestro. Los que primero terminan de comer se ponen a montar las tiendas. Normalmente, dormimos al raso, con la única protección de nuestros sacos de dormir. Hoy todos nos preparamos para la tormenta que se avecina, que según parece va a ser de campeonato. El meteorólogo comenta que es el frente más grande que ha visto en la última década.

En cuanto termino de engullir la cena, me dirijo a la ambulancia. Deberían recibir la misma información meteorológica que nosotros, pero como proviene de Sky Ridge, prefiero cerciorarme de que están al tanto de las novedades, por cortesía. Están estacionados en una zona con hierba, pero si no mueven el vehículo, corren el riesgo de quedarse atrapados cuando todo esto se convierta en lodo.

No sé quién es el encargado de enseñar al nuevo técnico, pero Matt es uno de los médicos de Sky Ridge y hemos compartido alguna que otra cerveza a lo largo de los años. Es un hombre de palabra, así que si es él el que ha venido, seguro que agradece que pase a saludar. Troto hacia la ambulancia justo cuando Matt asoma la cabeza por la puerta lateral.

—Hola, amigo. —Le sonrío—. No sabía que iban a venir.

—Sí, yo tampoco. Tenemos una nueva incorporación, y nunca ha pisado un incendio forestal. El jefe consideró que le caería bien un poco de formación adicional antes de que se termine la temporada, y además también podemos ayudarlos. —Abre uno de los compartimentos exteriores del vehículo y saca un par de carpetas llenas de instrucciones o algo por el estilo.

—¿Qué tal va la formación?

—¡Genial! —Señala hacia atrás con el pulgar—. Prescott está ahí dentro, por si quieres presentarte.

—Bien. Pero en realidad venía porque nos han avisado que se avecina una tormenta. Quizá deberían estacionarse en la zona de gravilla para no quedarse atrapados en el lodo.

—Gracias por el aviso.

Matt rodea el vehículo y se sube al asiento del conductor con sus papeles y sus folletos. Toco la puerta lateral para conocer a Prescott, algo que no me parece necesario, pero ya que Matt me lo ha sugerido, no puedo no hacerlo. Doy un paso atrás cuando oigo que se mueve la manija y casi me caigo de nalgas al ver a Scottie sujetarse a la parte de arriba de la abertura. Se me hace una sonrisa de oreja a oreja.

Ella parece tan confundida como yo de verme aquí.

—¿Hola?

—Hola... Estaba buscando a Prescott, pero tú también me sirves.

Se lleva un dedo al pecho y sonríe.

—Prescott.

Los nombres encajan en mi mente y dejo caer la cabeza en un gesto de asentimiento. «Maldición, pues claro».

—Scottie, diminutivo de Prescott. Ya entiendo.

«Soy imbécil».

Cuando levanto la vista, veo que se le ensancha la sonrisa. Levanta la barbilla para señalar las colinas humeantes.

—Trabajos forestales, ¿eh?

—Bombero. —Me encojo de hombros—. Quizá debería haberlo aclarado, pero en cuanto dices esa palabra la gente piensa en, bueno, en bomberos de los suyos, y después se desata una retahíla de preguntas sobre los incendios forestales y...

Alza una mano.

—No hace falta que me lo expliques. Yo tampoco especifiqué mi profesión por el mismo motivo. Para evitar la pregunta típica de «¿Qué es lo más horrible que has visto?».

Parece que a ninguno de los dos nos entusiasma hablar de trabajo. Se instala un silencio entre nosotros. Scottie pasea la mirada de izquierda a derecha.

—En fin, ¿querías algo o...?

Ya me está pidiendo que me largue. Estupendo.

—No, solo vine a advertir a Matt que se avecina una tormenta y, ya que estaba aquí, me pareció apropiado presentarme al nuevo recluta, pero parece ser que ya nos habíamos presentado.

Me froto la nuca, miro a mi espalda y veo que mi cuadrilla sigue montando las tiendas.

—¿Ves a esos de ahí? —Los señalo—. Son una bola de imbéciles. Si te dan problemas, me avisas.

—De momento el único que me estás dando problemas eres tú. —Inclina la cabeza y esboza una sonrisa amistosa.

—Y espero que siga así. Voy a montar el campamento, que tengas un buen final del día, Prescott.

Me doy la vuelta y me dirijo hacia el campamento. Ella se ríe.

—Igualmente.

Cierra la puerta de la ambulancia a mi espalda. Yo niego con la cabeza. «Vaya coincidencia».

Mientras camino, me saco el celular del bolsillo y le mando un mensaje justo cuando empiezan a caer las primeras gotas de lluvia.

A lo mejor al final sí que podemos cenar juntos.

7
Scottie

El campamento del incendio parece un pueblo fantasma, excepto por las tiendas de campaña. Matt y yo nos hemos pasado dos horas y media dando tumbos dentro de la ambulancia por culpa de las intensas ráfagas de viento. Al principio resultaba casi cómico ver a los bomberos intentar montar las tiendas bajo la intensa lluvia. A uno el viento le arrancó la tienda de las manos. Echó a volar y nadie la volvió a ver bajar. Otro bombero no tenía tienda y simplemente se enrolló en una lona. Debe de ser horrible tener que dormir ahí fuera. Pongo los dedos delante de la salida de la calefacción y agradezco estar seca y calientita aquí dentro.

Los bomberos por fin se metieron en las tiendas y desde entonces no hemos vuelto a ver ni a un alma. El viento y la lluvia han amainado un poco, pero según el radar, esta tormenta aún no ha acabado de maltratarnos. Hasta entonces, Matt y yo seguiremos aquí metidos intentando pasar el rato, y ya nos estamos aburriendo bastante. Hemos llevado a cabo un par de simulacros de emergencia en la parte de atrás. Me ha hecho tantos exámenes para ver si sabía dónde tenemos todo el material que a estas alturas sabría encontrarlo con los ojos cerrados.

—Va a ganar Lucy la Zurda, te lo digo yo —dice Matt.

—Para nada. Heidy la Diestra está a punto de absorber el poder de dos gotas más. Te va a hacer morder el polvo.

Llevamos haciendo carreras de gotas de lluvia en el parabrisas desde que nos hemos quedado sin nada más que hacer. Yo ya he ganado diecisiete. Él, doce.

—No me vas a alcanzar —me burlo. Mi gota llega primero al limpiaparabrisas—. ¡Dieciocho!

—Tramposa. —Se ríe y se inclina hacia delante para echar un vistazo al campamento en busca de señales de vida. Al no ver ninguna, suspira—. ¿Quieres ver otra película?

Me encojo de hombros. Matt trajo algunas pelis descargadas en el celular. Vimos unas cuantas ayer, pero todas son de Rob Schneider y todos tenemos un límite.

Nos llega un aviso oficial por radio y nos callamos para escucharlo.

—A causa de las inundaciones y de las graves tormentas que se prevé que alcanzarán la zona, se ha decidido trasladar a los trabajadores a alojamientos en las localidades cercanas. Durante los primeros días no habrá recursos para nadie, así que todo el personal debe llevar consigo todo lo que necesite. Un campamento de verano de la zona nos ha ofrecido sus instalaciones. Se respetarán las infraestructuras y no se tolerarán comportamientos inapropiados. Se proporcionarán instrucciones a través de la frecuencia de radio 1900 para el personal desplazado a este nuevo alojamiento. De momento las órdenes son esperar a que pase la tormenta. Si el clima no mejora o las condiciones no cambian, comenzaremos a desmovilizar al personal. ¿Alguna pregunta?

Se me elevan las comisuras de los labios. «Agua caliente y cuartos de baño». Ya he vivido demasiado tiempo en el coche, no me hace falta vivir también en una ambulancia.

Ya me imagino los lloriqueos de los bomberos forestales que fanfarronean de no bañarse y dormir en el suelo como si eso fuera a asegurarles una medalla; vaya elementos. No obstante, al ver que el estacionamiento de gravilla se está volviendo un lodazal, seguro que el bosque está diez veces peor. Supongo que se alegrarán del cambio.

La radio vuelve a sonar.

—Recibido. Central, ¿podemos tomar las canoas para ir al campamento de las chicas para una pijamada?

Los de Operaciones no se dignan a dar una respuesta a esa pregunta..., que sospecho que ha formulado uno de los bomberos.

En cuanto recibimos las órdenes, Matt mete las coordenadas en el GPS y la voz robótica nos indica adónde tenemos que ir, aunque en realidad no hay más que una carretera para entrar y salir de este lugar.

Cargamos el material, lo afianzamos y atamos las camillas con el fin de prepararnos para el traslado. El campamento ha recobrado la vida, los bomberos se ponen a recoger las tiendas y las lonas y a guardar las mesas plegables. Un rato después, unos cuantos bomberos parten en los enormes todoterrenos de color verde espuma de mar y alumbran la gravilla a trompicones con los faros.

Salen un par de camionetas más y, en cuestión de minutos, emprendemos la marcha por el suave asfalto de efecto espejo mientras impactan rachas de agua contra el parabrisas. Los limpiaparabrisas no dejan de funcionar y aun así les cuesta lidiar con tanta precipitación. Por la ventanilla del acompañante veo columnas de humo del incendio, densas en el aire húmedo. Me cuesta hacerme a la idea de elegir un trabajo en el que tienes que entrar en un bosque en llamas con la única ayuda de una pala, un hacha y, con un poco de suerte, una motosierra. No me cabe en la cabeza.

Tras una hora de autopista, salimos a otro camino de gravilla en el que nos topamos con una puerta enorme abierta.

La ambulancia ralentiza su marcha al pasar por encima de la rejilla de metal y adentrarnos en el camino estrecho. Al menos está en mejores condiciones que el que debíamos cruzar para llegar al anterior campamento.

Damos una curva y nos recibe un cartel de entrada de al menos seis metros de alto. La placa de madera que cuelga del tronco que hay en lo alto me recuerda a las que he visto en muchos de los ranchos por los que he pasado al cruzar el país. Me inclino hacia delante y fuerzo la vista para distinguir las letras del nombre del campamento entre la lluvia, «CAMPAMENTO CIELO AZUL».

Gran toque de ironía.

La ambulancia se tambalea al pasar por los baches llenos de agua y al fin llegamos ante un edificio de tres plantas con revestimiento de madera con tablas solapadas. Y hay varios más similares. Este es uno de los dos que tienen las luces exteriores encendidas. Matt agacha la cabeza para mirar el cartel en el que aparece el nombre del edificio grabado en la madera, «CASA DEL RUISEÑOR».

—Aquí es.

Delante del edificio hay una rotonda que da a todos los demás dormitorios, seguramente para que los autobuses puedan dejar allí a los campistas. Matt busca estacionamiento al final de la fila. No es un *parking* como tal, pero funciona como tal para los vehículos y todoterrenos federales.

Nos estacionamos un poco alejados y nos quitamos los cinturones de seguridad, y justo después el celular de Matt vibra en el soporte para el coche y vemos una notificación de mensaje de texto. Agarra el teléfono y desliza el dedo por la pantalla.

—Varios bomberos van a montar una partida de póker dentro de un rato —murmura mientras responde al mensaje—. ¿Tú juegas al Hold'em?

—Creo que sé jugar. ¿Será apostando? —Porque si es así, paso.

—Seguramente comida y así. Tengo una bolsa de cecina y alguna cosa más.

Yo tengo una caja de pastelitos de marca propia y un par de paquetes de ramen, pero preferiría no perderlos. Sin embargo, no me importaría desprenderme de las palomitas de maíz caramelizadas caseras que he traído... Son baratas, pero la última vez se me fue la mano con las cantidades y estoy harta de comer siempre lo mismo.

—De acuerdo.

Me echo la mochila al hombro, agarro la botella de agua y salgo de la ambulancia a la vez que Matt. Vamos corriendo hasta la entrada del edificio intentando con todas nuestras fuerzas no pisar ningún charco. Una vez dentro, me sacudo para retirar las gotitas de agua y observo nuestro alojamiento temporal. El ambiente huele a encierro y a lluvia. A lo largo de las paredes del vestíbulo hay una hilera de botas embarradas y unas cuantas bolsas de material apiladas.

La entrada da a una especie de recepción bastante amplia con techo abovedado. A la derecha hay una escalera ascendente rodeada de un par de sofás y mesitas de centro. Pisadas potentes y voces que provienen del piso de arriba indican que la gente ya se está acomodando en las habitaciones.

Matt se dirige hacia allí, pero yo decido examinar la planta baja, ya que está vacía. Enfrente de la escalera hay unas puertas abiertas de par en par, y sobre el dintel hay un cartelito de madera que reza «COMEDOR». Dentro hay unas veinte mesas redondas con sillas colocadas boca abajo sobre ellas.

Mis pisadas reverberan al avanzar por la recepción. A la izquierda hay dos cuartos de baño. A la derecha hay un gran escaparate que parece pertenecer a una tienda de regalos o a un almacén. Hay un maniquí de tamaño infantil detrás del cristal que luce una sudadera y un pañuelo con las palabras «CAMPAMENTO CIELO AZUL» bordadas. Al lado hay un par de baúles de madera rústicos, en los que hay más artículos de *merchandising* y recuerdos varios. No parece haber detalles religiosos, no es más que... un campamento de verano.

Al doblar la esquina hay un par de puertas más. Una parece ser la entrada a la cocina. Echo un vistazo a la habitación, que tiene la luz encendida, y observo las barras de acero inoxidable y el material de cocina industrial. Hay un par de mesas plateadas en el centro de la cocina para preparar la comida. Encima de ellas veo unas cajas de cartón con lunares provocados por el agua de lluvia que las marcó en el traslado hasta aquí. Las reconozco, proceden del campamento, y seguramente las hayan comprado a la empresa que ofreciera el mejor precio a la agencia gubernamental de turno. Me ruge el estómago, y salgo por la puerta para después recorrer el trecho que me faltaba del pasillo en forma de herradura y encaminarme hacia el piso de arriba.

Matt me llama desde el descanso y me sobresalto.

—Perdona, no pretendía asustarte. Te he reservado una habitación al final del pasillo. A lo mejor deberías poner tus cosas allí para que nadie te las robe.

Asiento y me acomodo la mochila en el hombro.

—¡Gracias!

En lo alto de la escalera hay una zona abierta tipo *loft* con sillones, de la que emergen dos pasillos con la misma forma de herradura que el del piso de abajo.

—Estamos en el segundo piso.

El piso de arriba es idéntico al de abajo. Según parece, la mayoría de los dormitorios contienen tres literas. Matt señala una puerta que está al fondo del pasillo, justo enfrente del baño.

—Esa es la tuya. La mía es la de al lado.

—Genial. Gracias por reservármela.

No sé si Matt comparte cuarto con más gente, pero asumo que yo no. No por ser mujer, sino por no ser bombera. Me da la impresión de que estamos relegados al fondo. Lo que tiene sentido. En realidad hemos venido a hacer prácticas y, de momento, no he tratado ni una ampolla tan siquiera. Estos tipos duros se podrían rebanar un dedo y seguramente se lo pegarían con cinta aislante antes que venir a vernos.

En contraposición con los demás dormitorios que he visto, el mío tiene dos literas y una cama individual. Dejo la mochila sobre esta última y me tiro en la cama de debajo de una de las literas.

Suspiro, cierro los ojos y doy gracias al universo por estar donde estoy. Escondida.

—¿Hacen unas cartas? —Me levanto de sopetón y me doy un cabezazo contra la litera de arriba.

—¡Carajo! —Pongo una mueca y me restriego la frente. «Tengo que trasladarme a la cama individual».

Cuando abro un párpado, veo a Matt en el pasillo, con la misma mueca que yo.

—Oye, tranqui. Para la próxima intentaré hacer más ruido al entrar.

—Ponte un cascabel en el cuello. —Echo las piernas al suelo y esta vez no me olvido de agachar la cabeza—. Bueno, cuenten conmigo. Voy a cambiarme de camiseta, que esta la tengo mojada. ¿Dónde están jugando?

—Creo que han dicho que en el comedor.

Asiento.

—Ahora bajo.

8
Callahan

Cuando escribí a Matt, esperaba que invitara a Scottie. No es de los que dejan de lado a los novatos. No obstante, al verlo entrar en el comedor solo, siento una punzada de decepción.

Matt aparta una silla y saluda a King, a Caleb, a Opie, a Bobby y a Dixon con un gesto de la barbilla. Xander ha decidido hacerse el responsable y ponerse al día con el papeleo mientras nosotros echamos la partida.

—Ya era hora de que nos juntáramos todos para jugar unas manos —dice Caleb mientras se reclina contra el respaldo de la silla de plástico—. Nunca me llegan los mensajes de convocatoria.

King corta la baraja.

—Qué cosas, ¿eh?

—¿Te has planteado si sucede a propósito? —pregunta Opp.

—No, imbécil. —Le lanza un aperitivo de carne seca.

Opp se ríe y lo añade a su pila de provisiones.

—Me lo quedo como pago de entrada.

Caleb frunce el ceño.

—¡Nadie más ha tenido que pagar para entrar!

—No, es cierto. —King niega con la cabeza y reparte las cartas.

—Ah, reparte también para Scottie. Ahora baja.

La mesa entera se queda en silencio.

—¿Scottie, la chica buena? —Caleb gruñe en voz baja—. Ella podría incendiar un arbusto con solo un guiño y una sonrisa. Amigo, si pudiera pasar una noche con ella...

— Si no te callas, verás —digo, un poco más rápido de la cuenta.

—Cálmate, amigo. —Matt le baja los humos a Caleb al mismo tiempo que yo.

Le lanzo una mirada seria.

—Te acabas de ganar una semana de comida vegetariana, novato. —«Y no hay salsa picante en el mundo que mejore ese crimen de guerra gastrointestinal».

—No, amigo —ruega Caleb, que alza las manos en señal de rendición—. Si silban al abrirlas.

Opp se encoge.

—Son perfectas para el que quiera pedos tangibles.

—Disfruta de la barra libre de vómito. —Agarro las cartas y resoplo—. Qué semanita te espera, compañero.

Bobby sonríe.

—¿No preferirás crema de almejas?

—¡No! —protesta Caleb. Mira a todos los presentes uno a uno, pero nadie le ofrece ni un poco de empatía—. Eso casi es peor.

«Casi».

—Me da igual la cantidad de conservantes que lleven, las almejas no deberían aguantar veinte años. O bien no es almeja o bien no aguanta veinte años —sentencia Bobby.

Dixon toma la palabra.

—Yo creo que la crema de almejas que nos dan es pasta de papel pintado de la era de Truman.

Varios asentimos. No es descabellado.

—¿Y la de salchicha de cerdo? —sugiere Opp para intentar ganárselo—. Viene con placenta de regalo.

—Aun así es mejor que el omelette vegetariano —opina King—. Al menos los postres son pasables.

Scottie se cuela por la puerta en el momento justo y, por suerte, no llega a tiempo de enterarse de lo que estamos hablando.

—¡Hola!

Aprieto la lengua contra la mejilla cuando King posa la baraja. Unos cuantos levantan una mano para saludarla cuando aparta una silla justo enfrente de mí y se lleva las cartas al pecho. Se ha cambiado de ropa, ahora lleva unos jeans y una sudadera. La cola de caballo que se ha hecho provoca que me imagine agarrándola del pelo, lo que me obliga a aclararme la garganta y los pensamientos. Como si hubiera sacudido un pizarrón mágico testarudo, la imagen se va desvaneciendo poco a poco. Scottie saca un par de bolsas del bolsillo central de su sudadera.

—¿Qué tienes ahí, Scottie? —pregunta Dixon, que estira el cuello para ver lo que esconde.

—Palomitas caramelizadas.

—¿Caseras?

—Sip.

Me encantan las palomitas caramelizadas caseras. Alzo la esquina de mis dos cartas. El siete de corazones y el cuatro de tréboles.

King revela las cartas: un cinco, un seis y una jota. Puedo conseguir una escalera.

Nos tomamos un tiempo para sopesar las manos. Yo apuesto una bolsita de Cheetos. Opp no va. Caleb pone una barrita de cereales y Dixon, un coctel.

Bobby agarra el coctel y lo observa.

—¿Qué demonios es esto?

—Un coctel de frutas —responde Dixon.

—Eres un desgraciado, si no hay más que peras ahí, y además está caducado desde hace seis meses. ¿No tienes nada más decente? Scottie ha traído palomitas caramelizadas caseras y tú nos plantas estas peras podridas. Anda. —Al final se le escapa un poco el acento sureño y varios nos reímos.

Dixon añade unos durazs en almíbar.

—Ahí tienen, burgueses de mierda.

Scottie no va.

—Yo paso.

Bobby suma una barrita de cereales.

La siguiente carta es el ocho de diamantes, así que yo añado un panecito medio aplastado.

Todo el mundo pasa y yo me quedo con toda la pila de comida basura. Jugamos unas cuantas rondas más y Scottie siempre se retira cuando se revelan las cartas sobre la mesa. Me saco el celular del bolsillo y le escribo un mensaje.

¿Piensas apostar esas palomitas caramelizadas o qué?

No aparto los ojos de ella durante la siguiente ronda. Tengo un par de sietes y Dixon ha sacado otro siete más en las cartas descubiertas, además de una reina y un dos. Scottie alza la mirada y se le sonrojan las mejillas mientras escribe bajo la mesa.

Solo si me sale una mano decente.

En la vida hay que correr riesgos.

Tú lo que quieres es echarle mano a mis palomitas.

Ni que lo digas.

Le llega el turno de apostar y sonríe al lanzar la bolsa de palomitas grasientas y pegajosas sobre la mesa.

Pues ven por ellas.

Yo apuesto la barrita de cereales que gané en la ronda anterior. Dixon descubre la siguiente carta. Dos de tréboles. Tengo un ful. Todos se retiran menos Scottie. Yo añado una barrita de frutos secos y ella pone sobre la mesa la segunda bolsa de palomitas. Dixon levanta la última carta: una reina, y yo me froto la barbilla.

—¿Qué más tienes para apostar?

—Tengo ramen en la habitación..., pero no me va a hacer falta.

Se me levanta la comisura del labio.

—Duras palabras para una novata. Qué valiente.

Sus ojos de color tormenta despiden un brillo malévolo. Tiene un aire retorcido.

—La valentía si va acompañada de miedo es valor. Si no, es confianza.

Entrecierro los ojos.

—Y bien, ¿tú eres confiada o valiente?

—¿Van a coquetear o a jugar? Los demás estamos esperando a la siguiente ronda. Dense valor.

Se le encienden las mejillas y yo suelto una carcajada. Después, pongo la bolsa de Cheetos sobre la pila y descubro las cartas para revelar el ful de sietes y reinas.

Ella revela su mano.

—Ful de jotas y reinas.

—Scottie va con todo —bromea Caleb.

Yo me encojo de hombros y le paso las cartas a Prescott,

porque le toca repartir a ella. Parece muy contenta con sus ganancias.

¿Confianza?

Nunca lo sabrás.

La miro y ella aparta la vista cuando me dispongo a ver las dos cartas que me ha dado. No valen nada.

Pienso robarte esas palomitas.

No me importa compartirlas.

¿Ah, sí? ¿Quieres hacer un pícnic?

Ja, ja. De acuerdo.

A lo mejor podemos mantener una conversación que no sea a través de mensajes.

Esta vez siento que me clava la mirada, y me gusta.

Una conversación, ¿eh?

Palabra de *boy scout.*

¿Fuiste *boy scout*?

Siempre estoy preparado, si te refieres a eso.

Mujeriego.

Solo con personal médico atractivo.

Ah, ¿con Matt también?

Solo hasta que llegaste tú. ¿No ves lo decepcionado que está?

Alza la vista del celular para ver el ceño fruncido de Matt mientras revisa por cuarta vez sus cartas. Qué mal disimula. Scottie se ríe e intenta ocultar la carcajada con una tos antes de guardarse el celular en el bolsillo.

Hoy toca pícnic.

9
Scottie

El baño se va llenando de vapor poco a poco. ¿En serio voy a hacer esto? Se me llena el estómago de mariposas. A lo mejor no lo dijo en serio. No es que hayamos hecho planes en serio ni nada. Solo acepté el plan en general. No sé cuándo va a suceder. Podría ser esta noche, dentro de una semana o cuando cumpla los setenta y cinco.

Si es hoy, entonces se me plantea un nuevo problema: ¿será solamente un pícnic o será algo más? Si es algo más, ¿qué, exactamente? Más decisiones que tomar.

Por ahora lo que sé es lo siguiente: que me quiero sentir viva. Deseada, independiente, espontánea. ¿Es egoísta querer esas cosas? Esto forma parte de mi nuevo yo. Ahora puedo acostarme con quien yo quiera. Solo porque quiero.

—Los nuevos comienzos suelen ser dolorosos.

Al ponerme debajo del chorro de agua de la regadera, me echo un poco de champú en la palma de la mano y me lo aplico en el pelo mientras recuerdo las jornadas interminables que pasé escuchando incontables sermones que cuanto más mayor me hacía más confusos me parecían. Me ponía a analizar los rostros de los demás miembros de la congregación para intentar descubrir si se sentían igual que yo. Me parecía que no.

Envidiaba a cualquier desconocido que no formaba parte de mi comunidad, me preguntaba cómo serían sus vidas y ansiaba con desesperación cambiarles el lugar. Aunque solo fuera por un día. Todos tenemos nuestros problemas, y sabía que no es posible afirmar que el sol brille más en otro lugar, pero la monotonía estaba a punto de acabar conmigo, y así al menos disfrutaría de un cambio de aires.

Una noche impulsiva al lado de una fogata no podría pesar más que la vergüenza de todos esos años en La Grey, así que ¿de qué tengo miedo?

Me enjuago el champú y me aplico el acondicionador. Después me enjabono las piernas y me pongo a depilármelas. ¿Cómo será el sexo espontáneo, por elección? Me asaltan las dudas. A lo mejor debería haberlo hecho con un desconocido... ¿Y si no se parece a lo que he experimentado hasta ahora? No, eso es imposible. Tiene que ser el mismo concepto. Puedo seguir el paso que él me marque. Quizá solo es un pícnic y yo me estoy montando una película para al final solamente comerme una bolsa de palomitas.

Pongo los ojos en blanco. «Deja de darle tantas vueltas a todo».

Después de secarme con la toalla, pongo la cabeza hacia abajo y uso los secadores de manos para secarme el pelo mientras me lo desenredo. No queda seco del todo, pero casi. Me sienta fenomenal lavarme los dientes, siempre que lo hago con agua fría siento lo mismo. Después me planto delante del espejo y saco la bolsa de maquillaje donde guardo la sombra de ojos barata, el rubor y el rímel, y me los aplico. He avanzado tanto en precisión como en velocidad de aplicación desde que empecé a maquillarme, hace solo unas semanas.

Miro el celular y veo que aún no me ha escrito. «¿Seguirá queriendo salir conmigo?». Me encojo de hombros. Sería una tontería maquillarme para nada. Hace una hora que terminamos de cenar. Me senté en otra mesa con Matt, pero descubrí a Callahan mirándome más de una vez, y me encanta cómo me mira.

De vuelta en la habitación, saco el libro de bolsillo e intento leer, pero tengo que volver a empezar continuamente porque me distraigo todo el tiempo. Hay demasiada gente aquí. Me molesta el ruido hasta con la puerta cerrada.

Agarro la mochila y meto unas cuantas golosinas de las que he ganado en la partida de póker. Jugué bastante bien, así que tengo una buena cantidad de comida chatarra en mi haber. La suerte del principiante. Cal hizo honor a su palabra y me robó las palomitas. Después, meto el manual técnico y la novela que estaba leyendo en la mochila y me la cuelgo al hombro.

Toco la puerta de la habitación de Matt.

—¡Adelante! —vocifera.

—Oye, ¿te importa prestarme las llaves de la ambulancia?

Él asiente y se gira sobre la cama para alcanzar su chamarra. Se pone a buscar en los bolsillos hasta que al final da con ellas.

—¿Necesitas algo?

Me lanza las llaves y yo las atrapo en el aire.

—Es que quiero leer un rato. Y revisar el manual también. En paz.

—Sí, te entiendo. Vaya barullo hacen. —Sus palabras van seguidas de una carcajada escandalosa procedente del piso de abajo—. ¿Quieres que te ayude a repasar los ejercicios?

Niego con la cabeza.

—No, tranquilo. Ya te escribiré si tengo alguna duda. —Levanto la mano en la que tengo las llaves—. Gracias.

—Ningún problema. —Salgo de la habitación y él me grita—: ¡No te mates trabajando!

—¡No te preocupes!

Al principio en la ambulancia hace bastante frío, pero la parte trasera se ha templado lo bastante como para que me quite la sudadera. Llevo cuarenta minutos aquí y no he recibido ningún mensaje de Callahan, pero no estoy decepcionada. Estoy disfrutando de la soledad. Estar entre tanta gente en un espacio tan reducido me recuerda a mi vida pasada. Aunque los bomberos forestales son muy entretenidos, me viene bien tener un par de horas de paz y tranquilidad. A lo lejos se oyen los truenos, y en el techo de la ambulancia repiquetean las gotas de lluvia. Es reconfortante. El sonido ambiental me ayuda a adentrarme en las raídas páginas del libro.

Me vibra el celular. Me despegan un par de mariposas en la barriga, como siempre que me llega un mensaje suyo.

¿Estás despierta?

Sí.

¿Qué estás haciendo?

Leer.

Le tomo una foto a la portada del libro y se la envío.

¿Dónde? Pasé por tu cuarto.

Miro por la ventana, pero como están encendidas las luces del interior del edificio, solo veo mi propio reflejo.

En la ambulancia.

¿Quieres que te haga compañía? Tengo comida.

Me da un vuelco el estómago. Casi todas las interacciones que hemos tenido han sido por mensaje. Siempre que nos hemos visto en persona ha sido en público, nunca a solas. Vernos en la parte trasera de una ambulancia mientras el resto del mundo está en los dormitorios es como si estuviéramos en una cabaña aislada en medio del bosque, aunque preferiría mil veces estar allí. Las cabañas aisladas son románticas. Las ambulancias... más bien frías.

De acuerdo.

Bajo en un par de minutos.

Exhalo y coloco el ticket de la gasolinera entre las páginas y paso los dedos por encima del fino papel. Este recibo significa mucho para mí. Fue el momento en el que decidí abandonar el lugar que una vez consideré mi hogar porque, cuando me detuve para llenar el tanque, no di la vuelta, seguí adelante. La fecha ya no se ve, y en algún momento se borrarán todas las letras, así como todas las pruebas de la persona que ya no soy. No será más que un simple trozo de papel. Nada más que una simple mujer.

Yo ya no soy esa, tal vez no lo fuera nunca. El presente siempre ha sido mi destino. Lo siento en los huesos.

Un golpe en la puerta lateral me saca de mis pensamientos. Me yergo sobre la camilla que he estado usando de sillón de lectura y me paso los dedos por el pelo y por la camiseta, para estirar las costuras. Estos nervios son distintos, más turbados que asustadizos. Una sutil vibración anticipatoria me arde en las venas.

Abro la puerta y lo veo ahí parado, con una manta y una bolsa de papel café en la mano. Me aparto para dejarlo pasar. Él se sube a la ambulancia y mantiene la cabeza agachada para no chocar contra el techo. Tiene el pelo mojado, como si acabara de salir de la regadera, o quizá sea por la lluvia. Deja la bolsa en la banca que hay en la pared y cierra la puerta tras él. Ahora que estamos tan cerca, me envuelve su aroma a cedro y a jabón.

—Hola.

Se sienta en la banca y mira alrededor, examinando la ambulancia.

—Bonita choza.

—Gracias. —Me río, y me encojo de hombros—. Me gusta la intimidad.

Se le arrugan las comisuras de los ojos al sonreír.

—A mí también.

Es imposible no percatarse del doble sentido de sus palabras. Su voz ronca activa las mariposas de mi estómago y aparto la cara cuando siento que se me suben los colores.

—¿Tienes hambre? —pregunto mientras abro el cierre de la mochila.

—Ah, no, hoy invito yo. —Abre la manta y vuelca el contenido de la bolsa encima de ella—. No era broma.

—Ya veo. Esas bolsas de palomitas caramelizadas se me hacen conocidas.

Se ríe.

—Cierto. Pero he traído una manta de pícnic. ¿Eso compensa?

—¿De dónde has sacado la manta?

Gira una esquina y desvela las palabras «CAMPAMENTO CIELO AZUL» bordadas en la tela.

—La he robado de la tienda de regalos.

—¿Mentiroso y ladrón? ¡Con lo que cuesta encontrar a un hombre con esas dos cualidades! Vaya suerte que tengo.

—Quedan pocos como yo —dice con una sonrisa pretenciosa para después señalar el botín que tenemos ante nosotros—. ¿Quieres echarle mano?

Me siento en la banca a su lado, pero dejando espacio para la comida entre ambos.

—Bueno, establezcamos unas reglas básicas. Todo es para todos, menos... —agarra las dos bolsas de palomitas caramelizadas— esto. Estas son mías.

—Son todas tuyas.

—¿No te gustan las palomitas caramelizadas?

—Sí, pero solo sé prepararlas en cantidades industriales. Después de una docena de raciones, estoy encantada de compartirlas con quien sea.

Él baja la mirada y abre la bolsa.

—A ver qué tal te quedan. —Mastica concienzudamente, paladeando, y sonríe—. Qué delicia.

—Gracias, ya te pasaré la receta.

—Bueno, pero prefiero que las prepares tú, así tengo una excusa para verte.

Se me forma una sonrisa en los labios.

—¿Por qué necesitas una excusa?

—Bueno, supongo que no me hace falta... ¿Significa esto que me he ganado una segunda cita?

—¿Esta es la primera? —pregunto con las cejas alzadas.

—¡Pues claro! —Mira alrededor—. ¿No es evidente, entre los botes de Pringles a medio comer y el ambiente encantador de la ambulancia?

Me río.

—Te has puesto un estándar muy alto. ¿Cómo vas a poder superarte?

—No podré —dice entre risas—. A partir de aquí, todo va a ser cuesta abajo. Te esperan carreras de karts y cenas con copas. A lo mejor una velada contemplando las estrellas. Pobrecita. —Abre una bolsa de bolitas de queso y se le caen un par al suelo—. Normalmente aplicaría la regla de los cinco segundos, pero no quiero ni pensar en la cantidad de fluidos corporales que habrá en este lugar. No quiero que se me pegue una hepatitis o algo.

Me llevo la mano al pecho.

—¡Me ofendes! Tengo la ambulancia completamente limpia y esterilizada. Está impecable.

Señala la bolita de queso que se ha caído al suelo con el hombro.

—Pues cómetela tú. —Abre un refresco y le da un sorbo.

—¡Qué dices! No deja de ser una ambulancia.

Me resulta muy fácil reírme cuando estoy con él, y me encanta la sencilla dinámica que existe entre nosotros.

—Bueno, a ver si atrapas una con la boca —dice, y posa la lata en una superficie.

Me echo atrás todo lo que puedo en la banca, y él lanza una bolita de queso al aire, pero yo entrecierro los ojos y no la atrapo.

—¡Ay, no!

—Pero ¡no cierres los ojos! —Se ríe—. Estás malgastando la comida.

Me inclino hacia delante y le robo la bolsa de las manos.

—¡Es que no es fácil! Inténtalo, ya verás. —Lanzo una bolita y él coloca los labios justo delante de ella y la atrapa al vuelo.

Estira la mano para agarrar la bolsa y yo se la paso.

—Vamos, Scottie, tú puedes. ¿Estás lista? Esta vez no cierres los ojos.

Al segundo intento consigo atrapar la bolita de queso al vuelo. Alzo los brazos en señal de victoria y le doy un golpe a un estante sin querer.

—Diablos. ¿Estás bien? —dice entre carcajadas.

Yo asiento, riéndome todavía más, y me llevo la dolorida mano al pecho.

—Lo he logrado.

Seguimos turnándonos para atrapar proyectiles naranjas al vuelo mientras charlamos. No se trata solamente de atracción física, sino que también compartimos una actitud juguetona y una facilidad en el trato que resulta muy... familiar. Aunque sea la primera vez en la vida que la experimento.

—Cuéntame, ¿por qué te metiste de bombero forestal?

Se queda callado y después se aclara la garganta.

—Por las aventuras, por el compañerismo, por la labor que llevamos a cabo... Me resulta adictivo. Por otro lado, tiene un punto de aislamiento del mundo real que hace que te sientas ligeramente atrapado. Cuando te metes como bombero forestal, ya no hay vuelta atrás. Entras en una relación de amor odio con el fuego. Pero ¿en qué otro trabajo te pagan por ir al Parque Nacional Yosemite, talar árboles centenarios y después prenderles fuego?

»Además, si tienes suerte, caes en una cuadrilla unida. Pasas años viajando con tus amigos mientras los va uniendo el trauma compartido, resuelven problemas únicos y superan las adversidades juntos. Me encanta el paisaje con el que trabajo, y me parece que todo vale la pena para protegerlo.

»He accedido en helicóptero a emplazamientos del país que resultan inaccesibles para la mayoría de la gente, he gestionado millones de dólares destinados a recursos aéreos, he rescatado a personas en el peor día de sus vidas y me pagan por vivir en un paraíso que el común de los mortales tiene que pagar mucho dinero para visitar.

«Madre mía».

Aunque solo llevo con ellos unos cuantos días, he detectado que emanan una energía nómada. Yo la respeto... y la envidio. Es lo que me ha traído hasta Washington. Hago acopio de valor para mirarlo a los ojos y admitir algo que jamás he dicho en voz alta.

—He malgastado gran parte de mi vida por quedarme donde estaba. Admiro tu inclinación a la aventura.

Los dos segundos que pasa contemplándome me parecen dos horas. El ambiente está cargado de fricción, y sus ojos hambrientos reflejan la necesidad que hay en los míos. Me encantaría ahogarme en esa sensación de sentirme deseada. No quiero perderla nunca. Cuando me toca, no siento ni rastro de artificialidad ni de falsedad, y dejo que me suba sobre su regazo. No siento que esté siguiendo unos pasos mecánicos o aprendidos conmigo.

—¿Acostumbras a besar en la primera cita? —Le sale la voz áspera y cavernosa. Nunca me había encantado tanto mi vida como en ese preciso instante.

Asiento. Cal no se apresura, la profundidad de su mirada me embriaga. Es un gesto calculado e intencionado. Me sube las manos por los brazos y enreda una entre mi pelo. Me masajea la cabeza con los dedos, con su tacto potente, y me agarra los mechones con delicadeza. Se me cierran los párpados, temblorosos. Qué placer. Él es firme y demandante. Destila una pasión que yo jamás he experimentado. Lleva la otra mano hasta la parte baja de mi espalda y me aprieta contra su cuerpo.

Abro los ojos y él vuelve a jalarme del pelo. Exhalo un leve gemido cuando acerca mi boca a sus labios.

Detona una explosión de tensión sexual y necesidad, y se me llena el cerebro de fuegos artificiales y aleluyas exaltados. Es como si se unieran todas las descripciones de besos que yo consideraba que no podían ser ciertas. Pero resulta que sí.

Me ha dejado paralizada. Me suelta el pelo y, con el pulgar sobre mi barbilla, me abre los labios y me marca con su beso, que sabe a azúcar caramelizada. Él gruñe y se me desata una ola de calor en el centro mismo de mi ser. Deslizo las manos desde sus hombros hasta su pecho, donde me aferro a su camiseta. No quiero soltarlo nunca, así que lo acerco más a mí, pues lo necesito más que respirar.

Si besar a Callahan me resulta tan impresionante, ir más allá podría acabar conmigo. Su carcajada susurrada me indica que le ha sorprendido el beso tanto como a mí. Me desliza la lengua por la mía y lleva las manos a mi cintura, donde me aprieta los costados y mueve mis caderas hacia él. Yo ahogo un grito de asombro. Ay, Dios, está duro. Por mí. La costura de los jeans me presiona el clítoris y cierro los ojos.

Me besa debajo de la oreja y me raspa el cuello con los dientes.

—¿Todo bien?

—Sí —susurro, sin aliento.

Me desabrocha los pantalones y después busca el dobladillo de la camiseta para quitármela por encima de la cabeza. Yo me desabrocho el brasier y él se encarga de retirármelo y de lanzarlo al suelo.

—Diablos —murmura.

Se me ponen los pezones erectos cuando me los acaricia con los pulgares, y después los pellizca mientras me busca la lengua con la suya.

—¿Bien? —vuelve a preguntar.

Asiento y él me baja de su regazo para deslizarme los pantalones por las piernas y después contemplar mi cuerpo. Yo me le quedo mirando y de pronto me entra la inseguridad porque no dice nada. Bajo la cabeza y me miro las caderas y el tronco. «¿Qué está mirando?».

—Qué cuerpazo.

Sonríe aún más y se pone de pie para quitarse la camiseta jalando del cuello. Tiene un tatuaje en el pecho de un águila con una serpiente en las garras. No obstante, en cuanto se desabrocha el cinturón, se me desvía la mirada, y yo me quito los calcetines con la ayuda de los dedos de los pies y me acabo de sacar los pantalones. Él se desprende de los pantalones y de las botas, y el contorno de sus bóxeres me supera. Entonces me desliza la ropa interior por las piernas y yo me recuesto sobre la manta que cubre la banca. Ya no la vamos a poder devolver a la tienda de regalos. Él se pone de rodillas y se me desploma la mandíbula cuando me abre las piernas de golpe. Rayos, qué directo.

Me acaricia la cara interna del muslo con la boca y después me da un mordisquito. Yo me sobresalto y él me agarra por la parte de atrás de las rodillas para arrastrarme de nuevo hacia el borde de la banca.

—¿Sigues bien?

Nunca había hecho nada parecido.

—Sí.

Me va besando el muslo izquierdo mientras desliza la mano derecha por la otra pierna, y la anticipación se desboca cuando me sigue la entrada con el pulgar.

—Siempre —digo. «Siempre, sí».

Introduce dos dedos y echo la cabeza hacia atrás; después los saca y vuelve a repetir el movimiento. Gimo mientras me chupa la cara interna del muslo y me mete los dedos, los encoge y masajea un punto que yo solo he sido capaz de alcanzar con la ayuda de un juguete. Al oír mis gritos, se ríe.

—¿Qué te resulta tan gracioso? —Apenas puedo respirar.

Él deja de succionar, aparta la boca y veo que ha dejado un anillo de piel amoratada bajo los labios.

—Me gustan los sonidos que haces.

Me muerdo el labio.

Él se echa atrás y me mira mientras me tortura. Es muy seductor. Añade un dedo más y se me inunda la cara de rosa mientras la humedad reverbera en la ambulancia.

—Qué cosas. —Sonríe—. Llevo mucho tiempo sin dejar de pensar en comerte la vagina. No he podido quitármelo de la cabeza en toda la maldita noche. —Me acerca de un jalón, coloca la boca sobre mí y comienza a acariciarme el clítoris con la lengua sin dejar de mirarme desde entre mis piernas.

—Madre mía —farfullo, temblando. Me entran ganas de gritar.

Disfruto de verlo lamerme entre los muslos y del fuego que veo en sus ojos. Me da la impresión de que sabe exactamente lo que me está haciendo y no creo que pueda saciarme nunca de él.

Nos miramos a los ojos y él sonríe.

—Qué dulce está. —Callahan aplana la lengua y me lame todo mi centro sin apartar la mirada de mis ojos. Noto que mueve las caderas contra el banco mientras me devora, y yo estoy extasiada..., pero quiero más.

—Dime que tienes un condón.

No contesta.

—Maldición, Cal... Por favor.

Levanta la mirada y niega con la cabeza.

—No he terminado de comer.

Le hundo una mano en el pelo y me dejo caer de nuevo sobre el banco, ladeo la cabeza y admiro lo atractivo que es mientras me procura más placer del que había experimentado jamás. Vuelve a introducirme los dedos, y se me forma un sentimiento extraño en el vientre. Es agradable, pero no me resulta gratificante del todo. Lo agarro del pelo mientras la sensación crece y crece. «¿Será esto...?».

Cierra los labios alrededor de mi clítoris y succiona.

—Maldición. Cal... ¡Cal!

Me explota una luz blanca detrás de los ojos y me rindo, desamparada, a la euforia.

Ha sucedido.

«Me he venido».

—Así me gusta, chica, qué bien. Diablos, qué cachondo me pone que te vengas.

Es la primera vez que un hombre me ha hecho venirme. Me ha dejado sin palabras.

Se hace a un lado y agarra la cartera del bolsillo trasero de los pantalones, de donde saca un condón.

Se le dibuja una sonrisa engreída en los labios y yo le pongo la mano sobre la barbilla y le retiro con el pulgar los restos de mi humedad que le han quedado. Él me toma el dedo entre los labios y lo chupa. Lo único que ansío en este mundo es que Callahan Woods me llene y me coja hasta dejarme sin sentido.

Él se levanta y se quita los calzoncillos. Tiene la verga grande y gruesa, resalta sobre la palma de su mano mientras se coloca el condón. Tira al suelo los envoltorios que aún quedaban sobre la banca y me ordena:

—Acuéstate.

Trago saliva y coloco la espalda sobre la suave manta. «Por fin». Introduce una rodilla entre mi cuerpo y la parte de atrás de la banca y planta el otro pie en el suelo. No se puede hacer mucho más, la banca es demasiada estrecha. Lleva la punta hacia mi entrada y yo me estiro para acoger su contorno.

—Ay, Dios... Ay, Dios —murmuro, y me aferro a sus hombros.

—Maldición, qué tensa estás. —Me mira a los ojos y alza la barbilla—. Relájate, Scottie.

Inhalo despacio y obligo a mis músculos a destensarse a pesar de sus objeciones. Es el dolor más delicioso que he sentido en la vida. No debería querer más, pero sí. Lo quiero entero.

Me dice con voz firme:

—Mírame.

Cal se retira y yo exhalo. «¿Por qué ha parado?». Me incorporo sobre los codos, pero las palabras de protesta se mueren en mi garganta cuando lo veo escupir sobre mi entrada.

—Tienes una vagina preciosa.

Extiende la saliva y mete el pulgar dentro de mí para estirarme antes de lubricarse a sí mismo. Esta vez el dolor ya no es tan intenso cuando va accediendo a mi interior. Mi cuerpo lo va aceptando y yo me relajo sobre la banca.

Él sonríe.

—Buena chica.

Entre jadeos entrecortados, me sumerjo en esa sensación de plenitud. Él me sube la mano por el vientre y la pasa por medio de mis pechos. Se me endurecen los pezones entre sus dedos. Poco a poco, empieza a mover las caderas y yo lo siento todo. La manta se desliza sobre el vinil de la banca y coloco los brazos contra el gabinete que tengo detrás para no resbalarme.

—Cal..., esto es...

—Ya lo sé, nena —jadea, en sincronía conmigo—. Yo siento lo mismo.

Esto es demasiado para mí. No puedo con todo. Esperaba que el aspecto físico del sexo mejorara, no lo niego. He visto a gente en internet disfrutar con sus parejas. No obstante, nada podía haberme preparado para las repercusiones emocionales. La conexión. La avalancha de sentimientos demasiado intensos que me impactan de repente. No sé qué hacer con ellos. La pasión es una droga muy poderosa.

La atracción mutua es innegable, y esto supone un paso relevantísimo para mí. Se me nublan los ojos y jalo de Cal para alinear nuestros pechos. Le rodeo el cuello con los brazos para que no vea la emoción que me corre por las mejillas. Es una mezcla de felicidad, alegría y libertad. Él no lo comprendería.

Me enjugo la cara y exhalo para recuperar la compostura. Después lo beso con todo lo que tengo. Sus embestidas ganan en agresividad y frenetismo. Es increíble. Acepta con ímpetu cada quejido mío y me hunde los dientes en el labio inferior. Hundo las uñas en la carne de sus hombros y lo araño por toda la espalda. Suelta un gruñido animal y no sé si soy la liebre o el zorro.

—Maldición, Scottie.

Callahan es generoso y exigente al mismo tiempo. Sale de mí y se pone de pie, para acto seguido cargarme en brazos. La cabeza me da vueltas por la pura necesidad de más. Me deja sobre la camilla elevada que hay en el centro de la ambulancia. Me pone de espaldas a él y me indica que retroceda. Abro las piernas para encajarme con sus caderas y él me rodea la cintura con un brazo para alinear mi abertura con la cabeza de su pene.

—¿Te puedo decir «buena chica» cuando estás siendo mi buena chica?

Tomo aire y asiento. «Piedad, por favor». Me coloca un poco más abajo y me introduce la punta. Usa el brazo que tiene alrededor de mi vientre para pegarme a su pecho. Escupe en la mano que le queda libre y embiste con ella contra mi clítoris, lo que me provoca una oleada de deseo por todo el cuerpo.

—¡Ah!

—Buena chica —me alaba—. Ahora recíbelo todo.

Me empuja contra él y se me ponen los ojos en blanco.

Me pasa las manos por debajo de los muslos y me coloca las piernas por encima de las suyas. Él se abre más y me expone a cualquiera que pase al lado de la ambulancia. El riesgo de que nos descubran le da más intensidad a la sensación. Me cubre la mano con la suya y la lleva a mi bajo vientre. Empuja más y al notar el leve contorno de su erección echo la cabeza hacia atrás hasta posarla sobre su hombro. Es muy erótico.

—¿Notas lo llena que estás?

Me ahoga la excitación y me echo a temblar.

—Lo necesito.

Me aparta el pelo con la otra mano y me acaricia el hombro con los labios.

—Qué apretada... Sigue bajando.

Yo obedezco, como una buena chica. Él aparta la mano y yo sigo apretando mi carne cuando él me agarra de los costados y se pone a moverme arriba y abajo.

—¡Diablos! —grito, alzando la voz.

—Eso es, nena. Me encanta cogerte. —Su risita resulta provocadora.

Me pone una mano debajo de la barbilla y me agarra de la garganta sin presionar.

—¿Sigues bien?

Asiento.

—Siempre.

«Asfixia intencionada en una ambulancia... Eso sí que es nuevo».

Sigo teniendo la nuca reposada contra su hombro y miro al techo, pero solo veo estrellas. Me retuerzo y sucumbo a la necesidad de deslizarme por su verga.

—Sé que quieres moverte, cielo, pero necesito que mantengas las piernas abiertas.

La única forma que tengo de sostenerme es apretando la cara exterior de sus muslos. Me entran unos temblores involuntarios y se me perla la frente de sudor frío cuando me acomete un segundo orgasmo. Gruño con la mandíbula apretada. Me está costando mucho quedarme quieta.

De pronto miro los cristales de las ventanillas traseras y en el reflejo contemplo, alucinada, cómo me embiste desde atrás.

—¿Ves lo preciosa que estás cuando te coge una buena verga? ¿Lo mucho que te brillan los ojos cuando te penetro? —Me vuelve a dar un azote en el clítoris y me empala hasta el fondo. Se me descuelga la mandíbula y él me agarra con fuerza de la cintura mientras me trabaja como si fuera su juguete sexual. Los gemidos me salen entrecortados por los saltos que estoy dando. Es un gozo implacable. Todos los músculos de mi cuerpo están activados.

—Mirada al frente.

Centro la vista en las ventanillas que tenemos delante; qué guapo es. Callahan niega con la cabeza.

—No me mires a mí, sino a ti. Mira cómo te vienes.

—Cal... No pares.

Me rebotan los pechos con cada embestida. Verme arrasada por este hombre me resulta extrañamente sanador. Se me cuela una sonrisa en la cara, apenas reconozco a la mujer que me devuelve la mirada: desinhibida, abierta y sin miedo. Me encanta.

«Me encanta el sexo».

¿Cómo es posible que se considere un pecado? Si es maravilloso.

—Anda, nena... —Sus palabras son graves e imponentes—. Vente sobre mí. Ahí está, cómo me aprieta esa vagina. Casi lo tienes.

Me lleva al clímax y se me descuelga la mandíbula con un grito silencioso.

—Anda, Scottie! —gruñe, con los dientes vibrando sobre mi piel, gesto que me pone la carne de gallina y me hace temblar. Se me cierran los ojos, pero él grita mi nombre y los vuelvo a abrir para contemplarme mientras me sobrepasa el éxtasis.

—Diablos, cómo me gustan los ruidos que haces.

No recuerdo emitir ningún sonido. No recuerdo nada de ese momento. Solo placer abrasador. Me baja de las alturas muy despacio y el sudor de su pecho provoca que mi espalda resbale sobre su piel.

—Date la vuelta —ordena, casi sin aliento.

Me pongo en pie, me tiemblan las piernas.

—Cuidado. —Me sostiene y me vuelve a bajar. No soy capaz de recuperar el aliento, pero lo rodeo con las piernas y me vuelve a llenar, ahora cara a cara. Así es más íntimo. Posa su frente sobre la mía y yo le aprieto los bíceps, aferrándome a ellos para mantener el equilibrio.

—Podemos descansar un rato, frotarnos si quieres.

Es muy excitante. Se me eriza la piel de puro entusiasmo. Es como la primera vez que me emborraché y me pregunté por qué demonios iba alguien a escoger estar sobrio. ¿Al despertarme mañana me sentiría como si estuviera pagando una deuda o tendría ganas de volver a hacerlo de nuevo? Él agacha la cabeza y suelta un bufido, parece estar disfrutando de contemplar el movimiento de nuestros cuerpos.

—Maravilloso —murmura. Me rodea los pezones con los labios y succiona.

Sentir su boca sobre mi piel mientras me froto contra él es una experiencia muy distinta. Tengo el cuerpo exhausto, los músculos fatigados, pero no puedo parar. Es la mayor satisfacción que he sentido en la vida, y no hay garantías de que la vaya a volver a experimentar.

Nos miramos y es como si se detuviera el tiempo, aunque solo durante un segundo. Tiene una sonrisa magnética. Sincera y real. Está presente al cien por ciento, vive el momento. Sin apartar los ojos de los míos, cambiamos de postura. Callahan me mira los labios, me agarra de la nuca, me acerca a él y me besa. Vaya poder. Yo muevo las caderas y él gime. Me encanta saber que le causo la misma sensación que él a mí. Tiene las manos en mi cintura, justo encima del doblez de las caderas, y dirige mis movimientos, en busca de satisfacción.

—Carajo, todavía no quiero venirme.

En un segundo, me agarra del culo, me da la vuelta y me pone boca abajo sobre la camilla. La baja hasta dejarla casi plana.

—¿Te gusta que te aten? —jadea.

Miro las sujeciones de velcro resistente.

—E-es que nunca... No lo sé.

—¿Quieres descubrirlo?

No soy virgen ni mucho menos, pero esto no se parece en nada al sexo que había tenido hasta ahora. Haciendo acopio de la mayor y más desbocada lujuria, respondo:

—Por supuesto.

Se me encienden las mejillas y me deslizo hacia el centro de la camilla. Él pone una rodilla junto a mi cuerpo y mis piernas quedan colgando por el lado. Entonces despega el velcro.

—¿Qué palabra de seguridad quieres usar?

—¿Palabra de seguridad? —He leído ese término en alguna parte. Es como un semáforo—. ¿Rojo?

—Rojo será, pues. —Me coloca las muñecas dentro de la correa y las amarra.

—¿Estás lista?

Asiento. Me levanta las piernas y se coloca mis pantorrillas sobre los hombros antes de hundirse en mi interior.

«El paraíso terrenal».

Gimo, y él sonríe.

—¿Te gusta?

«Me encanta».

Es como una rendición. Podría hacer lo que quisiera conmigo, y yo no tendría más remedio que recibirlo. Cuando arqueo la espalda, mis pechos quedan apuntando hacia él.

—Mmm —murmuro.

—Bien... —dice—. Quiero que me des otro.

Otro orgasmo. «¿En serio?». Hago ejercicio, pero él es bombero forestal. No hay ni punto de comparación en nuestros niveles de energía. Él está haciendo la mayor parte del trabajo físico, pero la que está sin aliento soy yo. Se me altera la respiración. Me parece que me falta el oxígeno.

—¿Estás bien?

—Perdona... Es que me parece que se me ha olvidado cómo se respira.

—Maldición, igual que a mí. —Se ríe, y yo también—. Diablos, me encanta que te rías cuando te estoy cogiendo. —Eso me hace reír aún más. Él gruñe. Se me quita la risa cuando me mira a los ojos—. Así, eso es.

Su forma de proceder debería ser un crimen. Alterna las embestidas provocadoramente lentas y largas con otras veloces y hambrientas. Y cada una en el momento adecuado. Cada mete y saca aumenta la tensión. Es demasiado y nunca es suficiente. No puedo creer que mi vida ahora sea esto.

Pestañeo y le sostengo la mirada mientras escucho el constante ritmo del sexo mientras se adentra en mi interior. Esto no es sexo, es otra cosa distinta. Es mucho más intenso y erótico. El corazón me martillea detrás de las costillas como si quisiera escapar de su prisión.

Cierro los puños y utilizo los resquicios de energía y flexibilidad que me quedan para acoger cada embestida. Es inútil. Callahan no se detiene, toma lo que quiere y no da tregua nunca. A los pocos segundos se me entrecorta la respiración y solo puedo tomar bocanadas cortas.

«Estoy a punto de volver a venirme».

Él entrecierra los ojos y yo niego con la cabeza vehementemente. Antes de que me lo pregunte, le respondo:

—Estoy bien. No pares. —Me cuesta respirar.

«¿Cómo es posible que no se canse?».

—Tiempo muerto. —Baja la velocidad, pero no se detiene.

Agarra una mascarilla de oxígeno de las que tenemos colgadas en la pared y me la coloca sobre la boca.

—Respira despacio. —Me sonríe—. Bien despacio... Tú solo siente.

Una parte de mí quiere reírse por lo absurdo de la situación, pero a la otra mitad la pone muy cachonda que me esté obligando a inhalar oxígeno mientras entra y sale de mí. No puedo hacer nada más que escuchar sus indicaciones. Me vibra el cuerpo de puro placer. «¿Será esto lo que se siente cuando te drogas?». Estoy flotando.

—Madre de Dios..., esta vagina está hecha para mí. ¿De dónde has salido?

—De Arkansas —carraspeo.

Él se inclina hacia delante y suelta una carcajada, después me quita la mascarilla y se la coloca a sí mismo para tomar una bocanada de oxígeno. Luego la deja a un lado.

—Ahora quiero que me demuestres lo buena chica que eres y que esta vagina tan preciosa me ordeñe la verga.

Se me abren mucho los ojos al escucharlo y a él se le forma una sonrisa en los labios. Haría lo que fuera por esa sonrisa. Bajo las piernas de sus hombros y él me cubre la boca con sus labios. Se agarra a la camilla para empujar mejor y me embiste con todo. Cada acometida me eleva más que la anterior. Estoy a punto. Él se acomoda para que su erección alcance mi punto G.

Callahan no deja de animarme.

—Sigue recibiendo. Tú puedes. Anda, uno más.

Se me vacía la mente y solo me centro en el gozo carnal que me está produciendo. Me acaricia la frente con la suya. Se me frunce el ceño y se me tensan los músculos mientras busco sus ojos con la mirada.

—Demuéstrame lo mucho que te gusta, Scottie. Vente sobre mi verga —me exige.

Sus palabras me anegan los pensamientos e intensifican las sensaciones físicas con las emocionales. Me masajea el clítoris con el pulgar y sus movimientos ganan en frenetismo. Erupciono al mismo tiempo que él, y Cal se hunde hasta el fondo.

No es tan intenso como los primeros, pero aun así es más potente que cualquier otro orgasmo que haya experimentado en la vida. Él gruñe y me somete a embestidas largas y duras. Me muerde el cuello y me gruñe al oído cuando se viene. Yo me quedo sin palabras.

—¿Siempre... siempre es así? —pregunto, casi sin aliento.

—No. —Baja la barbilla y niega con la cabeza mientras intentamos recuperar la respiración juntos. Cuando puede volver a mirarme, exhala con fuerza y sonríe—. No es siempre así, no.

Me da un beso en la sien. Me rodea las muñecas con las manos, desata el velcro y masajea las zonas enrojecidas por efecto de la correa. No sabía que unas manos tan rudas podían ser tan tiernas.

Descansamos juntos y escuchamos el intenso diluvio impactar contra el techo del vehículo, hasta que recuperamos una cadencia de respiración normal.

De pronto, un trueno ensordecedor sacude la ambulancia y esta se llena de la luz más brillante que he visto en la vida. Callahan se aparta de un salto y se da un golpe contra un gabinete lateral.

—Maldita sea. —Se me ha acelerado el pulso a causa de la adrenalina—. ¿Estás bien?

No me contesta. Parece perdido.

Se enciende una luz en el exterior del edificio. Deslizo un brazo hacia la cabina del vehículo y apago la luz de la parte trasera para dejar la ambulancia en tinieblas.

Tardo un poco en adaptar la vista a la oscuridad, pero cuando lo consigo, me pongo los jeans y la camiseta, sin molestarme en agarrar ni las pantaletas ni el brasier.

—Cal... —Lo toco y siento que tiembla.

«¿Qué está pasando?».

—Oye, eh, Callahan.

—Estoy bien —suelta—. Dame un minuto.

Asiento, recojo su ropa y se la dejo encima de la banca, a su lado. Me siento junto a él y entrelazo los dedos con los suyos. No sé qué le está pasando, pero quiero que recuerde que no está solo. Él me agarra la mano y me la aprieta. Bajo la vista hacia nuestras manos aferradas, que apenas se distinguen entre las sombras.

No ha pasado ni un minuto cuando se oyen voces a la entrada del edificio. Me inclino para mirar por la ventanilla y veo que hay un grupo de chicos fumando. Cal me suelta los dedos y se quita el condón para después buscar su ropa a tientas por la banca. Se pone los calzoncillos y a continuación agarra los pantalones.

—No te muevas mucho para que no se menee la ambulancia —susurro.

—Si la ambulancia se menea, es que hay fiesta —bromea, con la voz vacía.

Nunca había visto a nadie cerrarse tan rápido.

—¿Necesitas algo?

—Estoy bien. —Se viste con cautela. Los dos revisamos el suelo para encontrar las prendas que tiramos hace un rato. Me pongo la sudadera y después encuentro el brasier, que me guardo en el bolsillo.

«¿Dónde demonios están mis...?».

—No encuentro las pantaletas.

—Las tengo yo —contesta—. Ahora son mías.

—Ladrón y mentiroso. —Entrecierro los ojos y niego con la cabeza, con una pequeña sonrisa en los labios.

—Y jugador... —añade, y ahora ya parece más él mismo—. A lo mejor te dejo que me las intentes ganar algún día.

—Qué malo eres. —Me río y busco los calcetines por el suelo.

Encuentro varios envoltorios de comida vacíos. Menos mal que no ha habido heridos, porque a ver quién explica esto; lo que acabamos de hacer es demasiado arriesgado y no puede volver a suceder.

10
Callahan

Bobby está roncando como una maldita motosierra un par de habitaciones más allá. Estoy a punto de tirarle la puerta de una patada y obligarlo a dormir afuera. Normalmente, lo obligamos a dormir bien lejos en los campamentos para no tener que escuchar ese estruendo toda la noche. King está en la litera de enfrente y, por la cadencia de su respiración, sé que está dormido. No me puedo quejar del alojamiento para esta noche. El camastro es suave y calientito, pero no consigo encontrar la postura.

Tardamos casi dos horas en limpiar la ambulancia. Ella me dejó claro que no podíamos volver a utilizarla. Seguro que mis compañeros se preguntan por qué huelo a desinfectante, aunque no es de su incumbencia. No me importó ayudarla a limpiar. Scottie y yo nos pasamos el rato riéndonos. Me paso la mano por la cara y la dejo caer a un costado mientras contemplo la oscuridad. «Maldición, ¿por qué me siento tan raro?». Hay algo que me está raspando las entrañas, una emoción que se está intentando aferrar a mi pecho. ¿Duda? ¿Arrepentimiento? No, arrepentimiento seguro que no.

Por norma general, después de un ligue no siento nada más que alivio. No es nada malo. No siento que me falte nada. La mayoría de mis aventuras son como una noche divertida en el bar. Me la paso genial, pero cuando se acaba, se acaba.

Esto no me parece que se haya acabado.

Maldigo en silencio el trueno que tan perturbado me dejó. Cuando me quedé congelado delante de ella, me sentí como un maldito imbécil, y justo después de coger, para colmo. No fue mi mejor momento, pero me encantó que no me presionara ni intentara hablar del tema. No hay nada que hablar. En cambio, se sentó a mi lado y me tomó de la mano, y eso era exactamente lo que necesitaba en ese instante.

Pasa otro minuto y miro la hora en la pantalla de bloqueo del celular. Si me duermo ahora, podré alcanzar cuatro horas de sueño.

Cierro los ojos, me tapo los hombros con la manta de antes y el aroma de su champú me relaja la mente. Reproduzco los ruiditos que emitió y el ansia de más que vi en sus ojos azul intenso.

Si el mañana trae penurias, habrán valido la pena por pasar una noche con Scottie.

11
Callahan

La plática del comedor se desvanece a mi alrededor mientras le mando mensajes a Scottie entre bocado y bocado y molesto a mis compañeros. Llevamos todo el día coqueteando por mensaje. Me está volviendo loco. Hoy la hemos pasado mal en el trabajo porque el lodo nos impedía avanzar en las labores. Estoy agotado, pero eso no impide que esté contando los minutos para que todos se metan en sus cuartos y yo me pueda colar en el suyo.

Durante la cena nos echamos miraditas como si fuera un maldito juego. Es hipnotizante.

Quiero ver esos labios alrededor de mi verga. Quiero sentir cómo se le encoge la vagina cuando le digo que es una buena chica. Quiero ver cómo le rebotan los pechos cuando me la cojo.

Lo quiero todo.

La mitad de los presentes le han echado el ojo, incluso he tenido que echarle bronca a un par de compañeros que se han puesto a hablar de ella. Por lo que sea, a esta no quiero compartirla. Scottie me ha plantado una semilla de posesividad. Es solo mía. Siempre evito coquetear o no acostarme con nadie cuando estoy de servicio, y, cuando lo hago, es cosa de una noche.

Mantener unos límites claros asegura que todo el mundo tiene las mismas expectativas y que nadie se lleva una decepción o se enamora. Después de haber pasado una noche con esta mujer, estoy dispuesto a hacer una excepción. No es que vaya a venir a todos los servicios. Es algo temporal. Solo estamos sacándole partido a la situación, pero, si vamos a seguir con esto, deberíamos establecer unas reglas para que comprenda que es puramente físico. El sexo es fenomenal, pero no puede pasar de ahí. Yo todavía no estoy preparado para volver a comprometerme con nadie, y no sería justo adularla y que se confunda.

Estas palomitas están casi tan dulces como tú.

Ay, Dios.

Llevo casi todo el día provocándola con mensajes subidos de tono. Aunque, para ser sinceros, empezó ella al mandarme una fotografía muy pixelada de la parte trasera de la ambulancia.

¿Qué?

Ya sabes qué.

Ay, por favor,, si te dije cosas mucho más sucias anoche...

Miro hacia el lado opuesto del comedor y veo que tiene las mejillas al rojo vivo cuando cierra ese celular de tapa tan raro que tiene. Qué divertido es sacarla de quicio.

Te estás sonrojando.

Intenta ignorar el mensaje, pero al final vuelve a abrir el celular.

Es una reacción alérgica.

Ja, ja.

¿Puedo ir a visitarte luego?

¿Vas a dejar de provocarme?

Por favor... Si es ella la que me está provocando a mí.

No lo sé, ¿vas a ser una buena chica?

Eres lo peor.

Nunca dije que no lo fuera.

Nos miramos desde la distancia y ella me lanza una mirada reprensiva. Yo, por mi parte, le ofrezco un guiño y una sonrisa.

A causa del lodo, vamos todos en calcetines, y por eso apenas se escuchan los pasos cuando uno se embarca en una actividad clandestina. Golpeo la puerta con los nudillos muy suavemente, y cuando veo que se gira la manija se me forma una sonrisa. No obstante, no estoy preparado para verla con una camiseta enorme y nada más. El cuello, estirado, me ofrece una panorámica de su hombro, y la tela casi le llega por las rodillas. Se me encoge el pecho. No me gusta que lleve puesta la ropa de otro hombre.

Ella se aparta para dejarme entrar. Yo me paso las manos por la camiseta de cuello abotonado, que espero que no esté demasiado arrugada. Cuesta evitar que la ropa se te arrugue cuando vives con la mochila a cuestas. Algo me dice que a Scottie eso le da igual.

La habitación es parecida a la mía, solo que ella dispone de dos literas y una cama individual con una manta diminuta. Tiene las pertenencias esparcidas por una de las literas. Todo bien ordenado. La mochila, cerrada, está al lado de la ropa, que está doblada en varias pilas. Al otro extremo de la cama reposa la comida que ganó en la partida de póker, organizada por categorías. Las categorías no parecen tener demasiado sentido, no están divididas por marca ni por tipo. Parece que haya agarrado un paquete de cada clase de comida y los haya separado en raciones. En fin, cada loco con su tema.

La habitación huele a ella, con un aroma sutil a jazmín y a vainilla. Al inhalar percibo una sensación de paz. No me resulta familiar, pero sí tranquilizadora. En cuanto oigo que se cierra la puerta y se pone el seguro, me abalanzo sobre ella.

Le pongo las manos sobre la cintura y agarro el algodón suelto que le cubre la piel. Ella levanta la barbilla y sus ojos llenos de lujuria adoptan un tono azul tormentoso. Se sonroja e inhala fuerte. Se me dibuja una sonrisa en los labios cuando me agacho para besarla. Me encanta dejarla sin aliento. Ella abre los labios y yo le lamo la boca mientras la hago retroceder hasta la cama. Maldición, llevo todo el día esperando este momento.

Antes de que nos dejemos llevar, me retiro. No tengo nada en contra de un buen acostón rápido, pero como vamos a compartir alojamiento durante varios días, al menos debería entablar conversación primero. O sea, es verdad que hemos hablado por mensaje, pero me gusta charlar con Scottie y no le he dicho ni hola.

—Hola —susurro, sin levantar la voz.

—Hola. —Su risita me parece adorable.

Se masajea la nuca y se estremece un poco.

—¿Te duele?

Desdeña el comentario con un gesto de la mano y señala la comida que tiene en la litera.

—¿Tienes hambre? Tengo una baraja de cartas si quieres intentar recuperar tu comida.

Sonrío y niego con la cabeza, después aparto la almohada y me siento a la cabeza de la cama con la espalda contra la pared y las piernas extendidas.

Ella vuelve a tocarse la nuca.

—Ven, anda. —Le ofrezco la mano y ella la acepta y me permite que entrelace los dedos con los suyos y que la ayude a acomodarse en la cama a mi lado—. Acuéstate boca abajo, yo me encargo.

Nos acomodamos, ella con la cabeza sobre mi regazo, acostada entre mis piernas y con la mejilla apoyada en mi muslo izquierdo y el cabello sobre el derecho. Con un brazo me rodea el cuádriceps, mientras que el otro lo tiene doblado cerca de mi espalda. Me roza la cadera con los dedos.

—¿Bien?

—Bien —confirma con una sonrisita.

Se le cierran los ojos cuando le agarro la nuca y busco hasta que encuentro el nudo muscular.

—Uf, vaya enredo tienes aquí.

Ella gruñe cuando le clavo los pulgares.

—¿Demasiado fuerte?

—No —ronronea—. ¿Qué tal te ha ido en tu día?

No estoy acostumbrado a que me formulen esa pregunta. Normalmente, comparto vivencias con todos los compañeros que me rodean, de modo que no es necesario preguntar.

—Eeeh, pues bien, supongo. —Me da pie a continuar, así que eso hago—. No es nada agradable trabajar entre lodo, sobre todo cuando la arboleda es densa y el sol no consigue atravesar las copas.

Le explico todo lo que ha pasado a lo largo del día con facilidad. Resulta extrañamente doméstico, como una conversación típica de parejas. Ella consigue que no parezca una charla insulsa. Formula preguntas y, a pesar de que cada vez la noto más relajada según voy deshaciendo el nudo que tiene en la nuca, muestra interés. Sé que me está prestando atención porque me pide que le explique algunos términos técnicos.

—¿Y tú, qué tal tu día?

Se encoge de hombros.

—Bastante aburrido.

Suelto un bufido divertido. Nunca he envidiado al personal médico. Se pasan la mayor parte del tiempo a la espera, sin hacer nada. Deslizo la mano hacia el interior de su camiseta y trazo líneas y círculos mientras habla. Le masajeo los hombros, el cuello, los brazos, todo lo que soy capaz de alcanzar. Con cada caricia, el cuerpo se le vuelve de gelatina. ¿Tendrá tantas ansias de que la toquen como yo?

Scottie mueve la mano que tiene detrás de mi espalda hacia la parte de delante de mi camiseta y me la mete por dentro de la tela. Tengo que hacer acopio de todas mis fuerzas para no suspirar. Su caricia, suave como una pluma, me recorre el vientre y me provoca escalofríos. Sigue hablando, sin ser consciente de lo que está provocando en mi cuerpo. Sus dedos imitan a los míos y trazan los mismos patrones sobre mis abdominales. «Maldición». Me pone duro y me relaja al mismo tiempo. Me hacía más falta de lo que pensaba. Le hundo la otra mano en el pelo y ella suelta un gruñido en mitad de la anécdota sobre las prácticas que le había asignado Matt.

Yo suelto una carcajada.

—¿Te gusta?

Ella sonríe.

—Ajá.

—Tomo nota. —Me estremezco en cuanto esas palabras salen de mi boca. No debería decir esas cosas; da la impresión de que esto no es lo que es—. No pretendía interrumpirte, puedes seguir hablando —digo, para que continúe con su anécdota.

Ella se queda en silencio unos segundos y después suelta una risita.

—¿De qué estábamos hablando?

—De las prácticas.:. —respondo, para reavivarle la memoria.

Enrosco los dedos entre su cabello, a la altura de la raíz, y después cierro la mano y jalo un poco.

Ella suelta un ruidito, algo a medio camino entre un gruñido y un gemido.

—Ya no importa. Uf, cómo me gusta eso.

Repito el movimiento y alterno la tensión sobre su cuero cabelludo con un jugueteo con las puntas del pelo. Se me clavan sus uñas en los músculos con tanta intensidad que el gesto dulce y afectuoso se torna en una necesidad de hundirle la verga hasta el fondo y ahogar sus gritos.

—Me han gustado mucho tus mensajes de hoy —la provoco, y le recorro la columna con los dedos.

Se le sonroja la cara y me retira la mano del muslo para cubrirse la mejilla derecha, que es la que tiene a la vista.

—Qué vergüenza.

Yo suelto un bufido burlón.

—¿Por qué?

—Nunca había hecho nada parecido. No es que sea virgen, pero nunca... lo había hecho así.

Yo tampoco había cogido nunca en la parte de atrás de una ambulancia, pero Scottie parecía tener una capa de inexperiencia que me encantaba corromper. Ver cómo se le iluminaba la cara de placer como si fuera la primera vez me pareció espectacular.

—No es nada... Me encantó la foto que me mandaste. —Recordarla atada a la camilla me ayudó a pasar las horas en el cortafuegos.

Vuelve a poner la mano en mi muslo, esta vez en lo más alto del cuádriceps.

—Estaba bromeando, nada más.

—Pues yo no.

Me clava los dedos un poco más y, al soltarme, pasea la mano hasta que me la pone encima de la verga, por fuera de los pantalones, y suelto un bufido entre dientes. Este ascenso gradual de la tensión entre conversaciones y rocecitos ya está alcanzando niveles de necesidad.

Un segundo después, confiesa:

—Yo tampoco. —Tiene la voz susurrante y llena de sexo—. Pero esto me gusta tanto que me está costando moverme.

Le saco la mano de la camiseta y me desabrocho los pantalones. Ella planta las palmas en la cama y se incorpora de un empujón.

—Nada de eso. Tú acostadita.

Después de desabrocharme, me bajo los pantalones y los calzoncillos y descubro mi media erección.

—La cabeza sobre mi regazo. Yo voy a jugar con tu pelo y tú vas a calentarme la verga con esos labios carnosos hasta que yo te diga. ¿Entendido?

Ella asiente con esos ojos preciosos llenos de lujuria y se sienta sobre mi pierna derecha. Suelto un siseo cuando me recorre la base del pene con la lengua.

—Eso es —suspiro. «Perfecto».

Maldita sea. Qué bien lo hace. Vuelvo a deslizarle una mano entre el cabello y le acaricio los mechones con los dedos. Le alzo la barbilla para poder mirarla a los ojos tempestuosos. Le paso un pulgar por la mejilla suave y vacía cuando me chupa la punta.

—Maravilloso.

La suelto y le recorro la mano por encima del hombro. Jalo de la camiseta, se la levanto y le dejo el culo al descubierto. Diablos, si le hubiera levantado la camiseta para darle el masaje, ahora ya estaríamos mucho más avanzados. Por muy tentador que me parezca, esta progresión me gusta más. La anticipación es la mejor parte.

—Maldición, pero si vas desnuda debajo de la camiseta... —No levanto la voz—. Si no te conociera diría que querías que te cogiera, Scottie.

Hundo los dedos en su pelo y ella se estremece. «Diablos».

—Me parece que eso es lo que quieres... Qué ansiosa.

Ella suelta el aire por la nariz y emite un ruidito. Yo ya estoy duro del todo y ella no deja de subir y bajar por mi verga.

—¿Sabes lo mucho que les gustas a algunos de los chicos?

Aumenta la intensidad de la succión. «Qué interesante».

—He tenido que regañar a cuatro de mis compañeros. O bien por hablar de lo buena que estás o bien por contemplarte como solo yo puedo hacerlo.

Suelta un gemido alrededor de mi verga.

—Seguro que la mitad se masturba en la regadera pensando en ti.

Se aparta un segundo y niega con la cabeza.

—Te has pasado.

Me echo a reír e intento no hacer demasiado ruido.

—Sí, tienes razón, a mí tampoco me gusta imaginármelo.

Se le dibuja una sonrisa en los labios y vuelve a atacar mi verga. Se me corta la risa cuando me pongo a admirar su belleza. Se retira el pelo detrás de los hombros y yo me pongo a juguetear con sus mechones y a deleitarme con cada centímetro de su piel.

—Buena chica —la alabo—. La chupas muy bien, cariño. No pares.

Ella aprieta las piernas y yo dirijo la mano hacia el bolsillo trasero del pantalón, que ahora queda un poco más abajo, y saco el condón para tenerlo a mano.

—Te gusta hablar, Prescott... Esos mensajes subidos de tono me hicieron perder la cabeza. No podía dejar de pensar en la expresión de tu cara cuando te venías. —Ella inhala por la nariz—. En el brillo de tu rostro después de dejarte bien cogida.

Es toda pecas y mejillas sonrosadas.

—Seguro que quieres venirte ya mismo... ¿Te acuerdas de cuando terminaste sobre mi lengua? Qué dulce me supiste.

Scottie se acomoda y profundiza aún más. Yo gruño.

—Maldición, eso es. —Tengo una mano entre su pelo rubio rojizo y le poso la otra en la parte de atrás de la cabeza. Se me está formando un charco de saliva en la base de la verga. Se está dejando de remilgos y me encanta—. Sigue así. Eres un desastre maravilloso.

Le coloco unos mechones detrás de la oreja y sigo jugueteando con su pelo, percibo una sensación de triunfo cada vez que la hago estremecer.

El dulce afecto sumado a la forma que tiene de rodearme con los labios me resulta exquisito. Esta mamada no es ni tan bestial ni tan apasionada como me suelen gustar, pero es exactamente lo que necesitaba. Es íntima.

«Íntima». Se me tensa el pecho. Sí, esto es algo más. Si no le pongo freno, tal como me está acariciando, esto va a pasar al plano emocional sin remedio.

«Y no es más que un asunto de una noche».

—Ábrete de piernas.

En cuando las despega, se pone a frotarse contra mí. Oigo lo húmeda que está y se me relaja el pecho. Lo conocido resulta reconfortante.

Desvío la atención hacia Scottie y hacia su forma de chupar y lamer, casi con frustración. Me resulta entretenido ver cómo su cuerpo busca fricción cuando la necesita.

—¿Por qué me mandaste la foto de la ambulancia?

Menea las caderas y yo le agarro el pelo con el puño. Suelta un quejido. Yo aprieto la mandíbula a causa de la vibración que emite. «Dios santo, esta mujer me va a chupar hasta el tuétano».

—Anda, cariño, responde.

Le jalo del pelo y la aparto de mí. Sus labios amoratados se deslizan de mi verga con un restallido húmedo y al alzar la vista maldice mi nombre.

Le salen las palabras aprisa y corriendo y casi sin aliento.

—Porque quería que te acordaras de lo bien que lo pasamos y que vinieras a mi habitación esta noche para cogerme otra vez.

«Ahí le has dado». Le limpio la baba de los labios sonrosados.

—Quítate esa maldita camiseta —gruño.

Mientras ella se incorpora, yo me pongo de pie y me quito la ropa. Scottie se muerde el labio inferior al contemplarme. No es la primera vez que me admira una mujer, pero hay algo en la forma que tiene de mirarme que me da un punto extra de validación. Se quita la camiseta. Su cuerpo es un castigo.

Me pongo de rodillas y le rodeo los muslos con los brazos para jalar su culo hasta el borde de la cama. Ella se recuesta sobre los hombros, sonriendo como el gato de Cheshire. Abre bien las piernas, dobla las rodillas y planta los talones en el lateral del armazón de la cama.

—¿Todo bien? —le pregunto.

Ella inclina la cabeza hacia un lado.

—¿Tú qué crees?

Yo niego con la cabeza.

—Yo no creo nada. Necesito confirmación.

—Sí —responde, con la mejor dicción que puede.

Entonces me permito echarle un vistazo a su vagina. Maldición, tiene un brillo deslumbrante. Le paso el pulgar por encima del clítoris húmedo.

—¿Qué es lo que te ha puesto tan empapada, Scottie?

—Tú.

—Te has mojado tanto solo de calentarme la verga con la boca, ¿verdad?

Abre mucho los ojos. Le gusta que le diga obscenidades.

—Ajá —responde. Me parece casi una súplica.

Le sostengo la mirada mientras le meto dos dedos, y después los doblo para tocar ese lugar que hace que llegue al precipicio del placer. Ella agarra la manta con los puños y echa la cabeza hacia atrás.

Alzo la barbilla y me río cuando le tiemblan los muslos y se le corta la respiración. Está a punto, y me prende a mil.

—¿Puedo hacer que te vengas sobre mis dedos antes de terminar esta frase?

Y como por ensalmo, Scottie se derrite y arquea la espalda al alcanzar el clímax. Se retuerce, mueve las caderas y encoge los dedos de los pies. Yo chasqueo la lengua y ralentizo las incursiones para estirar el orgasmo y deleitarme en cada tensión y distención de sus músculos.

—Eso es, buena chica, ya sabía yo que podías conseguirlo.

Su pecho sube y baja mientras intenta recuperar el aliento. Baja la barbilla y centra su mirada en mis ojos. Mala idea; la profundidad de sus ojos de color azul medianoche me atraviesa de lado a lado. Extiende un hilo invisible entre los dos. Es demasiado, y demasiado rápido. Trago saliva y me obligo a mantener ese límite que he establecido, después aparto la mirada y corto todas las vías de comunicación.

«Solo un asunto de una noche».

Le meto las manos detrás de las rodillas y le aparto las piernas para colocar los labios alrededor de ese manojo de nervios y succionar. Ella me da una palmada en el hombro, la hipersensibilidad la está haciendo temblar y se intenta apartar de mí. Ni de broma. Aplano la lengua y la llevo desde la vagina hasta el clítoris y vuelvo a chupar hasta que es incapaz de controlar el volumen de su voz.

Cuando resulta obvio que no va a poder quedarse callada, le empujo las piernas para echarlas a un lado y señalo la cama con la cabeza. Miro hacia abajo para abrir el condón y ponérmelo.

—¿Sigues bien? —pregunto.

—Sí. Siempre —consiente.

La coloco boca abajo, mirando hacia la cabecera de la cama, y me alivia ver que se pone en cuatro y separa las piernas.

—Muerde la almohada. —Me siento un poco imbécil por lo poco que le estoy hablando, pero es que si no, voy a perder el control.

En cuanto se amordaza la boca, me hundo en su interior, y la oigo gruñir, retorcerse en busca de más y deslizarse contra mí. Con una mano le masajeo la nalga izquierda y con la otra le sigo la columna vertebral. Con la mayor suavidad que puedo, le empujo los hombros hacia el colchón, y ella arquea la espalda.

Qué locura verla con el culo levantado, tiene unas nalgas exquisitas. Esta mujer es increíble.

La agarro de las caderas y la presiono contra mi cuerpo. Está tan apretada que me cuesta mantener la vista enfocada. En un momento dado me percato de que ella ha tomado las riendas. Le suelto las caderas y veo que su ansia toma el control.

—Eso es, balancéate hacia mí. Muéstrame cuánto lo deseas, Scottie. Enséñame lo mucho que ansías que te coja una buena verga.

«¿Quién demonios es esta mujer?». Mientras su vagina me aprieta la verga, pienso en la facilidad con la que me ha alegrado el día. Se me cuela en la mente su sonrisa. Esos ojos azules irresistibles y esas expresiones tan sexis que pone cuando se viene. Quiero verla, pero no me puedo arriesgar a que la oigan los demás. No quiero compartir sus ruiditos con nadie. Son míos y solo míos.

—No sé cuánto más podré soportar —se queja.

Le planto una mano al lado del hombro y me inclino hacia delante para poner los labios junto a su oreja.

—Vas a soportar hasta el último centímetro de mi verga mientras te cojo y consigo que te vengas. ¿Entendido?

Ella asiente.

—Buena chica. Hasta el último centímetro, Scottie. Más duro.

Le paso la mano alrededor del cuerpo y me pongo a trazar círculos alrededor de su clítoris. Cierro los ojos y memorizo su temblor.

La beso debajo de la oreja mientras siento que se acerca el orgasmo. Espero a que se desate, pero la ola sigue creciendo entre sus temblores, y no me puedo imaginar lo mucho que lo ansía. Seguramente está agonizando. Tiene tics en la mandíbula y ha cerrado los ojos. Verla sufrir hace que se derrita algo en mi interior, así que suavizo un poco la voz.

—Déjate ir. Yo te sostengo.

—Callahan —suelta entre dientes.

Me encanta oír mi nombre de su boca. Me da la intensa sensación de que esta mujer va a acabar conmigo. Por cómo me agarra... está a punto. Me encanta lo mucho que se tensa cuando se acerca al límite. Se estremece en un intento de continuar con la cadencia, pero falla cuando su cuerpo se rinde al placer al cruzar la meta. Resulta poco menos que magnífico.

La agarro de los costados y tomo el control, entrando y saliendo al mismo ritmo que antes. Ella solloza, gira la cara hacia un lado con la mandíbula descolgada y contiene el aliento. Me pone las manos encima de las mías mientras yo la embisto, y sus dedos temblorosos se me clavan en la carne.

La tensión erupciona y yo me desato. La embisto más fuerte que nunca, como a modo de castigo por hacerme sentir algo más que atracción física. Ella inhala fuerte y yo le pongo una mano sobre la boca para amortiguar sus lamentos. Yo gruño entre dientes mientras me vacío en el condón.

Ralentizo el movimiento de las caderas al soltar hasta la última gota y después me derrumbo sobre la estrecha cama, a su lado, los dos con la respiración agitada.

—Maldita sea —murmuro mientras anudo el condón y lo lanzo al bote que está al otro extremo del dormitorio.

—Sí —asiente con ímpetu mientras intenta recuperar el aliento—. Sí.

Con una sonrisa en los labios, giro la cabeza para mirarla. Ahí está ese brillo. Maldición, esta mujer me deja sin respiración. La envuelvo entre mis brazos y la acerco a mí, aunque de espaldas, para intentar no perder el poco autocontrol que me queda cuando estoy con ella.

—Qué bien me la paso contigo. —Mi aliento le acaricia el hombro y ella me acerca el culo al cuerpo.

—Y yo contigo —dice.

A pesar de que me encantaría seguir haciendo esto a diario, sé que es mejor poner límites.

—Antes de que vayamos demasiado lejos, necesito decirte que solo me interesa pasarla bien. —Ella se tensa entre mis brazos, pero yo sigo hablando—. La pasamos genial, así que, si quieres que sigamos divirtiéndonos juntos, yo estoy dispuesto a continuar hasta que termine el servicio. O incluso al volver a Sky Ridge. Eso lo dejo a tu elección.

Scottie traga saliva y se aclara la garganta.

—¿Puedo pensarlo?

—Por supuesto.

Carajo, creo que la cagué, pero siempre que me he acostado con una mujer varias veces seguidas, suelen ponerse pegajosas o esperar más de mí de lo que soy capaz de darles. Pero es que, maldición, el sexo con Scottie es tan demencial que no me importa. Su cuerpo responde al mío maravillosamente bien. Es como si, cada vez que nos acostáramos, fuera su primera vez. Cuesta no tomárselo como un cumplido. Seré un imbécil en el plano de las relaciones, pero al menos lo admito.

12
Scottie

Matt tararea la melodía que suena en la radio mientras vemos el paisaje pasar por la ventanilla. Los árboles y las montañas son magníficos. No sé si podría marcharme de la zona noroeste del Pacífico ni aunque quisiera. Nos han pedido que volvamos ya, y los bomberos forestales regresarán mañana. De momento, el trayecto de vuelta parece estar siendo más rápido que el de ida. A lo mejor es porque voy recordando la semana que he pasado con Callahan. Me da un vuelco el estómago cuando me acuerdo de sus palabras, de su voz, de cómo manipuló mi cuerpo. Primero en la ambulancia y después en mi habitación, donde se coló durante tres noches consecutivas.

No sé en qué punto estamos. Sé que lo que sucedió era algo que ambos queríamos y que nos permitimos tener, pero ¿ahora qué? Él dijo que solo quería divertirse, pero yo no sé si entiendo cómo es eso de la diversión. A pesar de todo, se me llena la mente de fantasías en las que somos algo más. Como es lógico, soy consciente de que estos sentimientos son problemáticos, porque nacen de la soledad y de la obsesión, por no hablar de la falta de experiencia. No tiene sentido enamorarse. No es buena idea jugárselo todo a una carta, pero es que él es el primer flechazo que me permito tener desde hace al menos una década.

«Maldición, qué hecha polvo estoy».

Matt es su amigo, y eso tiene que servir para algo. La gente con la que se junta Callahan en su entorno laboral parece de buen corazón. Si acaso, la peor de todos soy yo. Porque mira que arriesgarme a perder el empleo por tener relaciones en una ambulancia y por cosa de una noche... Qué demonios me pasa.

Bostezo. Tengo mucho sueño atrasado.

—No empieces —me dice Matt, que intenta hablar entre bostezos—. Además, ¿por qué estás tú cansada? Si estos días dormiste hasta tan tarde que te saltaste el desayuno. Dormiste como un muerto. Sigo sin poder creer que no te despertara la tormenta. Qué locura.

Espero que la risa forzada que suelto resulte lo bastante convincente.

—Sí, qué rabia me da habérmela perdido. —Le conté a Matt que estuve leyendo un rato, luego me aburrí, me puse a limpiar la ambulancia y me acosté temprano... y por eso me olvidé de devolverle las llaves. «Mentirosa». No me perdí absolutamente nada esa noche.

Descruzo las piernas y las vuelvo a cruzar. ¿Cuándo fue la última vez que hice algo tan arriesgado? No puedo permitir que se me nuble el juicio justo cuando empiezo a tener algo de libertad. Por otra parte, ¿cuándo fue la última vez que obvié las consecuencias simplemente porque quise? Nunca. A pesar de que no ha sido la decisión más inteligente de mi vida, no me arrepiento de haber pasado esa noche con él. Siempre y cuando no me dé por hacer irresponsabilidades a todas horas, no pasa nada.

—Normalmente, estos servicios son aburridos y te pasas las horas sentado en la ambulancia contemplando una colina en llamas. Esta vez, al menos hemos podido pasar el rato con los bomberos y pasarla bien, para variar.

Asiento e intento desviar la conversación de mis costumbres nocturnas antes de que me descubra en falta.

—Hacía mucho que no jugaba al póker. —Otra mentira. No había jugado al póker en la vida. El juego estaba estrictamente prohibido. Llegué tarde a la partida para poder estudiar las reglas. Me llevó un par de rondas asegurarme de que las comprendía bien. Me daba demasiado miedo intervenir... hasta que Callahan me animó a unirme.

Cuando estoy con él no me resulta tan complicado fingir confianza en mí misma. A veces me siento como un alienígena que intenta encajar entre los humanos... Menos mal que siempre me han permitido trabajar de técnico de emergencias médicas, porque si no, estaría mucho peor. Sin este empleo, seguramente no habría podido marcharme de allí. ¿Qué habilidades podría haber tenido? ¿De dónde habría sacado el dinero? O el coche. Tener una profesión era mi «premio». Debería haberlo hecho antes. Pero ahora eso ya no importa. Me lo quito de la cabeza y sonrío a Matt.

—Me da pena haberte robado la comida —suelto entre risas.

Me vibra el celular y me lo saco del bolsillo.

Escríbeme cuando llegues a casa.

Contengo la sonrisa y le respondo.

¡De acuerdo! Tú no te diviertas mucho esta noche.

¿Cómo voy a divertirme si no te tengo a ti aquí?

Se me ensancha la sonrisa y dejo el celular cerrado sobre mi regazo.

—Creía que estabas fingiendo. —Se ríe. Cuando gira la cabeza hacia mí, veo que tiene una expresión inquisitiva en la cara—. Oye..., ¿hay algo entre Callahan y tú?

Frunzo el ceño.

—¿Qué quieres decir? —Me guardo el celular en el bolsillo y me flagelo por parecer tan culpable.

—No sé, es que me parece que debería advertirte que es un mujeriego.

«Carajo, ¿habrá visto o, peor aún, oído algo en el campamento?».

Me encojo de hombros, miro por la ventanilla y retomo el tema del póker.

—Solo pretendía ponerme nerviosa para ganarme las palomitas caramelizadas.

—Sí, quizá sea eso, pero quería advertírtelo por si acaso intentaba ligar contigo. No pretendo ser un baboso, pero eres atractiva, y él..., en fin, él es Callahan.

¿Él es Callahan? ¿Qué querrá decir con eso? Me da miedo preguntar porque podría parecer aún más culpable de lo que me siento. Matt me lo notaría en la mirada.

—¿Qué es un criminal peligroso o algo así? —Finjo que el tema me aburre y me pongo a mirarme las uñas.

—¡No! Nada de eso. Es buen chico, pero no le gustan las ataduras. Algunas mujeres creen que pueden arreglarlo y acaban decepcionadas. Es un chico encantador, pero tiene cierta reputación. ¿Me entiendes?

—Te entiendo. —Trago saliva.

Tengo las entrañas más tensas de lo que pensaba. Quiero volver atrás en el tiempo hasta antes de que me hubiera dicho esto Matt. Al momento en el que podía fantasear sobre lo bueno que saldría de esta historia. A cuando todo era divertido y emocionante. La versión de Callahan que me acaba de dar Matt me ha abierto un agujero en el estómago.

Aun así, me aferro a las palabras que me dijo Cal en la ambulancia: «No siempre es así, no».

13
Callahan

Es mi última noche en Oregón. Entre los trabajos de extinción del fuego de Mahonia y las escapadas nocturnas con Prescott, ha sido una semana extraordinaria. Matt y ella ya han salido hacia Sky Ridge esta mañana. Matt estaba deseando volver a casa. No me extraña, pasarse las horas sentado esperando a que pase algo es tan aburrido.

Como dicta la tradición, estamos celebrando el final del servicio tomando unas cervezas en el establecimiento con licencia para servir bebidas alcohólicas que más cerca nos queda. Yo ya llevo tres cervezas encima y me siento genial. Ya dormiré mañana en el viaje de vuelta a casa, lo que me hace una falta tremenda.

Me vibra el celular y me lo saco del bolsillo. Espero que sea Scottie. Llevo horas esperando que me conteste; ya debería haberme escrito.

Perdona que no te escribiera. Es que me quedé dormida.

Nos hemos desvelado bastante.

Muy cierto.

Sería una tragedia no repetirlo.

No le he contado que Dixon me descubrió escabulléndome hacia su habitación anoche, cuando se levantó a mear. No dirá nada, pero me echó una mirada reprobatoria para recordarme que eso que estaba haciendo no era nada cauteloso.

Ahora mismo lo tengo sentado a mi izquierda, y se inclina para echarle una ojeada a mi celular.

Pongo los ojos en blanco y bloqueo la pantalla.

—¿Querías algo?

Él niega con la cabeza, pero acerca su hombro al mío y baja la voz.

—La verdad es que me sorprende que te la estés cogiendo.

—¿Por qué?

A ver, es verdad que no es de mi estilo eso de enredarme varias veces con la misma persona. He aprendido a salir huyendo cuando las cosas se ponen demasiado reales porque, si no, la otra persona lo hará primero. No es una cualidad que me agrade, y lo sé, pero estoy trabajando en ello...

—No me parece que sea tu tipo.

—Está buena..., ese es mi tipo. —En lo profundo sé que va más allá, pero, en realidad, para lo que estamos hablando, no es la primera vez que hago algo así.

—Está casada.

—¿Qué demonios estás diciendo? —Me río y tomo un sorbo de cerveza—. Cómo va a estar casada.

—Judy, la que trabaja en el Ayuntamiento, fue la que procesó sus papeles. El otro día quedó para comer con mi madre y le dijo que Prescott Timmons había marcado la casilla de «casada» en el formulario. Además, he oído que se ha enredado con Dave, tu persona favorita.

Se me tensa la mandíbula. Imposible. Se habrá confundido.

—Nah, será otra chica. —Scottie no está casada, no lleva alianza, y no se ha acostado con Dave. Trabajan en la misma estación de bomberos, pero ella no se acostaría con ese.

Me entran las dudas. «Tú también trabajabas con ella».

Aun así, no soy capaz de imaginarla haciendo una cosa así con él. Es verdad que se le acercó aquella noche, en el bar, y... Técnicamente, ella no lo llegó a rechazar. Dave se retiró cuando Xander le preguntó por su hijo recién nacido. Niego con la cabeza.

—Creo que deberías comprobar las fuentes que usas, amigo.

—Solo te cuento lo que he oído.

Me llevo la botella de cerveza a los labios y doy un trago largo.

—Pues has oído mal.

Al demonio Dave. Y Dixon también, por propagar rumores falsos.

—Puedes preguntarle a ella.

Miro hacia abajo, al celular, y mi reflejo me contempla desde el cristal negro, pero enseguida lo guardo. No es que me importe que se haya acostado con otros tipos, pero la infidelidad sí me provoca una reacción visceral. Que se haya cogido a un hombre casado cuando ella misma tiene marido me pone de nervios, y que haya sido Dave, precisamente... Él es el motivo por el que no estoy casado y no tengo un par de criaturas. No quiero que sea también el culpable de que no pueda seguir viendo a Scottie.

Si hay algo de verdad tras estos rumores, adiós. Se me revuelve el estómago. Solo de imaginarme que le he jodido la vida a un pobre diablo igual que Dave me jodió la mía me anuda los intestinos.

A lo mejor sí debería preguntárselo a Scottie... ¿Y si confiesa? Me lleva el diablo. Se me perla la frente de sudor. Al demonio, es toda para él. Yo no pienso meterme en un triángulo amoroso retorcido y destrozar dos familias.

Tomo un sorbo de cerveza.

—No es tan tonta.

—¿Cómo demonios lo sabes? —Dixon pone los ojos en blanco—. Yo solo intento protegerte. No quiero que vuelvas a pasar por eso otra vez.

14
Scottie

A lo mejor me vibró en el bolsillo y no me di cuenta. Vuelvo a revisar el celular. Nada. Ya he limpiado la ambulancia a fondo para descargar algo los nervios. No sería tan horrible si tuviera algún servicio, pero llevamos parados toda la mañana. Releo los tres últimos mensajes enviados en los últimos tres días, todos míos.

Estoy en la tienda. Están de oferta las bolitas de queso.

Espero que estés teniendo un buen día.

¿Está todo bien?

No es que me haya dejado de escribir de repente, pero no está tan hablador como antes. Antes del incendio, nos pasábamos el día mandándonos mensajes. Seguro que está ocupado, pero teniendo en cuenta a lo que se dedica, mi mente se ha imaginado lo peor. Me había acostumbrado a tener un amigo. Este pequeño pueblo ya no me parecía tan solitario.

¿Lo he usado de muleta? Me estremezco.

—Maldición, Prescott —farfullo entre dientes.

He vuelto a caer en la rutina de depender de otra persona. Yo no soy así. Estoy aquí porque me valgo por mí misma. Me guardo el celular en el bolsillo con rabia. No pienso mirarlo más. Hay amistades por todas partes. Saldré a buscarlos. Al primero lo encontré en un bar, que es donde parecen ir todos los lugareños. A lo mejor encuentro a otro allí mismo. O tal vez en una cafetería. Creo recordar que había una bastante decente en el pueblo.

Entro en la sala de descanso, donde encuentro a Matt viendo la televisión, y me siento en uno de los sillones.

—Me aburro.

—¡Oye! ¡Cuidado! —grita Matt, y peina la sala con la mirada para comprobar si me ha oído alguien—. No digas esas cosas, que enfadarás a los dioses y nos cargarán de servicios.

Pongo los ojos en blanco.

—El mundo no funciona así.

—Vaya que sí.

Deslizo los codos de los reposabrazos de la silla y echo la cabeza hacia atrás para quedarme mirando los azulejos del techo. Suelto un suspiro frustrado.

—A los seres humanos nos encantan los patrones. Nos reconfortan las coincidencias, que confundimos con pruebas de la existencia de un poder superior.

Matt suelta un bufido.

—Vaya rayo de luz que eres hoy...

Echo la cabeza hacia un lado y me incorporo un poco.

—Perdona, es que estoy un poco...

—No te insultes.

—Bien, bien... Ahora en serio, ¿qué hay que hacer para que nos llegue un paciente con un hombro dislocado o...?

Suena un tono y la central nos habla por radio. Se me ilumina el semblante como en Navidad y me levanto de un salto.

—Servicio para la unidad médica veintitrés —suena entre interferencias.

Matt me señala con el dedo cuando nos dirigimos hacia la ambulancia.

—¿Qué te acabo de decir, eh? ¿Qué te acabo de decir?

Con una sonrisa de oreja a oreja, aprieto el botón del *walkie* que tengo en el hombro.

—Unidad médica veintitrés. Adelante.

Miro a Matt cuando nos subimos a la ambulancia.

—Sigo sin creer en supersticiones.

—Unidad médica veintitrés, responda a seis cuatro cinco Wilson. Seis cuatro cinco Wilson. Varón de diecinueve años afirma haber recibido un ataque de un... pterodáctilo. Trece veinte.

Matt toma la palabra.

—Central, repita la última transmisión.

Yo frunzo el ceño. «¿Qué han dicho?», articulo sin hablar. Me ha parecido oír la palabra *pterodáctilo.*

—Tú lo has pedido. Hoy va a ser un día de mierda.

—Seis cuatro cinco Wilson. Varón de diecinueve años afirma haber sido atacado por un pterodáctilo. Se sospecha ingesta de drogas. ¿Necesitan refuerzos?

Yo asiento. Matt aprieta el botón de su radio y me mira fijamente a los ojos.

—Negativo. Ya se encarga Scottie. Vamos para allá.

Niego con la cabeza.

—Yo con pterodáctilos no trabajo.

—Hoy sí.

Caigo de rodillas en cuanto entro en el departamento y cierro la puerta de una patada. Estoy que no puedo más. Todo empezó con un adolescente que se tomó unos seiscientos miligramos de THC y acabó con una Gladys Kravitz muy enojada y quemaduras de segundo grado. Según parece, se enfadó tanto porque las tomateras de su vecino se estaban colando en su jardín que le lanzó petardos M-80. No se reventó la mano de milagro. En este pueblo están todos locos.

Me vibra el celular en el bolsillo y suelto un gruñido. Me incorporo para sacármelo del bolsillo. Seguramente sea Matt, que me querrá regañar por la locura de día que hemos tenido.

Veo el nombre de Callahan y abro la pantalla.

¿En qué andas?

Acabo de llegar del trabajo.

Perdona, he estado muy ocupado últimamente.

No te preocupes. Espero que vaya todo bien.

Creo que deberíamos hablar.

Se me encoge el estómago, pero intento no perder el optimismo. Esta noche he tomado un turno extra para sacar un poco más de dinero, así que dispongo de unas seis horas para dormir antes de levantarme para trabajar toda la noche. Y me hace mucha falta descansar.

Hoy no puedo, lo siento. ¿Quieres tomar un café mañana por la mañana?

¿Y si paso por tu casa mejor?

Se me forma un nudo incómodo en el estómago. No me gusta como suena eso. Ni un poco. Le mando mi dirección y le digo que nos vemos mañana.

15
Scottie

A lo mejor debería haber quedado con Callahan ayer, cuando me escribió. No es solo el miedo a lo desconocido lo que me está carcomiendo, sino el hecho de que cuando termine el turno de noche voy a estar aún más agotada que ayer por la tarde. Me eché un sueñito a mitad de turno. Eso es lo único que me mantiene con vida. Hay un pastel en forma de galleta gigante envuelta en papel aluminio sobre la mesa de la sala de descanso y su tamaño ha disminuido considerablemente durante la noche. Me corto un trocito y lo picoteo mientras veo episodios repetidos de series en la televisión.

Ha sido una noche tranquila, y no me quejo, pero mentiría si no dijera que mi cabeza no ha dejado de darle vueltas a la «conversación» que me espera.

Me quedo contemplando el trozo de galleta antes de metérmelo entero en la boca. Momento en el que entra Dave. Él también está a punto de terminar su turno.

—Hola, cuánto tiempo sin vernos —dice, y acerca una silla a la mesa—. ¿Qué tal te va?

—Bien, gracias —digo con la boca llena.

—Me alegro. —Él también agarra un trozo de galleta,

que está poniéndose tan dura como un ladrillo—. ¿Has hecho amigos?

Trago.

—Eso creo.

—He oído que estás haciendo buenas migas con Cal.

Frunzo el ceño.

—¿Callahan Woods? No sé si diría tanto. —Ladeo la cabeza—. ¿Lo conoces?

—Sí, claro. Tenemos mucha historia, él y yo.

Hmmm.

—Ah, ¿son buenos amigos?

Dave suspira.

—Depende de cómo definas tú la amistad... Es agradable, pero deberías saber una cosa sobre él. Es el rompecorazones del pueblo. Se acuesta con todas, pero no se decide por ninguna.

Pongo los ojos en blanco.

—¿Qué te hace pensar que me quiero acostar con él?

Dave alza las cejas.

—Disculpa, no quería decir eso. Mira, Cal es agradable, pero yo no dejaría que se acercara a mis hermanas.

Me mira de arriba abajo, y no me hace ninguna gracia cómo me repasa despacio.

—¿Por qué?

—¿Sabes eso que dicen de que el valor de un coche desciende en picada cuando lo sacas del concesionario? Pues a Callahan le gusta coleccionar coches y no volver a sacarlos del garaje.

Comparar el valor de una mujer con el de un vehículo me parece rastrero.

No me cae nada bien Dave, pero, por desgracia, esto me confirma lo que me advirtió Matt en el trayecto de vuelta del incendio de Oregón y aumenta mi desasosiego.

—Bueno, me marcho, tengo cosas que hacer. Nos vemos. —Aparto la silla, salgo de la sala de descanso y miro a ver si hay algo que reponer en la ambulancia.

Después, paso el resto del turno terminando de revisar un manual de formación en la computadora, y luego echo un ojo a las noticias de Arkansas en Google. Nada que me incumba. La falta de noticias son buenas noticias.

Cuando al fin llega la hora de irme a casa, me subo al coche y veo mi reflejo en el retrovisor. Parezco demacrada. Tengo que darme un baño antes de verme con Callahan. A mi coche le cuesta arrancar y yo me trago la frustración. Se pone en marcha al segundo intento, y yo me centro en llegar cuanto antes a mi departamento para tener tiempo de asearme.

Enciendo la radio y me pongo a cantar con voz monótona, más que nada para mantenerme despierta, cuando escucho un ruido. Algo como... un golpeteo. Apago la radio para escuchar mejor. Me resulta conocido, pero tengo el cerebro demasiado cansado para dar con lo que es hasta que el coche se pone a dar saltos. ¡Carajo! Se me ponchó una llanta. Me apresuro a apartarme a la orilla de la carretera comarcal.

Ya sé que no tengo llanta de repuesto. Compré el coche tal como venía y pagué en efectivo. Por si acaso mi hada madrina de las ruedas me ha dotado de una por arte de magia, reviso la cajuela. Está vacía.

—Carajo. —Le doy una patada a la llanta reventada y un golpe al cofre.

Cierro los ojos, me apoyo contra la carrocería y poso la cara contra el frío cristal de la ventanilla del pasajero. Me dan ganas de darme de cabezazos contra ella. «Respira hondo».

¿A quién llamo? ¿A Callahan? Son las siete y cuarto de la mañana; seguramente ni se haya levantado aún. Ufff, este día no parece tener fin.

Pasan un par de coches a toda velocidad, pero de pronto escucho el sonido de unas llantas sobre la gravilla —el sonido de la esperanza— y alzo la vista. «Por favor, que no sea un asesino en serie».

Es Dave. «¡Me vale!».

Me acerco a él mientras se baja del vehículo.

—¿Problemas mecánicos? —Cierra la puerta de un golpe.

—Se me ponchó una llanta.

—Qué desgracia. Te ayudo a cambiarla.

Me encojo.

—No tengo llanta de repuesto.

Se rasca el vello de la barbilla y se acerca a la cajuela abierta de mi coche.

—Pues eso va a ser un problema.

—Sí. —Pongo una mueca.

—¿Dónde vives?

—En el pueblo, en un departamento al lado de la calle Mayor.

Dave rodea mi coche, como para inspeccionarlo.

—Bien, te diré lo que vamos a hacer. Voy a llamar a Carl, que me debe un favor, y le pediré que te lo lleve con la grúa al taller...

Alarma. No puedo permitirme pagar una grúa. Alzo los brazos.

—No, no puedo...

Él me hace un gesto con la palma de la mano para que me calle.

—Me debe un favor, no te va a cobrar. Eres nueva aquí, y supongo que de momento todas tus nóminas irán destinadas a asentarte. ¿Me equivoco?

Niego con la cabeza y se me encienden las mejillas de la vergüenza. «¿Acaso todo el pueblo sabe que no tengo dinero?».

—Yo me encargo de la sustitución de la llanta y también de proveerte de una de repuesto, por si acaso vuelves a verte en una situación similar en el futuro.

No estoy en posición de discutir.

—Te prometo que te devolveré el dinero.

—No me cabe duda, eso no me preocupa en lo más remoto —dice, y después saca el celular del bolsillo. Da unos toques a la pantalla y se lleva el teléfono a la oreja—. Hola, Carl... Oye, tengo que cobrarme ese favor que me debías. Hay un coche en la Carretera Comarcal 2 que hay que llevar al taller de Bill. —Le indica a Carl la marca y el modelo y suelta una risita al escuchar el comentario que le ha hecho el otro—. Te dejo las llaves dentro del parasol... Sí... Gracias.

Pone fin a la conversación y se vuelve a guardar el celular en el bolsillo trasero del pantalón.

—Dave, no sé cómo darte las gracias por esto. Hace un rato estaba perdiendo la cordura. E insisto en que te devolveré el dinero, te lo juro. ¡Gracias! —Le sonrío.

Dave acaba de encargarse de mis problemas como si le resultara la cosa más sencilla del mundo.

—Anda, agarra tus cosas, te llevo a casa.

Me subo al coche y pongo las llaves en el parasol, tal como ha indicado Dave, y de paso agarro el bolso del asiento. Después me aseguro de que no estén puestos los seguros y cierro la puerta. No va a venir nadie a robarlo. Aun sin la llanta ponchada, después de echarle un vistazo a esta chatarra, los ladrones hasta me dejarían unos dólares por pura lástima.

Dave ya está sentado al volante cuando me subo a su camioneta. Pone el motor en marcha y se incorpora a la carretera. Charlamos de tonterías hasta que nos vamos acercando a mi departamento.

—Es ese de la izquierda. —Señalo el pequeño edificio de ladrillo viejo amarillo y pintura cuarteada en los marcos de las ventanas.

—¿Ese? —pregunta él.

No usa un tono moralista y aprecio que me permita mantener mi dignidad. La edificación es decrépita. Y lo sé. Dave también lo sabe. El perro ciego callejero que está pasando por delante del portal también lo sabe. No obstante, es mi casa, y he dejado el estudio bastante decente. No será la más bella del baile, pero es la más limpia. A buen hambre no hay pan duro.

Dave estaciona la camioneta y yo me desabrocho el cinturón.

—Deberías darme tu número de teléfono para que pueda llevarte al taller cuando tengan el coche reparado.

—Ah, sí, claro. —Intercambiamos nuestros contactos y agarro la manija para abrir la puerta.

—Me encantaría ver cómo son estos departamentos por dentro, siempre me han producido mucha curiosidad.

—Pues son igual que por fuera —respondo entre risas.

—¿Te importa si le echo un vistazo?

Mi mirada salta del edificio a Dave y vuelta a empezar.

—Eeeh... —Me encojo de hombros—. ¿Okey? Todavía me estoy mudando, así que no tengo muchos muebles. —«Y estoy más pobre que la calva de mi casero».

Dave se baja de la camioneta. Nos acercamos al edificio y él me sostiene la puerta para que entre y me sigue por la escalera. Saco las llaves del bolsillo y abro la puerta; él entra justo detrás de mí.

—No es nada del otro mundo —comento.

Entra a grandes zancadas y se dirige hacia la ventana, al lado de mi cama sin hacer. Bueno, muy recogido no está, pero al haber trabajado turno doble, no he tenido tiempo más que para dormir, después de lo agotadores que resultaron los servicios de ayer.

Él se inclina y examina las vistas.

Me ruge el estómago. Voy hasta la cocina y pongo una sartén al fuego. Después abro el refrigerador y saco una huevera.

Él se gira para mirarme y señala con el pulgar por encima del hombro.

—Vaya vistas de Main Street que tienes.

Asiento y respondo:

—A veces me siento a ver pasar a la gente.

—¿Tienes hambre? —me pregunta al ver los huevos sobre la barra.

—Sí, me iba a preparar el desayuno... o la cena. —Sonrío y me devuelve el gesto, pero se queda callado. Entonces caigo en cuenta, qué desconsiderada me siento—. ¿Quieres algo de comer? —Diablos, me acaba de regalar un traslado en grúa y un par de llantas, alimentarlo es lo mínimo que puedo hacer por él.

Rezo en silencio para que me conteste que no. Dave es amable, pero me siento incómoda al estar con un hombre al que apenas conozco en un departamento tan pequeño. En mi departamento. Le echo un vistazo al celular. Tengo que desayunar rápido, porque me quería dar un baño y limpiar la casa antes de que viniera Callahan.

—De acuerdo, no tengo prisa.

Carajo.

Se me congela la sonrisa falsa en la cara.

—¡Estupendo!

Pues eso, a preparar huevos revueltos para dos. Con lo caros que son.

—¿Quieres pan tostado? —le ofrezco.

—No como gluten.

Mejor, así te largarás antes de mi casa. Señalo una de las dos sillas que están junto a la mesa.

—Siéntate si quieres. —Él se acerca a la mesa y saca una silla—. Si no te importa, usa la otra. Esa está un poco coja.

«Bienvenido al Ritz».

Los huevos chisporrotean en cuanto los echo a la sartén. Uso la pala medio derretida para romper las yemas y revolverlos, intentando darme toda la prisa que puedo. Echo sal y pimienta sin dejar de revolver los huevos hasta que se cuajan.

Cambio los pies de postura y rompo el silencio con una conversación insulsa.

—¿Cuánto tiempo llevas viviendo en Sky Ridge?

La placa eléctrica brilla un poco más cuando aumento la temperatura con la esperanza de que las malditas claras cuajen de una santa vez.

—Unos veinte años.

—Vaya, sí que es bastante tiempo. ¿Dónde vivías antes?

—En un pueblecito de por aquí cerca.

En cuanto están listos los huevos, apago el fuego, los divido en dos porciones iguales y los vierto en un par de platos disparejos. Saco dos tenedores de plástico de un cajón.

—Qué bien. Me gusta mucho esta zona. No me extraña que tenga tanta demanda.

Me da las gracias cuando le ofrezco el plato y el tenedor. Esa muestra de aprecio real me hace sentir culpable por haber asumido que tenía malas intenciones. Apuñalo los huevos con el cubierto y le pregunto a Dave por su familia.

—¿Es verdad que tu mujer acaba de dar a luz? —le pregunto al recordar la conversación que mantuvimos en el bar, cuando uno de los bomberos forestales se interesó por su recién nacido.

—Sí.

—¡Qué emoción! ¿Te gusta ser padre?

Él asiente.

—Me encanta. Es maravilloso enseñarles a dar los primeros pasos, a lanzar una pelota... Es lo mejor.

Elevo un lateral de la boca para esbozar media sonrisa. En mi experiencia, las mujeres eran las únicas que se encargaban de la crianza.

—Es duro pasar varios días a la semana fuera de casa, pero es lo que hay.

—Debes de formar un gran equipo con tu mujer.

Él se encoje de hombros.

—Bueno, los últimos meses han sido complicados... En realidad, estamos separados, aunque con el recién nacido, es más sencillo convivir, aunque ya no seamos pareja.

«Oh, oh».

—Todavía no se lo hemos contado a nadie, así que te pediría que quedara entre nosotros.

—Lo siento mucho. Tienes razón, no es asunto de nadie más que suyo.

Me termino los huevos justo cuando él da el último bocado.

—Sí, es horrible, pero es lo mejor. Me alegra poder hablarlo con alguien, me estaba atenazando.

—Cuando quieras. —Se instala un silencio entre los dos y reviso la hora en el reloj de la cocina—. Vaya, ¿ya es tan tarde? ¡Con la de cosas que tengo que hacer hoy!

—Sí, ya no te robo más tiempo. —Se pone en pie, algo que me alivia—. Te escribo luego para acompañarte a buscar el coche cuando esté listo.

—Genial, muchas gracias —le digo, y me encamino hacia la puerta.

Él gira la manija y la abre.

—Sin problema. Gracias por los huevos.

16
Callahan

El unicel de los envases para llevar en los que me han puesto los hot-cakes y los waffles rechina en el asiento del pasajero de mi camioneta cuando enfilo el estacionamiento de su edificio. Ella quería ir a tomar un café, pero yo insistí en vernos en su casa. Necesito ver si vive otro hombre con ella. Por eso mismo llego temprano. Supongo que, si de verdad está casada, me lo encontraré antes de que lo mande a trabajar a toda prisa. Si me equivoco, cosa que espero, pues le diré que quería traerle un desayuno sorpresa. Me parece que ayer tuvo un día complicado. La idea es que hablemos y aclaremos este asunto, para después poder continuar desde donde lo dejamos. Si todo sale bien, a lo mejor podemos repetir lo de Oregón; nunca he dicho que sea un santo.

Me estaciono, agarro el desayuno y me bajo de la camioneta. Llevo las llaves colgadas de un dedo cuando veo a Dave salir por la puerta del edificio.

«¿Qué demonios hace ese aquí?».

No quiero sacar conclusiones precipitadas, pero me cuesta no sentir el duro peso de la traición cada vez que le veo la cara. Exhalo despacio. Hay muchos departamentos, podría haber venido a ver a cualquiera. Trabajan juntos, quizá haya pasado a traerle algo que se le había olvidado en la estación de bomberos.

«¿A las nueve de la mañana?».

Me lleva el demonio.

—¿Ahora trabajas de reparador? —le pregunto cuando nos acercamos lo bastante como para oírnos. Señalo el edificio, que ha vivido tiempos mejores—. Esto parece obra tuya.

—¿Has venido a ver a Scottie? —me devuelve, mirando los envases de unicel que llevo en las manos—. Espero que no le hayas traído el desayuno.

Entrecierro los ojos.

—¿Por qué?

—Porque acabamos de desayunar. —Se lame los dedos y me mira. Carajo, cómo me gustaría darle un puñetazo, pero seguro que le alegraría poder denunciarme por agresión y no pienso darle esa satisfacción—. Qué huevos prepara.

Ladeo la cabeza. No quiero preguntar, pero no me queda más remedio.

—¿Te estás acostando con ella o qué? —Ella es demasiado buena para este imbécil.

—Hemos pasado la noche juntos, pero no hemos dormido ni un poco. —Mira el edificio por encima del hombro y después me sonríe con arrogancia—. Es guapa, ¿no?

Tenso la mandíbula y cuadro los hombros.

—¿Sabe tu mujer que andas ligando con otras? No creo que le sorprenda, teniendo en cuenta cómo terminaron juntos.

No me contesta, simplemente se dirige hacia su coche. Gira un poco la cara, pero no llega a mirar hacia atrás.

—Molly ya no es asunto tuyo.

A pesar de que mi instinto me grita que me dé la vuelta y me largue por donde he venido, mis pies me transportan hacia el edificio y me obligan a subir por la escalera hasta quedarme plantado frente a su puerta. Está hecha de madera barata y hueca, y tiene el barniz medio cuarteado. Resulta evidente que la seguridad es la menor de las preocupaciones de su casero. Dejo el puño suspendido en el aire, listo para tocar, pero decido pasarme la mano por la cara y darme la vuelta. Vuelvo a alzar el brazo y, de nuevo, me quedo quieto.

Alguien me dijo en una ocasión que, cuando te confundes de tren, lo mejor es bajarse en la siguiente parada, porque cuanto más tiempo pases en él, más caro te saldrá el boleto de vuelta a casa.

Entonces ¿qué demonios estoy haciendo aquí?

17
Scottie

En cuanto cierro la puerta detrás de Dave, no pierdo ni un segundo en mirar el reloj, me pongo a prepararme a toda velocidad. Por suerte, me ha dado tiempo de bañarme, a maquillarme, de secarme el pelo y de vestirme.

Corro hacia la cama para tenderla, ahueco las almohadas e intento que parezca menos... patética. Al terminar, giro sobre mí misma en busca de algo que ordenar. Me adentro en la zona de la cocina y coloco una de las sillas. Ahora sí. Un poco mejor. No me importa lo que piense Dave de mi departamento, pero quiero que Callahan lo considere cálido y agradable.

Reviso la hora en el celular y frunzo el ceño. Ya debería haber llegado. Escribo un mensaje.

¿Sigue en pie lo de hoy?

No.

Ah.

¿No?

Lo nuestro ya ha llegado a su fin.

La poca energía que me quedaba, añadida a los sucesos de esta mañana, me forma una bola ardiente en el pecho. Estaba pendiendo de un hilo, y este mensaje ha cortado la última hebra que quedaba. Me arde la cara y se me llenan los ojos de lágrimas.

«Rechazo». Es la primera vez que lo experimento de verdad, mezclado con agotamiento y una buena dosis de humillación. Me guardo el celular en el bolsillo y observo el departamento que tanto me he esforzado por decorar. No me imaginé que el día fuera a ser así. Vuelvo a sacar el teléfono y releo su mensaje.

Apegarme a él demasiado rápido fue culpa mía, pero después de pasar años en la insensibilidad más absoluta, llegó a mi vida y me hizo sentir lo contrario.

No tuve oportunidad alguna de poner límites.

Aun así, ya me habían advertido que este era su *modus operandi*. Y yo caí en la trampa de la esperanza por sucumbir a su encanto. Qué imbécil. Tropecé con la misma piedra que todas las mujeres que me precedieron. Qué fácil es que te reemplacen cuando las relaciones no son forzosas.

Subo hasta los mensajes anteriores solo para hacerme daño. Los que me produjeron mariposas y emoción. A pesar de que soy consciente de que no es sano, quiero sentir el recuerdo de su afecto. Quiero leer uno de esos mensajes que me mandaba y sentir la misma calidez que la primera vez que lo leí.

Subo más y más; «las palabras no son de verdad». El significado que hallé en ellas fue producto de mi imaginación. Aun así, las vuelvo a leer porque sentir dolor es mejor que no sentir nada. Esta vez, las siento agrias de traición.

Se me resbala una lágrima por la mejilla y me la limpio con ira. No pienso llorar.

«No seas ilusa. Querías vivir en el mundo real y aquí lo tienes».

«No siento nada por él», me intento convencer a mí misma. Esto no es más que un coctel de agotamiento mental, rechazo y un flechazo estúpido por un chico que no tenía ni la más mínima intención de ir más allá. He sorteado temporales mucho peores. He empezado una nueva vida; no pienso permitir que me derriben unos estúpidos sentimientos basados en unas noches de libertad sexual y diversión.

Me tenía en la palma de la mano y decidió que no valía la pena conservarme.

De acuerdo.

18
Callahan

Hoy hay bastante gente en Shifty's. Con tanto cuchicheo alrededor me parece tener la cabeza metida dentro de una colmena de abejas.

—¿Te acuerdas de cuando te aposté que no serías capaz de comerte todas las zanahorias del huerto de la abuela y al final lo hiciste? Le echaste la culpa a unos conejos y después vomitaste una porquería naranja encima del sofá. —Mi hermana, Teddy, casi es incapaz de soltar las palabras entre carcajada y carcajada.

Llevamos hablando desde que llegué; no, espera..., primero hablé con Tiffany. Un momento, lo último que recuerdo es estar manteniendo una conversación con Tiffany. ¿Me he perdido algo? Miro alrededor. ¿De dónde ha salido mi hermana? Y ¿dónde diablos se ha metido Tiffany? Apoyo un codo en la barra, entrecierro un ojo observando a Teddy e intento averiguar a cuál de las dos debería estar mirando.

—¿Cuánto tiempo llevas aquí, Ted?

—Un rato. Me escribiste para decirme que estabas en el bar y que tenías que hablar conmigo, ¿no te acuerdas? Como me pareció una novedad eso de que mi hermano mayor me pida consejo, he dejado a los niños con Logan. —Resopla por la nariz como si acabara de soltar el chiste más gracioso de la historia; claramente está tan borracha como yo—. Pero ahora estás tan briago que no te acuerdas de nada.

Yo me echo a reír, hasta que me impacta el horrible recuerdo. Quería hablar de Scottie.

En un principio, el plan era ligar con alguien. La mejor forma de superar a una mujer es encontrarle una sustituta, pero Tiffany ya no está por aquí y yo estoy demasiado borracho. Aunque se hubiera quedado, no creo que se me levantara, ni aun estando sobrio.

Así de decepcionado estoy. Esta tarde me metí en internet y rastreé información sobre ella. Descubrí que Scottie está casada... con Jonathan Timmons. Ese es el apellido de su esposo. Encontré la noticia de su matrimonio en el periódico local. No cabía duda alguna de que la que aparecía en la foto era ella.

Además, ¿qué asunto se trae con Dave? Sé que el único motivo que tiene él para cogerse a Scottie es vengarse de mí. Pero ¿por qué? ¿Por no aceptarlo en la brigada forestal? Si tuvo una temporada de mierda. No sería más que peso muerto para la cuadrilla.

Está casada. Todavía no me lo creo.

No sé qué debería hacer. ¿Contárselo a su marido? ¿Olvidar el tema? Yo no tenía ni idea. Y si es verdad que tiene una aventura con Dave, no tardará en salir a la luz. Da igual, ahora mismo no tengo cabeza para tomar ese tipo de decisiones.

—¡Oye, Mae! —llamo a la dueña del bar, Mae Taylor. Los de la cuadrilla le hemos puesto ese apodo porque nos ignora muy a menudo. Por norma, se suele encargar Lou del turno de noche, pero de vez en cuando lo sustituye ella para que descanse—. Ponme otra, por favor.

Me balanceo sobre el taburete. La barra me parece suave y deliciosa. Me dan ganas de recostarme sobre ella y cerrar los ojos un ratito, mientras Mae me rellena el vaso. Justo cuando toco la madera con la mejilla, recibo una cachetada en la cabeza. Me yergo entre risas. Tengo la mejilla insensible del todo. Me ha impactado más el sonido del golpe que la sensación física.

—¿Te pido un taxi?

—Normalmente me piden otras cosas, pero si me explicas lo que es un taxi, igual te lo puedo hacer.

—Qué gracioso. —Agarra el teléfono; es de esos pesos pesados, de los que podrían usarse para matar a alguien si se lo avientas a la cabeza—. Callahan Woods necesita que lo lleven a casa.

—Oye —me quejo—. ¿Cómo es que yo me tengo que marchar y Teddy no? ¡Ella también está muy borracha!

Mi hermana interviene en la conversación.

—No le hagas caso, Mae. Es un mentiroso.

Trago saliva. Le hice esa broma a Scottie el día que nos conocimos, en este mismo bar. Qué curioso, resulta que la que me mintió fue ella, y yo he quedado como un ingenuo. Me saco esos pensamientos de la cabeza y le doy la vuelta al vaso, que está vacío, para después deslizarlo hacia Mae con la punta de un dedo y toda la coordinación que me queda en el cuerpo.

—Y Teddy también —comenta Mae al teléfono, y nos pone los ojos en blanco—. Asegúrense que acaban cada uno en su casa y no en otro bar.

—Yo la llevo, Mae —dice la grave voz de Xander—. Hace una hora que me acabé la última cerveza.

Giro la cabeza como un látigo y suelto una carcajada.

—¿De dónde demonios sales tú?

Teddy y yo rompemos a reír, y parecemos los alumnos charlatanes de la clase a los que el profesor tiene que sentar separados y acaba por echarlos al pasillo. O, en este caso, a casa.

—Desde que tengo hijos ya no aguanto nada el alcohol —farfulla Teddy mientras Xander la ayuda a bajarse del taburete—. Ya verás la cruda que tengo mañana. —Mete un brazo en la manga de la chamarra y agita el otro para buscar el resto de la prenda. Xander la agarra y la ayuda a encontrarla. Ella suelta un gruñido y se saca la melena del interior de la chamarra.

—Vaya que sí —comenta él, y la ayuda a sacar el cabello rubio de debajo del cuello de la chamarra.

—¡Ojito con lo que haces, X! Que está casada —le advierto.

Teddy me lanza una mirada asesina.

—Ya lo sé —dice Xander entre dientes.

—Vete a calentar la camioneta o algo —le digo—. Yo pago la cuenta.

—Voy a estacionarme en la entrada —me comenta.

Yo farfullo otra cosa, pero él me ignora y ayuda a mi hermana a subirse el cierre de la chamarra antes de salir del bar.

Me paso la mano por la cara.

—Maldición, qué cansado estoy —me quejo.

—Y yo. Verás la cruda que tengo mañana —dice Teddy.

Yo me río de ella.

—Eso lo acabas de decir hace nada. —Mae me pone la cuenta delante. Yo hago un garabato abajo de todo, no tiene sentido ni siquiera intentar firmar.

Me dicen que el taxi me espera en la puerta; me bajo del taburete de un salto y me quedo quieto un instante para no perder el equilibrio. Todo me da vueltas.

—Se acabó lo bueno. ¿Estás lista? —Rodeo a Teddy con un brazo para sujetarnos a ambos y ella se apoya contra mí. Un ciego sirviendo de lazarillo de otro que va más ciego todavía.

Damos un par de pasos tambaleantes, algo que da hace muchísima gracia, y al fin llegamos a la salida. Jalo la manija de la pesada puerta y me quedo helado. Estaré borracho, pero juro que la mitad del alcohol que nada por mis venas se evapora al ver su cara.

Prescott Timmons.

La señora Prescott Timmons.

Ella mira a Teddy y después a mí. Se cruzan nuestras miradas. Sus ojos brillan, y los míos deben de parecer los de un tiburón muerto. Maldición, qué buena está. Tiene todo el sentido del mundo que esté casada. Debería haberme dado cuenta desde el principio. Le miro la mano. No lleva anillo. Noto un sabor amargo en la boca. «¿Cómo ha podido hacerme esto?».

—¿Vienes en busca de otro pretendiente? —suelto con malicia, y empujo a Teddy para que pase a su lado. Tengo los ojos llenos de desprecio—. Buena suerte.

Tiene el atrevimiento de poner una expresión herida, y me dan ganas de gritarle que es una persona horrible y una esposa aún peor. Quiero explicarle lo mucho que duele descubrir que la mujer de tu vida se está acostando con otro. Quiero que sepa lo agonizantemente horripilante que es ser el otro; me ha convertido en un villano sin mi consentimiento.

Pero lo que más quiero es hacerle saber la porquería que nos ha hecho, porque podríamos haber llegado a ser una gran pareja

19
Scottie

Me arden las lágrimas detrás de los ojos cuando lo veo salir del bar con otra mujer.

«Que se vaya al diablo».

20
Scottie

Mis pies impactan contra la banqueta rítmicamente mientras corro por Spencer Avenue. Cuando no estoy trabajando, corro. Cuando no estoy corriendo, duermo. «Deberías hacer amigos». Ignoro a mi crítica interior. Siento que me estoy aislando, pero no sé cómo cambiar la rutina. Así es más sencillo. Me digo que todo esto es temporal, pero si no hago planes para cambiar de hábitos, ni yo me lo creo.

Durante todos los años que pasé con Jonathan siempre me sentí inferior. Cuando existe una atracción entre dos personas, se les nota en la mirada. Yo lo vi en Callahan; él me miraba como Jonathan nunca lo hizo. En aquel entonces aquella indiferencia servía para recordarme que nunca sería suficiente para él, aunque no fuera culpa suya. Si a una persona se le mira con anhelo de otra cosa, se acaba rompiendo. Y eso es lo que me pasó a mí, que me rompí.

Al pasar por delante de los porches engalanados con decoraciones otoñales y de los jardines con las hojas bien amontonadas, me percato de que este barrio tan organizado es lo opuesto a mi vida. Y aun así, me encantaría encajar en él, y correr por sus banquetas me permite fingir que formo parte de este pequeño mundo armonioso de Sky Ridge, aunque solo sea durante los breves instantes que me lleva atravesarlo.

La casa que siempre busco, la 218, es una de las pocas que no están decoradas según la estación, lo que me permite verla como un lienzo en blanco para imaginar cómo sería mi vida en ella. Yo pondría calabazas con caras esculpidas en la escalera del porche y colgaría series de mazorcas de maíz de las columnas pintadas. Añadiría también esas telarañas falsas que tienen los vecinos. Nunca me han dejado celebrar Halloween, pero si viviera en el 218, pondría esqueletos y fantasmas en todas las ventanas, y un tazón enorme para que los niños pudieran venir a pedir dulces.

Un coche se detiene delante de la casa, de cuyo asiento trasero salen un par de niños risueños que se dirigen a la carrera hacia el jardín delantero. Sonrío al ver al presunto padre bajarse del asiento del conductor y ponerse a perseguirlos. La madre sale por la puerta del acompañante justo cuando el padre atrapa a la niña más pequeña, que suelta un gritito cuando recibe el ataque de cosquillas en la barriga. Es adorablemente normal. Ya sabía que aquí debía de vivir una familia feliz, y me llena el corazón haberlo podido confirmar.

El 218 de Spencer Avenue siempre me pone contenta.

Sigo distraída por las payasadas de la alegre familia cuando me acerco al cruce y doblo a la derecha. Se me termina la dicha de golpe cuando estoy a punto de chocarme contra otro corredor.

Alzo las manos para evitar el impacto y tropiezo con mis propios pies al intentar apartarme de su camino. El hombre me agarra del bíceps y me devuelve el equilibrio. Tomo aliento, lista para disculparme, cuando levanto la mirada y veo que se trata de Callahan.

Aparto el brazo de sus manos.

—No te me acerques —suelto. «Menos mal que estaba a punto de disculparme». Esas palabras son las primeras que me vienen a la cabeza, y sospecho que no pretenden trasmitir el significado literal, sino más bien la idea general que conllevan. Quizá incluso sea una proyección de mis sentimientos, pero eso no pienso reconocerlo ante él. El conato de colisión fue completamente culpa mía, pero no soy capaz de pedirle perdón. Apenas puedo mirarlo a la cara. En cambio, me hago a un lado y echo a correr, literalmente, sin decir nada más. Como una cobarde.

21
Callahan

Mediados de octubre

—¿Qué vas a hacer hasta que empiece la temporada de esquí? —pregunta King.

Este es nuestro último servicio de la temporada, y mientras damos los últimos retoques a las líneas de contención nos ponemos a comentar los planes para la temporada de invierno.

—Probablemente gastarme los bonos por peligrosidad en el club de *streptease*. Y después robar un coche..., sintetizar droga..., robar un banco... —Voy contando con los dedos.

—Lo de siempre, entonces.

—Todo el mundo tiene sus aficiones... —Me encojo de hombros—. No lo sé. A lo mejor voy al Quell's o al Briarburn. O quizá planto el culo en un taburete del Shifty's y me emborracho. ¿Y tú?

—Lo del Shifty's me parece un excelente plan, a lo mejor te lo copio.

—También me podrías copiar lo del senderismo —sugiero, y echo un vistazo a la línea.

Caleb está recostado sobre el Pulaski, pálido. Uno de nuestros compañeros le ha cambiado la comida por un omelette vegetariano. Creí que lo vomitaría al instante. Me río al acordarme de mi primera temporada en la cuadrilla y en lo mal que me lo hicieron pasar los veteranos. Las novatadas las hacemos por amor y para asegurarnos de que los nuevos pueden con todo.

—¿Para qué voy a ponerme a escalar una montaña en mi tiempo libre? —gruñe King, y agarra un tronco para lanzarlo a la zona verde—. Si me van a pagar por hacer eso mismo el año que viene. Además, hace demasiado frío para andar por los picos.

—Es el mejor momento —contraargumento mientras niego con la cabeza—. Ya no hay turistas.

King sonríe.

—Yo creía que las turistas era lo que más te gustaba.

—Solo las guapas y solteras —añado con un guiño.

Él alza una ceja.

—No sé, amigo... Llevamos una semana preparando esta línea y ni siquiera le has tirado los perros a ninguna mesera en el restaurante.

Me encojo de hombros.

—¿Y?

—Pues que me parece raro en ti. ¿Tiene algo que ver con Scottie?

La sola mención de esa mujer me sube la tensión sanguínea.

—¿Por qué demonios iba a tener algo que ver con ella?

—Solo preguntaba... Xander me dijo que se pusieron una buena borrachera en Shifty's hace un par de semanas y que llevó a tu hermana a su casa, y que durante el trayecto ella mencionó que se habían visto porque tenías problemas de faldas.

—No tengo problemas de faldas —bufo—. Scottie y yo no somos nada. Aunque eso da lo mismo, porque está casada.

King se incorpora.

—¿Cómo dices? ¿Está casada?

—Sí —suelto como si nada. Como si no hubiera destrozado un matrimonio. Como si no me hubiera acostado con la mujer de otro.

—¿Con quién?

Rechino las muelas. Me encantaría hablar de cualquier otro tema menos de este.

—No lo sé. —Agarro un puñado de hierba y la aparto de mi camino solo para evitar tener que mirar a King a los ojos.

—Bueno, como has dicho que está casada... —Gesticula con un brazo—. Entonces ¿no sabes quién es el marido?

Por amor de Dios. Encuentro una rama y la lanzo lo más lejos que puedo, y después me estiro.

—¡Ya te he dicho que no lo sé, cabrón! —grito—. No sé nada sobre esa mujer. Si quieres saber quién es su marido, ¡pregúntaselo a ella! —Niego con la cabeza y recorro la línea para comprobar el progreso de la cuadrilla de tala.

—Amigo, no te sulfures.

Me doy la vuelta.

—¡No me sulfuro! —Me río para darle más credibilidad a mis palabras—. Es que no entiendo por qué me estás interrogando sobre una persona con la que no tengo nada que ver.

Se extiende un silencio incómodo. A lo mejor he reaccionado demasiado bruscamente a las preguntas que me ha hecho sobre Scottie.

King murmura para sí:

—Está casada..., qué cosa tan extraña. Plantea más preguntas que respuestas.

«¿Qué querrá decir con eso?». No debería preguntárselo, pero mi impulsividad se impone a mi raciocinio.

—¿Qué quieres decir con eso?

Él se encoge de hombros.

—Nada.

Me sube una oleada de ira por el cuello.

—No, dime, ¿por qué te parece extraño? —Ahora me interesa esta conversación. ¿Qué sabe de ella? ¿Se ha enterado de algo? En los pueblos pequeños los rumores corren como la pólvora, pero, de vez en cuando, alguno resulta ser verdad. Y si tiene que ver con Scottie, quiero saberlo todo, a pesar de que sé que no me conviene. Según parece, sufro de gula para con los castigos.

A lo mejor me enfado aún más con ella. No soy capaz de dejarlo pasar. Siento tanta ira que me estoy empezando a obsesionar con Scottie. Nadie sabe que nos hemos acostado. Bueno, solo Dixon. Me da demasiada vergüenza contárselo a King o a Xander, y eso que son mis hermanos, para todo, a pesar de que seguro sospechan que ha pasado algo entre nosotros.

—¿Qué más te da? —me provoca King—. Si no tienes nada que ver con ella.

«Es un cabrón». Pero tiene razón. No puedo rebatírselo, así que no lo hago.

—Ya estás mayorcito para andar de mujeriego —interviene Bobby, que estaba parando la oreja—. ¿Cuándo piensas sentar cabeza?

Doy la espalda a esa pregunta tan ridícula; más me vale ponerme a trabajar de una vez.

—El fuego es mi única mujer. Cruel y ardiente.

—Es tu tipo —comenta King.

Sonrío y escupo sobre la tierra.

—En efecto.

22
Callahan

Finales de octubre

Por fin se ha acabado la temporada de incendios y he podido atender la siguiente habitación que tengo que remodelar en mi casa. Después de pasarme el día trabajando y de llenarme de aserrín, sigo con energía de sobra, así que hago lo que suelo hacer en esas circunstancias. Salgo a correr.

Las hojas cafés crujen bajo mis pies mientras el aire frío me quema los pulmones. Cuánta falta me hacía. Dar martillazos sirve para aplacar la agresión, pero correr me acalla la mente; me produce paz y me apacigua el alma.

Al menos hasta que la veo.

Los pies se me quedan quietos, no puede ser, la mujer que se me acerca corriendo es la mismísima Scottie Timmons.

«¿Por qué no dejo de encontrármela?».

Me está volviendo loco.

No he podido sacármela de la cabeza desde que la conocí, y después del daño que me ha hecho, he intentado distraerme por todos los medios para no pensar en ella, tarea que resulta imposible cuando no puedo dejar de toparme

—literalmente, como la última vez— con ella. En aquella ocasión tuvo el valor de ser grosera conmigo, como si yo hubiera hecho algo mal. Me quedé demasiado desconcertado para responder.

Habíamos quedado en que sería una aventura pasajera. «Solo para divertirnos». Entonces ¿por qué demonios no me la puedo sacar de la cabeza?

Desde entonces he cambiado el horario de mis entrenamientos para no cruzarme con ella cuando salgo a correr, pero según parece ella ha hecho lo mismo, porque aquí estamos. Cuando me ve, se detiene. Nos observamos con rencor, con los pies firmemente clavados en el suelo y el tiempo congelado a nuestro alrededor. ¿Cómo puede estar mirándome como si hubiera sido yo el que le ha hecho daño? Siempre he sido sincero, fue ella la que me mintió.

Al final, se da la vuelta y se pone a trotar por donde había venido.

Abro los brazos todo lo que puedo.

—¿No puedes salir a correr por otro vecindario o qué? —grito.

«Hazme ese maldito favor al menos».

Ella levanta el dedo corazón sin dejar de correr. «Qué amable».

23
Scottie

Tengo intención de aprovechar al máximo los días que quedan hasta que empiece a nevar, aunque tengo muchas ganas de que nieve. Nunca he vivido en un lugar de grandes nevadas y ardo en deseos de experimentar mi primer invierno en Washington. A lo mejor me animo a aprender a esquiar o a hacer *snowboard*. En una colina pequeña..., muy pequeña..., un hormiguero me vendría bien. No soy torpe, pero solo de pensar en deslizarme por la ladera de una montaña me hace sudar en frío.

Mañana comienzo mi primera gran ruta de senderismo. He recorrido caminos de Arkansas, pero el paisaje del Pacífico noroeste es muy distinto. Además de las montañas de cumbres nevadas, los árboles enormes y el verdor general, los bosques son más sombríos y profundos. Nunca había sentido tanta tentación de adentrarme en la naturaleza.

De lo que ha pasado con Callahan he aprendido que no puedo confiar mi felicidad a terceras personas. Por eso precisamente me fui de casa. ¿Cuánto tiempo llevaba sacrificando mi propia paz mental en favor de la de los demás? Demasiado. Si pretendo sobrevivir en este mundo, tengo que proteger mi corazón y no andar ofreciéndolo al mejor postor, aunque sea solo en pos de la diversión.

Esta ruta es importante; me servirá para encontrarme a mí misma. Nunca volveré a ser la que fui, y tampoco quiero. Ha llegado el momento de reconstruir una versión de mí misma a la que pueda querer. Para que, llegado el día, alguien pueda llegar a quererme.

Al completar este proyecto me convenceré de que puedo superar cualquier obstáculo, ya sea una montaña o un chico bueno. He elegido Quell's Peak conscientemente. Es una ruta complicada, pero que te recompensa con unas vistas asombrosas. No tengo pensado llegar a la cima, porque los picos están todos nevados y no tengo el material apropiado, sino que mi objetivo es alcanzar la falsa cima que tomaré como meta.

He hecho la tarea. Solo son unos veinte kilómetros de ruta hasta la cima. De ida y vuelta, no circular. No obstante, yo solo pienso recorrer catorce kilómetros. Ya haré la ruta entera algún día, que sigue bastante plana entre el bosque, ganando altura poco a poco hasta que llega a una zona rocosa cuando se acerca el final. No obstante, según he visto, toda esa parte está cubierta de nieve.

A estas alturas del año puede haber placas de hielo, pero deberían resultarme fáciles de rodear sin el material apropiado. La parte más compleja es el último kilómetro, al que no voy a llegar. Me encantaría poder recorrerlo algún día porque, según los comentarios de otros senderistas, las vistas desde la cima son impresionantes. La intentaré coronar el año que viene, pero la expedición de mañana me proporcionará la sensación de control que tanto anhelo.

Cargo la mochila con agua, algo para comer, un botiquín y una chamarra y la dejo al lado de mi posesión más preciada: las botas. Vuelvo a revisar la previsión meteorológica.

Parece que habrá tormentas dentro de un par de días, pero mañana el cielo estará despejado y perfecto para caminar.

Me tiro en la cama, pongo el celular a cargar y activo la alarma. Ya estoy lista.

Al salir el sol, me lavo los dientes y me amarro el pelo en una cola de caballo. Me aplico una buena cantidad de protector solar en la cara y en el cuello, los dos lugares que quedarán a merced de los elementos. Las capas son cruciales, de ahí que lleve una capa de ropa térmica, para que me retire la humedad de la piel.

Después de apagar la luz del baño, vuelvo a la cama y me enfundo los pantalones de montaña encima de las mallas. Son rompevientos y tienen un par de rasgones a causa del uso. Me siento en el borde del colchón inflable, me pongo unos calcetines gruesos y después muevo los dedos de los pies. A mi lado tengo el suéter de lana, que será la capa de en medio. Me lo pondré al llegar al estacionamiento de la ruta. La capa superior es el abrigo de plumas naranja oscuro, que he guardado hecho una bola dentro de la mochila. Ese abrigo probablemente sea mi segunda posesión más preciada, y espero que me ayude a sobrevivir a la ruta, y a los meses invernales fríos y húmedos que me esperan.

Agarro una barrita de cereales para ir comiéndomela en el coche y me la guardo en el bolsillo lateral del pantalón, después me calzo las botas y amarro las agujetas. La derecha me aprieta demasiado, así que la desato, ajusto la presión y repito el procedimiento. Mucho mejor ahora. Con el suéter de lana en una mano y la mochila al hombro, agarro las llaves y salgo del departamento, no sin cerrar la puerta tras de mí.

Al llegar al estacionamiento, veo que el cielo está mayormente despejado. Hay otra camioneta, así que, según parece, no soy la única que consideró que era un día perfecto para practicar el senderismo. Al principio me perdí un poco. Estaba buscando un cartel indicativo, pero tras varias vueltas infructuosas, me detuve a preguntar a una persona. Según parece, la carretera no está indicada. Qué útil.

En cuanto me adentré en ella, el trayecto que conduce hasta el estacionamiento era un camino de gravilla serpenteante con alguna que otra roca saliente. Entre los problemas de orientación y el avance más lento de lo que pensaba, voy a empezar a caminar bastante más tarde de lo que había planeado, pero ahora que ya estoy aquí, ardo en deseos de dejar atrás este estacionamiento. Me quedan catorce kilómetros por delante y no puedo perder más tiempo, porque si no acabaré por tener que darme la vuelta sin haber llegado a mi destino.

Salgo del coche, me pongo el suéter, cierro las puertas y guardo las llaves en un bolsillo de la mochila antes de colgármela a la espalda y abrochar la correa delantera sobre mi pecho. Avanzo hacia el cartel de madera en el que veo las palabras «RUTA QUELL'S PEAK» grabadas y me ajusto las correas de la mochila.

La roca pulverizada cruje bajo mis botas. La ruta comienza con un sendero de gravilla y va ganando inclinación según te acercas al pico, serpenteando entre caminos de piedras y zonas boscosas. El paisaje que tengo delante es precioso, y me maravilla lo salvaje que parece. Me asombra la sierra hercúlea plagada de formaciones rocosas, árboles de color esmeralda y nieve blanca. Se me ensancha la sonrisa según avanzo.

No llevo ni veinte minutos caminando cuando veo que otro senderista viene de regreso. Asumo que es el propietario de la camioneta que vi en el estacionamiento, y que es un hombre, según su altura. Dudo que haya llegado a la cima; para eso tendría que haber comenzado hace horas. O a lo mejor es que camina rápido y tiene mucha resistencia. Seguro que sus zancadas son mucho más largas que las mías. Mantengo la vista clavada en el suelo irregular y solo la levanto de vez en cuando, pero justo cuando miro hacia arriba me percato de que se parece a... «No puede ser». Me acomodo la mochila y me yergo.

Sip. Es él. Un sudado y sexi Callahan Woods. No me afecta su presencia. Ni un poco tan siquiera.

¿Estoy bien? No. Pero ¿lo estaré más adelante? Seguro que sí.

Él fue una lección, una dolorosa, pero importante, que tenía que aprender; no apuestes más de lo que estés dispuesta a perder.

No es que estuviera enamorada ni nada por el estilo, eso sería ridículo, pero me gustaba mucho antes de que se mostrara tal como es. Antes de que confirmara los rumores.

Lo único que pretendo es encontrar el amor de verdad. Ahora que he hecho borrón y cuenta nueva estoy mucho más dispuesta a hacerlo, pero sigo teniendo la impresión de que voy diez años tarde. De ahora en adelante, pienso salir más, conocer a gente, centrarme en mi trabajo y embarcarme en aventuras como esta. Voy a vivir la vida al máximo y ser la artífice de mi propia felicidad.

En cuanto me reconoce, me mira para comprobar que soy yo. Nos ignoramos hasta que nos cruzamos. Por su ceño fruncido, no parece demasiado contento de verme.

—Hola. —Habla con voz alegre, como si le sorprendiera tanto como a mí esta extraña coincidencia. No dejamos de encontrarnos por todas partes; y en Sky Ridge todavía es lógico, pero ahora estamos en plena montaña.

—Hola —lo saludo sin mirarlo a los ojos. Por mucha gracia que me haya hecho la coincidencia, no hay motivo para que se me note. Ya lo he superado, y quiero hacérselo saber.

Cinco horas más tarde, emerjo de la densa arboleda y me topo con las vistas más maravillosas del mundo. El viento barre la ladera de la montaña, y de pronto aumenta el número de placas de hielo. Cuanto más subo, más fuertes son las ráfagas de aire, algo normal, pero ahora el cielo está mucho más cubierto que cuando empecé a caminar. No obstante, las nubes no son grises como de tormenta. Revisé la previsión meteorológica antes de irme a la cama y todo parecía indicar que haría buen clima. Me planteo darme la vuelta y empezar a descender; en cambio, miro el reloj. Si estoy en la parte del recorrido en la que creo que estoy, me falta menos de una hora para llegar a la falsa cima. Estoy demasiado cerca como para rendirme.

Me paro un instante y saco el abrigo de la mochila para ponérmelo. Me lo abrocho hasta la barbilla. Mucho mejor así. El mal clima no existe, solo la falta de ropa adecuada. Ahora que el viento ya no me penetra por entre las costuras del suéter de lana, mi calor corporal llena el espacio del abrigo, que no le permite escapar. Después de volver a colocarme la mochila a la espalda y de ajustar las correas según la nueva capa de ropa, retomo la marcha, con un poco más de velocidad.

El camino de piedras que estoy atravesando da a un sendero con curvas cerradas cuya inclinación va en aumento; me intimida. Las rocas que lo rodean son gigantes. Dos en concreto son tan enormes que me obligan a detenerme a contemplarlas. Su tamaño colosal no es de este mundo. O al menos para alguien que no ha nacido en el Pacífico noroeste.

El sendero que atraviesa el camino de piedras no tarda en adentrarse hacia la empinada ladera de la montaña. Me falta muy poco para llegar. El viento ruge y ya no me permite oír el crujido de mis botas sobre el camino. Empiezan a caer copos. «¿Está nevando?». Se me plasma una sonrisa en el rostro y me río. ¡Está nevando! Es la primera vez que veo nevar en Washington. Me dan ganas de ponerme a girar a lo Julie Andrews en los Alpes, pero mi conciencia me recuerda que la nieve es un indicador de mal clima. Estoy a punto de alcanzar mi objetivo, y no son más que un par de copos ligeros. A lo mejor solo es que el viento está desprendiendo la nieve de la cima. No me puedo rendir, con lo poco que me falta para llegar.

Me intento apresurar, pero la altitud frena mi paso acelerado. Exhalo vaho por la boca e inhalo aire fresco y frío por la nariz. Mi corazón lucha contra la pendiente y contra la falta de oxígeno.

Según lo que he leído, esta parte es la más empinada de toda la ruta. Tras la segunda curva cerrada, tengo que parar para beber agua. Por suerte, el sendero es lo bastante ancho como para no tener que aferrarme a la montaña en la cara interior. La curiosidad me gana y, después de guardar la botella en la mochila, me acerco al borde. Esos pedruscos de cinco metros de altura ya no me parecen tan grandes.

«La llamada del vacío». Qué fácil sería... saltar. Me impacta una ráfaga de viento, me tenso y me aparto del borde. La gravilla del camino se desprende de mis manos y cae por la pared vertical hacia el sendero que hay debajo.

«Bueno, no más pensamientos intrusivos por hoy».

Doy unos pasos hacia atrás y me coloco en un lugar más seguro, más cerca de la montaña. El viento cobra intensidad hasta que soy incapaz de oír nada más. Es un ruido blanco muy intenso, y lo único que lo supera de vez en cuando son mis propios jadeos. Alzo la vista y calculo que me faltan unas tres o cuatro curvas para llegar a la zona donde el sendero adopta una inclinación más gradual, es decir, la falsa cima.

La arboleda que hay en lo alto de las curvas cerradas marca la meta. Al llegar allí, me pararé a contemplar las vistas y a descansar un poco y después regresaré al coche. Mientras asciendo me van rodeando algunos copos de nieve, batidos por el viento con tanta fuerza que me cuesta saber si vienen de arriba o de abajo. Seguro que va a nevar más, y dentro de unas semanas toda esta zona estará cubierta de un manto blanco.

Otra curva más. Y otra. El viento me azota la piel que no tengo tapada. ¿Por qué no habré traído los guantes? Me cubro los rígidos dedos con las mangas del abrigo. Ya casi lo logro. Centro la vista en un punto alejado y lo uso como meta flotante para detenerme a beber un poco de agua. A pesar de que ardo en deseos de perder de vista este viento, tengo que parar a descansar.

Otra curva. El cuerpo entero me grita que me dé la vuelta ya, que no me quedarán energías para descender si sigo avanzando, pero no me puedo rendir. Tengo que terminar lo que he empezado. Si fuera fácil, la recompensa no valdría la pena.

El frío me atenaza a cada paso que asciendo. Sabía que esta parte iba a ser complicada.

«Sigue adelante».

Casi he llegado al punto de descanso cuando me sobresalto al oír un estruendo. Llevo veinte minutos sin escuchar nada más que ruido blanco; ¿qué puede haber sonado tan alto como para sobrepasar el rugido del viento?

Me paro y me quito la capucha con la esperanza de poder discernir de dónde viene ese retumbo y esos crujidos. Se me ponen de punta los vellos de la nuca y me quedo helada. El ruido va desvaneciéndose y adopta la cadencia de unas palomitas al estallar. Otro golpe sordo da el pistolazo de salida para que vuelva a empezar el retumbo inicial, que se ve interrumpido por algún que otro estallido, como palillos al romperse o... árboles.

Se me queda la cara sin color al recordar un episodio en La Grey, cuando pretendían construir una cruz gigantesca en lo alto de una colina. Era un monumento inmenso que procedía de una herrería del oeste del país. Al llegar a la cima había unos pedruscos enormes, y los responsables de la construcción usaron buldóceres para retirarlos con la idea de que no se movieran durante la colocación de la cruz ni pusieran en peligro a los instaladores. Yo vi cómo los lanzaban colina abajo. No me cabe duda alguna de que lo que estoy oyendo ahora mismo es el sonido de los árboles al crujir bajo enormes piedras que ruedan por la ladera de la montaña. Tiene que tratarse o bien de un desprendimiento de rocas o de un pedrusco suelto.

Si es un pedrusco, aún tengo posibilidades de esquivarlo, pero si es un desprendimiento, soy mujer muerta. Los copos se funden con el cielo blanco cuando miro hacia arriba, pero no veo nada. Reviso el borde del camino que tengo encima para ver si cae alguna piedra o algo de tierra. ¿Me abrazo a la pared interior? Los restallidos aumentan de volumen hasta que parecen disparos. Me tiemblan las manos. Una piedra del tamaño de un ladrillo me cae a unos tres metros de distancia.

«Corre».

Me desabrocho la mochila y la dejo caer mientras avanzo a grandes zancadas por el sendero para intentar ganar la mayor distancia posible. Al desprenderme del peso de la mochila, puedo correr más rápido y es menos posible que me impacte una piedra a causa de la disminución de mi tamaño.

Ya no oigo el sonido de árboles destrozados, sino el de tierra removida y rítmicos golpes producidos por piedras que impactan a mi espalda y me persiguen hacia la cima de la montaña. Recito plegarias que aprendí de niña una y otra vez. El corazón me martillea contra las costillas y no dejo de mover las piernas como nunca en la vida.

De pronto, se hace el silencio y el mundo se vuelve negro.

24
Callahan

No me inmuto al volver a casa con el coche. Tengo la mente ocupada con cierta rubia cobriza de metro sesenta y pico que ya me está fastidiando. Meto el coche en el garaje independiente de la casa, agarro la mochila y me bajo para después cerrar de un portazo. Mientras tecleo el código de seguridad para cerrar la puerta veo que caen un par de copos de nieve.

Más le vale no intentar coronar la cima con la tormenta que se avecina. Me di la vuelta para preguntarle si sabía que venía mal clima, pero después de ese «hola» tan poco entusiasta que me dedicó, me ganó el orgullo y seguí bajando. Y eso sin mencionar lo que me dijo el otro día cuando chocamos. «No te me acerques». Debería haberle avisado de las condiciones meteorológicas.

No es la primera vez que hace senderismo, imagino que sabrá las normas y, además, no es responsabilidad mía. Nunca lo fue. Que se preocupe su marido por ella.

Que, por cierto, ¿dónde está?

Abro la puerta trasera de mi casa a medio remodelar y entro a la cocina, donde dejo la mochila de golpe. Mientras me desabrocho las botas, me vibra el celular en el bolsillo y me lo saco. Es un mensaje de Xander.

Acabo de ver que va a ponerse feo en Quell's. Contéstame para decirme si tengo que borrar el historial de búsqueda de tu computadora e ir planeando tu funeral. Querías estríperes, ¿verdad?

Acabo de llegar a casa, salí temprano. Sí, pero de las buenas, como las de Las Vegas.

Darlene la del Hangers dice que te lo deja a mitad de precio.

Acepto.

Vuelvo a pensar en Scottie al guardarme el celular de nuevo en el bolsillo. ¿Seguirá allí? Miro por la ventana y veo que caen más copos. La montaña es el peor lugar para sortear una tormenta. Miro la hora; seguramente ya haya dado la vuelta y esté en el coche.

Seguramente.

Me sacudo la ansiedad que me ha asaltado el pensamiento y abro el refrigerador para sacar los ingredientes necesarios para prepararme un bocadillo. Agarro un cuchillo y abro el frasco de la mayonesa. Scottie no sabe lo que es el clima de las montañas del Pacífico noroeste. Pongo el cuchillo sobre la barra y me saco el celular del bolsillo. Maldita sea.

Hola. ¿Ya has bajado?

Termino de preparar el bocadillo. No dejo de mirar la pantalla del celular con la esperanza de verla brillar al recibir una notificación. Cada vez que la miro, solo veo el reflejo de mi cara enfadada en el cristal negro.

Coloco la tapa del bocadillo y me llevo el plato a la mesa. Sigo sin tener noticias suyas. Doy un bocado y lo mastico mientras espero su respuesta, que no llega.

Ya han pasado casi diez minutos. Me lamo los restos de mayonesa que tenía en el pulgar y vuelvo a desbloquear la pantalla. Si hubiera bajado de la montaña debería tener señal. Esta preocupación por una mujer que no es responsabilidad mía me ha estropeado la comida. Qué tontería. Aprieto el icono de llamada que está al lado de su nombre y me aclaro la garganta mientras espero a escuchar el tono, pero me suena buzón de voz. Cinco segundos más tarde, vuelvo a intentarlo. Otra vez lo mismo. Carajo.

—Maldición, Scottie —farfullo—. Más te vale no haber hecho una estupidez.

Pongo el celular a todo volumen y me lo llevo al baño para darme un baño. Mientras me enjuago el champú caigo en cuenta de que tal vez me haya bloqueado. Seguramente Matt tenga su número. Termino de enjuagarme y de secarme y lo llamo.

—Hola. Sé que te sonará raro, pero ¿puedes llamar a Scottie y decirme si te responde? —Me pongo a caminar sin rumbo y acabo en la sala. El suelo está a medio lijar y tengo todos los muebles en la oficina.

Matt suelta una carcajada.

—¿Y por qué no la llamas tú mismo?

—Me responde el buzón de voz, pero es posible que me haya bloqueado. —Suspiro.

—Comprendo. —Parece decepcionado. Seguramente asuma que me he portado como el mujeriego que soy, pero no me importa lo que piense—. Dame un segundo. Ahora te llamo.

Cuelgo y niego con la cabeza, después me apoyo contra la pared y miro por los ventanales delanteros mientras noto que me ataca la ansiedad. Un minuto después, se ilumina la pantalla de mi celular y veo el nombre de Matt. Deslizo para contestar antes de que llegue a sonar.

—Hola —contesto.

—Me respondió el buzón de voz —me informa.

Me pellizco el puente de la nariz.

—Bueno... Gracias.

Cuelgo, me restriego la nuca y suelto un gruñido, después me pongo unos tenis y salgo de casa. Voy dando golpecitos rítmicos y rápidos cuando me detengo en su calle.

—Por favor, que esté en casa. Por favor... Quiero ver tu coche de mierda, esa trampa mortal que conduces, para poder irme a casa y dejar ya esta tontería.

Esta mañana, cuando vi su coche en el estacionamiento, me sorprendió que hubiera sido capaz de llegar hasta allí.

La poca esperanza que me quedaba se desvanece cuando echo un vistazo al estacionamiento desierto. Le doy un puñetazo al volante.

—¡Carajo!

La única forma de asegurarme de que está bien es subir a ver si su coche está en el estacionamiento de la ruta. «Y, en ese caso, ¿qué?». ¿La voy a buscar? Mi respuesta inmediata es un contundente. «Pues claro que sí».

El instinto me indica que está en la montaña, así que no puedo ir sin el material apropiado, y no tengo mucho tiempo. Cuando la traiga de vuelta a Sky Ridge va a recibir un castigo ejemplar. No puedo creer que me esté obligando a ir por ella. Sabe Dios el embrollo que me espera, pero mi mente no deja de imaginarse lo peor. ¿Y si se ha caído? ¿Y si se ha topado con un puma? ¿Y si se ha perdido y está vagando a varios kilómetros de la ruta? No la encontraría.

Aprieto el acelerador. Las llantas rechinan al girar el volante para acceder al camino de entrada de mi casa. Abro la puerta trasera, me quito los tenis, me calzo las botas y agarro la mochila, que lleno de material para cualquiera de las situaciones que me imaginé por el camino. Crampones, manta térmica, botellas de agua y dos puñados de raciones de comida. Además, meto también la bolsa de socorrista pistero. En ella llevo material de supervivencia variado, como, por ejemplo, calentadores de mano, un botiquín, una navaja, cuerda y una pala para avalanchas.

—Más te vale estar bien jodida para justificar este rescate. —Aprieto el volante al acercarme a la carretera que lleva al inicio de la ruta, rezando para no ver su coche allí. Estiro el cuello al doblar la última curva y planto la vista en su coche.

—Carajo.

Sigue ahí.

25
Scottie

Siento un dolor sordo detrás de los ojos. Frunzo el ceño y me encojo mientras abro los párpados muy despacio. Noto un dolor punzante en el oído derecho y me arden las mejillas como si me hubieran dado una cachetada No sé cuánto tiempo tardo en abrir los dos ojos, pero cuando al fin lo consigo, veo que todo a mi alrededor está cubierto de una fina capa de polvo blanco. Nieve. Tengo la boca seca como si me hubiera comido un puñado de arena y me cuesta tragar.

Tengo los músculos y el cuerpo tan fatigados que me cuesta demasiado no volver a cerrar los ojos y sucumbir al sopor. Parpadeo y entrecierro los ojos para intentar orientarme. Veo doble, y eso me impide contemplar lo que me rodea. «Qué mal está esto». Me tomo un instante para comprobar si noto lesiones o falta de sensibilidad en alguna parte del cuerpo e ignoro el dolor de cabeza para centrarme en las extremidades. ¿Me habré caído?

«¿Cómo he llegado hasta aquí?».

En cuanto me puedo poner a gatas, se me revuelve el estómago y roto la cabeza hacia un lado para vomitar. Noto que incrementa la presión que siento en la cabeza y el dolor me hace ver chispas al cerrar los ojos.

Me palpo la cabeza con los dedos y encuentro una zona cerca de la cara que está pegajosa y cubierta de tierra. Aparto la mano y veo sangre. Gruño. No es de un rojo vivo, así que al menos eso es buena señal.

Giro la cabeza con cuidado para revisar el entorno con la esperanza de no volver a vomitar. ¿Estoy en un saliente? Detrás de mí, a unos veinte metros de distancia, hay una pared de piedra. Veo que sobresale por el costado. Parece como si me hubieran cargado en el aire y me hubieran puesto en otro lugar. ¿Habré venido hasta aquí caminando y no me acuerdo? Mis síntomas parecen indicar que he sufrido un traumatismo cerebral. A lo mejor debería descansar. Si cierro los ojos, tal vez, al despertar me acuerde de lo que me ha pasado y pueda descifrar esta situación, pero una vocecita dentro de mi cabeza me dice que ni de broma. «A levantarse».

Pongo una mano sobre la pared de roca que tengo a la derecha para no perder el equilibrio y entrecierro los ojos, también me hago visera con la mano para poder levantar la mirada. Las náuseas me asaltan de inmediato, así que decido mirar hacia abajo. Nada de alzar los ojos. Al retirar la mano de la piedra veo que he dejado marcas rojizas.

Me deslizo hasta quedar sentada y me recuesto contra la pared rocosa. Me cuesta enfocar la mirada cuando intento ver el camino que se extiende ante mí. En efecto, veo el sendero, así que no puedo estar en un saliente. Un segundo... Vuelvo a mirar a la izquierda y obligo a mis ojos a centrarse, a pesar de lo mucho que me duele la cabeza. Esto no es una pared rocosa, sino un montón de piedras y de tierra. Algunas son del tamaño de toronjas, otras tan grandes como un balón de basquetbol, y otras enormes como coches. Todas están cubiertas de la misma fina capa de nieve. Un desprendimiento. Me arrastro hacia atrás como un cangrejo porque necesito apartarme todo lo que pueda de eso.

Maldición. Se me escapa una carcajada. ¿Cómo es que estoy viva? La gracia enseguida da paso a las lágrimas al percatarme de un nuevo problema: tengo que salir de la montaña y no hay por dónde bajar. Las piedras me bloquean el camino. Y no solo eso, sino que tiré la mochila y no la veo por ninguna parte. Hasta donde yo sé, está enterrada bajo las rocas. Apoyo un brazo contra la cara interna del sendero e intento levantarme, para ver si las piernas me sostienen. Me atenazan las náuseas, así que me recuesto contra la montaña para volver a deslizarme lentamente hasta quedar sentada.

No tengo provisiones. Me azota el viento y la nieve, y la temperatura está cayendo en picada. Además, no tengo forma de volver a bajar. Me ovillo y me río de la ironía de la situación. Acabo de cambiar una muerte rápida por una lenta.

Triaje. La prioridad es buscar refugio. ¿Cómo me puedo resguardar del viento? Si sigo avanzando, las ráfagas aumentarán en intensidad. Miro la pila de piedras... ¿Podré escalarla? Para nada. Apenas puedo ponerme en pie, como para trepar por encima de una pila de piedras sueltas que podría desmoronarse o lanzarme rodando por la ladera de la montaña.

Contengo la respiración cuando noto otra ráfaga de viento. Se me humedecen los ojos al recibir un latigazo de aire y tierra. Si me quedo aquí, enseguida se me congelarán las pestañas. Tengo más probabilidades de sobrevivir al montículo de piedras que a los elementos. Me agazapo en una esquina y me permito descansar unos minutos ovillada. Levanto el dedo índice e intento seguirlo con la mirada mientras lo desplazo de un lado al otro. Ya no estoy tan aturdida como antes; el temblor ocular va mejorando.

¿Seré capaz de deslizarme por el borde del saliente?

Me acerco al filo del camino a gatas. Aún no he recuperado del todo la visión en profundidad, pero según mis estimaciones, habrá unos seis u ocho metros de caída. Busco agarraderas naturales en la pared, pero no las encuentro. Es posible sobrevivir a esa caída, pero después me resultará imposible moverme. Me quito de la cabeza la imagen de mi cuerpo aplastado en el camino de abajo.

No puedo rodearlo ni pasar por encima.

Hay un hueco detrás de una roca del tamaño de una mesa, como una pequeña entrada a una cueva. ¿Cabré por ahí? No tengo ni idea de lo estable que será, podría soltarse y aplastarme. ¿Cómo voy a morir? «Vamos a contar las diferentes formas...».

Desciendo con cuidado hasta el suelo y me agacho en cuatro apoyos para inspeccionar el túnel que han creado esos pedruscos más grandes.

—Ay, Dios bendito.

Desde el otro extremo me llegan astillas de luz: hay un túnel estrecho entre las piedras y la montaña. No parece demasiado largo. ¿Unos tres metros y medio? Me cuesta calcularlo. El conducto parece estrecharse antes de ensancharse, así que me va a tocar reptar sobre la barriga e, incluso así, me va a costar pasar. Podría acabar viéndome en la tesitura de tener que cortarme un brazo para escapar. Como el zorro que se roe la pata.

Al menos me puedo resguardar del viento detrás de ese primer pedrusco. Estiro el cuello para echar otro vistazo al estrecho hueco. Estoy segura de que puedo apartar las rocas que hay al final y abrir una vía si soy capaz de llegar hasta ellas. Ya me estoy imaginando el sonido que emitirán al moverlas. Alargo el brazo hacia el interior del túnel y lo vuelvo a recoger.

—No seas imbécil, Prescott. Este pedrusco no se va a mover de su lugar.

«Eso, ¿cuántas personas habrán dicho lo mismo sobre él cuando estaba plantado en lo alto de la montaña?».

Me apoyo sobre los codos y vuelvo a analizar el túnel. Veo el otro lado, pero ¿llegaré hasta allí? Es complicado saber si se trata de un asunto de perspectiva o de visión en profundidad. Si consigo atravesarlo, seguro que puedo recorrer el camino de vuelta, siempre y cuando no me encuentre con otro obstáculo como este.

Si me quedo atorada o se derrumba el túnel... Pues en ese caso me convertiré en el Green Boots de Quell's Peak y me quedaré aquí congelada hasta la primavera o hasta que vengan los carroñeros a arrancarme los miembros en proceso de descomposición. «Qué agradable». No es la peor forma de morir. A ver, ¿cuánta gente puede decir que ha fallecido entre un pedrusco y una montaña? Supongo que nadie, porque están todos muertos. «¡Vaya ánimos!».

Tengo que elegir entre esto o morir de frío. No tengo tiempo para la indecisión. Si no sobrevivo, al menos lo habré intentado.

Me tumbo boca abajo y repto hacia el agujero.

—¡Sal de ruta, Scottie! Recupera la independencia... ¡Cómete el mundo! —refunfuño socarrona—. ¿Dónde ves aquí la libertad, cariño? ¿Te sientes libre?

Se me encogen los hombros cuando intento bajar la cabeza para intentar pasar entre dos piedras. Me arrastro hacia delante y oigo un rasguño, el abrigo. El viento se cuela entre las piedras y me sopla tierra a los ojos.

—Odio esta montaña. Cero estrellas... Mala colocación de las piedras —rezongo—. Poco personal... Falta de recursos... —Avanzo muy lentamente—. La tienda de regalos es basura... —Otro centímetro—. No pierdas el tiempo aquí, vete mejor a revolcarte en las aguas de una alcantarilla.

Me cuesta respirar porque no tengo lugar para expandir las costillas. Me tomo un descanso para regular la respiración hasta que la noto un poco más calmada. No sé casi nada de espeleología, pero tengo claro que entrar en pánico no es nada deseable.

En cuanto me siento preparada, vuelvo a intentar reptar hacia delante, pero no soy capaz de impulsarme. Tengo los brazos encogidos a lo T. Rex y no puedo hacer nada al respecto porque tampoco hay lugar delante para estirarlos. Intento retroceder, pero no puedo. «Tranquila». No estás atorada, solo tensa. Exhalo, cierro los ojos e intento centrarme en relajar los músculos. Lo malo es que estoy helada y tengo las extremidades rígidas. Voy desplazando una mano hacia delante con ayuda de los dedos. Poco a poco, consigo levantar el brazo por encima de la cabeza. Tengo que sacar el otro brazo de debajo del cuerpo, pero está atrapado contra un saliente afilado. Me quedo quieta y reorganizo las ideas. Intento rotar los hombros, pero no funciona. Si se me queda el codo encallado delante de la cara, me bajará aún más la temperatura corporal. Estoy cansada.

Mi cuerpo y sus músculos débiles y agarrotados son incapaces de moverse con tanta facilidad como antes.

«Hace mucho frío».

Me duelen las manos. Cierro los puños y noto que me laten al comenzar el proceso de congelación. Doy pataditas con los pies para intentar afincarlos en algún lugar que me permita moverme. Es en vano. Cuanto más intento liberarme, menos espacio tengo. Con cada movimiento fallido me resulta más sencillo aceptar que voy a morir aquí. Las probabilidades están en mi contra. Vuelvo a moverme para intentar darme la vuelta. No pienso rendirme aún, pero me cuesta demasiado esfuerzo moverme medio centímetro. «¿Me estaré moviendo en realidad?».

Me pesan los párpados. Inclino la cabeza y veo el final del estrecho túnel. Estará a unos dos metros de distancia, pero por lo que a mí respecta podría estar a dos kilómetros, porque este canal se estrecha antes de agrandarse y yo estoy... atorada. Ninguna de las dos rocas se mueve ni un ápice. Me resbala una lágrima por la sien y se me forma un nudo en la garganta. Tengo el coche ahí. Alguien encontrará mi cadáver.

Me cae otra lágrima y sorbo por la nariz, por donde aspiro el aire helado. Cierro los ojos y suelto el aliento poco a poco entre los labios. No se ve nada bien.

Conozco el cuerpo humano, sus capacidades y sus limitaciones. Morir congelada no es lo peor que te puede pasar. De hecho, no está tan mal. Me duelen los dedos de las manos y de los pies, pero dentro de un rato dejaré de sentir dolor. Después, el corazón tomará la sangre de las extremidades y me proporcionará una pasajera sensación de calidez. Cuando descienda mi temperatura corporal, me empezaré a sentir mareada. Será un proceso tranquilo, como si me estuviera quedando dormida. Una vez que pierda el conocimiento, me irán fallando los órganos uno por uno hasta entrar en paro cardiorrespiratorio.

Es bastante sencillo, en realidad.

Este túnel no es mi vía de escape, sino mi tumba. Me muevo para ponerme mirando hacia dentro, pero me faltan las fuerzas. Estoy demasiado cansada. Una plácida conformidad me llena y apoyo la cabeza sobre el hombro. Después, cierro los ojos.

26
Callahan

No me esperaba que el día fuera a acabar así. Embarcarse en una misión de rescate no es una buena idea. De hecho, es una maldita locura, pero ahí arriba hay una persona que necesita ayuda. Me da igual que sea Scottie, aunque eso me da una razón de más para enfadarme con ella. No puedo creer que haya sido tan descuidada. Es una chica lista, no debería haber hecho esto.

Me detengo a descansar cuando llevo recorridos unos diez kilómetros. Saco los crampones de la mochila y me los coloco sobre las botas de montaña. Después me pongo los lentes de ventisca para evitar que se me irrite la piel a causa del viento. Doy un trago de agua, cierro la mochila y sigo caminando. Estoy acostumbrado a llevar el cuerpo al límite durante la temporada de incendios, pero esta tormenta se está poniendo fea. En cierto punto se me despertará el instinto de supervivencia y tendré que tomar la decisión de volver por donde he venido. He escalado varios picos estadounidenses. Me encanta coronar la cima de una montaña y seguir hacia la siguiente, pero las condiciones meteorológicas son desastrosas.

«¿Cómo puedo no habérmela cruzado ya?». ¿Y si no la encuentro? Puede haberse perdido en algún lugar del camino y tal vez estemos a quince kilómetros de distancia el uno del otro. ¿Habrá encontrado refugio? Recuerdo nuestro breve encuentro y no me pareció que llevara material de acampar. Esta ruta es para excursiones de un día, para ir y volver. Debería haber vuelto.

Miro el reloj. Pronto caerá la noche. Me mueve la más pura adrenalina, que es lo que me ha ayudado a avanzar a buen ritmo. Le doy una hora, después tendré que regresar. Me guardo la botella de agua en la mochila y sigo avanzando. Tengo que recorrer la mayor distancia posible antes de que se haga de noche si quiero tener alguna oportunidad de encontrarla.

No sé lo que la estará reteniendo, pero no puede ser bueno. A cada minuto que pasa aumentan las probabilidades de que esté herida, y disminuyen las de encontrarla. Grito su nombre al viento y barro la zona con la mirada. Cuando nos cruzamos solo llevaba un suéter. Si no tenía otra capa de abrigo, es posible que se haya muerto de frío.

«¿Por qué no habrá dado la vuelta al ver que empeoraba el clima?». La Scottie que yo conozco no se habría obcecado tanto con llegar a la cima como para arriesgarse a morir de frío, pero también es cierto que me he equivocado mucho con ella.

Cuanto más te acercas a la cima, va habiendo más canteras por las que trepar. No resulta complicado para montañeros con experiencia, pero el terreno es menos estable. Los picos siempre suelen contar con temperaturas extremas y con erosión durante todo el año. La tierra fragmentada está suelta y es más peligrosa que en alturas más bajas. Tanto las pisadas de los senderistas como una ráfaga de viento pueden desencadenar un desprendimiento si se dan las condiciones apropiadas.

¿Por qué tiene que ser ella? La única persona a la que odio más en este momento es a mí mismo. No debería haberme acostado con ella, porque ahora me veo arriesgando la vida por alguien que me mintió. El dolor que siento en la rodilla me indica que debería habérmela vendado antes de volver a subir.

Al emerger de una arboleda veo la cantera ante mí, así como las curvas cerradas. Me rodeo la boca con las manos y grito:

—¡Scottie!

Reviso las curvas y detecto una zona fuera de lugar. Hay una formación rocosa que parece un poco extraña desde aquí. ¿Qué demonios es eso? Es casi como una ilusión óptica en forma de saliente rocoso, pero está demasiado alta como para verla bien.

Una vez que atravieso la cantera encaro las curvas cerradas. Las separa una distancia que va de los sesenta a los noventa metros, y me contengo para no trepar por el medio. No me dejan las rodillas. Al doblar la segunda curva obtengo una perspectiva del camino que he recorrido hasta aquí. Entrecierro los ojos detrás de los lentes de ventisca para ver si detecto algún movimiento en el sendero. Nada.

Ella y yo somos los únicos que estamos en esta montaña, pero bien podríamos estar en puntos opuestos del planeta. Alzo la vista, frunzo el ceño y me retiro los lentes para ver si así me mejora la visión, pero con tanta nieve revoloteando a mi alrededor y pegándose a todo lo que me rodea, no soy capaz de ver nada más. Probablemente, me estén jugando una mala pasada los ojos, pero cualquier cambio en el paisaje será una mala señal.

Recorro otra curva más y veo que hay una piedra en medio del camino que me llega por las rodillas. Seguro que no estaba aquí antes. Se me desboca el corazón y me ruega que vaya más deprisa. Otra piedra. Y otra. Y otra más. Cuanto más subo, más plagada está la zona de escombros de varios tamaños.

Me borro la imagen de su cuerpo sin vida del pensamiento en cuanto aparece. No puedo gestionar otro cadáver más. Lesiones... Seguro que está herida. No podremos volver a tiempo si se ha lesionado. Meto las manos en los bolsillos y acaricio el llavero. «Tal vez no me quede otra opción».

Al doblar la curva, estiro el cuello para mirar el camino y casi me quedo helado al ver una de las mayores paredes de piedras que he visto en mi vida. El terror que siento al verla no tiene punto de comparación con el que me atenaza cuando fijo la vista sobre una mochila. «La mochila de Scottie».

Me acerco y se me retuerce el estómago. Pensar que la ha aplastado esa enorme pila me dobla por la mitad y estoy a punto de vomitar. ¿Por qué no llevará puesta la mochila? Me asomo al saliente rocoso y vuelvo a ponerme las manos alrededor de la boca.

Grito su nombre lo más alto que puedo mientras me acerco a la mochila. «Carajo, carajo, carajo».

De pronto, entre mis propios jadeos, oigo un ruido tenue. Cuesta mucho distinguirlo por encima del viento. Podría haber sido producto de mi imaginación. Tal vez no haya sido nada. Vuelvo a gritar su nombre y, en esta ocasión, lo oigo... Es débil, pero existe.

—¡Socorro!

Se me abren mucho los ojos.

—¿Dónde estás, Scottie? ¡Vuelve a gritar!

Dice que está debajo, pero no es posible que haya quedado atrapada debajo de la piedra, porque en ese caso no estaría viva. Una roca mucho más pequeña que esta la habría matado al momento. Veo una pila de gravilla y me pongo a escarbar entre los escombros.

—¡Aquí! —grita.

Bajo la cara, me quito los lentes de ventisca y aguzo la vista para mirar al interior del túnel. Está oscuro, pero se cuelan unos rayos de luz.

—¿Scottie?

—¡Sí! —solloza—. Intenté meterme por debajo.

Doy un traspié al oírla, provocado por el alivio. Trago saliva y me coloco a su altura.

—¿Cómo puedo llegar hasta donde estás?

—No lo sé —dice con voz ahogada—. Estoy atrapada. Intenté meterme por debajo. —Las palabras tiemblan como si fuera incapaz de controlar los estremecimientos. Hasta oigo el castañeteo de sus dientes por encima del viento que silba por la estrecha entrada a la cueva. Lleva aquí bastante tiempo, es un milagro que siga con vida.

—Ahora te saco, cielo. Tú tranquila.

27
Callahan

Me obligo a relegar el inminente ataque de pánico y a centrarme en la tarea que tengo entre manos. Hay un problema que resolver. La barricada mide unos tres metros y medio de alto. Algunas zonas incluso se acercan a los cuatro. Por suerte, llevo practicando escalada desde pequeño y soy capaz de detectar algunas agarraderas, aunque no se trate de una pared sólida. Cualquiera de esas piedras podría desplazarse y lanzarme rodando por la montaña o acabar de aplastar a Scottie.

Lo primero que hago es agarrar su mochila y lanzarla por encima del montículo. Estoy casi seguro de que ha llegado al otro lado. Me cercioraré enseguida, porque tengo que pasar por encima de esta montaña de piedras para salvar a Scottie.

Me quito los guantes y los guardo en la mochila, así como el llavero que llevaba en el bolsillo. Se me tensa el puño mientras planeo la ruta que tomaré. El viento no me está haciendo ningún favor porque, además de helarme hasta la médula, me lanza tierra a la cara; menos mal que llevo los lentes de ventisca. Cuando la ruta elegida me da la confianza suficiente, salto para agarrarme al primer hueco y, de inmediato, me resbalo y me caigo, trastabillando unos cuantos pasos hasta estabilizarme de nuevo. Vuelvo a intentarlo y, a la segunda, consigo agarrarme.

Se me ponen blancos los nudillos a causa de la fuerza que tengo que hacer para sostenerme y alargo la mano libre hasta alcanzar el siguiente objetivo. La piedra es grande, pero podría estar suelta, así que tengo que actuar con celeridad. Me lanzo, pero la roca se mueve justo antes de que la pueda agarrar. Lanzo el brazo hacia otra abertura y, por suerte, está cubierta de arenilla, cosa que me ayuda a no resbalar. Miro abajo y coloco un pie en un pequeño saliente, pero justo entonces cede la piedra que estaba a su lado. Me quedo quieto y espero al siguiente movimiento. Esta debe de ser la cosa más irresponsable que he hecho en la vida.

Veo una fisura en una piedra y dirijo la mano izquierda hacia allá. Me tiemblan los dedos cuando los meto en el siguiente punto de apoyo, y en el que viene después. Al ir atravesando la pila de piedras me percato de que hay mucha más gravilla de este lado. Una cantidad moderada está bien, pero si es demasiada puede reducir la fricción.

Se me acelera el pulso. Si soy capaz de colocar el pie en el hueco que tengo a la izquierda, podré ver el otro lado. Más le vale no desmoronarse ahora. Traslado una mano, vacilo y después alzo un brazo para agarrarme a un saliente afilado que me corta la piel de los dedos. Gruño entre dientes y me impulso hacia arriba. No me queda más remedio que agarrarme más fuerte, aunque me provoque un dolor lacerante. Encuentro un agujero con el pie y me impulso en él mientras trato de alcanzar otra sección del montículo. Tanteo en busca de algo, y al final topo con un sitio al que agarrarme. Después afinco la mano en él, suelto la roca afilada y gruño al impulsar el cuerpo hacia el otro lado.

—¡Vamos! —bufo, y me limpio la palma de la mano en el pantalón, dejándolo lleno de sangre.

Me voy acercando a la pared interna para alejarme de las piedras que más probabilidades tienen de deslizarse o causar un derrumbamiento.

Me tiembla todo el cuerpo mientras me aferro al saliente y uso el brazo derecho para sujetarme contra la pared de la montaña y planear el siguiente desplazamiento. El montículo termina en punta, y me siento a horcajadas sobre ella, pasando la otra pierna por encima de una roca inclinada hacia abajo, hacia una muerte irrevocable.

—No pienso resbalarme —farfullo.

Me desplazo de lado muy poco a poco para llegar al otro lado sin percances. Sin embargo, lo que me encuentro me resulta descorazonador.

Hay un salto. Y grande. La losa sobre la que estoy apoyado sobresale por encima de la tierra. Noto que algo se mueve bajo mi cuerpo y que la piedra se inclina más aún. De pronto me percato de lo precaria que es mi situación. Tengo que moverme a la de ya. No me queda más remedio que saltar. No hay otra opción, al menos desde aquí, y con la cantidad de gravilla que tengo debajo, es cuestión de tiempo que acabe resbalando como si el suelo estuviera hecho de canicas. Y eso sin mencionar que tengo a Scottie justo debajo.

Maldiciendo el viento, me acuesto boca abajo y dejo caer las piernas por el costado. Me tiemblan los bíceps y los antebrazos por la tensión. Miro por encima del hombro y la caída no me parece para tanto. Mido metro ochenta y dos, pero con los brazos estirados llego a los dos metros y medio, lo que implica que la distancia que me separa del suelo será de poco más de un metro cuando termine de descolgarme.

Deslizo el torso hacia el lateral. Solo tengo que quedarme colgando, estirar los brazos y acercarme lo más que pueda al suelo para después... soltarme. Pero la maldita losa vuelve a desplazarse, así que me impulso lo más que puedo y el salto de poco más de un metro se alarga hasta casi dos. Caigo sobre una zona de gravilla y trastabillo hacia atrás cuando veo que la losa se desliza por encima del enorme pedrusco y cae ladera abajo. El crujido que emite al chocar contra el paisaje rocoso me llega en forma de eco. Maldita sea.

Vuelvo a dar un traspié, pero milagrosamente me equilibro. No siento nada gracias a la adrenalina que me inunda las venas. «Scottie».

Está dentro de lo que parece un hueco entre las rocas y la ladera. Miro detrás de una piedra de unos noventa centímetros de alto y veo una de sus botas. La agarro con la mano y le doy una sacudida.

—Ey. Estoy aquí.

—Cal. —Su lamento está lleno de esperanza.

Es personal médico de emergencias, así que supongo que la idea de morir llevará un buen rato rondándola, y eso le puede jugar una mala pasada a cualquiera. Si no estuviera yo aquí, probablemente habría corrido el destino que tanto temía.

—¿Estás herida?

—T-tengo f-f-frío. —Le castañetean los dientes y eso le provoca un ligero tartamudeo, que podría ser consecuencia del frío o de un traumatismo craneoencefálico—. Mucho frío —insiste.

—En cuanto te saque de ahí, te calentaré. Tú aguanta.

—Okey. —Parece tener sueño.

—No te duermas, sigue hablando. ¿Qué te duele?

Con mucho cuidado, voy retirando algunas piedras.

—La cabeza. Casi no siento nada.

Maldición, si no siente el dolor, a lo mejor ha perdido la sensibilidad.

—¿Sientes las piernas?

—Antes sí.

—No cierres los ojos, ¿entendido?

—Okey.

«¿Cómo demonios habrá llegado hasta ahí?».

—¿Todo bien?

—Sí.

Me acomodo y la agarro de los tobillos.

—Voy a empezar a jalarte, pero si quieres que pare, grita. Cuanto más puedas moverte para salir, mejor será.

Menea las caderas cuando me pongo a jalar de ella y va moviendo el cuerpo como en forma de convulsiones. Está luchando. «Buena chica».

Grita con la voz desgarrada por encima del viento.

—¿Qué pasa?

Nada.

—Scott...

—¡Jala! —me interrumpe.

Obedezco, gira las caderas y suelta un saltito acompañado de un gritito.

—¡Más! —grita.

La agarro de las pantorrillas y sigo jalando. Enseguida emergen las rodillas y entonces ya puede ponerse boca arriba, arrastrarse y menearse de lado a lado.

—Baja la cabeza. ¡No te apresures!

Cuando va emergiendo el cuerpo del túnel veo que se está sosteniendo un brazo con el otro, como si se hubiera hecho daño. Sus manos tienen un aspecto cadavérico. ¿Qué le pasa en el hombro? ¿Se lo habrá dislocado? ¿Por eso gritaba?

Cuando por fin saca la cara del túnel se me dibuja una sonrisa en la mía, que enseguida se me borra. «Demonios». Lleva demasiado tiempo aquí, y tiene una gran cortada en la base del pelo, pero al menos ya ha salido. Su cabello de un suave tono cobrizo ahora está de color café, a causa de la sangre y de la tierra.

—Tengo las manos heladas. Agárrame del brazo, jala hacia delante y vuelve a colocarlo en su lugar... Agárralo.

La miro anonadado. «De acuerdo».

—¿Hacia delante hacia mí o hacia la dirección en la que estás acostada?

—Delante de mí.

—Maldición. ¿Lista?

Asiente. Sigo sus indicaciones, ella se encoge de dolor y se pone de lado para poder erguirse y ponerse de pie. Tiene los dedos tan blancos como la nieve que nos rodea. La agarro de la muñeca para ayudarla a incorporarse, después le agarro las manos y las pongo entre las mías para poder echarles mi aliento cálido y frotárselas. Después, saco mis guantes de la mochila y se los pongo. Le vuelven a castañetear los dientes y la envuelvo entre mis brazos.

—En marcha.

Quiero alejarme todo lo que pueda de esta pila de piedras. Veo que cojea y le miro las piernas.

—¿Puedes caminar?

—Es solo el frío. Tengo que recuperar la *c-c-lación*.

Frunzo el ceño. ¿Qué ha dicho?

—¡Tengo que caminar!

«La circulación».

—¿Por qué demonios te pusiste a subir en plena tormenta? ¡Con un carajo!

Me mira y me insulta con los ojos más de lo que habría podido insultarme con la boca. Es la primera chispa que le veo. Bien, cuanto más a la defensiva se ponga, mejor nos caerá la caminata.

—Dame la mochila... Botiquín... Calientamanos. —Cada vez entiendo mejor ese parloteo incongruente.

Me pongo de rodillas y busco en su mochila hasta que doy con ellos, después rasgo el plástico protector y los agito.

Hay cuatro, pero solo funcionan tres. Se apoya contra la ladera de la montaña mientras le desabrocho las botas y meto un par de calientamanos lo más cerca de los dedos de los pies que puedo para después volver a atárselas.

—¿Cómo vamos a bajar? —pregunta desconcertada.

Suelto una carcajada, cierro su mochila y saco la botella de agua para ofrecérsela mientras busco uno de mis calientamanos para reemplazar el que está estropeado.

Me lo quita de las manos. Se guarda la botella en la mochila e intenta echársela a la espalda. Pone una mueca cuando se la desliza por el hombro recién dislocado. Yo intento quitársela, pero ella me lo impide y me lanza una mirada asesina.

—Scottie, dame la mochila. No puedes cargar peso lesionada.

—¡No necesito ayuda!

Niego con la cabeza ante su terquedad. No pienso discutir con ella.

—No vamos a bajar.

—¡Por supuesto que sí! ¡No pienso morir aquí! —Da un traspié y se sujeta con el brazo bueno. Apenas se mantiene en pie.

—No tengo el material necesario para ayudarte a atravesar este montículo, y no estás en condiciones de hacerlo por ti misma —grito para hacerme oír por encima del viento.

«Y no pienso volver a escalarlo; ya hemos tentado bastante a la suerte los dos». Tenemos que servirnos de toda la buena fortuna que nos queda para conseguir llegar a la cima.

—Tiene que haber otra ruta. —Revisa los alrededores con la mirada—. Tú conoces esta montaña. Busca otra vía.

—Me quito los lentes de ventisca del cuello y ajusto las correas para ponerlos sobre sus ojos enrojecidos.

—Scottie, tenemos que subir. Ya no podemos abandonar la montaña antes de que oscurezca. Tenemos que buscar refugio.

Hay una torre de vigilancia en la cima donde podríamos esperar a que amaine la tormenta.

—¡¿Dónde?! —solloza—. ¡Si no hay nada! Si seguimos subiendo nos congelaremos.

Niego con la cabeza, me estoy empezando a frustrar. No hay tiempo para discusiones. Como bien ha dicho, yo conozco la montaña, así que, si pretendemos sobrevivir, tiene que hacerme caso. Está entrando en pánico y, si no me obedece, nos costará la vida a ambos.

—Aunque el camino no estuviera bloqueado, estamos a doce kilómetros del estacionamiento..., pero es que el camino es inviable. Podemos o bien subir en busca de otra vía de descenso, lo que supondrá caminar bastante más de doce kilómetros, o bien ir a la cima y resguardarnos en la torre de vigilancia contra incendios.

—¡Este viento nos sacará volando!

La tormenta es considerable. No tenemos otra opción.

—¿Cómo es la regla del tres? —pregunto.

—No. —Frunce el ceño y se le agolpan las lágrimas en los ojos, que empañan los lentes. Se los suelto para limpiar la condensación. No sé cómo ayudarla a entender la gravedad de la situación.

—¿Cómo es? —insisto.

—Tres semanas sin comida. Tres días sin agua. Tres horas sin refugio en un frío extremo. —Sigue sin hablar como es debido.

—Exacto. —La rodeo con un brazo—. En marcha.

Avanza pesadamente a mi lado.

—No sé cuánto tiempo llevo aquí. Me quedé in-incon...

—Inconsciente —termino por ella—. Pues más a mi favor.

Tiene las piernas rígidas y poca estabilidad, le cuesta avanzar, así que la levanto del suelo.

—¿Y si no puedo?

—Pues claro que puedes. Porque te pienso obligar —gruño—. No me has hecho subir hasta aquí para morirte. No falta mucho para que se haga de noche, así que date prisa, Scottie. ¡En serio!

—Eres un imbécil.

Si le da demasiado miedo enfrentarse a la montaña, la obligaré a pelear conmigo. Haré lo que sea necesario para darle la energía que necesita para ir poniendo un pie delante del otro. Seré un imbécil hasta que lleguemos a la cima si eso la ayuda a avanzar.

—Cállate y anda —suelto.

Odio ser tan cortante con ella, pero tiene que sobrevivir. La ira parece ser lo único que la motiva. Prometo disculparme con ella y compensárselo luego.

Para mi sorpresa, me obedece, y conseguimos doblar la última curva cerrada. Esta solo mide unos cuarenta y cinco metros. En cuanto lleguemos arriba coronaremos una falsa cumbre y nos podremos poner a resguardo de los árboles, que esperemos que bloqueen un poco el viento. «Crucemos los dedos». Desde allí hasta la torre nos falta un kilómetro y medio. Cuesta arriba.

28
Scottie

Jamás habría imaginado que me alegraría de volver a ver a Callahan Woods, pero me ha salvado la vida. Estaba a punto de perder toda esperanza justo cuando él apareció. Siento retortijones de los nervios. No tengo ni idea de qué piensa hacer cuando lleguemos a la torre de vigilancia contra incendios, pero confío en que sabe lo que se hace. Es mi única opción. Aún no hemos salido del atolladero, al menos no del todo.

Entre el dolor lacerante que siento en el hombro y la aguda jaqueca que tengo, no estoy muy habladora. Por eso cada orden que me lanza Callahan me llena más de ira. Estaba preparada para dejarme llevar, pero ahora pienso llegar a la cima solo para fastidiarlo.

Estoy empezando a sentir la hiperemia y sentir que la sangre me vuelve a regar las extremidades es pura agonía. Siento que me arden los dedos dentro de los guantes con los calientamanos. Es como si me estuvieran apuñalando, me resulta casi insoportable. Aprieto los dientes e intento centrarme en cualquier otra cosa. No sé por qué, pero ponerme a discutir con Cal y sacar toda la rabia que llevo dentro me hace sentir mejor.

Contengo las lágrimas de vergüenza, de dolor, de rabia, de alivio y de miedo y le pregunto:

—¿Cómo sabías que estaba aquí?

Él suelta un suspiro.

—Te escribí un mensaje y no me contestaste. Fui a tu casa y no vi tu coche en el estacionamiento. Me dio mala espina.

—¿Fuiste a mi casa?

—¡No me contestabas al teléfono! —farfulla.

—Gracias —le digo con sinceridad.

Él suelta un bufido.

—No me quedaba otro remedio.

«Vete al diablo».

—Vamos, siempre hay otro remedio. Como cuando... —Tengo los labios demasiado congelados como para formar palabras, y eso me llena de ira.

—¿Qué has dicho?

—¡Nada! —grito, y me alegro de que no haya oído esa metida de pata.

Cada vez que me mira veo compasión en sus ojos, lo que me enfada aún más. «No es real». Me lo creí una vez, y ahora me siento tentada a volver a hacerlo. Es culpa mía, pero resulta más sencillo culparlo a él. Sé que no está bien, pero no soy capaz de contenerme.

—¿No debería haber venido a buscarte otro? —pregunta.

«¿Qué demonios está diciendo?».

—Probablemente sí. Preferiría a cualquiera antes que a ti. Me sorprende que hayas venido, creí que no te importaba tanto.

Sobre todo teniendo en cuenta el plantón que me dio cuando habíamos quedado para hablar en mi casa. Cuando me envió un mensaje para decirme que habíamos terminado, sin más explicación que esa. Evidentemente, no valía la pena ni siquiera decírmelo a la cara.

—Qué idioteces dices a veces, en serio.

Me agarra por debajo de las axilas y jala de mí. El hombro me aúlla de dolor, por eso le doy un golpe a Cal en la mano, lo que me provoca una quemazón airada en los dedos, que aún tengo demasiado sensibles. Me muerdo la lengua para no gritar de la agonía y después acelero el paso tanto como puedo. «Que se vaya al diablo».

—Deberías haberme dejado allí. Morir no duele tanto como esto.

Se le tensa la mandíbula y me mira.

—¡Camina! —me grita.

Cuando coronamos la falsa cumbre, se detiene para mirar el sendero que ha creado el deslizamiento de piedras en un claro. Parece un cortafuegos de una línea de alta tensión, con los árboles tendidos a ambos lados de forma ordenada, como un telar.

—Deberías haber oído el ruido que hizo —digo.

Intercambiamos una mirada rápida y después echo a andar y él me sigue.

—Si llegamos a la torre de vigilancia contra incendios...

—Cuando lleguemos —me corrige.

—Lo que tú digas. ¿Qué haremos entonces? ¿Meternos?

Niega con la cabeza.

—Tengo la llave.

—¿Por qué?

—Todos los bomberos forestales tienen llaves maestras de todos los puestos de vigilancia. —Como no respondo, continúa—: Nos las dan al entrar en el cuerpo y no las tenemos que devolver hasta que no lo dejamos. Yo las llevo en el llavero.

—Qué suerte la nuestra. —Sé que debería conservar fuerzas y dejar de hablar, pero siento la cara tan helada que no sé lo que pasará si me callo.

—Ya puedes dejar el sarcasmo.

Lo decía en serio, pero no me extraña que se lo haya tomado a broma. Me duele todo y cada vez que hablo escupo ironía por doquier. Me sorprende que sea capaz de descifrar tanta información de mis palabras, y agradezco mucho disponer de la torre. Hace veinte minutos creía estar a punto de morir atrapada entre las rocas.

—No lo decía de forma sarcástica. Es un Airbnb gratis, a cuenta del gobierno federal de Estados Unidos.

—Me alegro de que veas esto como un chiste.

Sería mucho más fácil llorar, pero se me empañarían los lentes.

—¡Estoy intentando ser agradecida! Te debo una.

—Y bien grande.

Esbozo una mueca a causa del dolor palpitante que siento detrás de los ojos.

—Deja de parlotear y camina. Vamos demasiado despacio por tu culpa.

—Ah, ahora es culpa mía que me haya caído media montaña encima, ¿no? ¡Perdóneme!

Cal suelta un gruñido.

—No, lo que es culpa tuya es no haber dado la vuelta antes. Deberías haber analizado el aspecto del cielo y deberías haber visto que se avecinaba una tormenta... Has hecho una estupidez enorme.

—Eres un imbécil. —Me trago las emociones. Tiene razón, debería haberme dado la vuelta, pero yo también la tengo. Nadie puede predecir un derrumbamiento de piedra, eso le puede pasar a cualquiera—. Por si no te has dado cuenta, estoy teniendo un día de mierda, así que te agradecería que te guardaras los reproches para más tarde.

—Claro, porque yo he tenido un día de lujo gracias a ti —sisea.

Touché.

Atravieso un montículo de nieve a zancadas.

—¡Creía que estaba a punto de morir! —Espero a recobrar la compostura—. De hecho, igual me muero antes de llegar a la cima —suelto.

—Más te vale no morirte ahora y hacerme perder el tiempo.

Tropiezo con una piedra, alzo los brazos para amortiguar la caída y me paraliza el dolor del hombro, pero él me atrapa antes de que impacte contra el suelo. Cuando me vuelve a poner en pie, suelto un gruñido.

—Maldición, ¿no puedes mirar por dónde pisas? Deja de quejarte y céntrate en llegar a la cumbre. No pienso apiadarme de ti. —Se encoge al decir esas palabras y me vuelve a lanzar una mirada llena de compasión. «Cal el mentiroso». Le cambia la cara y entrecierra los ojos—. Cállate ya, Scottie.

29
Callahan

Soy un imbécil, pero esa furia la llevará hasta la cima de la montaña mucho más rápido que el miedo. No obstante, me duele mucho tratarla tan mal. Sigo enfadado con ella por haberme mentido, pero no puedo echarle la culpa de lo que le ha pasado hoy. Ese derrumbamiento no fue culpa suya, y aunque no se lo haya dicho, me alegro mucho de que esté viva.

En estos instantes, lo único que me apacigua la preocupación es la rabia. Scottie no está en buen estado, pero, demonios, es que no deja de fastidiarme. Entiendo que tiene miedo, pero me está sacando de mis casillas a propósito. Estamos a punto de llegar. Sé que puede conseguirlo.

Me dio un susto de muerte cuando tuvo que poner el peso en el brazo en la parte más compleja de la escalada, y por los ruidos que hizo supe que le dolía muchísimo. Tuvimos que gatear entre la nieve y las piedras sueltas, y creo que los dos íbamos con la respiración contenida por miedo a provocar otro derrumbamiento.

Tengo las glándulas suprarrenales permanentemente inactivas a causa de mi empleo y por eso muy pocas cosas me ponen nervioso, pero jugar al Jenga con pedruscos del tamaño de un coche y dar un paseo en medio de una borrasca me está poniendo al límite. Solo me falta una catástrofe más para sufrir un ataque de pánico. Esta situación me recuerda a cuando toda mi cuadrilla se vio rodeada por una tormenta eléctrica en esta misma cumbre.

El camino nevado que se extiende ante nosotros se desvanece cuando me inundan la mente las imágenes de aquel día. Habíamos detectado un cambio de clima a lo lejos, pero nos habíamos quedado tirados en el campamento de relevo. La cumbre en la que nos encontrábamos no era el mejor lugar para encarar una tormenta. Nos refugiamos como pudimos, pero éramos un blanco fácil. Qué situación tan jodida la nuestra. Nos agachamos tanto como nos fue posible mientras el fuego de los cielos impactaba la tierra a nuestro alrededor. Todos estábamos esperando a que el siguiente rayo nos desintegrara.

—¡Cal! —me grita Scottie para que la oiga por encima del viento, lo que me devuelve al presente.

—¿Ah? —Carajo.

—¿Es eso de ahí?

Alzo la vista y detecto la estructura, así que asiento. Sobre una cumbre rocosa se asienta la torre de vigilancia, soportando el embate del viento que amenaza con derrumbarnos. Las ventanas que la rodean están cerradas, lo que le da un aspecto de caja sólida con techo. Es una visión maravillosa. Desde el suelo sube un tramo de escalera hasta el barandal que rodea el edificio. «Lo hemos conseguido».

Llevo bastante tiempo sin pasar la noche en una torre de vigilancia contra incendios, y si esta borrasca es tan cruda como parecía en el radar, tal vez tengamos que pasar varios días aquí. Durante la temporada de incendios, en estas torres viven vigías. Su trabajo consiste en realizar labores de mantenimiento, recolectar y cortar madera, almacenar agua, cultivar un huerto, sellar ventanas y hacerse cargo de las letrinas. Son autosuficientes. Por suerte, por lo que parece, el vigía ha hecho bien su trabajo.

Espero que hayan quedado restos de provisiones en la torre. Nos harán falta calor, agua y comida si queremos tener opciones de sobrevivir. Ahora mismo lo único que me importa es resguardar a Scottie de este maldito viento y asegurarnos refugio y calor, porque esta tormenta no va a durar poco.

Nos impacta una ráfaga intensa de viento que nos obliga a alargar las zancadas y a inclinarnos hacia delante y hacia abajo porque nos está empujando hacia atrás. Nos afincamos contra la nieve mientras esperamos a que pase. Cuando amaina, avanzamos con mayor ímpetu que antes. El viento debe de estar alcanzando los cien kilómetros por hora. La nieve se apila en montículos, lo que nos da algo contra lo que apoyar los pies para no resbalar. Cuesta imaginar que algo pueda pegarse a la tierra por la velocidad a la que pasan los copos a nuestro lado.

Al acercarnos a la escalera, empujo a Scottie para que vaya delante y el retumbar de las botas contra el metal es como un susurro bajo el viento, pero escuchar cualquier cosa que no sea su silbido ya es todo un alivio. Cuando llegamos al puente, me desabrocho la mochila, pongo una rodilla en el suelo y abro el bolsillo lateral para sacar las llaves. Tengo los dedos tiesos; debería haber traído unos guantes de repuesto. En cuanto las encuentro, me pongo de pie, meto la llave y la giro para abrir la cerradura. Tras desatrancar el cerrojo, la puerta casi se sale de las bisagras a causa del viento, que también riega papeles por toda la habitación.

Scottie entra a toda prisa y el viento gélido nos sigue hacia el interior de la torre. Una vez dentro, le bloqueo el paso al aire empujando la puerta con el hombro. Me cuesta un poco, pero al fin soy capaz de cerrarla.

—¡Maldición!

La poca luz del sol que quedaba se extingue al cerrar la puerta, así que tengo que sacar el celular para buscar una linterna.

Encuentro un farol, lo agarro de la repisa que está al lado de la puerta y lo enciendo. El tenue brillo que emite ilumina levemente la habitación. Veo sombras danzar por doquier mientras me acerco al detector de incendios Osborne que está sobre la mesa que se encuentra en el centro de la torre. La oscuridad que se extiende por todos los rincones y recovecos añade un punto siniestro al ambiente. Sonrío al ver una pila de leña cortada justo al lado de la estufa.

«Carajo. Pues tal vez al final no morimos».

En el refugio hay menos ruido, pero no mucho. Además, es la primera vez desde hace una hora que me siento el calor corporal sin que me lo arrebate el viento al instante. Sabe Dios cuánta energía habré gastado en intentar mantener la temperatura. Saco una barrita proteica de la mochila y le lanzo otra a Scottie.

—Cómetela.

A mis dedos congelados les cuesta abrir el envoltorio, así que uso los dientes. La barrita está dura como una piedra, parece que la haya guardado en el congelador, pero ejercito la mandíbula para engullirla.

Scottie se quita los guantes e intenta abrir la suya. Se toma un segundo antes de hincarle el diente.

—¿Debería guardar algo para luego? Por aquello de preservar los alimentos.

Bebo unos tragos de agua y respiro hondo mientras niego con la cabeza.

—Cómetela entera.

Luego le ofrezco la botella. Ha llegado el momento de tomar decisiones. Está haciéndose de noche a pasos agigantados, y si pretendemos sobrevivir, necesitaremos más agua. No estoy seguro de que esta tormenta no vaya a ponerse peor antes de remitir.

Me acerco a unos gabinetes y empiezo a abrir puertas y a rebuscar por todas partes. Agarro un par de cantimploras, pero lo que necesito es un garrafón. Entonces fijo los ojos sobre un objeto de plástico transparente y echo mano de un garrafón plegable de cinco litros. «Bingo».

—Pásame los lentes —pido—. Voy por agua.

Me da la botella.

—No, cielo, necesitamos agua para sobrevivir más de veinticuatro horas. —Meneo la palma para que me entregue los lentes de ventisca.

—¿Ahora? —Le noto el pánico en la voz. Se quita los lentes de la cabeza y le queda una marca roja en la frente y encima del puente de la nariz, donde la quemazón del viento le ha ocultado las pecas—. ¿Tienes que ir a buscarla justo ahora?

—Si pretendemos sobrevivir, sí. Pásame tu botella.

Agarra su mochila y se la acerca con las manos temblorosas, sin confiar del todo en mi plan.

—¿No podemos derretir nieve?

«¿Cómo?». Inclino la cabeza a un lado y después recuerdo que es de una zona donde probablemente no hayan visto más de cuatro o cinco centímetros acumulados en la vida, como mucho. Para ella, la nieve es algo novedoso, algo con lo que jugar, una mera diversión, en vez de algo con lo que aprendes a convivir durante meses.

—¿Sabes cuánta nieve hace falta hervir para conseguir un vaso de agua?

Me ajusto la cinta de los lentes de ventisca para apretármelos.

—No...

—Una maldita barbaridad. Nos terminaríamos toda la leña para intentar derretir solo la que necesitaríamos para sobrevivir. Si podemos contar con agua desde el principio, nos irá mucho mejor. —Lleno su botella con lo que me queda en la mía, pero me guardo un poco para mí. Así, si no regreso, no la dejaré sin nada.

—¿Dónde vas a encontrar agua?

—Hay un riachuelo por aquí cerca, a un kilómetro o así. Tengo que llegar antes de que se congele.

Me arrodillo en el suelo delante de la mochila y saco todo lo que no me va a hacer falta. Cuanto menos peso tenga que cargar, mejor. El agua ya pesa bastante. Saco la lámpara, me la pongo encima del gorro y guardo las dos cantimploras vacías en la mochila. Compruebo que la lámpara funcione. Scottie se cubre los ojos porque la potente luz la deslumbra y la apago. Si me doy prisa, llegaré antes de que anochezca, pero para volver me hará falta algo de luz. Por si acaso meto también una linterna de las que hay sobre la repisa, así como la caja de pilas que había a su lado. Si no dispongo de una fuente de luz, será como quedarme ciego. A Scottie le queda el farol.

—¿No estará contaminada?

—La pondremos a hervir. —Subo el cierre de la mochila y me pongo de pie, después me la echo a la espalda y agarro los guantes que le había prestado a Scottie. Siguen manteniendo el calor de los calientamanos; es una maravilla—. Vuelvo en media hora. No te marches. —Señalo el suelo—. Te juro que si sacas un pie de esta torre te nalguearé. Te lo prometo.

Se le abren mucho los ojos. Yo agarro el garrafón y me dirijo hacia la puerta.

—Pero, espera...

—Prescott. Vuelvo en media hora.

Abro la puerta y peleo contra el viento para cerrarla tras de mí. No hay tiempo para discutir.

30
Scottie

Al cerrarse la puerta me quedo sola. Hasta que vuelva, me sentiré como en una cripta. Tengo nociones de primeros auxilios y de soporte básico vital, pero no cuento con las habilidades de supervivencia de Callahan. El dolor sordo que noto en el hombro es lo esperable después de una luxación, pero palidece en comparación con la jaqueca que me late en el cráneo. Busco en la mochila hasta dar con el botiquín y me trago en seco un ibuprofeno.

La habitación medirá unos cuatro metros cuadrados, y hay ventanas alrededor. Las postigos las protegen de la borrasca que brama en el exterior. Según parece, al terminar la temporada han dejado el refugio bien cerrado.

Una pared está cubierta de gabinetes, que son los que Callahan revisó en busca del garrafón sobre el que tanto farfullaba. Hay algunas vitrinas más en la pared de al lado, el mueble entero tiene una especie de forma de L. Me recuerdan a los que había en las casas de los años cuarenta. La parte corta tiene una pequeña estantería al fondo, como si le hubieran quitado la puerta a un armario para guardar en él la leña.

Cerca del leñero hay un tabique que separa los muebles de la estufa de acero fundido. Esta es pequeña, pero seguramente emane el calor suficiente para calentar estos modestos aposentos. Tiene una puertita con una ventana delante y una chimenea que parece bastante nueva y da un par de giros antes de salir por el techo para evacuar los humos al tejado.

En la pared de enfrente de los gabinetes hay una cama individual sin sábanas. Tiene un par de cajones debajo, para almacenamiento, y está pintada de blanco para que combine con el resto del refugio. A su lado hay una rudimentaria mesita de noche hecha a mano que contiene algunos libros que probablemente hayan añadido tiempo después.

El centro de la habitación lo ocupa una pequeña barra encima de la cual hay un gran instrumento circular con un mapa topográfico. Asumo que es lo que utiliza el vigía para calcular la ubicación de los incendios forestales.

Agarro el farol para explorar.

Justo debajo del aparador independiente hay un conducto que lleva al otro lado y que contiene unas cuantas libretas y varios mapas. Debajo hay unos cuantos pisapapeles colgando de un lateral. Echo un vistazo a los documentos que contienen; son una especie de cuaderno de bitácora que seguramente Callahan comprenda, pero para mí no es más que jerga sin sentido. Al otro lado de la barra hay unas cuantas repisas estrechas que contienen unos binoculares, una lata vieja, guías de campo, material para escribir y varios objetos misceláneos más. También hay un botiquín por ahí colgado, y debajo veo una imagen de un oso que me dice que soy la única persona capaz de prevenir los incendios forestales. Se le están pelando los bordes y la cinta adhesiva se ha puesto amarillenta con los años. La pared que falta contiene una carta de navegación que debe de llevar ahí colgada más o menos medio siglo, a juzgar por lo deteriorada que está.

Me acerco a la cama y abro uno de los cajones, donde me alegra descubrir que se guardan sábanas y mantas. Encuentro papel perfumado entre la ropa de cama, lo que me recuerda a mi casa, donde hacíamos lo mismo para evitar que se nos colaran los ratones entre las telas del altar de la iglesia.

Después de hacer la cama, me familiarizo con el resto de la habitación. A los gabinetes blancos no les caería mal otra mano de pintura, pero están en mejores condiciones que los que tengo en mi departamento. «¿Qué habrá ahí dentro?». Farol en mano, echo un vistazo. En el primero veo comida enlatada, sopa de sobre y demás comidas precocinadas guardadas en recipientes a prueba de roedores.

—Vaya. —Qué suerte.

El siguiente aparador contiene una caja de herramientas verde, una escoba y un recogedor. Un poco más allá, en un gabinete cuya puerta ha quedado abierta, veo una estufa de gas plegable y varios bidones de propano de color verde bosque. En los cajones hallo una olla de acero abollada y utensilios de cocina. El estrecho de arriba contiene cubiertos, un abrelatas y un par de utensilios más. Voy cerrando las puertas que Callahan ha dejado abiertas según voy avanzando en la investigación.

Tengo frío, estoy temblando, pero siento la cabeza rarísima. Todo me parece desordenado. «Traumatismo craneoencefálico». Los pensamientos vienen y van, como olas de consciencia. Debería hacer algo, pero no sé qué. Repaso la habitación con la mirada y fijo la vista sobre la leña.

«Fuego».

Tengo madera, pero necesito cerillos u otra forma de encenderla. Busco por las repisas, pero no encuentro nada. En cuanto abro uno de los cajones, el farol titila y se apaga, dejando la habitación en una negrura como de tinta. Le doy un golpe. Nada.

—¡Qué bien! Justo lo que me hacía falta. —Ahora a ver quién es el listo que encuentra los cerillos.

Busco la mochila a tientas y, cuando rozo la tela con las manos, busco por los bolsillos para dar con el celular. Abro la tapa, pero no pasa nada. Aprieto un botón para que se encienda la pantalla, pero no lo consigo. Tanteo para encontrar el botón de encendido y lo mantengo pulsado unos segundos. Nada. ¿Será por el frío? Me lo meto en el brasier y siseo al sentir el plástico helado contra la piel. Después sigo buscando algo que pueda ayudarme a encender un fuego.

Abro otros compartimentos, palpo sus contenidos, pero no sirve de nada. Por mucho que toque los objetos con las manos, me cuesta demasiado descifrar lo que son. Es posible que haya palpado cinco encendedores, pero mi cerebro no es capaz de diferenciarlos. Me siento en la esquina del mueble en forma de L y me llevo las rodillas al pecho. La falta de luz me hace ver cosas que no hay, como chispas delante de mi cara, lo que empeora la jaqueca. No me gusta. Siento más claustrofobia aquí que cuando estaba atorada entre las rocas.

Después de un rato, pierdo la noción del tiempo y me pongo a preguntarme cuánto habrá pasado desde que se ha marchado Callahan. Ya han sido más de treinta minutos, ¿verdad? Si no, estará a punto de cumplirse la media hora. Seguro que enseguida vuelve. La oscuridad hace que los segundos parezcan horas. Me pongo a contar para centrarme en algo que no sea el terror de saberme sola y abandonada.

«¿Le habrá pasado algo? ¿Estará herido?».

Tiene razón, la cagué. La cagué y mucho. Debería haber dado la vuelta antes. Maldita sea. Vuelvo a contar hasta sesenta para intentar medir los minutos. Al llegar a diez, me impaciento. Algo no está bien; ya debería haber vuelto. ¿Y si encontró un camino de vuelta y me ha dejado aquí para ir a buscar ayuda? Podría pasarme horas aquí sola. Me saco los brazos de las mangas y me los pego al pecho. El viento ya no me roba el calor corporal, pero sigue haciendo un frío que cala. Tengo que encontrar una forma de calentarme.

Carecer de fuente de iluminación me desorienta. Me pongo a gatear delante de los gabinetes y abro dos puertas antes de dar con un rectángulo liso. Recuerdo haberlo visto antes, pero ¿qué es? Céntrate..., una estufa de gas. A su lado están los bidones de propano. Fuera aún tiene que quedar un pequeño resquicio de luz, ¿verdad? Voy palpando hasta toparme con la puerta, giro la manija y se abre de golpe con la ayuda del viento, que viene acompañado de diminutos copos helados. Un negro vacío lleno de nada a excepción del aire gélido que me lacera la piel que tengo al descubierto. Me apoyo contra la puerta para cerrarla.

Esto se ve mal. Muy mal.

Vuelvo a sentarme en el suelo y a deslizarme hacia donde estaba para agarrar la estufa de gas y los bidones de propano. A lo mejor han guardado los cerillos dentro de la cocina portátil. Después de varios intentos consigo levantar la tapa y pasar los dedos por la superficie, por el costado y por todos los recovecos grasientos. Ni rastro de cerillos. Continúo examinando los gabinetes con la ayuda del sentido del tacto. Jamás había deseado encontrar un encendedor con tanto ímpetu. Tengo todo lo que necesito para mantener avivado el fuego, pero sin la primera chispa no me sirve de nada.

A causa del traumatismo me cuesta saber cuánto tiempo ha pasado. A lo mejor Cal solo lleva fuera quince minutos y no treinta. «Vuelve a contar». Cuento hasta seiscientos, otros diez minutos. Y otros diez más. No me cabe duda de que ya ha pasado más de media hora solo con los minutos que he contado. ¿O no? ¿Me habré saltado algún número? Es probable.

«¿Y si se ha caído? ¿Y si necesita ayuda?».

Me siento completamente inútil.

—Por favor, por favor, por favor...

Me coloco la cara entre las manos y respiro despacio. No voy a poder dormir hasta que vuelva. ¿Y si no regresa? ¿Y si llega el alba antes de que aparezca? Si se muere intentando salvarnos la vida, jamás me libraré de la culpa. Me deshago de la ansiedad, me meto los mechones sueltos detrás de las orejas y noto la rigidez de la sangre que los cubre.

—Va a volver. Tiene que volver.

Lo único que puedo hacer es contar. No sirve para nada, pero evita que caiga en un *loop*. Cuando llego al 433, la puerta se abre de golpe y explota una luz en medio de la oscuridad que no sé cuánto tiempo llevo observando.

—¡Ay, Dios! —Cuando suelto el miedo que estaba conteniendo, la descarga es tan potente que convierte todas mis emociones en rabia irracional.

Frunzo el ceño y comienzo a reclamarle. No tiene sentido, pero me resulta imposible pensar con lógica en este instante.

—¡Dijiste que volverías en media hora! ¿Por qué demonios has tardado tanto?

Callahan deja el enorme garrafón de agua con un bufido y lo aparta del medio con el pie. Después cierra la puerta y me mira. La luz que emite la lámpara me ciega, así que me tengo que hacer sombra con la mano y mantener la vista clavada en el suelo. Llevo en penumbra demasiado tiempo y no quiero cerrar los ojos.

—¿En serio me estás preguntando eso? ¿No puedo ni quitarme la mochila antes de que pierdas la cordura? ¡Maldita sea! —Se desabrocha los broches del pecho y de la cadera entre jadeos y deja caer la mochila al suelo.

Señala los casi veinte litros de agua con la mano abierta.

—¿Ves eso? De nada, ¿eh? —me grita.

—¡No sabía dónde estabas!

—El río estaba cubierto de nieve, tuve que bajar un trozo más para poder recolectar el agua.

«Ah».

—Madre mía,qué encantadora eres —farfulla mientras niega con la cabeza frustrado. Cal se da la vuelta y señala la estufa—. ¿No has encendido el fuego? ¿A qué diablos te has dedicado todo este rato?

Apaga la lámpara y nos sumergimos en la negrura, de modo que la vuelve a encender.

—¿Cómo querías que encontrara los cerillos a oscuras?

—Sí, pero sí que te dio tiempo de hacer la cama y a jugar a la casita. Genial. Menos mal que tienes las prioridades claras. —Agarra unos maderos pequeños y los deja caer delante de la estufa, después saca una caja que estaba oculta en una esquina y me la pone delante de la cara—. ¡Cerillos! —Se agacha para agarrar un encendedor de color verde fluorescente—. ¡Encendedor!

Pero si busqué ahí... Juro que busqué ahí. Pero no sabía qué era lo que estaba tocando.

Me mira. No está enfadado, sino que me detesta. Lo comprendo, teniendo en cuenta todo lo que le he obligado a hacer por mí hoy. Aprieto los labios y contengo las lágrimas mientras me regaña.

31
Callahan

Hace un frío de los mil demonios. No puedo creer que no haya encendido el fuego. Tengo las manos completamente incoloras debajo de los guantes, incluso los dedos que me corté antes con la roca.

Baja la voz hasta que no es más que un susurro.

—Vamos a morir congelados, ¿verdad?

Suelto un gruñido.

—Si sigues quejándote tanto, será más pronto que tarde.

—Cállate, que estoy hablando en serio.

Tras una risa sin gracia alguna, digo:

—Cállate tú.

No ha sido mi mejor réplica, pero es que ahora mismo no puedo lidiar con esa negatividad. La laceración que tiene en la frente me hace morderme la lengua antes de añadir nada más. Tiene que curársela. Debe de ver que la estoy observando porque se lleva los dedos a la cortada y los separa al momento.

—Ya me las arreglaré.

—No me cabe duda —digo, y pongo los ojos en blanco.

Aviento la caja de cerillos delante de la estufa y agarro los trozos de madera más pequeños que veo. Abro la portezuela y me agacho para encontrarme cara a cara con una ardilla muerta.

En ese momento, a Scottie se le ocurre la brillante idea de darme instrucciones para encender el fuego. A mí. A un bombero forestal. Si me dedico precisamente a eso. ¿Cree que sabe hacerlo mejor que yo? Estoy a punto de perder la calma. Me sube la tensión arterial por las nubes. No puedo creer los niveles de frustración que me provoca esta mujer. Me va a dar un ictus antes de que nos muramos los dos de frío.

Retiro la ardilla y la tiro al suelo mientras Scottie sigue diciéndome cómo hacer mi maldito trabajo. Despacio, giro la cabeza para mirarla.

—Debes de tener un daño cerebral grave para creer que no sé encender un fuego.

—¡Solo intento ayudar! —grita, y se cruza de brazos.

—¿Quieres ayudar? Toma, deshazte de esto. —Agarro la ardilla y se la lanzo como un dardo bien grande. Atraviesa el aire con la cola batiendo antes de aterrizar a sus pies con un golpe seco.

—¿Qué demonios es esto? —Acerca la cara para inspeccionarlo y entonces pega un grito y da un salto hacia atrás.

Me volteo hacia la estufa con una sonrisita de satisfacción en la cara y me pongo a colocar la madera y a ajustar el tiro para que no entre tanto viento cuando intente prender el cerillo. Siento una gran satisfacción al ver que la madera seca prende a la primera y que las incipientes llamas comienzan a irradiar calor.

—Eres un idiota. —Algo me impacta en la espalda con un golpe seco.

—Más te vale no haberme aventado la ardilla —le digo con un tono de advertencia.

—Empezaste tú.

Me doy la vuelta sin levantarme, pongo una rodilla en el suelo y miro hacia abajo. Cómo no, ahí está nuestra amiguita peluda. La agarro y se la sacudo en la cara con cada afirmación.

—Te he salvado la vida cuando te saqué de entre las rocas. Prácticamente te he subido cargando hasta aquí. Te he proporcionado un refugio. Te he ido a buscar agua. He encendido el maldito fuego. ¡Te lo he dado todo, Prescott! ¡Todo! ¡Y aun así no es suficiente para ti!

«Maldición, qué bien me ha sentado sacarme todo eso de dentro».

Ella cierra la boca. Yo contengo la respiración y nos quedamos mirándonos el uno al otro durante unos diez segundos, casi sin parpadear.

Al final rompo el silencio.

—No pienso jugar contigo a pasarnos la ardilla, deshazte de ella. —Con esa última sacudida se le rompe el cuello y se le cae la cabeza al suelo. Miro la cara marchita sin ojos de ese pobre roedor de dientes naranjas. Buf.

Scottie tiene la osadía de morderse el labio y apartar la mirada para intentar contener una sonrisa. ¿Cree que esto es gracioso o qué?

—No te atrevas a reírte.

—¡Para nada! —dice, pero sus labios dibujan una sonrisa alrededor de sus palabras. No es capaz de mirarme con expresión seria.

Le vuelvo a lanzar el cuerpo del animalito, que le cae a los pies. En esta ocasión, levanta los dos trozos de ardilla y, con buen tino, se dirige hacia la puerta. Aprieto los labios y vuelvo a avivar el fuego. La verdad es que un poco de gracia sí que ha tenido. Abro las manos y las acerco a las llamas mientras me las froto para intentar que regrese la sangre a sus venas. Enseguida empiezo a notar piquetitos en las yemas de los dedos y siseo entre dientes a causa del dolor.

Scottie abre y cierra la puerta a toda velocidad para desahuciar al okupa muerto. A mi espalda oigo el sonido de un cierre, que me indica que está buscando algo en su mochila.

—Ven a calentarte —le gruño.

No pasan ni un par de segundos cuando se agacha a mi lado y me ofrece un botecito de alcohol en gel.

—Toma.

Lo tomo y me lo unto en las manos. Siguen bastante rígidas, les está costando recobrar la sensibilidad.

—Perdona por lo del farol —le digo, aunque en voz muy baja. No quería ser el primero en disculparme, pero me ha salido así.

No me contesta, así que nos quedamos hombro con hombro delante de las llamas.

—Gracias por encender el fuego. —Se desabrocha el abrigo y se lo quita. Me hace un gesto para que la imite—. Quítate todas las capas que puedas.

—Ahora voy. —Estoy demasiado cansado como para moverme.

—¿Tienes las botas húmedas? —Se agacha para desabrocharme las agujetas.

—¿Cómo crees que encontré el río si no?

Tengo los dedos entumecidos. Mientras me descalza, apago la lámpara. No me hace falta ver lo pálida que tengo la piel de los pies. Me siento y la dejo quitarme las botas y los calcetines de estambre. Aun con la cálida luz naranja que emite la estufa, parecen los pies de un cadáver. Scottie me los frota con cautela y me indica que me acerque más al fuego.

—¡Au! —me quejo, me parece que me están clavando agujas en los talones.

—No te quejes —murmura ella antes de descalzarse. Sus pies están igual de pálidos que los míos, salvo por el esmalte de uñas rosa que lleva.

—Duele mucho —argumento.

Me ignora y se baja los pantalones de montañismo.

Alzo una ceja.

—¿Me vas a hacer un *striptease*? —pregunto, sobre todo para hacerla enojar. Me gusta cuando saca las uñas.

—Eres un imbécil.

Me encojo de hombros.

—Sí, pero este imbécil te va a calentar esta noche... No sabes a cuántas mujeres les gustaría escuchar esta frase.

Ella suelta un bufido burlón.

—Ya sé cuáles son tus intenciones. No hace falta que me lo restriegues por las narices.

«¿Qué ha querido decir con eso?». Pongo los ojos en blanco y me echo hacia atrás para agarrar el botiquín que está colgando de la barra.

—Hablando de restregar...

Le ofrezco el botiquín. Ella abre la tapa y busca una gasa estéril empapada en alcohol y se la restriega por la frente para limpiarse la sangre seca; no obstante, al no disponer de espejo, no tiene éxito. La veo esforzarse en vano hasta que no puedo soportarlo más.

—Trae, anda... Cierra los ojos.

Me obedece, enciendo la lámpara y apunto el haz hacia su frente. Es la primera vez que le echo un buen vistazo a la laceración que tiene en el nacimiento del pelo. Al ponerme a limpiar los bordes resecos noto que la sangre se agrieta y va desprendiéndose de la piel. Es una cortada grave. Probablemente hubiera necesitado puntos. Doblo la gasa a la mitad y le retiro la tierra del resto de la cara.

—¿Cómo lo ves? —me pregunta.

—Mejor. Pero te va a quedar una buena cicatriz.

—No recuerdo lo que pasó.

—¿Te sigue doliendo la cabeza? —murmuro.

—Me he tomado un ibuprofeno para disminuir el dolor.

—¿Traumatismo craneoencefálico? —pregunto.

—Probablemente.

Carajo. No sé qué se hace en estos casos.

—¿Qué tengo que hacer? ¿No dejar que te duermas?

Ella niega con la cabeza.

—Si soy capaz de mantener una conversación contigo...

—Más bien una discusión —la corrijo.

—Mejor incluso. Además, si me da un derrame cerebral o si me pongo a convulsionar, no podrás hacer nada al respecto.

—Pues entonces el vaso está medio lleno, ¿no?

32
Scottie

Oímos el viento rugir fuera mientras estamos sentados delante del fuego. Después de limpiarme la herida de la frente, Cal usó un poco de agua para retirarme los trozos de tierra y los coágulos de sangre del pelo, lo que me resultó extrañamente tierno, si tenemos en cuenta lo desagradable de su trato hacia mí. Me paso los dedos por entre los mechones mientras el fulgor anaranjado alumbra las paredes. Llevamos unos veinte minutos en silencio cuando él agarra la mochila y empieza a buscar el celular.

—¿Tienes cobertura aquí arriba? —le pregunto.

—En la cima suele haber... —Da unas vueltas por la pequeña habitación—. Aunque aquí creo que no tengo.

Pasa los dedos por la pantalla.

—¿Qué haces? —pregunto.

—Escribir un mensaje. Con suerte, en el puente habrá algo de cobertura, la suficiente para que se envíe.

—¿Le dijiste a alguien adónde ibas?

No me contesta porque está escribiendo, pero enseguida se hace evidente que no piensa responderme. Yo tampoco se lo comenté a nadie. Vuelvo a fijar la mirada en el fuego. Por fin me está subiendo la temperatura corporal, no pienso volver a dar por sentado el calor. Me da igual estar incomunicada en lo alto de una montaña con un hombre que me odia. Puede que haya hecho trizas mi débil corazón, pero es el responsable de que siga latiendo.

Yo mantengo los ojos clavados en las llamas mientras él se enfunda las botas en los pies recién calentados y se pone el abrigo cuya superficie, antes cubierta de nieve, ahora no tiene más que un rastro de humedad. Abre la puerta y sale a toda prisa. El aire frío entra y se asienta al instante.

Ambos sabemos que compartir esa cama individual es la mejor solución, pero ninguno de los dos lo ha mencionado aún. No se producirá la educada conversación de «Quédate tú con la cama, yo duermo en el suelo»; no es una opción. Tenemos que compartir el calor corporal si pretendemos sobrevivir.

Las llamas danzantes me hipnotizan, pero con cada parpadeo me cuesta más mantener los ojos abiertos. No sé si es por culpa del cansancio o de que me ha entrado tierra. A lo mejor un poco ambas; pero tengo el cuerpo reventado. Le doy la espalda a la estufa y dejo que se me caliente la chamarra todo lo que soy capaz de aguantar y un poco más. La temperatura de la habitación ha aumentado lo bastante como para poder alejarme de la fuente de calor. Me pongo de pie, retiro las mantas de lana que están encima de la cama y me cuelo entre las frías sábanas. Me castañetean los dientes, pero en cuanto pongo la cabeza en la almohada se me funde el cuerpo con el colchón.

Se me forma una sonrisa en la boca.

—Canela. Fina.

Para mis tensos y adoloridos músculos, esta cama es como una nube. Cierro los ojos y dudo que sea capaz de volver a abrirlos en la vida. Me coloco en posición fetal y uso el calor corporal para aclimatarme a mí misma y a las sábanas que me rodean.

Callahan vuelve a entrar y anuncia:

—No hay cobertura.

Me hago la dormida y lo oigo atizar la estufa y ajustar el tiro. Poco después, noto una inclinación en la cama y siento que me desplaza hacia el borde para colocarse entre mi cuerpo y las frías ventanas. Nos quedamos acostados uno al lado del otro, como sardinas en lata. Él huele a bosque, igual que en Oregón, y su aroma me engulle. Lo había extrañado.

—Pégate a mí —susurra, y noto su cálido aliento en la piel.

Se me pone la piel de gallina por todo el cuerpo. Lo ha dicho con tanto afecto que me duele. Trago saliva cuando me pasa un brazo por la cintura y me aprieta contra su pecho y contra sus caderas. Sentir su calor contra mi espalda es como volver a casa. Algo que me resulta extraño, porque un hogar debería ser estable y constante, no como él. Que es volátil.

No estamos haciendo cucharita, sino preservando el calor corporal, nada más. Por mucho que me duela, no puedo evitar relajarme entre sus brazos. ¿Tan horrible sería fingir por una noche..., solo una noche, que esto no se trata de sobrevivir? Se me escapa una lágrima. Son cosas que pasan cuando uno tiene sueño, sin embargo esta trae consigo un dolor dentro de la caja torácica y un nudo en la garganta. Creí que nunca volvería a sentir esto, y mucho menos con Callahan Woods. Jamás será mío..., pero entonces ¿por qué me abraza como si fuera suya?

33
Callahan

Día 2

Entre las tiras de las contraventanas se cuela la luz de la mañana. Levanto la cabeza de la almohada y no entiendo por qué me he despertado en una torre de prevención contra incendios. Entonces recuerdo los acontecimientos de la víspera. «Carajo».

La mujer que tengo pegada a mi pecho suspira y la abrazo más fuerte, la acerco más a mí. Será una tontería, pero aquí no es la esposa de nadie, sino simplemente Scottie. Hemos vuelto a Oregón, a la situación que dejamos antes de que me mintiera, antes de que se fuera todo a la mierda y de que reventáramos lo que teníamos en mil pedazos. Vuelvo a poner la mejilla sobre la almohada, cierro los ojos y deseo con todas mis fuerzas retirar muchas de las cosas que dije.

Anoche nos gritamos. La ira que tenía contenida salió en tromba cuando me regañó al regresar con el agua. Demonios, qué expedición. Tengo dolores a causa de abrirme camino por el bosque para llegar hasta el arroyo. En un par de lugares temí no poder regresar. Entonces, cuando llegué a la puerta, se le fue la cordura, y a mí también. Nos peleamos como el gato y el perro. Me puso la sangre a hervir, y se lo dejé bien claro. Normalmente no soy así, no suelo discutir con ninguna mujer porque no me importan lo suficiente.

Después pasó lo de la ardilla. Se me forma una sonrisita en los labios. Ayer no me pasó ni una, pero eso ya está olvidado y hoy es otro día.

La prioridad es mantener el fuego vivo. Apenas he podido dormir porque me pasé la noche entera comprobando que no se apagara. Ya toca echar otro leño. Con cuidado, me aparto a Scottie del pecho y paso por encima de su diminuto cuerpo.

Cuando apoyo los pies sobre el suelo gélido me sube un escalofrío por la columna. Al fijarme mejor en la estufa veo que aún arde. «Qué interesante». Scottie debe de haberse levantado para atizarlo durante estas pocas horas que he pasado durmiendo. Un detalle de su parte. Echo un poco más de madera y cierro la portezuela, no sin antes ajustar el tiro para que arda despacio y así evitar que se nos acabe la leña. El metal rechina y yo me encojo con la esperanza de que Scottie no se despierte todavía. Su cerebro necesita descansar después de lo mucho que sufrió ayer. Con toda la delicadeza que puedo, me vuelvo a meter detrás de ella con cuidado de no despertarla. Después la acerco a mí sin más propósito que usar su calor corporal para calentarme. Fuera de esta cama hace un frío de los mil demonios.

Cierro los ojos, pongo la barbilla encima de su cabeza y aspiro su aroma. Esta mujer me reconforta. Es como la luz del microondas que te da la bienvenida en una casa a oscuras. Me tranquiliza.

En cualquier otra circunstancia ya me habría levantado y estaría buscando una vía de escape, pero ahora estoy feliz de quedarme aquí acostado y perderme en mis pensamientos. Anoche intenté contactar con Xander y con King para decirles dónde estamos. Seguramente tarden un par de días en percatarse de que he desaparecido. Hay que tener en cuenta que le dije a Xander que había llegado bien a casa ayer. No creo que se le ocurriera buscarme aquí arriba. A nadie le pasaría por la cabeza subir al estacionamiento, donde dejamos los coches, porque a ninguna persona con un poco de cerebro se le ocurriría subir a Quell's Peak en medio de una ventisca. Si los empleados del parque seguro que han bajado las barreras del camino de acceso y todo. Es bastante normal que la gente abandone los coches en los estacionamiento de las rutas, así que dudo que un guardabosques dé la voz de alarma al ver un par de vehículos allí estacionados.

La primera señal de alarma será cuando Scottie no se presente a trabajar, pero como está de permiso, aún falta bastante para que eso suceda.

He apagado el celular para no malgastar la batería. Intentaré ponerme en contacto un poco más tarde. Dudo que tenga más suerte que ayer a juzgar por cómo está soplando el viento. Yo diría que brama incluso más fuerte que anoche.

Tenemos comida, agua y refugio para una semana más o menos. He localizado un par de árboles caídos que parecen bastante secos como para hacer leña, porque al final nos quedaremos sin combustible y tendremos que salir por más. Hago unas cuentas rápidas para calcular cuánta madera quemamos a la hora y cuándo tendré que salir a cortar más. El refugio tiene dos pisos. El superior es la zona habitable; el inferior, al que solo se puede acceder desde el exterior, es un almacén de herramientas. Calculo que nos quedaremos sin leña mañana a mediodía.

Con respecto a una posible operación de rescate, no puedo pedir refuerzos aéreos. No funciona como en las pelis, y aunque pudiera hacerlo, les sería imposible volar con esta tormenta. Hemos subido hasta aquí, tenemos provisiones, así que no nos queda más que esperar a que pase la borrasca y bajar por nuestro propio pie cuando amaine. Por desgracia, no parece que tenga pensado amainar dentro de poco.

Scottie se mueve entre mis brazos y yo la suelto a regañadientes. Levanta la cabeza de la almohada y se lleva una mano a la frente. Después vuelve a acostarse.

—Madre mía.

—¿Qué tal la cabeza? —le pregunto.

—No hay queja —responde con la voz rasposa del sueño.

Se me escapa una sonrisa. Recuerdo esta voz de Oregón, después de una noche de sexo fenomenal y de intentar amortiguar sus gemidos. Que se ponga a hacer bromas es buena señal. Por desgracia, a mi verga también se lo parece, porque se ha despertado. Aquella sensual noche de abrazos y sexo no se me va a borrar de la memoria jamás. Fue una locura.

Me aclaro la garganta y me aparto hacia la pared antes de que note la presión de mi pene contra la espalda.

—Me duele un poco, pero menos que ayer. Estoy como cruda...

Asiento con un sonido.

—Parece que la tormenta sigue en pleno apogeo. ¿Vamos a salir de esta?

Me encojo de hombros.

—Tal vez.

—Vaya confianza irradias —dice, y sus palabras están inundadas de irritación.

«Otra vez me empieza a poner de nervios». Entre refunfuños, añado:

—¿Qué quieres, una garantía? Estamos atrapados en una montaña en medio de una ventisca, el camino está bloqueado y tú tienes una lesión cerebral. Apenas nos las arreglamos tal como están las cosas. —Me he visto involucrado en situaciones de vida o muerte demasiadas veces y en ocasiones no salen bien. Esta en concreto tiene la dificultad añadida de que tenemos que buscar otro camino para bajar, y la nieve hace que sea más difícil abrirse camino por el bosque, por no hablar de la amenaza de avalancha.

Scottie aparta las mantas y me entra una corriente helada. Después pasa las piernas por el borde para ponerse de pie.

—Oye, qué poco tacto tienes.

Vuelvo a taparme con las mantas.

—¿Quién se puso a hablar de derrames cerebrales y de convulsiones ayer? Solo te digo lo que hay. Tenemos que ser sinceros.

No son más que hechos. Habrá quien me llame cínico, pero yo prefiero pensar siempre en lo peor. Al menos así no me toma por sorpresa cuando se tuercen las cosas. Eso no significa que no luche hasta el final para sobrevivir, pero no soy capaz de soportar la depresión incapacitante que provoca perder a alguien inesperadamente. La clave es estar preparado.

—Bueno, pues, sinceramente, tengo ganas de mear. Y muchas.

Me doy la vuelta, me pongo de cara a la pared y cierro los ojos.

—Hay una letrina fuera. A lo mejor te hace falta llevarte una pala para llegar hasta ella. Que te diviertas. Yo voy a dormir otro rato. —Apenas he pegado ojo.

Qué novedad. Hace años que no duermo bien, pero esta situación en la que nos encontramos le está haciendo un pequeño favor a la ansiedad constante y a la agitación que me atenaza el pensamiento. El médico ha mencionado alguna vez las palabras «estrés postraumático complejo», que básicamente implica que tengo el cerebro bien jodido y que no puedo hacer nada al respecto... más que alejarme del alcohol y de las drogas, que es como no decir nada. Si se me ha atrofiado el cerebro, no pienso lidiar con ello sobrio.

—Estupendo. A lo mejor así te cambia el humor —me dice.

Estiro el cuello para verla ponerse los pantalones de montañismo y los gruesos calcetines de lana. El fuego crepita en la estufa y Scottie extiende las manos para calentárselas. Hago una bola con la almohada, cierro los ojos y suspiro.

—Ladras mucho para lo poco que muerdes, Prescott.

Ojalá pudiera echarle la culpa de que estemos metidos en esta situación, pero, siendo justo, un desprendimiento de rocas no es un evento que se pueda predecir. Puedes ir preparado, llevar el material necesario, tener la experiencia que hace falta, que si una piedra decide caerte encima o un tronco decide llevarte por delante, no puedes hacer nada más que encomendarte a tu dios. Es un milagro que no la golpeara ninguna otra piedra cuando se quedó inconsciente.

Al abrir la puerta se cuela la luz del día en el refugio. En realidad, tiene mucha suerte de no haber muerto. Lo expresa cerrando la puerta con toda la fuerza que puede al salir de la habitación. El viento intenta impedírselo, pero ella deja claro lo que piensa y ese gesto transmite el mismo mensaje que un portazo. Así es ella. Entra en mi vida pacíficamente y luego se va con gran estruendo, dejando un sendero de destrucción a su paso. Entra como un cordero y se marcha como un león. Scottie me pone de nervios como nadie.

Vuelve al cabo de unos minutos. Me doy la vuelta y veo que tiene los pantalones cubiertos de nieve, lo que me confirma que le cubre hasta los muslos. Al entrar por la puerta ha metido una pila de nieve en la habitación.

Me incorporo.

—Scottie, has metido media maldita montaña en el refugio. Déjala fuera, ¿sí?

Ella alza una ceja, parpadea y deja caer los brazos.

—Ya veo que tu actitud no ha mejorado... Hay una ventisca tremenda. Está todo el puente nevado, tiré un poco al suelo, pero sigue estando lleno. Y se pega a todo.

Si la nieve se pega significa que está húmeda, con lo que resultará más complicado caminar sobre ella, y, además, hay mayor riesgo de avalanchas, según lo compacta que esté.

—Con las ganas que tenía de ver la nieve por primera vez... —murmura.

—¿Has disfrutado el paseo matutino por el paisaje nevado? —Se le pone la cara roja como un tomate y yo cierro los ojos.

Se me planta una sonrisa burlona en la boca. Ella se pone a dar vueltas por la habitación y yo abro un ojo para verla quitarse la capa exterior de ropa. Cuando estira el cuello del suéter le veo un moretón.

—¿Qué tal tienes el hombro?

—Bien.

—De acuerdo.

Cierro los ojos y me duermo escuchándola colocar más madera al lado de la estufa.

Revivo el día en el que vi a Garrett Macomb aplastado y sin vida. Y la cara que puso Xander cuando le tuve que decir que su padre había muerto.

El protocolo dicta que hay que alertar a las autoridades para que se lo notifiquen a la familia, pero Xander tenía que oírlo de boca de alguien que conociera y quisiera a su padre. Garrett era nuestro supervisor y se convirtió en una figura paterna para mí después de la muerte de mi propio padre.

Se me encoge la garganta mientras intento consolar a mi mejor amigo, pero él es como una estatua. No reacciona. Tiene la cara cubierta de tierra y de hollín, y sus ojos claros buscan esperanza en los míos. Espera que me equivoque, que su padre siga vivo. No tengo nada que ofrecerle que no sea dolor y el peor día de su vida.

Xander se desvanece y aparece Garrett en su lugar.

Se me llenan los ojos de lágrimas y se me tensa la garganta. El pánico y el terror amenazan con ahogarme. Inhalo, pero no me llega el aire a los pulmones. Todo me sabe a ceniza. Soy un rehén, me están obligando a revivir el incidente como si estuviera pasando por primera vez. La culpa, el miedo y la furia batallan en mi interior. Se me acelera el corazón en el pecho y el martilleo me anega los oídos hasta que no me permite escuchar nada más.

«Estoy durmiendo».

Es otra pesadilla de la que no me puedo despertar. Por mucho que intente moverme, tengo las piernas y los brazos llenos de plomo y me obligan a quedarme quieto mientras revivo hasta el último segundo con un nivel de detalle agonizante. Estoy atrapado. Paralizado por mi mente arruinada.

Siento calor en el cuerpo y me despierto de golpe. Abro los ojos repentinamente y cambio las imágenes de su cuerpo quemado con las del interior del refugio. Tengo el brazo de Scottie sobre mi costado, tenemos los dedos entrelazados. Soy capaz de tomar aire por primera vez y jadeo como si acabara de emerger a la superficie después de haberme ahogado. Se me hincha el pecho y siento el sudor perlarme la frente. «Carajo».

—No es real —me dice Scottie.

Trago saliva y tomo más oxígeno. Ojalá tuviera razón, pero sí es real. Ha pasado. Me pone la mejilla sobre la espalda y, por segunda vez, me ayuda a superar un ataque de pánico proporcionándome un lugar seguro en el que descargar la tensión de los músculos. Su caricia me calma, me ayuda a volver al presente.

—Céntrate en respirar. Estoy aquí.

Le aprieto la mano y agradezco no estar solo.

34
Scottie

Después de pasar una hora escuchando la respiración acompasada de Callahan, no me cabe duda de que se ha vuelto a dormir. Me cuelo detrás de su cuerpo y lo arropo con las cálidas mantas para que no se despierte. Se ha pasado media noche echando leña al fuego para no congelarnos, así que le hace falta descansar.

No es la primera vez que le pasa algo así. También le sucedió en la ambulancia, después de nuestra primera noche juntos, cuando nos cayó un rayo tan cerca que hizo temblar el vehículo entero. Yo también me asusté, claro está, pero la reacción de Callahan fue preocupante, pareció disociarse por completo.

Haciendo el menor ruido posible, avivo el fuego y echo un par de leños más. La portezuela de la estufa rechina al cerrarse, pero, por suerte, Callahan no se despierta. Me gusta verle las facciones relajadas cuando duerme en vez de ese ceño fruncido que me dedica en exclusiva. No entiendo por qué está tan resentido conmigo. Fue decisión suya acabar con lo que teníamos, ¿qué le he hecho yo para que me mire con tanto desprecio?

Niego con la cabeza y llego a la conclusión de que es un

enigma. Me agacho al lado de la mesita de noche que funciona como miniestantería para intercambio de libros. Paso los dedos por los lomos. Hay bastantes sobre desastres naturales —novelas de supervivencia—, pero no estoy de humor para leer nada que se parezca a la situación que estoy viviendo, así que me decido por una de espías.

Saco la silla de madera que está debajo de la mesa y me acomodo con los pies en alto para alejarlos del gélido suelo. Para ello, pego las espinillas al borde de la mesa. El agujero que hay en una de las contraventanas ofrece bastante luz como para leer. Cuando llevo unas cuantas páginas y me adentro en la historia, siento que el mundo se va difuminando a mi alrededor y que el sonido del viento pierde intensidad. Es una agradable vía de escape de la realidad.

Al cabo de un rato, no sé cuánto, se atenúa la luz que entra por el agujero y me percato de lo incómoda que es esta silla, que me ha dejado el trasero dormido. Llevo leídas sesenta páginas, que probablemente sea demasiado, teniendo en cuenta el golpe que recibí ayer. Debería descansar el cerebro, pero quedarme a solas con mis pensamientos me pareció peor opción.

Ya casi ha ardido toda la leña que metí en la estufa, aunque todavía veo una llama danzarina sobre las brasas rojas. Me gruñe el estómago. Desde que abandoné La Grey, mi cuerpo se ha adaptado a comer menos. Callahan seguro que tiene hambre cuando se despierte.

Cierro el libro y lo dejo con suavidad sobre la mesa. Atravieso la habitación, abro el gabinete donde están la estufa de gas y los bidones de propano y lo armo, con cuidado de no hacer demasiado ruido. El viento que impacta contra la torre cubre la mayor parte del sonido que emiten mis movimientos. A continuación, busco una olla y le echo agua del garrafón de veinte litros que rellenó Callahan ayer. Me estremezco al recordar cómo perdí la cordura con él anoche. Añado un poco más de agua para poder beber y asearnos y después pongo la olla sobre la estufa de gas y enciendo el fuego con ayuda de un encendedor. Tenemos que hervir el agua para que sea potable. Cuando está templada, saco un poco con un vaso y dejo que el resto se siga calentando.

Me doy la vuelta para asegurarme de que Callahan siga dormido antes de quitarme la ropa y asearme con ayuda del jabón y de la toalla que encontré en un gabinete repleto de trapos. Se me cae el celular al suelo. Ya se me había olvidado que me lo había metido al brasier ayer por la noche. Lo recojo y me agacho detrás de la mesa que está en el centro de la habitación. Miro por el hueco y veo a Callahan suspirar, pero por suerte sigue durmiendo.

Necesito un baño con desesperación, pero lavarme con agua tibia ya me hace sentir más fresca. Cuando doy por terminado el baño a esponja más rápido de la historia, me vuelvo a poner los pantalones de montañismo y el suéter.

Mientras espero a que hierva el agua, agarro un sobre de sopa de arroz con pollo de la vitrina donde se guarda la comida y preparo una buena cantidad para compartir. Dejo hervir el agua un buen rato, aparto lo suficiente para rellenar las botellas y después añado poco a poco la sopa mientras revuelvo con cuidado de no tocar los bordes con la cuchara para no hacer ruido.

Cuando está disuelta casi del todo, tapo la olla y bajo el fuego de la estufa de gas para que termine de cocinarse. Mientras espero, intento encender el celular, pero es en vano. Le saco la batería y se la vuelvo a colocar, pero no sirve de nada. ¿Qué esperaba? Si compré el celular prepago más barato que había. Lo único que quería era algo que me permitiera entrar en internet y un número de teléfono para inscribirme a las ofertas de empleo. Parece que tendremos que contentarnos con un solo celular.

Husmeo un poco más y hago un inventario mental de las provisiones. Hay tinas para lavar los trastos, un par de juegos de mesa, utensilios de limpieza, cambios de sábanas y alguna que otra herramienta.

Revuelvo la sopa un rato y después saco dos tazas de un gabinete que está a la izquierda. Tras cerrar la puerta con cautela, me llevo un susto al descubrir que Callahan se ha despertado y me está observando. Me quedo helada. «¿Cuánto tiempo lleva mirándome?». Nos quedamos con los ojos clavados en el otro el rato suficiente como para plantearme en qué estará pensando. Se le ve dolor en los ojos al mirarme.

—¿Tienes hambre? —le pregunto.

Él se aclara la garganta.

—Sí.

—Ya casi está lista la sopa.

Callahan se incorpora, baja una pierna de la cama y pone los codos sobre las rodillas. Deja caer la cabeza entre los hombros y se queda así, quieto. Daría todo lo que tengo por saber qué pensamientos le están pasando por la cabeza.

Levanto la tapa y emerge una nube de vapor cálido. El aroma me hace agua la boca y me provoca rugidos en el estómago. Reparto la comida en las dos tazas y la cuchara se hunde despacio en la espesa sopa.

Después de entregarle una, me coloco al lado de la estufa y me siento en la alfombra que está justo delante.

—Gracias —me dice—. Y por lo de antes también.

Asiento mientras soplo una cucharada de alimento humeante. En cuanto se ha templado, la pruebo y tengo que contenerme para no engullirla a cucharadas. El sabor salado del caldo me reconforta desde dentro a la vez que apacigua mi atribulada mente y mi estómago gruñón.

—Está buenísimo.

Callahan suelta un ruidito para mostrar que está de acuerdo conmigo después de tomar el primer bocado.

Comemos en silencio, con el crepitar del fuego, el poder del viento y el entrechocar de las cucharas como única conversación. De vez en cuando intercambiamos una mirada, pero en un momento dado yo me giro para mirar al fuego mientras me termino la comida.

—He encontrado juegos de mesa —le comento—. Si quieres...

Deja la taza vacía de un sonoro golpe sobre la mesita de noche y la cuchara emite un tintineo.

—Necesitamos leña para la estufa.

—Ah. —Me doy la vuelta—. ¿Puedo ayudar en algo?

Se pone de pie y se empieza a vestir con la ropa abrigadora.

—No.

—De acuerdo —respondo—. Pues me pondré a limpiar.

Sale del refugio, pero sin intentar dar un portazo, como hice yo antes. Me paso media hora limpiando, estirando la tarea todo lo que puedo para tener las manos ocupadas. Dejo el agua que me ha sobrado en la olla y la coloco encima de la estufa para que se mantenga caliente y vierto la que había hervido antes en las botellas. Después seco el recipiente y lo vuelvo a colocar en el estante. Una vez terminado eso, me pongo a ordenar un poco y a hacer la cama. ¿Y si quiere volver a echarse a dormir? La deshago y dejo las mantas igual que estaban. «¿Qué demonios me pasa?». Vuelvo a hacer la cama e ignoro cualquier otra idea estúpida que se le ocurra a mi cerebro.

Cal tenía razón, él se ha ocupado de todo. Nos ha encontrado refugio, agua y fuego. Tengo que contribuir cocinando y limpiando. No me resulta complicado, teniendo en cuenta que me criaron para servir a los hombres en todo lo que Dios o la Iglesia consideraran adecuado. Era mi deber, y lo desempeñé con orgullo, hasta que empecé a cuestionarme cosas. Al principio, la culpabilidad que me entró por dudar de mi fe casi se me traga de un bocado. Me aislé, caí en depresión y desahucié esos pensamientos con oraciones, pero eso no hizo más que fortalecerlos. Entonces empecé el curso de Técnico en Emergencias Médicas, conocí a gente nueva con ideas nuevas, y muchas de ellas tenían bastante sentido.

Entre las rendijas de las contraventanas veo a Callahan recolectar una cantidad bastante decente de leña. Está cortándola con un hacha y, aun medio camuflado por la nieve, verlo hacer tareas cotidianas resulta más sexi de lo que debería. «Dios santo». Limpio el vaho lujurioso de la ventana y me atavío para salir a la ventisca, atravesar la nieve espesa y acarrear cuanta leña sean capaces de cargar mis brazos.

Apilo la madera que nos queda al lado de la estufa y relleno el leñero con la que acabo de traer. Me entra la tentación de agarrar una manta para poder transportar más leña en cada viaje, pero con el viento que hace, me da miedo que me la arranque de los dedos y la aviente por la ladera de la montaña.

En cuanto he rellenado el leñero, dejo lo que sobra en el puente, al lado de la puerta, para poder tomarla cuando la necesitemos. Una vez que Callahan está satisfecho con la cantidad que hemos recolectado, devuelve el hacha a un almacén que está cerca de la base de la torre, de donde imagino que la habrá tomado. Trabajamos en equipo sin mediar palabra, tomamos madera de la pila y la subimos a la torre, donde creamos una nueva montañita de un metro de altura más o menos. Él carga los últimos maderos y los deja en el puente. Yo los coloco con los demás y después nos quitamos la nieve de las botas y de los pantalones antes de entrar en el refugio.

No me hace falta mirarme al espejo para saber que tengo las mejillas coloradas a causa del viento frío. Él también, pero la causa de su sonrojo parece ser el esfuerzo físico, no el efecto del aire. Se quita la ropa abrigadora y deja los pantalones encima de la silla en la que me senté antes a leer, después agarra la botella de agua de encima de la mesa. La revisa, se percata de que la habían rellenado y toma unos cuantos tragos para hidratarse después del ejercicio. Se limpia el sudor de la frente con el dobladillo de la camiseta térmica y deja al descubierto el pecho y los tatuajes que tan bien recuerdo de las noches que pasamos juntos.

Yo me relajo con un par de tragos de agua y me alegro de haber dejado la tormenta fuera.

—¿Te has hecho la curación de la herida de la frente? —me pregunta.

—Sí, me he aseado y le he echado un poco de pomada antibiótica de la que llevo en el botiquín. Hay agua caliente en esa olla —señalo la estufa—, por si quieres asearte. Es agradable.

Me dedica un asentimiento con la cabeza, pero lo único que hace es quitarse los calcetines y ponerlos al lado de los míos para que se sequen. Apenas hemos hablado en todo el día, y me está empezando a pesar. Con cada palabra silenciada alimentamos más el secreto incómodo que hay entre nosotros, lo hacemos crecer.

—¿Has conseguido enviar el mensaje? —Lo vi usar el celular antes, en el puente.

—No.

—Yo he intentado encender el teléfono, pero está muerto. O roto. No lo sé.

Silencio.

—¿Habías estado aquí alguna vez? —pregunto.

Me mira con los ojos vacíos.

—Pues claro que sí, cómo ibas a saber llegar si no. Es evidente que no es la primera vez que vienes. Qué pregunta más tonta. —Estupendo, me he puesto a parlotear.

Él alza una ceja con diversión y después aparta la mirada.

—Si no estuviéramos en una situación de vida o muerte, este lugar es muy apropiado para pasar unos días de vacaciones.

Cal suelta una carcajada desdeñosa. La respuesta más entusiasta que ha emitido en todo el día.

«¿Por qué tienes que ser tan imbécil?».

Estoy intentando ser cordial con él, pero no me da nada. Agarro el libro.

—He empezado a leer esta novela. Está bastante bien. Se trata de un chico que... —No me está escuchando. Aprieto los labios y asiento para tomar nota del rechazo implícito—. Bien. —Dejo caer la cabeza en señal de derrota y me retiro al otro extremo del refugio a leer al lado de la ventana por la que entra más luz.

A los pocos minutos, Cal se aclara la garganta.

—Pues... hace tiempo viví en un refugio como este durante una temporada. Hace años.

Alzo las cejas cuando escucho ese intento de entablar conversación.

—¿Ah, sí?

—En efecto.

Dejo que se instale una cierta tensión antes de tomar la palabra de nuevo.

—¿Cómo fue? —Tengo miedo de asustarlo si me muevo mucho o si hablo demasiado, como a un cervatillo.

—Unas vistas increíbles y un montón de animales salvajes. Una experiencia fantástica.

—Qué increíble. ¿Te llegaste a sentir solo?

Cal se encoge de hombros.

—No, ya sabía que era algo temporal.

Sonrío.

—¿Cuánto tiempo estuviste?

—Unos meses.

Me parece que es la primera conversación normal que hemos mantenido desde que salimos de Oregón.

—¿Y no te llegaste a sentir solo en todo ese tiempo? —Inclino la cabeza a un lado—. ¿No extrañabas ni a las mujeres? —lo provoco.

Se le levanta la comisura de los labios y me dedica la misma sonrisita sexi que me hizo tartamudear la primera vez que lo vi en el bar.

—Bueno, eso sí.

—Sí. —Yo también esbozo una sonrisa.

No quiero tentar a la suerte, así que espero a que siga con la historia por su propio pie. Tras un silencio prolongado, vuelvo a centrarme en el libro, pero en cuanto retomo la lectura donde la había dejado, me habla.

—¿Qué juegos has encontrado?

35
Callahan

Scottie entrecierra los ojos.

—B-7.

«Maldita sea».

—Tocado.

Esboza una sonrisa orgullosa.

—B-8.

Yo suelto un suspiro.

—A pique el patrullero... ¿Cómo eres tan buena en este juego? —Me ha ganado ya tres veces, y por paliza.

—Es que hago trampas.

—¿Cómo? —Me inclino hacia delante para comprobar que no pueda verme el tablero. No lo creo, hace una hora que se puso el sol y estamos jugando a la luz de la estufa. Apenas puedo verlo yo.

—Es broma. —Se ríe y se encoge de hombros—. Es que soy muy buena para esconder barcos.

Recogemos las piezas, me pasa la caja y yo la guardo, junto con otro par de juegos más, en el gabinete. Después saco otro.

—Disculpa, pero tengo que preguntártelo —dice con tono serio—. ¿Estamos hablándonos porque no nos queda otra o somos amigos?

Dejo la caja encima de los otros juegos y me yergo.

—¿Qué?

—Dijiste que lo nuestro había llegado a su fin. ¿Te referías al sexo o también a la amistad? ¿Cuando salgamos de esta dejaremos de hablarnos otra vez?

Me remango la camiseta. Supongo que toca poner las cartas sobre la mesa. Con lo bien que lo estábamos pasando.

Se me endurece el tono de voz.

—El sexo queda completamente descartado, pero, si te soy sincero... No lo sé. No creo que pueda tener amistad con una persona que... —Me restriego la nuca. Maldita sea, estoy muy enojado con ella por mentirme—. ¿Por qué te acostaste conmigo, Scottie? ¿Por qué demonios se te ocurrió hacer eso?

Ella frunce el ceño.

—¿Qué quieres decir?

—Y ¿por qué te cogiste a Dave? ¿No había otro? De entre toda la gente del mundo...

Se levanta, abre los brazos y también la boca.

—¿Qué estás diciendo? ¡No me he acostado con Dave! ¡Si está casado!

Entonces reviento.

—¡Pues igual que tú!

Se encoge como si acabara de cachetearla, cierra la boca y deja caer los brazos.

—Sí... —le digo—. Lo sé todo.

—No me he acostado con Dave —asegura en un susurro.

—Lo vi salir de tu departamento después de haber pasado la noche contigo. ¿En serio esperas que me crea que no han cogido?

Da una gran zancada hacia delante para intentar encararme. Se pone tan cerca de mí que tiene que levantar la cara para mirarme, a causa de la diferencia de altura.

—¡No pasó la noche en mi casa! —Se señala el pecho—. Se me ponchó una llanta al salir del trabajo y él se ofreció a llevarme en su coche. Si entró fue básicamente porque me obligó a invitarlo a pasar.

Le bajo los humos con la mirada.

—Pero estás casada.

Se encoge y se aleja de mí; se abraza el vientre con los brazos.

—No es lo que tú crees.

Alzo las manos y me voy al otro extremo de la habitación.

—Yo lo que creo es que estás casada. ¿Qué otra cosa puede ser?

—No es un matrimonio de verdad.

Suelto una carcajada sarcástica.

—Vi el anuncio en el periódico de tu pueblo, cariño. Mentira no es.

—Estoy intentando divorciarme.

Me cruzo de brazos y le pregunto:

—¿Le has pedido el divorcio?

—No, pero...

Bufo y le doy la espalda. ¿A qué cree que está jugando?

—¿Te quieres callar y escucharme? ¡Es una tapadera! No me quedó más remedio. La única forma de escapar de ese matrimonio era largarme de mi casa. ¡Lo dejé todo atrás!

Cuando la miro, tiene el ceño fruncido.

—¿Cómo que una tapadera? Si en la foto se les veía felices de la vida.

—¡Mi marido es gay!

Alzo los brazos de nuevo.

—¿No me digas?

Continúa con la explicación a pesar de mis evidentes dudas.

—Es una terapia de conversión muy retorcida. Me he criado en una comunidad fundamentalista en la que, cuando se detecta o, qué demonios, incluso se sospecha que un hombre es gay, interviene la Iglesia. Eligen a un miembro de la congregación para que se convierta en lo que ellos llaman una «esposa purificadora» con la esperanza de que la «inclinación demoniaca» —dice, entrecomillando las palabras con los dedos— de dicho hombre se cure cuando haya yacido con una mujer atractiva.

«¿Es en serio?». Niego con la cabeza.

—No es cierto.

—Jonathan es mi amigo, nos conocemos desde niños. Sus padres eran como una segunda familia para mí. Nos salvamos el uno al otro. Lo quiero, pero no como una mujer quiere a su marido. Le rogué que viniera conmigo, pasamos meses discutiendo por este motivo. Si me quedé en aquel infierno tanto tiempo fue por lo mucho que lo quería, pero al final ya no pude aguantar más. Tenía que marcharme. Y me marché. Sola.

—¿Por qué iba alguien a aceptar ese trato?

Se cubre la cara con las manos y después las deja caer.

—Por varias razones. Si nos escogíamos el uno al otro, no me entregarían a otro miembro de La Grey, que es el nombre que le han dado, como si fuéramos un rebaño de cabras. Es mejor malo conocido que bueno por conocer. Las demás mujeres nunca decían ni una mala palabra de sus maridos. Solo hablaban de los hijos y de las labores del hogar, pero las chicas a las que entregaban a hombres maduros siempre tenían un vacío en la mirada.

Estas cosas no pasan, ¿verdad? Parece una secta.

—El segundo motivo, que es el que más vergüenza me da, es que siempre creí que a Jonathan le pasaba algo malo. Consideraba que estar con él era mi vocación, mi propósito en la vida. Creía que éramos mejores amigos porque Dios me había elegido a mí para salvarlo. Me pasé la vida entera ansiando ayudar a la gente, y creía que estaba haciendo eso mismo con él. Era un chico atractivo, las demás lo halagaban, pero él nunca las correspondía. Desde el principio supe que él no era como los demás chicos, pero también me fijé en cómo los miraba. Yo quería a Jonathan, y él a mí también. Supusimos que podríamos ser el bote salvavidas el uno del otro.

»Si fingíamos empezar a salir, comprometernos y enamorarnos sin que tuviera que intervenir la Iglesia, nadie se enteraría de nada. Jonathan no tendría que someterse a terapia de conversión y yo conseguiría tener un compañero amable y que me quisiera. Éramos conscientes de que un matrimonio platónico era la opción más segura de entre las que disponíamos.

Me paso las manos por el cuero cabelludo y me obligo a escucharla y a intentar comprender lo que está diciendo. Es demasiada información que procesar.

—Cuando me formé en emergencias médicas, un compañero me consiguió un empleo en la estación de bomberos. Fue un paso enorme, casi todos los miembros de la comunidad trabajaban en el pueblo, éramos autosuficientes excepto en algunos aspectos, como el fuego. Al estudiar, el mundo se me ensanchó. Conocí a gente que tenía creencias diferentes, pero que no eran malas personas, tal como me habían hecho creer. Eran buenas personas con corazones enormes. Cuanto más me exponía al mundo exterior, más cuenta me daba de que no estaba ayudando a nadie. —Pestañea para contener las lágrimas—. Le estaba haciendo daño a Jonathan y también a mí misma. Tal vez hubiéramos tomado la decisión menos peligrosa, pero no era la acertada. Yo formaba parte del problema. —Se abraza el vientre—. Quería salir de allí.

Niego con la cabeza, pero me sigue costando mirarla a los ojos.

—Qué locura.

—¡Sí que lo es! ¡Es horrible! No quiero formar parte de una comunidad que cause tanto dolor a sus miembros. No obstante, salir de La Grey no solo implica mudarse, sino exiliarse. Sé de casos de gente que se marchó y la trajeron de vuelta a la fuerza. Intenté que Jonathan viniera conmigo, pero se negó. —Le tiembla la barbilla cuando baja la mirada hacia sus manos—. Así que me fui.

«Demonios». Es la situación más extraña del mundo; esto que me está contando es casi demasiado raro para ser verdad. Nunca había escuchado nada parecido salvo en las películas y en los documentales de crímenes reales.

—¿Cómo sé que me estás diciendo la verdad?

No habla como quien se está inventando una patraña, sino como quien está librándose de un peso opresivo. Parece que es la primera vez que puede contar su historia; está desnudando su alma.

—Tienes que confiar en mi palabra. No tengo forma de probártelo. A ojos de los demás, parece un matrimonio normal y corriente. Teníamos que hacer creer a la Iglesia que Jonathan se había «curado». Sin embargo, no me cabe duda de que después de mi partida se lo estarán cuestionando todo. Nunca vi a una mujer huir de la comunidad, solo escuché historias, y ninguna acababa bien.

Me vuelvo a acercar a ella.

—¿Cómo se suponía que debía curarse? ¿Te acostaste con él?

—Sí.

—¿Tuvieron relaciones?

—Sí.

—¿Pudo...? ¿Cómo?

Se encoge de hombros.

—Después de tantos años, el deseo se vuelve atracción biológica. Los seres humanos tienen necesidades. Tras un cierto número de coitos, nuestros cuerpos empezaron a reaccionar como era esperable solo para recibir gratificación sexual. Era un acto casi clínico. Al principio lo hacíamos porque creíamos que era lo correcto. Después, se volvió un hábito.

Abre la boca para continuar, pero se detiene.

—En cuanto me di cuenta de lo retorcido del asunto, me negué a volver a acostarme con él. Se volvió un motivo de discusión entre nosotros. Él era consciente de que me estaba alejando de él y se asustó. Empecé a proponerle que huyéramos juntos un año antes de marcharme, pero él negaba la realidad. Me preocupa que siga pensando que necesita que lo curen de su pecaminosa aflicción... Me temo que cree lo que le dicen.

—Entonces ¿sigues sintiendo algo por él? ¿Están separados? ¿Cómo va la cosa?

Escuchar la historia de su matrimonio me trae recuerdos de la traición que sentí con Molly.

Se le nublan los ojos y se le dibuja una sonrisa melancólica en los labios.

—Estamos separados. Siempre sentiré un afecto intenso por Jonathan, pero no en sentido romántico. Es mi mejor amigo. Nos salvamos el uno al otro. —Se le quiebra la voz y contiene el aliento para recomponerse—. Y nuestro matrimonio siempre será una fuente de culpa para mí. La Grey le hizo creer que estaba roto, y yo les seguí el juego. Él no estaba roto, yo sí.

»Le dije que podíamos empezar de cero. Juntos pero separados. Él no comprendió mi deseo de abandonar la única vida que habíamos conocido. Le dije que lo que estábamos haciendo no era natural, pero él siempre me aconsejaba que rezara más y que dejara de cuestionármelo todo. No obstante, yo me veía como un simple peón en las manos de un dios lleno de odio.

»Estaba harta de anhelar lo que no podía tener. Quería estar con alguien que me deseara de verdad. Me harté de dejarme llevar por la corriente, de experimentar una intimidad que solo existía a nivel platónico. Quería gozar del sexo y sentirme satisfecha de verdad. Llevaba anhelándolo toda la vida, pero siempre le echaba la culpa a mis defectos, consideraba que era culpa mía porque no me esforzaba lo suficiente, porque no rezaba bastante alto.

Niega con la cabeza, se enjuga las lágrimas y se pega una sonrisa neutra en la cara, como si así pudiera minimizar las desgracias que ha tenido que soportar durante años y el hecho de que ha abandonado su vida entera para volver a empezar. Estoy anonadado.

—Fallé a Jonathan en dos ocasiones: la primera cuando me casé con él y la segunda cuando lo abandoné. Uno de los dos tenía que dar el primer paso, y fui yo.

No sé cómo reaccionar, así que digo lo primero que se me pasa por la cabeza.

—Lo siento.

—Tal vez debería haberme divorciado antes de relacionarme con otra persona, pero es que eso no va a suceder. Él sabía que la única manera de divorciarse era marchándonos los dos, porque intentar hacer tal cosa dentro de la comunidad haría saltar las alarmas. Nunca sentí una obligación romántica para con él, y ansiaba saborear la libertad... Entonces te conocí.

No sé ni lo que siento ahora mismo. Estoy sentado al borde de la cama, encogido sobre mí mismo, intentando procesar toda esta información. Tengo muchísimas preguntas. Clavo la mirada en el suelo y me restriego la frente. «Maldición». Me bombardean un sinfín de emociones. Me da muchísima pena de ella, le veo la agonía en los ojos con claridad cristalina. Ha llevado un peso enorme sobre los hombros no solo por su marid..., por Jonathan, sino por tener que adaptarse a una vida nueva.

Otra parte de mí siente un alivio enorme porque considera que podemos funcionar. Aún me siento culpable por haberme acostado con una mujer casada, pero ya no me doy tanto asco como antes. Y el resto de mi ser está enloqueciendo con todo.

—Siento haberte ocultado mi pasado... Lo siento mucho.

Levanto la vista para mirar su expresión taciturna.

—Debería haber ido a desayunar contigo. Me llegaron ciertos rumores y me he pasado semanas fustigándome por haber roto un matrimonio. Yo estuve comprometido y la descubrí en la cama con otro en uno de los momentos más complicados de mi vida. Me dejó herido, y mucho. Durante este tiempo, creía que le había hecho lo mismo a otro hombre.

No le había mencionado a Molly hasta ahora, aunque debería haberlo hecho. Debería haber tocado su puerta aquel día en vez de haberme dado la vuelta. Podríamos haber evitado todo esto.

—No te lo dije antes porque me daba vergüenza. —Se limpia las lágrimas de las mejillas—. Desde fuera parece obvio, pero cuando te crías en ese espacio, se esfuerzan mucho para ocultar las dudas. He hecho cosas horribles y no quería que se enterara nadie, porque no lo comprenderían. ¿Qué pensaría una persona de fuera de la congregación de mí? ¿Qué pensarías tú? Tú mismo lo has dicho, es una locura... Pero si te llegaron habladurías, ¿por qué no me lo preguntaste?

Suelto una carcajada.

—¿Qué querías que pensara? «Vaya, está casada, pero a lo mejor es que forma parte de una secta y solo quiere proteger a su marido homosexual».

La dureza de mis palabras hace que retroceda y me entran ganas de retractarme al instante.

—Podría habértelo explicado entonces. No me diste la oportunidad.

—Cuando oigo un galope supongo que es un caballo, no una cebra.

Se pone a caminar por el refugio.

—¡Pues bien que supusiste que eran cebras cuando viste a Dave salir de mi departamento! No eres el único que lo ha pasado mal, ¿sabes? Cada vez que nos hemos cruzado te has comportado de forma cruel y desdeñosa. He intentado adivinar qué demonios te había hecho para que estuvieras así de enojado. Todo el mundo me decía que eras un mujeriego, que me estabas utilizando. Te defendí siempre que tuve ocasión y después quedé como una imbécil cuando me dejaste tirada sin miramientos. —Se muerde el labio inferior para evitar que le tiemble y deja caer las manos a los lados—. Podríamos haberlo hablado.

Me inclino hacia delante, me apoyo los antebrazos sobre los muslos y dejo caer la cabeza entre los hombros.

—No me presenté a la cita porque oír de tu boca que estabas casada me habría dolido aún más. —Hui. Estaba aterrado—. Me habría obligado a revivir el pasado. No quería volver a esa situación... Cuando me enteré de que tenías un marido, colapsé. No es una excusa, pero es la explicación de mi comportamiento.

Al levantar la mirada, veo dolor en su cara.

Se me frunce el ceño.

—Y cuando me presenté en tu edificio, Dave me dijo ciertas cosas que me dieron a entender que había pasado la noche contigo...

—¿Que qué?

—Da igual. Debería haber confiado en tu palabra y no en la suya. Debería haberlo hablado contigo. —Me subo a la cama y apoyo la espalda contra la ventana.

Scottie se me acerca. Su mirada está buscando la mía como para intentar tomar prestado un poco de mi valor. Tengo que contener el aliento mientras espero a ver qué hace después. Exhalo cuando planta una rodilla sobre el colchón, al lado de mi pierna, y se sienta sobre mi regazo. Yo me incorporo y nos quedamos mirándonos un largo minuto.

—Lo siento. —Su voz derrocha sinceridad, le veo el abatimiento en los ojos.

Me arde la garganta de verla así. Me rodea el cuello con las manos y pone la cabeza sobre mi hombro para abrazarme. La cagamos y mucho.

—Yo también. —Le rodeo la cintura con las manos y le devuelvo el abrazo. Qué bien sienta. Me deleito con su cercanía antes de volver a hablar porque, aunque la verdad haya salido a la luz, la situación no ha cambiado—. No sé qué podemos hacer ahora.

—¿En qué sentido? —Noto su cálido aliento sobre la piel.

—Estás casada —digo haciendo acopio de valor—. ¿Quieres divorciarte?

No lo duda ni un segundo.

—Sí, quiero.

Se me forma una sonrisita. «Qué respuesta tan irónica».

—No podemos hacer nada hasta que firmes los papeles.

Levanta la cara para mirarme.

—Pero si él ya sabe que lo he dejado...

—¿Me besarías delante de él? —Se tensa—. ¿Le dolería verme abrazarte? —Puede que su relación no tuviera un componente romántico, pero pasaron mucho tiempo juntos, él aún debe de sentir algo por ella. Y yo no pienso ocultarme.

—Hemos hablado de este tema. Nos prometimos que si uno de los dos sentía la necesidad de irse, el otro no le pondría trabas.

No me puedo imaginar que nadie pueda dejar ir a Scottie, por muy arromántica que fuera la relación. Ahora comprendo más a fondo la tenacidad que ha demostrado al dejarlo todo y a todos atrás. Esta situación es una mierda, nunca me había sentido tan confundido. Tengo su trasero en el regazo y sus brazos sobre mis hombros, lo único que quiero hacer es inclinarme hacia delante y tomarla.

Se me tensa la mandíbula.

—Si queremos que esto funcione, tenemos que ser completamente sinceros el uno con el otro. Quiero conocer todos tus trapos sucios. Nada de secretos.

—De acuerdo. Y yo espero lo mismo de tu parte... —Sus dedos juguetean con el cuello de mi camiseta y aparta la mirada antes de preguntar—: ¿Quién era esa chica con la que te fuiste del bar?

Levanto las cejas de golpe. No comprendo la pregunta. «¿De qué chica me está hablando?».

—¿Cuándo?

Se aleja de mí y se mira las manos.

—Hace unos días, cuando te vi en el bar, ibas con una chica, la llevabas agarrada de los hombros y te subiste a un taxi con ella. ¿Te estás acostando con otras personas?

—No. —Pongo las manos sobre sus rodillas para retomar el contacto físico. Tardo un poco en darme cuenta de a quién se debe de estar refiriendo. No he estado con nadie desde que volvimos de Oregón. Cuando lo comprendo, se me relaja el ceño—. Era mi hermana Teddy —le explico mientras intento contener la risa. Le tomo los brazos y se los vuelvo a colocar sobre mis hombros—. Ya te la presentaré cuando volvamos.

—Ah. —Se sonroja, parece avergonzada.

Deslizo las manos por sus muslos y las dejo sobre su cintura. Mis dedos anhelan apretar las suaves curvas que llevo reviviendo en mi mente en cada baño que me he dado desde que volvimos de Oregón. Esta mujer está hecha de criptonita.

—¿En serio crees que vamos a volver?

—Sí —respondo con total convicción. Nada me va a impedir verla firmar los papeles del divorcio. Le coloco un mechón detrás de la oreja y trago saliva.

Buscamos respuestas en la mirada del otro.

—Entonces ¿qué va a ser de nosotros? —le pregunto.

—Yo sé lo que quiero que pase, pero diría que nos esperan más complicaciones en el futuro. ¿Tú qué quieres?

Bajo la mirada a sus labios y me acerco, pero me detengo. Aún no ha empezado el proceso de divorcio. He dicho que esperaría... Tengo que tomar una decisión. ¿En serio estoy dispuesto a empezar una relación física y emocional con una mujer casada?

«Si es con Prescott, sí».

Ella se me acerca y deja los labios a un milímetro de distancia de los míos.

—Al carajo.

La agarro de la parte baja de la espalda con una mano y le pongo la otra en el cuello para atraer su boca hasta la mía.

Le lamo el labio inferior y el suspirito que suelta me prende al cien. Ella me clava las uñas en los hombros, gesto que despierta hasta al último nervio de mi cuerpo. Yo le paso el dedo por la barbilla y me abro paso hacia el interior de su boca, algo que llevo semanas deseando hacer. Es como el primer subidón.

Con cada roce de sus labios voy olvidando por qué es tan complicada esta situación. No me hace falta más que oír sus suspiros, grandes y pequeños, para saber que está conmigo. Esta vez será distinto. Esta vez lo vamos a hacer bien. Y no veo cómo puede no estar bien esto.

Me empuja el pecho con las manos.

—Pero ¿qué es lo que quieres?

—Quiero que seamos algo más que diversión, Prescott —sentencio—. Quiero que seas mía.

Besar a Scottie me sale tan natural como respirar. Negármelo solo me haría desearla más.

36
Scottie

Rezo una oración en silencio para agradecer la existencia de esta ventisca. Nunca habría imaginado que agradecería estar aislada en la cima de una montaña cara a cara con la crueldad de la madre naturaleza. Si no hubiéramos venido a este refugio, lo más probable es que Callahan y yo nunca hubiéramos puesto las cartas sobre la mesa.

No habríamos compartido ese beso ni nos habríamos fundido en un abrazo encima de esta cama individual, aferrándonos el uno al otro como quien se agarra a un sueño del que podría despertar en cualquier momento.

Pongo la cabeza sobre su pecho y él me acaricia el cabello con los dedos. Igual que en Oregón, porque sabe lo mucho que me gusta. Callahan sabe que me encanta. Me acerca los labios a la frente y se me cierran los párpados, que tanto me pesan.

Lo último que oigo antes de dormirme es su voz ronca y susurrada:

—Dios, cuánto te había extrañado.

37
Callahan

Día 3

Después de asearnos con la ayuda de toallitas, trapos, jabón y agua tibia, ambos nos sentimos mucho mejor por habernos limpiado la tierra y la mugre. Elaboramos pasta de dientes con bicarbonato, pero no tenemos cepillo, así que hemos tenido que recurrir a trozos de papel higiénico para lavarnos la boca.

Las ventanas del refugio están todas empañadas a causa de que hemos tendido la ropa húmeda por doquier para que se seque. Cuando Scottie vio que tenía una muda en la mochila insistió en que laváramos la ropa sucia en un caldero con los restos del agua de asearnos y un poco de jabón multiusos. Yo estoy acostumbrado a pasar una semana o más lleno de mugre cuando estoy de servicio, para mí esto no es nada. Pero Scottie no opina lo mismo.

No obstante, no me quejo, porque verla sin más ropa que un par de calcetines y una camiseta (mi camiseta de trabajo) me excita más que cualquier tipo de lencería fina. Le llega casi hasta las rodillas, y las mangas a los codos. Me paso una mano por la cara. No puedo concentrarme en nada más. Tiene un pequeño logo del departamento de bomberos forestales de Sky Ridge sobre el pecho, un dibujito de un oso con una motosierra, y la palabra «FUEGO» en letras enormes a la espalda. Y yo aquí sentado sobre la alfombra, en calcetines, calzoncillos y sudadera, soy casi incapaz de contener una erección.

«Céntrate».

—J-7. —Ahora sí que sí.

—Agua.

Carajo. Estoy perdiendo por culpa de esa camiseta, seguro. Nunca me había atraído tanto, sobre todo ahora que hemos arreglado los problemas que nos habían obligado a separarnos. Su pasado es muy jodido, eso no se lo quita nadie, pero comprendo las razones que la llevaron a actuar así.

No hemos tratado los detalles de lo que vendrá después. Ella está separada y tendrá que arreglar los asuntos pendientes con su vida pasada, pero yo le he dejado claro que pretendo retomar lo nuestro exactamente donde lo dejamos. De todas las mujeres que me podían haber cazado, tiene que ser justo la que trae más cola que le pisen, pero en fin, al menos en eso coincidimos.

Scottie entrecierra los ojos.

—E-5.

«¿Cómo demonios lo hace?». Saco el portaaviones del tablero y lo coloco en la línea de debajo.

—Agua.

Su risa llena el refugio.

—Tramposo.

—Tú sí que estás haciendo trampas. Si no, ¿cómo es que me ganas siempre? —digo con una ceja alzada.

Ella sonríe.

—Para la próxima pondré solo cuatro barcos, para igualar la balanza.

—No me diste en el portaaviones hasta el final, así que no presumas demasiado —le digo antes de volver a colocar el barco en su posición inicial y poniéndole una marca roja en el medio. No puedo creer que me vaya a ganar otra vez.

—Lo que tú digas.

Acabamos la partida en un instante. Tiene una habilidad extraordinaria para saber dónde «escondo» los barcos. Al menos esta vez le he hundido tres barcos y medio, que es mi mejor marca hasta la fecha. Voy mejorando.

—Deberíamos apostar dinero —dice con una sonrisa de satisfacción respaldada por su racha ganadora.

Me gusta cómo piensa...

—O ropa.

Se ríe.

—¿Qué?

Me encojo de hombros y señalo la camiseta que le cubre hasta medio muslo.

—¿Te da miedo perder?

Se le ponen los pezones duros detrás del algodón y yo tengo que contener un gruñido.

Entrecierra los ojos mientras lo piensa.

—No... Lo que pasa es que tú tienes más ropa que yo. Sales con ventaja.

Inclino la cabeza a un lado.

—Ah, creía que querías igualar la balanza. ¿Ahora te da miedo?

Se le levanta la comisura de los labios.

—¿Miedo de perder contra ti? Por favor...

—Típicas últimas palabras —replico. La próxima vez que me diga «por favor» le pienso hundir la cara entre las piernas.

Colocamos los barcos en los tableros y yo junto todos los míos en una esquina.

—B-9 —digo para dar comienzo a la partida.

Abre mucho los ojos y me mira con descrédito.

—Tocado.

—Vaya, vaya... —Estoy encantado con este golpe de suerte. Ella no tendrá que quitarse ninguna prenda hasta que le hunda un barco, pero ya me falta menos.

—A-3 —prueba.

—Agua. —Sonrío—. B-8.

—Agua —repite—. F-4.

—Agua. —¿Tendrá el barco en vertical?—. C-9.

Aprieta los labios.

—Tocado.

Dos rondas después, le hundo el destructor. Se quita un calcetín. Yo señalo el otro.

—Los calcetines van juntos. Quítatelos los dos.

—¿Qué? ¿Desde cuándo? —me discute.

—Desde siempre. —Le señalo los pies con un gesto de la cabeza—. Los dos, Scottie.

Se quita el otro calcetín y me lo avienta como pequeño acto de rebelión.

—H-6.

Esbozo una sonrisa burlona ante otro intento fallido.

—¿Habías fallado tantos seguidos alguna vez?

Scottie farfulla algo sarcástico entre dientes.

—¿Cómo dices? No te oigo por culpa del viento.

—Ay, Dios. —Se mete la lengua en la mejilla y niega con la cabeza—. Eres lo peor.

—G-10. —Levanto la vista ante su silencio.

—¿Qué demonios...? —Se tapa la cara con las manos y se echa a reír; después me señala con el dedo—. ¡Estás haciendo trampas!

Suelto una carcajada al comprender que he acertado otra vez.

—¿En serio?

Ella bufa y agarra una pieza roja para colocarla en su tablero. «Qué locura».

—J-9 —prueba ella.

Ahí me ha dado.

—Tocado.

No me preocupa, en un par de jugadas la voy a dejar en pelotas.

—G-9.

—Tocado —responde—. I-9.

Le ha dado a otro barco, pero eso no se lo tengo que revelar.

Dos rondas después, me hunde una fragata y me tengo que quitar los calcetines. Me mira con curiosidad y se le ilumina la mirada al caer en la cuenta de que he colocado todos los barcos juntos.

—G-6 —digo, es mi última oportunidad.

—Me has hundido el portaaviones.

«¡Vamos!».

—Quítatela.

Sé que no tiene ropa interior porque la tiene secando delante de la estufa. Se contonea para retirar la camiseta de sus muslos cruzados y se la saca por encima de la cabeza. Se queda sentada, intentando cubrirse con el tablero de Hundir la flota sobre el regazo, pero nada puede ocultar sus curvas. «Amén».

—Parece que he ganado —la provoco mientras admiro su cuerpo.

Se le cae la mandíbula al suelo.

—¿Qué dices? ¡Si todavía me quedan dos barcos!

Me río.

—Pero no tienes nada más que perder.

—Podríamos apostar otras cosas.

Alzo las cejas.

—¿Como qué, por ejemplo? ¿Favores sexuales? —Le recorro el cuerpo con la mirada y me quedo prendido de sus pezones erectos—. ¿Te excita esa propuesta?

Se sonroja.

—¿Qué tenías en mente? —le pregunto.

—No lo s...

—Claro que lo sabes. Vamos, Scottie, cuéntame qué se te está pasando por la cabeza.

¿Desnuda y sonrojada? Dios santo, qué no daría yo por entrar en esa preciosa cabecita suya y leer las cochinadas que estará pensando.

—H-10 —dice, sin responder a mi pregunta.

—Tocado —respondo sin siquiera mirar el tablero—. A-2.

—Agua. —Se da unos golpecitos en la barbilla—. ¿H-9?

—Tocado.

Revisa el tablero y suelta una risita.

—Has juntado todos los barcos en una esquina, ¿verdad?

—Tal vez.

—Qué estrategia más mala.

—¿Estás segura? ¿Cuál de los dos está desnudo? —Le guiño un ojo.

Ella suspira.

—H-8.

—Hundido el submarino. —Me quito la sudadera y la tiro al suelo. Me estoy poniendo duro por momentos—. G-10.

—Tocado. —Añade otra ficha roja y niega con la cabeza al pensar en mi estrategia, pero a la siguiente falla.

—I-4 —pruebo.

Se le hincha el pecho al inhalar.

—Tocado.

Me restriego la nuca con la mano.

—Más te vale decidir qué piensas hacer cuando te hunda el barco, porque si no decidiré yo por ti.

Scottie traga saliva.

—G-9.

—Tocado —respondo—. I-3.

—Tocado. —«Ay, Dios».

No puedo dejar de contemplarla y ella se encoge bajo mi mirada. ¿Se estará acordando de lo que le hice sentir en Oregón?

—Vamos, Prescott... Dilo.

—G-8 —prueba.

—Si no me dices lo que quieres, elijo yo.

Se muerde el labio inferior y le aparece un brillo lujurioso en los ojos. Quiere que tome yo las riendas.

—G-8 —repite.

—Tocado. —Dejo el tablero en la cama, me pongo en pie y me bajo los calzoncillos. La verga me salta como un resorte, casi me da contra el vientre. Ella ahoga un grito, es uno de mis sonidos favoritos—. Elige una palabra de seguridad —le pido.

Tiene los ojos clavados en mí.

—¿«Destructor» te parece bien? —sugiero—. I-5.

No me contesta. Saca la lengua para mojarse los labios y a mí se me pone el pulso a mil.

—I-5 —repito.

—Tocado... F-10 —dice, casi sin aliento.

—Tocado —respondo alegre. A pesar de que voy perdiendo, me encanta este juego—. I-2.

—Tocado —ronronea—. Acorazado.

Le extiendo la mano delante de la cara.

—Escupe. —Sus ojos pasan a toda velocidad de los míos a la palma que tiene delante—. Que escupas —le digo con más firmeza.

Obedece y yo me acomodo en el borde de la cama, acariciándome el pene con calma, usando su saliva de lubricante y deleitándome con su cuerpo.

—Enséñame cómo te tocas cuando piensas en mí.

Echa los hombros hacia atrás haciendo acopio de valor para apartar el tablero. Yo inhalo por la nariz y la contemplo abrir las rodillas para revelar lo húmeda que está.

—Maldición, Prescott. —Me lamo los labios, que ojalá fueran los suyos—. ¿Qué te ha puesto tan cachonda?

Se pasa las manos por el vientre y empieza a acariciarse el clítoris con el dedo corazón y el anular.

—Tú.

—Así me gusta. —Me pongo a su ritmo—. Abre más las piernas, que te vea. —Le brillan los ojos y planta la mano libre detrás de ella para poder reclinarse y ofrecerme una mejor perspectiva de esta representación privada.

Suelto un gruñido. Esta mujer me hipnotiza.

—Perfecto, nena. Lo estás haciendo genial. —Frunce el ceño sin dejar de mirarme a los ojos—. Un poco más rápido —le pido.

—Ven aquí —jadea ella.

Niego con la cabeza, sin soltarme el miembro.

—¿Quieres algo?

—Que me hagas venirme.

Subo y bajo el puño.

—Necesito algo más específico.

—Usa los dedos para que me venga..., por favor. —Pone las dos manos detrás de su espalda y se abre más de piernas—. Me encanta cómo lo haces.

Sonrío ante su desesperación, me pongo de pie y me arrodillo entre sus piernas.

—¿Necesitas que te releve? —Le paso el pulgar por el clítoris y ella gime—. ¿Te gusta hacer lo que te pido?

Ella asiente, y el pecho le sube y le baja al ritmo de mis caricias.

—Estupendo —respondo sin darle importancia—. Porque yo te he pedido un espectáculo, y me lo vas a dar, ¿verdad?

Asiente con ansias.

—Sí.

—Quiero verte entera. No te me pongas vergonzosa, eso conmigo ya no hace falta. Nada de secretos, en ningún sentido, vamos a ensayar que me pidas lo que necesitas. ¿Entendido?

Le meto el dedo corazón y me deleito con el sonido que emite su humedad mientras lo meto y lo vuelvo a sacar. Después añado otro dedo más y ella empieza a empujar contra mi mano.

—Ay, Dios.

—¿Entendido? —repito.

Respira cada vez más alto.

—En-entendido. —Se retuerce.

Yo sonrío.

—Qué complaciente te pones cuando te meto un dedo... —Decido ponerla a prueba. Ya sé cómo le gusta que le hable—. ¿Cómo quieres que te llame cuando...?

—Buena chica.

Inclino la cabeza, sorprendido por lo rápido que ha contestado.

Ella debe de percatarse de mi sorpresa.

—Ya me lo has dicho alguna vez, y me encanta —explica.

—Hoy vas a ganarte el título.

Me doblo hacia delante para buscar sus labios, la beso y doblo los dedos al mismo tiempo, dándole un toquecito en el punto G y acariciándole el clítoris de lado a lado con el pulgar. Ella gimotea contra mi boca.

Scottie estira la espalda y se restriega contra mi mano. Suelto una carcajada al ver lo desesperada que está. Se le tensa el cuerpo y yo me acerco más, hasta que nos quedamos frente con frente.

—Mírame, eso es. Estamos tú y yo solos, Prescott.

Muevo los dedos más rápido y la hago gritar.

—Cal...

—Te vas a venir, ¿verdad?

Ella frunce el ceño y exhala.

—Sí...

Le tiemblan los muslos.

—Eso es, nena, tú puedes. Te tengo.

La beso y me aparto para verle los ojos llenos de confianza. Después de todo lo que ha vivido, nunca volveré a dar su confianza por sentado.

«Está a punto».

Gime más y más alto cuanto más sube.

—Saca la excelente exhibicionista que llevas dentro y recuérdame lo preciosa que te pones cuando te vienes. Haz que esa bonita vagina que tienes chorree por mis dedos.

Se le abren los labios para soltar un gritito ahogado.

—¿Qué creías, que se me había olvidado? —gruño—. No he sido capaz de sacarme esa imagen de la cabeza desde que volvimos de Oregón. No tienes ni idea de cuántas veces he cerrado los ojos y te he visto venirte solo para mí.

Le doy una palmada en el clítoris, que tiene muy hinchado, y coloco la yema del pulgar en el punto exacto que la hace temblar; ella se estremece y alza las caderas del suelo cuando le llega el orgasmo.

—Eso es... Esa es mi buena chica —susurro.

Su cuerpo me aprieta de tal forma que mi rabo se pone celoso. Sentir cómo me empapa los dedos mientras le miro los ojos a medio cerrar del gozo me pone el corazón a mil. Vuelve a posar el trasero en la manta cuando baja de las alturas.

—Respira.

Ella asiente con la cabeza y me sostiene la mirada mientras ralentiza el movimiento de sus caderas. «Increíble».

Le robo los labios y ella me agarra la erección con la mano, lo que me hace gruñir.

—Estoy muy orgulloso de ti, nena. —Confía en mí para que la cuide, y veo un cambio entre nosotros, una apertura que no sentí en nuestras anteriores interacciones. Se muestra más vulnerable que nunca, y yo también.

Me pongo de pie y al ver cómo me miran sus borrascosos ojos azules desde abajo, por poco pierdo la cabeza. Le paso el pelo por encima del hombro y le meto unos cuantos mechones detrás de la oreja. La tomo de la barbilla, le acaricio la mejilla con el pulgar y admiro lo hinchados que tiene los labios y lo mucho que ansío que rodeen mi verga.

—Qué preciosidad —murmuro.

Ella me pone las manos en los tobillos y las sube hasta los muslos.

—¿Me puedes enseñar lo que te gusta? —pregunta.

Esa sonrisa pecaminosa me tiene preso. Le sujeto un puñado de pelo y la acerco a mi erección mientras la miro tragársela entera. Se atraganta y coloca una mano en la base del pene, me cubre con los labios y vuelve a hacerme suyo.

—Maldición, Prescott —siseo—. Eres mía, ¿verdad? Mírame. —Me echo hacia atrás para mirarla a los ojos y me deleito con la sensación de su lengua sobre mi pene. La chispa traviesa que le veo en las pupilas me tiene cautivo—. Increíble...

Ella se estremece y yo suelto una carcajada.

—Ay, ¿te encanta chupar penes, nena? ¿Le tenías muchas ganas, eh? —Pongo la mano encima de la suya y la hago girar sobre la piel de mi pene—. Así...

Ella gime contra mi erección cuando la empujo más hondo.

—Dime que solo quieres mi verga. —Me sale la voz más turbada de lo que quisiera, pero necesito saber que soy el único. Seguramente sean inseguridades mías que tienen que ver con lo de Molly, pero necesito oírselo decir.

Scottie rodea mi pene con la lengua cuando se lo saco de la boca.

—Eres el único hombre al que deseo, Callahan.

«Demonios».

Agarra la base y da pequeñas lamidas juguetonas por los bordes. Se me frunce el ceño y suelto un gruñido, después inhalo hondo por la nariz y lo suelto despacio.

—Pues pon esa boquita alrededor de mi verga y cómemela entera.

Scottie escupe en la punta y pasa la cabeza de mi pene entre sus labios fruncidos, tensa las mejillas y chupa con fuerza. La lengua se desliza por la parte de abajo. Las vibraciones que emite al gemir me dejan sin respiración. Me agarro las pelotas con una mano y jalo lo justo para añadir más presión. Ella me quita la mano y toma el control, aunque yo sigo manipulándole la muñeca para darle indicaciones de la cantidad de presión que me gusta. Le hundo los dedos en el pelo y la obligo a ir más rápido. Necesito más, no me basta.

La retiro antes de perder el control y veo que le brillan los ojos.

—Gracias por hacerme sentir deseada.

Esas palabras que nadie le ha pedido que diga hacen tambalear las murallas que rodean mi corazón... «Carajo».

«¿Nunca se había sentido deseada?». Trago saliva.

—Ojalá pudieras verte, lo maravillosa que estás ahí de rodillas... Me encanta que me la comas así. Eres muy sexi, Prescott. —Voy hacia la cama y la arrastro conmigo—. Ven aquí.

Cuando se pone a horcajadas sobre mis muslos, la agarro de las caderas y la obligo a acomodarse.

—Date la vuelta. La cabeza hacia abajo y el trasero hacia arriba para que puedas chupármela. A ver hasta dónde te la puedes tragar...

Me recuesto mientras ella se sitúa de espaldas a mí y se pone a horcajadas sobre mi pecho. La agarro de la cintura y la acerco más a mí, para que ponga las rodillas a la altura de mis hombros y tenerla más cerca de la cara.

—Qué cosa más dulce... —Se me ponen los ojos en blanco cuando la punta de mi pene toca contra su garganta y suelto un gruñido—. Sí... Muy buena chica.

Es mejor que buena, es perfecta para mí. La maldita perfección.

Al principio me maravillo con las vistas. Esta mujer está hecha para mí. Chupa y lame y me muero de ganas de darle lo mismo. «Dios santo». Quiero más, pero me centro en su cuerpo. Suelto una carcajada al verlo. Tiene la vagina hinchada y húmeda de lo cachonda que está.

—Tu cuerpo es una tortura. Quiero saborearte.

—Sí —gime contra mi pene—. Por favor.

Está lo bastante húmeda como para empalarla de un solo empujón. Cuando no puedo soportarlo más, me permito tocarla. Abro los dedos, voy bajando poco a poco la mano y paso el dedo por encima de su brillante clítoris. Se le abren las piernas al instante y me muestran más. Ver las ganas que tiene me excita al cien.

Quiero sumergirme entre sus piernas y darme un festín, pero tengo que alargarlo porque no he traído protección. Con el tacto de una pluma, le paso los nudillos por su centro. La otra mano se coloca en su trasero, la agarro y me lleno la palma de su suave carne. Chasqueo la lengua. Ella chupa más intensamente y tengo que cerrar los ojos y morderme la mejilla hasta que la boca me sabe a sangre para evitar venirme.

Su cuerpo me llama. Le delineo la entrada y aprieto levemente con el pulgar por todo el perímetro. Ella mueve las caderas. Yo sonrío.

—Estás hecha un desastre... ¿Qué ha sido lo que te ha puesto así? ¿Desnudarte para mí? ¿Verme cogerte con la mano hasta que terminaste mientras gritabas mi nombre? ¿Deslizar mi verga entre tus labios? ¿Ponerme la vagina chorreante delante de la cara para tentarme? ¿Sabes lo mucho que me gusta comerte la vagina?

Scottie suelta un gemido.

—Sí, te pone cachonda darme un espectáculo, ¿verdad? Me pongo durísimo solo de verte, es una tortura, y aun así lo haces. Porque solo de pensar en ponerme cachondo... te pones cachonda.

Me clava las uñas en los cuádriceps y yo suelto una carcajada. «Ahí le he atinado».

—A mí me pasa igual. No hay nada que me excite más que verte venirte. Creo que te gusta volverme loco. —Le hundo el dedo corazón y el anular y me agrada oírla ahogar un grito. Sin mover la mano siquiera, disfruto de cómo se tensan sus músculos a mi alrededor.

—Termina, Prescott. Vuélvete loca.

Ella chupa con más ganas y yo saco los dedos y los vuelvo a meter hasta el punto que recuerdo de la última vez. Se le arquea la espalda, deja caer los codos y se estira como un gato. Un segundo después, rodea la punta de mi pene con la lengua y de pronto se la mete entera, hasta la garganta. «Dios del cielo».

Pierdo el control. Le agarro las caderas, me acerco su vagina a la cara y me hundo entre sus muslos. Sabe a gloria... Se le sale la verga de la boca y se queja. Contengo la sonrisa mientras lamo hasta el último centímetro de humedad que escapa de su vagina para limpiar el desastre que he hecho. Su diminuto cuerpo se estremece entre mis brazos.

—¿Ya, cielo?

Su desesperada voz queda amortiguada contra mi piel, pues tiene la mejilla pegada a mí mientras recibe la oleada de placer con la que la estoy controlando. Con una sonrisa confiada, le rodeo el clítoris con los labios y chupo. Ella da una palmada sobre el colchón.

—Aydios, aydios, aydios...

Vuelvo a chupar. Intenta apartarse de mí porque está sobreestimulada, pero la agarro de los muslos con los brazos para impedírselo y vuelvo a ponerle los labios encima para darle mordisquitos en el clítoris a modo de castigo antes de volver a chupar.

—Esto es mío. —Se viene sobre mi lengua, sabe al mejor de los dulces—. Estás humedísima. Mira cuánto te has venido —la alabo, y después, con voz más grave, le digo—: Tal como voy a cogerte ahora, te va a hacer falta.

Se me llena el pecho de anticipación.

—Callahan —gimotea.

Se restriega contra mis labios y me entusiasma el sonido extático que va en aumento. Demonios, si podría venirme solo con los ruidos que hace. Me encanta haberla distraído con la boca, pero mi verga reclama atención, cualquier tipo de fricción le sirve a estas alturas.

Como si me hubiera leído la mente, me agarra la erección y aprieta.

—Eso es... ¿Ves lo dura que me la has puesto? —gruño—. Lo que más deseo en el mundo es meterte la verga y sentirte vibrar.

—¡Hazlo! —grita—. Cógeme duro. Por favor.

Me detengo medio segundo y me obligo a pensar con la cabeza.

—Necesito un condón... y no tengo.

—Pues no te vengas dentro.

Me la aparto de encima y la pongo boca arriba. Me resulta irresistible con esas pecas, esos labios carnosos y esos ojos tan grandes y seductores. Está buenísima. Le abro las piernas, me pongo en posición y entro en ella. Se le cierran los ojos y yo suelto un gruñido.

—Maldición, Prescott. Parece que mi verga estuviera hecha para ti.

—A lo mejor es que es cierto. —Cuando abre los ojos, salgo un momento y ella me mira un solo segundo. Estoy perdido. Abre la mandíbula para soltar un grito silencioso cuando vuelvo a entrar. Arquea la espalda y yo inclino la cabeza para rodear uno de sus pezones con los labios.

Va a ser rápido y sucio, y yo no quería cogérmela así. Quería tomarme mi tiempo, pero ya no hay vuelta atrás. Cuando empieza a temblar, sé que está a punto. Le chupo el otro pezón y alzo la vista para verle la cara cuando se desmorona. Son las mejores vistas de toda la montaña.

—¿Te acuerdas de que siempre hemos tenido que tener cuidado de no hacer ruido? —susurro—. Ahora no estamos en el campamento. Puedes gritar todo lo que quieras, no te va a oír nadie... La única persona que puede salvarte soy yo.

—Ya me has salvado, Cal. Ahora hazme gritar.

Parpadeo. De vez en cuando sale a la luz su lado perverso, llevaba mucho tiempo enjaulado, pero sé que en el fondo es una chica salvaje e indomable.

—¿Quién eres? —le pregunto entre risas.

Ella me dedica una sonrisita.

—Soy tu buena chica.

«Maldita sea».

—Pues más te vale gritar mi nombre tan alto como para que te escuche todo el valle y sepa lo mucho que te gusta que te coja... y que me perteneces.

Se desbarata cuando el orgasmo la atraviesa. En cuanto se abre la compuerta, grita mi nombre una y otra vez. Yo sonrío, alucinado.

—Perfecto. No pares, nena. Sigue viniéndote.

«Carajo, estoy a punto de explotar».

—Voy a pintar esos senos tan deliciosos con mi semen, y después quiero que te lo tragues.

Con ayuda de la última neurona que me queda, salgo de ella y me pongo a horcajadas sobre su vientre, me doy dos sacudidas en la verga y le cubro los pechos con mi eyaculación. Es tan apasionado como obsceno.

Scottie me excita mucho más que cualquier otra mujer con la que haya estado. Aunque estemos aquí atrapados, no desearía estar en ningún otro lugar. Se incorpora para contemplar mi obra de arte sobre su pecho.

—Nunca... —Suspira—. Nunca había...

Sonríe aún más, hasta que casi se le escapa la risa. Yo no dejo de desearla después de haberme venido. El fuego me consume y descongela el helado corazón que habita en mi pecho. El semen se le acumula entre los senos.

—¿Nunca qué?

Agacho la cabeza y chupo mi eyaculación. Después le agarro el pelo con el puño y se lo sujeto con firmeza. Ella abre los labios por instinto. Le escupo el contenido en su boca y después deslizo mi lengua sobre la de ella; consume hasta la última gota. Le acaricio la mandíbula con el pulgar, recojo una gota extraviada y se la extiendo por los labios.

—Anda, sé mi buena chica.

Ella traga, me devora.

Scottie me mira a los ojos como si yo la hubiera salvado de la prisión en la que llevaba encerrada tantos años, y eso me toca en lo más hondo. Hay algo muy poderoso en esta conexión que compartimos. Es como si estuviera escrito en el firmamento desde hace siglos y acabáramos de llegar al momento y al lugar oportunos: la cima de Quell's Peak, aislados en una torre de prevención contra incendios. Le doy un beso en la frente y le agarro el pelo. Ella me aprieta las caderas con los muslos. Jamás me había parecido tan hermosa como ahora. Tiene el brillo perfecto en las mejillas, ese que solo se consigue mediante una sesión apabullante de sexo y múltiples orgasmos.

Yo estoy perdido con ella, y pienso hacer lo que sea necesario para que su cara no pierda nunca ese brillo... porque no voy a dejarla ir.

38
Callahan

Me gusta. Ahora mismo el mundo real está a kilómetros de distancia. Tenemos esta burbuja para nosotros, y pienso aprovechar este tiempo para reparar lo que he hecho añicos. No tengo ni idea de cómo se hace, pero ya me las arreglaré. Sea como fuera el tema de su matrimonio, sigue estando casada. Nos ocuparemos de eso en su momento, y la apoyaré en lo que necesite.

Sin más ropa que los calcetines y los calzoncillos, me pongo a llenar una olla con agua y enciendo la estufa de gas. Tenemos que recuperar fuerzas. Hago una mueca al ver el tanque de agua que está en el suelo. Con cada día que pasamos aquí va bajando el nivel. Eso me recuerda que tenemos los días contados en el refugio. La tormenta no amaina, pero, por primera vez, no parece haber empeorado. En cuanto el clima nos proporcione una ventana de calma, tendremos que salir deprisa.

He pasado la tarde revisando mapas aprovechando la luz del día, y creo que he encontrado una ruta decente para bajar. Tardaremos más, dado que tendremos que pasar por Goat's Ridge, pero tiene menos inclinación y podemos seguir el curso del río para llegar a la parte baja del camino principal, cerca de la base.

El mayor problema que nos encontraremos será la nieve y el viento que hay en la zona alta, pero en cuanto bajemos un poco, será más sencillo. Es la vía más segura. Aun así, hay que comprobar que no haya riesgo de avalanchas. Si todo sale como es debido... deberíamos salir bien librados. El problema es que, si nos metemos en un lío, el equipo de rescate nos buscará por la ruta principal, no por Goat's Ridge ni por el curso del río.

Mientras el agua rompe a hervir, miro entre las tiras de las contraventanas. Distingo, a duras penas, la sombra de una cima cercana. Eso es buena señal. Hasta ahora, la ventisca constante no permitía ver a más de seis metros de distancia.

Scottie está acurrucada bajo las mantas, pasando páginas del libro mientras yo cocino.

—¿Quieres otra vez sopa de pollo y arroz o prefieres probar la de fideos? Ten en cuenta que no nos queda pollo...

Me mira con ojos brillantes en los que aún se pueden detectar rastros de esa chispa. Verla sonreír como si se hubiera olvidado por completo de la situación en la que nos encontramos logra que la olvide yo también.

—Hmmm. ¿Podríamos sustituirlo por el *foie gras* que nos sobró de la cena?

—Sí, pero he tenido que tirar la confitura de higos porque se ha puesto fea —respondo para seguirle el juego.

—Vaya, por Dios. —Chasquea los dedos.

—De eso tampoco tenemos.

—No me extraña. —Pasa la página con un suspiro—. Estas deidades ancestrales nunca están cuando se les necesita. Tendremos que echar mano del caviar, entonces.

—Buena idea. ¿El de Beluga quieres?

—Obviamente. Ya sabes que es el único que como.

—Porque los otros te pudren los dientes, ¿no? —pregunto para intentar sacarla del juego.

Ella aprieta los labios.

—Sí, y ya tengo al dentista bastante enfadado por eso.

—A ver, es que cómo no se va a enojar si le pides que te haga una dentadura postiza con dientes de cadáveres.

Se incorpora con un bufido.

—Pues yo no le veo el problema —dice, y deja el libro sobre la cama en un acto de fingida frustración—. Son mucho más realistas —añade, y enseña los dientes como un animal salvaje.

—Sí, pero ¿en serio tenían que ser de caballo?

Se cubre la boca con la mano.

—¿No te gusta mi dentadura postiza?

—Claro que me gusta. O sea, cuando me la chupas me da un poco de miedo, pero si te doy de comer con la mano abierta no pasa nada. —Toso para camuflar una carcajada—. Lo único que digo es que deberías dejar de hacerte enemigos en la comunidad equina.

Se cubre la cara con las manos para ocultar la carcajada silenciosa que le está sacudiendo los hombros. Vuelve a agarrar la novela.

—¿Qué tal el libro?

—He perdido la página al dejarlo sobre la cama —comenta mientras intenta encontrar por dónde iba entre carcajadas.

—Me ha gustado mucho que te involucraras tanto en la broma.

—Por mis fans, lo que haga falta —dice sin darle importancia.

Scottie es la única persona que me podría tranquilizar en estas circunstancias. Su presencia calma mi ansiedad.

—Está bastante bien. Le falta un poco de romance, pero no está mal del todo.

—¿Ah, sí? ¿Te gusta leer? —le pregunto.

—Sí. Mucho. Tengo que ir a la biblioteca a sacarme la credencial cuando volvamos a Sky Ridge. ¿A ti?

Dejo la cuchara, tapo la olla, pongo las manos sobre la barra detrás de la espalda y cruzo los tobillos.

—Sí, siempre me llevo un libro a los incendios. O un audiolibro. ¿Cuál es tu libro favorito?

Ella se sienta en la cama con las piernas cruzadas.

—Qué pregunta más tonta. ¿Cómo crees que puedo elegir solo uno?

—De acuerdo. ¿Cuál es tu género favorito?

—La literatura romántica —suelta de inmediato.

A mí se me escapa una sonrisa.

—¿Qué es lo que más te gusta?

—Las historias de amor son... como una vía de escape de la realidad. Cuando vivía en Arkansas, era mi única forma de escapar. —Vuelve a dejar el libro y se pone a juguetear con las manos—. Sobra decir que mi situación matrimonial era complicada. Yo nunca había sido muy lectora hasta que Sheila, una compañera de trabajo, me recomendó uno que le había gustado. A las mujeres de mi comunidad no se nos permitía leer libros como ese.

—Qué locura.

—Al principio le pedía a Sheila que me contara lo que estaba leyendo. Me explicaba cosas muy emocionantes y prohibidas. Después me ganó la curiosidad y me saqué la credencial de la biblioteca del pueblo de al lado.

Me da mucha lástima. A pesar de que su marido la quería, la forma en la que me dio las gracias por hacerla sentir deseada dice mucho de su situación previa. Además, supongo que la pasión que compartían no era para lanzar cohetes.

—Cuando salía de trabajar iba a la biblioteca a leer libros prohibidos. Era emocionante y divertido y, a pesar de que sabía que era todo ficticio, me parecía más real que lo que compartía con Jonathan. Me encantaba cuando los protagonistas se desvestían el uno al otro. Saber que querían estar juntos. Que sentían pasión y deseo. Que el placer de la mujer era importante. Para mí eso iba más allá de la reproducción... Sé que no siempre son realistas, pero yo necesitaba vivir algo así. —Mira el libro y pasa los dedos por las páginas—. ¿Sabes que eres el primero que me provoca un orgasmo? Hubo más pasión en la ambulancia que en los catorce años que duró mi matrimonio. Qué patético, ¿no?

«Madre mía». Por cómo habla del tema, ya asumía que no había tenido abundancia de orgasmos en su matrimonio, pero tampoco esperaba haber sido yo el primero.

—Me parecía que me estaba perdiendo muchísimas cosas. No sé explicar cómo era nuestra relación, pero no se parecía en nada a las que leía en los libros. Las que me aceleraban el corazón a mil y me hacían sonrojar. Las que me provocaban mariposas. —Se le quiebra la voz.

Está sonriendo, pero tiene los ojos llenos de lágrimas de anhelo por un sentimiento de verdad. Le doy espacio para que continúe.

—De pronto, un buen día, tuve que asistir un accidente en la autopista. La mujer que iba en uno de los vehículos había muerto al instante, tenía mi misma edad, y me di cuenta de que no quería morir sin haber conocido el amor de verdad. —Sorbe por la nariz y la veo reprimir la emoción mientras se pasa los dedos por debajo de los ojos.

«¿Conozco yo el amor de verdad?». En un momento dado me pareció que sí.

—Conocía a Molly desde niño. Empezamos a salir en la prepa. Era mi todo, nos comprometimos y estábamos esperando a ahorrar lo bastante para que pudiera tener la boda de sus sueños. Cuando me enteré de que me estaba engañando (con Dave), no luché por ella, sino que me marché sin más.

—Cuando me enteré de que Scottie estaba casada, solo hacía unas semanas que nos conocíamos. Apartarme de ella fue más difícil todavía.

Estar atrapado con ella en una torre de prevención contra incendios, incluso en los momentos más duros, ha sido mejor que las experiencias más gratificantes que viví con Molly.

No hace mucho que conozco a esta mujer que tengo delante. Cuando pienso en el principio de nuestra relación, en lo apasionado y excitante que fue... puedo llegar a comprender lo que habrán significado para ella esas experiencias. Era la primera vez que probaba algo real, y ahora que lo sé, habérselo quitado sin siquiera una mera explicación me llena de vergüenza.

—¿Molly? ¿Molly es tu ex?

—Sí.

—Y Dave...

Asiento.

—¡Qué hijo de puta! —grita—. ¿Y encima insinuó que nos acostamos? No me extraña que te pusieras como loco.

—Scottie, no debería haberle hecho caso. Te pido perdón por haber cortado la relación sin explicaciones. —En realidad lamento haberla cortado de cualquier forma.

—No pretendía hacerte daño...

—Debería haber hablado contigo, enfrentado la situación. En cambio, salí huyendo.

—Fue una reacción comprensible. Ver a Dave salir de mi departamento debió de traerte muy malos recuerdos. Debería haberte hablado de Jonathan. Ahora que lo pienso, comprendo que fue un error mantenerlo en secreto... Debería haber esperado a divorciarme, lo sé. Lo fácil es decir que estoy esperando a asentarme, pero lo único que estoy haciendo es prolongar la situación. Evitarlo. Según la Iglesia, el matrimonio es para siempre. Es un compromiso. No obstante, no puedo pasarme la vida escondiéndome de ellos como una cobarde. —Se vuelve a pasar los dedos por debajo de los ojos y se aclara la garganta—. En fin, ¿cómo va ese caviar?

Me aparto de la barra de un empujón, levanto la tapa de la olla y muevo la sopa.

—Yo diría que ya está listo.

Me siento fatal, pero no quiero centrar la atención en mí.

Scottie debe de percatarse de mis sentimientos, porque se levanta de la cama y se me acerca para abrazarme por detrás mientras sirvo la sopa.

Me pega la mejilla a la espalda y susurra:

—¿Me la vas a dar a comer con la mano abierta?

Suelto una carcajada, agradecido por que le haya quitado importancia al asunto. Le entrego su taza y una de las barritas proteicas que había sobre la barra. Nos sentamos frente a frente en la cama para disfrutar de una comida caliente.

—He encontrado una ruta para bajar —le digo—. La tormenta parece que va en declive, tal vez podamos partir en un par de días.

Ella asiente y traga la comida que tenía en la boca.

—¿Estás nerviosa? —le pregunto.

Frunce el ceño y niega con la cabeza.

—No. Confío en ti... Además, tu vida depende de mí tanto como la mía de ti.

Soplo la sopa.

—¿Cómo dices?

Ella se queda en silencio y se lleva la cuchara a los labios.

—¿No lo entiendes? Ibas a salir en todas las noticias, porque todo el mundo creería que me habías asesinado.

—Qué lista eres.

—Ya lo sé —responde—. En fin, ¿qué quieres hacer ahora? No sé si seré capaz de jugar otra partida de Hundir la flota. Sin ánimo de ofender.

Se me dibuja una sonrisa en la cara.

—¿Te aburres demasiado? —pregunto.

—No me divierto si no se me presenta un reto.

Pego la lengua a la mejilla y sonrío con deleite.

—Qué listilla —murmuro, y entrelazo las piernas con las suyas.

—A lo mejor deberías hacerme callar.

Inclino la cabeza y sonrío; me está gustando esta actitud rebelde.

—No tengo problema en ocupar tu boca con otras tareas. —Dejo la cuchara dentro de la taza y me acerco a ella para alzarle la cara con los dedos y depositar mis labios contra los suyos.

Me aparto, nos miramos a los ojos y contemplo su cara. Dejo caer la mano y vuelvo a centrarme en comer, pero no sin percatarme de que se ha sonrojado.

—¿Qué...? —titubea.

Yo como mientras ella reordena sus ideas.

—¿Qué va a pasar cuando volvamos a casa?

—Pues —digo con un suspiro— tendremos que contactar con tu jefe. Le pedí que te llamara cuando me resultó imposible ponerme en contacto contigo, pero no le di ninguna explicación. No sé si habrá intentado ponerse en contacto contigo otra vez y se habrá preocupado. Me dijiste que tenías que ir a trabajar en un par de días, ¿no?

Asiente.

—Me parece que vas a ser la sensación cuando estés de vuelta en el trabajo. Vamos a tener que curarte bien esa herida de la frente.

—¿Crees que me despedirán?

—No. —Niego firmemente con la cabeza—. Seguramente se preocupen mucho por ti. Incluso te traerán comida caliente durante un par de meses.

Scottie revuelve la sopa.

—¿Y tú?

—Tengo un grupo con Xander y con King en el que escribimos bastante a menudo. Les mandé un mensaje al llegar a casa después de la ruta. Seguramente se estarán preguntando por qué estoy tan callado, pero como la temporada ya ha terminado, no me están esperando en mi puesto de trabajo. De momento, dudo que hayan mandado un dispositivo de búsqueda para encontrarme, pero en un par de días... quién sabe.

—Y ¿qué va a ser de nosotros?

Me llevo la taza a los labios para beber el caldo que me queda y después la dejo sobre el alféizar, a mi lado. Scottie ha comido unas cuantas cucharadas, pero la mayor parte del tiempo la ha dedicado a revolver la sopa. Tiene las cejas fruncidas de la preocupación. No creo que le inquiete el camino de vuelta, pero sí que tiene reservas sobre la vida de vuelta en Sky Ridge.

—¿Qué quieres decir?

—Si esto va a seguir cuando volvamos a casa.

Suelto una carcajada.

—Sí.

—¿Y Jonathan?

—Creo que esa pregunta la tienes que responder tú.

—No puedo pagar un abogado —me dice—. Ojalá hubiera venido conmigo.

La agarro por detrás de las rodillas y la acerco a mí.

—¿Crees que no te querrá conceder el divorcio? —Si la separación es de mutuo acuerdo, no les hace falta contratar a un abogado.

Se detiene a reflexionar.

—Si supiera lo bien que se está aquí fuera, no. Lo que pasa es que le da miedo dar el primer paso. La Iglesia le pagará los abogados que necesite, y se pondrán hostiles si hace falta. No es solo por el divorcio; es que, si no se vuelve a casar, lo obligarán a someterse a la terapia de conversión. Si se marcha, se exiliará de todo lo que ha conocido en la vida.

—¿Tienen propiedades conjuntas?

—Yo ya he renunciado a todo. La casa estaba en terreno de la Iglesia.

Entrecierro los ojos.

—¿Como una urbanización?

—Un pueblo.

Me parece un poco excesivo.

—Una Iglesia no puede ser dueña de un pueblo.

—Pero sí lo puede controlar. Todos los negocios son propiedad de la Iglesia. Los cargos locales están ocupados por miembros de la congregación. No es un municipio enorme, pero es bastante grande. Y cada vez crece más.

—Pero ¿eso es legal?

—La laicidad del gobierno solo se aplica cuando alguien lo solicita. No es ilegal que una organización religiosa posea negocios, siempre y cuando los réditos que generen beneficien a la congregación. El pueblo alimenta a la Iglesia, y los prebostes sacan tajada, pero ofrecen lo justo a los feligreses para que nadie tenga bastante dinero como para largarse y empezar de cero en otro lugar.

—¿Cómo es posible que esté creciendo? ¿Quién se iba a apuntar a una cosa así?

—Es que lo estás mirando desde la perspectiva lógica. Esto es una religión. La fe lleva a cometer actos horribles en nombre de Dios. Si además le metes un líder carismático que engatusa al público y moldea sus creencias, en un abrir y cerrar de ojos se te llena la iglesia los domingos y se te abren las carteras de la congregación por completo. Todos queremos ir al cielo.

»Son muy buenos para reclutar a la gente con las promesas de que allí cuidan a sus feligreses, eso por no hablar de la culpa religiosa y de la amenaza constante de cortar relaciones con cualquier individuo que intente escapar, con la excusa de mantener la pureza y armonía de la comunidad.

—¿Cuánta gente ha intentado huir?

—¿Que yo sepa? Solo yo. No tengo ni idea de lo que habrá tenido que sufrir Jonathan. Me siento fatal, pero tenía que desaparecer de allí.

—¿Te largaste en mitad de la noche?

Scottie niega con la cabeza.

—Le conté mis planes. Él me dijo: «Si te vas, no podré volver a hablarte», y yo le dije que eso era decisión suya, pero que yo estaría siempre dispuesta a ayudarlo, si es que llegaba a tomar la decisión de salir de allí.

Me quedo mirándola.

—A mí me suena a secta.

Ella se encoge de hombros.

—Es más bien una congregación fundamentalista. No sé si estoy preparada para denominarlo secta. Hace que parezca que lo he abandonado a él y a los demás a su suerte. Que me he priorizado a mí misma sobre ellos. Que soy una egoísta. —Se le quiebra la voz.

—Has hecho lo correcto. —Le masajeo la pierna con la mano—. No eres egoísta.

39
Scottie

Día 4

Ya llevamos cuatro días en el refugio y hemos constituido una rutina. Por la mañana nos despertamos abrazados, nos levantamos a echar leña al fuego, limpiamos la nieve del puente, utilizamos la letrina y después nos volvemos a acostar hasta que hay bastante luz como para calentar agua en la estufa y prepararnos la avena. La vida en la torre de prevención contra incendios es sencilla.

Esta mañana, sin embargo, hay algo distinto. No sé exactamente qué. Tengo la mente medio dormida y, con Cal abrazado a mí, prefiero cerrar los ojos y volver a hundirme en el sueño, donde no tengo que preocuparme por si me habrán despedido, por los papeles del divorcio, por mi departamento de mierda. Vaya vida de lujo llevo cuando prefiero estar aislada en una montaña que volver a la realidad.

Entonces me doy cuenta de lo que es. No hay tanto ruido. Puedo oír el crepitar del fuego desde la cama. El viento constante e incansable impactando contra los árboles y las piedras nos ha acompañado desde que llegamos. Ya era un ruido blanco que se fundía contra el fondo de nuestras vidas.

—Cal. —Me doy la vuelta entre sus brazos y lo despierto—. ¿Lo oyes?

—¿Eh? —murmura medio dormido.

—No hay casi ruido. Creo que la tormenta está llegando a su fin.

Se despierta y se incorpora. Entrecierra los ojos y mira por un agujero que está en una de las tiras de las contraventanas que tenemos detrás. Se levanta de la cama y se pone el abrigo y las botas con poca gracia. Cuando abre la puerta para salir, no la empuja el viento. «Qué novedad».

Mete la cabeza en el refugio.

—Scottie, ven, te tengo que enseñar una cosa.

No es lo que más quiero hacer. Las mantas están calientitas; el exterior, frío. No obstante, salgo de la cama y me pongo la ropa abrigadora y las botas de montaña. Agarro el rompevientos y me pongo la capucha. Cuando abro la puerta, me preparo para recibir ese primer impacto de frío que te deja sin aliento, como así sucede. Ya no hace tanto viento, pero sigue habiendo una temperatura gélida de esas que te arrancan el alma del cuerpo.

Entrecierro los ojos por culpa del reflejo de la luz sobre la nieve, que ahora tiene un color dorado, me hago visera con la mano y Cal me acompaña hasta el puente. Voy bajando la mano poco a poco y distingo un trozo de color naranja entre las nubes; tengo la sensación de que hace semanas que no veo un amanecer ni un atardecer.

Callahan me pone delante de él contra el barandal y yo contengo un grito de asombro ante las vistas que se extienden ante nosotros.

Es una montaña. Y otra. Y otra más. Me quedo sin palabras. No me parece real. Todavía hay bastante trozo cubierto de nubes, pero los fragmentos que se ven son magníficos. La sierra que está hacia el norte está bañada en tonos rosas y naranjas en los lugares en los que el sol incide sobre sus nevadas cumbres, y las sombras y cumbres están teñidas de azul. Es como una obra de arte viviente.

—Una locura, ¿no? —Tiene la voz pesada de sueño.

—Buah. —Es la única palabra que se me viene a la mente, y no le llega ni a la suela de los zapatos. No vale la pena sacar una foto, porque las imágenes no le pueden hacer justicia. Tampoco tiene sentido hablar de ello. Jamás sería capaz de describirlo. Es una experiencia que hay que vivir de primera mano, y la única persona que puede comprenderla es aquella que se encuentra a tu lado.

El viento me despeina. Me estoy congelando, pero nada podría despegarme de este lugar mientras contemplo el amanecer desde lo más alto del mundo. Es increíble. Es el lugar más asombroso del planeta, en lo que a mí respecta.

Es de esas experiencias que te alteran la química cerebral. No importa nada. Contengo las lágrimas y me doy cuenta de que los problemas a los que me tendré que enfrentar son insignificantes comparados con el paisaje indomable que se extiende ante mí. Estos últimos años me han hecho dudar de mi fe, pero si existe Dios, no está en La Grey, sino aquí.

Cal me abraza desde atrás y me frota los hombros para darme calor. Nos quedamos en silencio hasta que el sol sobresale por detrás de las montañas del este. Cuando brilla entre las nubes su potente luz nos ciega, así que cierro los ojos y, por un instante, cuando el viento amaina, siento el calor de sus rayos en las mejillas.

Volvemos adentro.

—Nos marchamos mañana —anuncia.

—¿En serio?

—Sí. Pronto. Ha dejado de nevar. Voy a revisar el estado de la nieve para detectar el riesgo de avalanchas, y si tiene buen aspecto, saldré a cavar el camino. Solo tengo una lámpara, así que nos prepararé una buena salida para que podamos seguirla antes de que salga el sol. Las haré bastante juntas para que nos sea más fácil seguirlas. Hay lugares en los que cubre bastante.

—No hace falta que me lo digas. —Me ha tocado sufrirlo en los varios viajes diarios a la letrina.

Antes de vivir en Washington, solo había visto nevar un par de veces, y nunca más de unos copos sueltos que apenas cubrían el suelo. De pequeña, un año hubo veinte centímetros de espesor, pero yo apenas me acuerdo.

Yo creía que caminar por la nieve espesa sería como atravesar espuma. Pero no. La nieve es densa y despiadada. Se compacta como tierra y se congela como ladrillos. En esta montaña he aprendido lo feroz que puede llegar a ser la madre naturaleza. Cuando hace girar esos copos tan bonitos en una temperatura bajo cero, es como si te estuviera lanzando estrellas ninja.

—No es lo mismo, Scottie. En algunas zonas puede que te lleguen a la altura del pecho. Y no tenemos material. Ni raquetas, ni esquís ni trineo.

Alzo las cejas hasta la mitad de la frente.

—¿Cómo?

Él asiente.

—Voy a volver a intentar escribir a los chicos a ver si les llega, ahora que ha dejado de nevar y hay mejor visibilidad, a lo mejor ya tenemos algo de cobertura aquí. Les comunicaré la ruta que vamos a trazar para que puedan venir a buscarnos, o al menos tenernos controlados. —Toma el teléfono de la mesa y de pronto se apodera de mí una sensación de urgencia.

Obviamente, no creía que nos fuéramos a quedar aquí para siempre, pero ahora que se está poniendo todo en marcha, tengo que hacer algo. Hace un segundo estábamos viendo amanecer, y ahora estamos trazando planes. Me doy la vuelta para hacer algo de provecho. Calentar agua.

—Carajo —farfulla.

—¿Qué?

Cal se pellizca el cejo.

—Ayer se me olvidó apagar el celular. No lo puedo creer. Solo le queda un cuatro por ciento de batería.

—No pasa nada —nos consuelo a ambos a un tiempo—. Ya tenemos la ruta de escape. Conoces bien esta zona y...

—Diablos... —Se pasa la mano por el pelo—. Parece que va a enviarse.

Me acerco corriendo.

—¿En serio?

—Sí, mira. —Me enseña la pantalla justo cuando se apaga—. ¡Carajo! Aun así, yo creo que se ha enviado.

Guarda el celular en la mochila y se pasa la mano por la cara.

Yo lo envuelvo entre mis brazos.

—Esperemos que sí. ¿Qué quieres desayunar? Tenemos costillas asadas y omelette al gusto —sugiero, en un intento de animarlo.

Él me sigue el juego con una sonrisa.

—Las costillas suenan bien.

—En un momento —respondo mientras abro el paquete de avena con sabor a azúcar morena.

Callahan pasa varias horas fuera trazando el camino. Resulta mucho más sencillo esperarlo de día. Yo estoy revisando todas las prendas de ropa que poseemos cuando detecto pasos por la escalera. Sonrío y corro hacia la puerta para abrirla cuando lo oigo quitarse la nieve de las botas contra el puente.

—Gracias —me dice mientras suelta el aire y entra con las mejillas sonrosadas y bañadas en sudor.

—¿Y bien? ¿Cómo te ha ido?

—Bien, he podido cavar las zonas más complicadas. Hay un par de tramos sueltos de camino a Goat's Ridge, pero no creo que haya problema siempre y cuando vayamos por el sur, que es la parte que está más resguardada del viento, donde, además, la capa de nieve no es tan espesa. Para entonces ya debería haber salido el sol.

Asiento, enciendo la estufa de gas y me pongo a preparar la comida. Nos quedan unos siete litros de agua, que será suficiente para preparar la comida, la cena de hoy y para beber mañana.

Cuando se desviste veo que tiene la ropa empapada en sudor. Tiene que secarse para mañana. La pone en el respaldo de una silla y la acerca a la estufa de leña. Después, vuelve a agarrar la mochila y saca las toallitas para asearse. Es muy robusto y... sexi.

—¿Me estás comiendo con los ojos, Prescott?

—Evidentemente. —Me doy la vuelta y sigo haciendo el equipaje.

Él se ríe y entonces siento sus manos posarse sobre mis hombros y deslizarse por mis brazos. Me arde la cara al sentirlo tan cerca, al notar su caricia y al percatarme de la poca ropa que lleva puesta. Está lo bastante cerca como para que pueda oler el aroma de las toallitas con las que se acaba de asear. No sé qué llevan, pero huelen divinamente. Es un olor masculino que extrañaré mucho cuando nos marchemos.

Me doy la vuelta.

—¿Qué es lo que más ganas tienes de hacer cuando vuelvas a casa? —le pregunto.

—Lavarme los dientes —me contesta, y se pasa la lengua por los incisivos. Nos las hemos tenido que arreglar con bicarbonato y unos chicles que tiene, y de algo han servido, pero no tanto como un cepillo de dientes. Yo también tengo muchas ganas de limpiarme la boca a fondo cuando llegue a casa. Él se rasca la barba de cuatro días—. Y de arreglar este desastre que tengo aquí.

Yo finjo un gesto.

—Pero no te rasures.

—Para nada. Ya me he acostumbrado a rascarte los muslos con ella. —Esa sonrisa malévola me hace sonrojar—. No pienso renunciar a ello así como así.

No sé qué parte de esa respuesta me llena el pecho de calor, pero algo hay. Es obvio que le encanta ponerme colorada. Me mira las mejillas sonrosadas y me hace un gesto con la cabeza.

—¿Y tú? —me pregunta.

—Yo quiero quitarme la mugre del cuero cabelludo, pero no sé si con la poca presión que tengo en mi departamento me bastará. Probablemente me tenga que bañar en el trabajo... Aunque lo más importante es mantener dicho trabajo. Tengo turno mañana.

—En cuanto le echen un vistazo a esa herida tan fea que tienes, te darán una semana de baja, nena. Puedes tomarte un descanso.

«No me puedo permitir estar de baja, y mucho menos tomarme un descanso. No puedo perder este empleo». Revuelvo la sopa en el agua hirviendo. Se me encoge el estómago de los nervios. No sé qué haré si me corren. Llevo intentando no pensar en ello desde que llegamos porque hemos estado centrados en sobrevivir, pero ahora que estamos a punto de regresar, no dejo de preocuparme.

—Una semana de descanso, ¿eh? Pues he oído que hay un hotelito muy agradable en la cumbre de Quell's Peak —bromeo.

—Puedes bañarte en mi casa.

—¿Ah, sí?

—Yo tengo muy buena presión —añade con un guiño.

—No te creo. Me lo vas a tener que demostrar.

Él vuelve junto a la estufa para terminar de asearse.

—Encantado.

Yo emito un sonido afirmativo y sigo removiendo la sopa. Unos minutos después, la reparto en dos tazas y le entrego una a Cal. Propongo un brindis.

—Por los cepillos de dientes y las regaderas con buena presión.

—Por los cepillos de dientes y las regaderas con buena presión —repite, y chocamos las tazas para brindar. Él sopla la primera cucharada—. Ah, tengo buenas noticias.

—¿Cuáles? —Yo revuelvo la sopa en la taza para esperar a que se enfríe.

—He encontrado una cadena en el almacén de las herramientas. Con un poco de cuerda, la podemos convertir en crampones para tus botas.

—¿En serio? —¡Sería fantástico! Me ayudaría a moverme mejor por la nieve, sobre todo en las zonas heladas.

—Sí. Lo montaré cuando terminemos de comer. Por una vez en la vida esas pulseras de cuerda sirven para algo.

Me río.

—También estoy deseando comer algo que no sea sopa —comenta, y toma otro bocado.

—Ni que lo digas. —Aunque la de arroz estaba rica, bastante mejor que el ramen y el puré de papas de sobre de los que me alimentaba en mi casa.

—¿Puedo invitarte a cenar?

—Sí. —Se me escapa una sonrisa al pensar en lo que me pediría. Una ensalada, fresca, crujiente... y una hamburguesa llena de pepinillos. Se me hace agua la boca solo de pensarlo. Qué harta estoy de la dieta blanda.

—Qué bien va a sentar volver a casa.

Asiento sin palabras.

—Seguro que estás deseando dormir en tu propia cama.

Él se encoge de hombros. Se hace el silencio entre nosotros.

—¿No crees que nos parecerá raro no dormir juntos?

Inclino la cabeza, frunzo los labios y hago como si estuviera pensando la respuesta, a pesar de que la tengo clarísima. «Sí, claro que será raro. Y sí, claro que lo extrañaré».

—Sí.

—Me he dado cuenta de que... —Le da unas cuantas vueltas a la sopa y se aclara la garganta. Le escruto la expresión porque no sé a dónde quiere llegar con esto—. Me he dado cuenta de que estos días estoy durmiendo mejor que nunca.

Asiento.

—He leído un artículo en el que se decía que dormir a la intemperie mejora la calidad y la cantidad de descanso. Además, el aire fresco tiene muchos más beneficios, como el aumento de concentración, de creatividad...

Él niega con la cabeza.

—No es el aire fresco.

Intercambiamos una mirada antes de volver a ponernos a comer.

«Vaya que sí lo extrañaré».

40
Callahan

Las llamas se reflejan en la pared. Nos hemos pasado casi toda la noche hablando de nuestros pasados y de nuestros presentes. Cosas sencillas en general. Nuestra comida favorita, nuestras series preferidas y demás. Pero también nos metimos en temas más profundos: sus visiones políticas y religiosas y su forma de transitar sus emociones desde que se marchó de casa. Hemos hablado de nuestras familias. Todos nuestros progenitores han fallecido. Le hablé de Teddy y de Logan, mi cuñado, y también de mis sobrinos, Penny y Dalton.

Nunca había mantenido una conversación tan fluida con nadie. Molly y yo jamás hablamos así. Nos ocultábamos muchas cosas. Algunas grandes y otras pequeñas, como lo que queríamos para cenar o chismes sobre nuestros amigos. Nuestra comunicación siempre fue superficial, no sé si por miedo al juicio o a la opinión del otro.

Le conté lo de Molly y Dave. Le dije que descubrirlos en la cama había desencadenado la ruptura, pero que nuestra relación ya había muerto sin hacer ruido mucho antes. En cuanto nos comprometimos, todo cambió. Sacrificamos la pasión por aspectos más estables y maduros. Era lo que había que hacer. Estábamos haciéndonos mayores, pero también nos estábamos separando. A mí no me entusiasmaba el ritmo que estaban tomando las cosas, pero me pareció que no había nada que hacer, así que intenté ver el lado bueno de la situación. Me asenté.

Con Scottie, todo es mejor. Decimos lo que pensamos. Compartimos pensamientos más profundos. Nunca había mantenido este tipo de conversación con ninguna mujer. A lo mejor es el entusiasmo de los primeros días, pero esta conexión que compartimos me parece... distinta.

Estamos desnudos debajo de las mantas, con la ropa esparcida a nuestro alrededor. Nos acostamos de lado para conversar con las cabezas apoyadas sobre las manos. He descubierto muchas cosas sobre ella, y con cada broma, risa y anécdota, la atracción que siento por ella no hace más que crecer. Es una persona muy altruista, y me enoja que haya personas que la hagan sentir lo contrario.

Le coloco una pierna encima de las mías y nos acerco. Ella me pone la mano libre en la espalda y me rasca la piel; me gusta mucho. Me encanta esta conexión física. Igual que cuando entrelaza los dedos con los míos cuando pierdo la cabeza, o cuando es la cuchara grande cuando nos abrazamos, o cuando me pasa las uñas por la espalda y por los brazos. Me encanta cómo me demuestra su cariño.

—Has dicho que tienes un grupo con Xander y con King... A King lo conocí en Oregón, en la partida de póker, pero a Xander creo que no lo he visto nunca, ¿verdad?

—No, Xander es el superintendente. No suele dejarse ver con nosotros cuando nos da por hacernos pasar por delincuentes. Seguro que lo has visto alguna vez, tiene los ojos muy azules, resalta bastante.

—Me parece que los he visto juntos en alguna ocasión.

—Todos los compañeros somos muy unidos, pero esos dos son lo más parecido a hermanos que tengo en la vida.

Apoya la cabeza sobre mi pecho y suspira hondo.

—Háblame de ellos.

—¿Por dónde empiezo? —Río—. Hemos vivido muchas cosas juntos, hemos atravesado las llamas codo con codo. King, que en realidad se llama Rowan Kingsley, se crio aquí. Jugó al *rugby* en la prepa y está muy involucrado con su pueblo.

—¿Tú practicaste algún deporte?

—No, a mí lo que me gustaba era la naturaleza. Me pasaba los veranos pescando en los lagos, haciendo *rafting* por los ríos y subiendo las montañas. En invierno subía a esquiar o a hacer *snowboard*. Conocí a King en mi primer año de bombero forestal; él también era novato.

—¿Y Xander? ¿Cuándo lo conociste a él?

—Xander es de Míchigan. Se mudó a Sky Ridge para unirse al cuerpo de bomberos forestales. Tiene un gran sentido del humor y un corazón enorme. Su padre también trabajó de bombero forestal.

—¿En la misma brigada?

—Sí. —Me aclaro la garganta—. Garrett, que así se llamaba su padre, era nuestro superintendente hasta hace cinco años. Falleció en un acto de servicio.

Ella se acurruca contra mí.

—Lo lamento.

—Fue horrible, de verdad. Garrett murió en plena temporada de incendios, y un poco después perdimos también a Jacob. Fue un año muy jodido... Jacob era como nuestro hermano, y Garrett, como nuestro padre. Su muerte nos afectó mucho a todos, pero a Xander más. Aún siente el peso de su ausencia cada día. Es horrible ver a una persona a la que quieres tanto sufrir sin remedio. —Me detengo a ordenar los pensamientos. No suelo hablar de este tema con gente que no lo comprende, pero ya que Scottie me ha contado lo que le ha pasado en la vida, quiero compartir con ella mis experiencias. Y es crucial que sepa esto si vamos a seguir viéndonos—. Xander no ha vuelto a ser el mismo después de perder a su padre, y yo me culpo a mí mismo por ello. Sé que no tiene sentido, pero es así.

Ella no me interrumpe ni me intenta convencer de nada, solo me deja hablar.

—Este trabajo es duro. Hay partes de mí que están rotas y jamás se podrán reparar. A veces me parece que mi vida está fragmentada. El trabajo arriesgado y el terreno peligroso..., andar siempre buscando zonas seguras, estar siempre a un par de malas decisiones de acabar mal, caminar por la cuerda floja a diario, entre la vida y la muerte, presenciar el final de mis amigos.

Ella deja de rascarme y empieza a acariciarme la piel mientras me escucha.

—La cabeza me da vueltas constantemente. Siempre me acompaña una leve agitación. A veces me dan ataques de pánico o me quedo perdido entre los pensamientos o parezco distraído. No lo hago a propósito, no lo puedo evitar. Los ruidos fuertes, árboles que caen sin que lo espere, ese tipo de situaciones me suelen afectar.

Scottie me abraza fuerte.

—Bueno, pues menos mal que no trabajas con ninguna de esas cosas.

Yo suelto una carcajada.

—Pues sí.

Ella no se ríe.

—Ahora en serio, ¿te has planteado buscar ayuda profesional?

Me encojo de hombros.

—Sí, me han diagnosticado estrés postraumático complejo, pero no hay forma de hacer que se largue, así que no me parece lógico gastar tiempo y dinero en ello.

Ella asiente contra mi pecho.

—Pero ¿no te parece que vale la pena intentarlo? Te está afectando, Cal.

—Hay cosas que nunca podré superar, por más que quiera, así que no le veo el sentido sacarlas a relucir, me resulta agotador. No solo para mí, sino también para quienes me rodean. Lo intenté una vez, justo cuando empecé a notar problemas con Molly. Desde entonces, me ha costado mucho intimar con otra persona hasta que llegaste tú... Y no quiero hacerte pasar por eso.

Scottie se aparta e inclina la cabeza para mirarme.

—¿No te parece que eso debería ser decisión mía?

Me la acerco al pecho.

—Pues claro, pero la gente no siempre sabe cómo reaccionar cuando pierdo la cabeza o cuando me quedo helado... En ciertos momentos, me parece que no hay nadie dentro de mi cuerpo.

No tiene ni idea de lo difícil que me resulta incluso hablar del tema. Estoy en territorio ignoto. Mi cerebro me grita que me lo guarde todo y que disfrute de la noche, que retome los temas de conversación livianos como la música o la literatura, cosas sencillas..., como hacía con Molly. Inspiro hondo.

—Tienes razón, es decisión tuya... Es mucho pedir, pero te lo estoy pidiendo igualmente.

Deja de mover los dedos y me mira en busca de mis pupilas.

—¿Qué me estás pidiendo?

—Que te quedes conmigo a pesar de todo.

El silencio que se extiende entre nosotros es muy pesado, y el aire que contienen mis pulmones arde mientras aguardo su respuesta.

—Yo quiero...

No me gusta nada cómo deja la frase en suspenso.

—Pero...

—Pero estamos rotos los dos. Si vamos a seguir adelante con esto, tenemos que asegurarnos de estar dispuestos a cuidar de nosotros mismos antes de empezar a cuidar de otra persona. ¿Cómo vamos a tener una relación sana si no nos enfrentamos a nuestros propios demonios?

Lo que pasa es que todo parece muy sencillo entre nosotros. El inicio fue complicado, pero en cuanto nos sinceramos sobre el pasado, resultó evidente que esto que tenemos es algo muy bueno. Maldición, no me esperaba que fuera a pasar esto, y tampoco que dolería tanto.

—Desde mi punto de vista, tenemos futuro. ¿No te parece que vale la pena explorarlo? Aunque seamos imperfectos —pregunto.

—Tú mismo has dicho que es horrible ver sufrir de manera irreparable a alguien a quien quieres. No me pidas que haga eso. Tal vez lo que tienes en la mente no sea del todo curable, pero aun así debes procesarlo. Si no, se enquistará y te comerá vivo. A veces la única manera de sanar es hacer una incisión directamente en el dolor y dejar que se desangre.

—No es tan sencillo...

—Pues claro que no. ¡Es complicadísimo! Yo dejé atrás todo lo que había conocido solo para intentar ser feliz, mantener relaciones reales y encontrarme a mí misma. Eso no fue fácil, ni mucho menos. Aún me queda mucho trabajo por delante, pero estoy dispuesta a hacerlo. —Respira hondo—. No tenía planeado conocer a alguien como tú tan pronto. No sé si estoy preparada para esto, teniendo en cuenta que tengo cero experiencia en este tema, pero esto que siento cuando estoy contigo, las cosas que me haces... —Se le escapa un suspiro entre los labios—. Nunca había vivido nada como esto. Contigo me siento viva, Callahan. Me gustas. Mucho. Y me gusta cómo soy cuando estoy contigo. Pero...

Su mano me está quemando la piel, y no sé cómo, pero se acurruca aún más contra mi pecho. Hace cinco minutos me habría resultado reconfortante, pero ahora me parece compasión. La punzada de rechazo me arde en el pecho mientras espero a que continúe.

—Tenemos que enfrentarnos a nuestras propias batallas. No pienso quedarme de brazos cruzados mientras veo cómo pierdes la tuya porque consideraste que no valía la pena el esfuerzo. Necesito que me digas que vas a luchar por ti mismo. Si quieres lanzarte a ello, te prometo que no estarás solo. Yo no me separaré de tu lado ni un minuto, ni siquiera cuando se ponga feo.

Se me llena el pecho de esperanza. «No es un no...».

Scottie levanta la barbilla para darme un beso antes de añadir:

—Si me quedo a tu lado, necesito saber que tú no te largarás.

Esas palabras me calman como un bálsamo, anulan mi frustración y apagan las llamas del rechazo que me estaban lamiendo la piel. Hundo la mano en su cabellera y le cubro la boca con un beso más profundo que el anterior. Esto es un nuevo comienzo.

—No me voy a ninguna parte —le digo sobre sus labios.

Ella me clava los dedos en el pecho y me aparta lo bastante como para terminar el beso.

—En ese caso, tenemos que hacerlo bien. Quiero que busques a alguien que te ayude a controlar los síntomas. No hagas promesas vacías que no puedes mantener. Yo tengo mis propios problemas y también buscaré ayuda.

—De acuerdo —respondo—. Y ¿qué pasará cuando abramos la caja de Pandora y lleguen los tiempos difíciles?

—Cuando la situación se ponga complicada, no te alejes de mí. Luchemos juntos, Callahan.

Le doy un beso en la sien, me pongo boca arriba y me la coloco encima del pecho. El tacto de su piel suave y cálida sobre la mía es dicha pura.

—Gracias.

—¿Por qué?

«Por apostar por nosotros. Por darme un objetivo hacia el que avanzar. Por hacerme sentir seguro por primera vez desde hace mucho tiempo».

—Por preocuparte.

El reflejo de las llamas de la estufa de leña titila y baila en las paredes cuando acerco mi boca a la suya para besarla. De pronto, me percato de que tal vez sea la última mujer a la que beso... Qué raro resulta tener el corazón encerrado durante años y de pronto que llegue la persona apropiada que parece tener la combinación exacta para abrir todo lo que contiene y hacerte querer algo más.

Los suspiros y respiraciones que emite mientras la beso me prenden a mil. La agarro por la cadera para ponérmela a horcajadas. Movería montañas para poder quedarnos así, pero no puedo evitar que me asalten las dudas.

¿Y si no soy capaz de mantener mis problemas bajo control? Si no mejoro, ¿seguiré siendo suficiente para ella? La última vez que fui a terapia, peleando riñendo a gritos con Molly. No quiero que me pase eso con Scottie. Sobre todo después de lo mucho que hemos avanzado y de lo unidos que estamos ahora. Me empieza a subir el calor por el cuello y se me tensan los brazos; me está atenazando el pánico. Me quedo tieso, me resuena el pulso en los oídos mientras peleo con uñas y dientes para no irme del todo.

No puedo creer que me esté volviendo a pasar esto. ¡Con un demonio! Parece como si la vulnerabilidad de abrirme a ella haya dejado salir toda esta mierda. No puedo controlarlo. Esto es justo lo que me preocupaba. Se me tensan los hombros y detengo el beso. Inhalo despacio para intentar contener el ataque de pánico. Cuanto más intento obligarme a dejar de pensar cosas negativas, más me centro en ellas. Es como mirar por un túnel. Scottie se incorpora y me mira desde arriba.

Diablos, qué guapa es. «Se merece algo mejor. Alguien que pueda darle algo más que esto».

Me toma de la mano, se la lleva al pecho y me amasa los dedos.

—Tranquilo, Cal... Mírame, ¿de acuerdo? Céntrate en mi voz.

Repito esas palabras en la mente hasta que soy capaz de oírlas con nitidez. «Céntrate en su voz».

—Apriétame los pezones. —Me guía las manos. Mueve las caderas—. ¿Sientes lo húmeda que estoy? —Su vagina desnuda se desliza por mi verga; está resbaladiza y caliente.

—Sí. —Asiento. «Está intentando centrarme».

—No, siénteme. —Me lleva la muñeca hacia su entrepierna, se pone de rodillas y usa mis dedos para abrirse los labios. Está chorreando. Trago saliva y siento que el caos se aleja.

—Juguetea con tus pezones —le digo, y le vuelvo a poner las manos sobre los pechos. Después me centro en darle placer en el clítoris.

Me agarro la verga por la base y se la coloco en la entrada, pero antes de entrar la miro para ver si me concede permiso.

Ella me lo concede diciendo:

—Todo bien.

Después va descendiendo centímetro a centímetro hasta que quedo sumergido en su interior. Sus suaves gemidos me llaman y me devuelven al presente. «Rayos».

Se disipan los pensamientos destructivos y las preocupaciones se derriten, la ansiedad queda reemplazada por el deseo. Ella es capaz de ahogar el ruido de mi mente. Ya no siento calor ni sofoco, ahora noto un frescor que me repara.

Esta mujer me vuelve loco, pero también es capaz de volverme cuerdo.

—Me dejas sin aliento, nena.

Se le forma una sonrisa en los labios y se relaja ligeramente. Toda ella es maravillosa, pero ahora mismo lo que más me tiene embelesado es su corazón. Es más que una mujer hermosa con una personalidad cautivadora; es una persona buena y decente. Scottie se preocupa por los demás de una forma altruista y verdadera.

Gira las caderas para hacer que entre un poco más, y yo la agarro de la cintura mientras usa su cuerpo para rescatarme.

Lo que siento por Scottie no es amor, pero es algo.

Ella dice que todavía no ha vivido algo real, y tal vez yo tampoco. No obstante, tengo cero dudas de que podemos hallarlo juntos. Porque sé, sin atisbo de duda, que más tarde o más temprano, me voy a enamorar de ella.

41
Scottie

Día 5. El descenso

Ya habíamos hecho el equipaje anoche, dado que teníamos que estar listos para partir antes del amanecer. Me tiemblan los dedos. Me da miedo marcharme de aquí, por lo que pueda pasar, no solo durante el descenso, sino en el futuro en general. Nuestra relación solo ha existido en torres de prevención contra incendios y campamentos de verano. Cuando no teníamos más remedio que estar juntos. ¿Podrá sobrevivir al mundo real? Conjugar esta versión de ensueño con la realidad me da vértigo, pero me he pasado la mayor parte de mi vida asustada, y así no hay quien viva. Tengo que confiar en que lograremos que esto funcione.

Me estoy colocando los calcetines calientitos sobre los tobillos mientras Callahan esparce las brasas que quedan en la estufa de leña. Verlo hacer eso me pone la piel de gallina. Es la primera vez que, al levantarnos, apagamos el fuego en vez de avivarlo. Se me encoge el estómago. Confío plenamente en que nos guiará hasta el pie de la montaña sin inconvenientes, pero eso no solventa el estremecimiento que me provoca este descenso.

Después de envolver mis botas de montaña con las cadenas y la cuerda, me las dejó al lado de la estufa de leña para que hoy estuvieran calientes para emprender el camino a casa.

—¿Todo bien? —me pregunta sin mirarme.

Yo esbozo una sonrisa tensa.

—Sí.

—Va a salir bien.

—Ya lo sé.

Cal se da la vuelta y me da un apretón en los dedos de los pies antes de pasarme un par de bolsas de plástico para que me las ponga.

—¿Has comido algo? —me pregunta; se refiere a las barritas energéticas que me sacó para desayunar. Si me meto algo en la boca ahora mismo, vomitaré.

Me da miedo abandonar la seguridad del refugio, pero no nos podemos quedar aquí. Ya no nos queda agua y justo ha mejorado el clima, es el momento de marcharnos, pero a cada paso que dé estaré más cerca de las cosas de las que he huido.

—Las llevo en el bolsillo. —Meto los pies enfundados en las bolsas de plástico dentro de las botas calientes y me las abrocho sobre la alfombra. Me pongo en pie y no reconozco las cadenas que siento debajo de las plantas—. ¿Estás nervioso?

—Nop. Al principio vamos a tener que avanzar despacio entre la nieve, pero cuando vayamos bajando, se pondrá más fácil. No es más que una caminata mañanera.

«Solo una caminata».

Nos hemos puesto varias capas de ropa. Cal me obliga a usar los guantes, él se ha puesto dos pares de calcetines de lana en las manos a modo de manoplas. Resulta ridículo, pero no hay quien discuta con él. Mientras nos preparamos, el refugio entero se llena de sombras. Me pongo la mochila a la espalda y él me guarda la botella de agua en el bolsillo lateral.

Me pongo la capucha, él se desliza la lámpara por encima del gorro y nos miramos a los ojos. Cal me alza la barbilla y se inclina para besarme.

—Vámonos a casa —dice con una sonrisa.

Yo asiento.

—A casa.

Callahan tenía razón. Caminamos en plena oscuridad entre una gruesa capa de nieve que me llega casi hasta las caderas. Cuesta mucho, pero costaría más si no hubiera salido ayer a abrir camino. Como soy más baja que él, a mí me resulta aún más complicado, y hago lo que puedo para no quedarme rezagada, aunque no puedo evitar detenerme a mirar el cielo. Se me había olvidado lo vasto que es el universo, el abismo astronómico que se extiende hasta el infinito. Sin nubes ni paisajes que las oculten, las estrellas parecen estar más cerca que nunca. Es de otro mundo. Jamás había visto la Vía Láctea brillar así.

El viento me hace entrecerrar los ojos, pero no tiene nada que ver con el vendaval que había el día que llegamos. La nieve refulge a mi alrededor cuando la lámpara de Cal o mi linterna —robada del refugio, perdón— la alumbra. Es como mirar un ruido blanco, y eso, sumado al brillo del cielo, confunde a mi mente. Es imposible ver dónde se unen los cielos y la tierra. La falta de horizonte me tiene completamente desorientada.

—¿Necesitas descansar? —me pregunta.

Tengo la boca seca.

—No, voy bien.

Intento ignorar el fulgurante vacío que nos rodea y centrarme en seguir sus pasos. Aunque, con este espesor al que nos estamos enfrentando, más que pasos son pozos. Los que hizo ayer él solo. Con mi metro sesenta de estatura, tengo que levantar mucho más las piernas para introducirlas en ellos, y al cabo de una hora voy con la lengua fuera. Lo único que me salva es que vamos cuesta abajo, y esa inclinación me proporciona un poco de ventaja. No me parece que estemos avanzando porque no tengo referencia alguna con la que comparar nuestra posición. Tengo los dedos de las manos y de los pies congelados, pero no dejo de menearlos.

Llegamos a una zona del bosque que nos obliga a dirigirnos hacia el cauce del río y, de vez en cuando, Cal se detiene a sostener una rama para que no me dé en toda la cara. «Esos pequeños gestos son los más importantes». A pesar de que tardamos una eternidad en atravesar estas pequeñas secciones de bosque, las prefiero mil veces a los claros, donde no hay protección alguna contra el viento.

—No puedo creer que ayer hicieras todo esto tú solo... Gracias.

—De nada.

Me impresiona su habilidad para desenvolverse en la naturaleza. A pesar de que trazó este sendero en pleno día, no tenía una ruta marcada que seguir. Me resulta evidente que puso las pisadas más cerca que si fueran para sí mismo. Pensando en mí. Ha debido de llevarle mucho tiempo calcular cada paso antes de darlo, pero teniendo en cuenta los que ya llevamos recorridos, debió de hacerlo a buen ritmo. No me avergüenza reconocer que lo considero demasiado sexi. Me gustan los hombres que saben orientarse en una montaña nevada. Callahan es una bestia.

Por desgracia, cuando llegamos al final del camino que trazó ayer, reducimos el ritmo drásticamente. Oímos a los coyotes a lo lejos, pero están lo bastante apartados como para que no nos preocupe su presencia. Llega el punto en el que se cansa de abrir camino y nos detenemos a beber agua. Aprovecho la ocasión para comerme la barrita energética que debería haber desayunado antes de partir. Acabo de ser capaz de distinguir el horizonte por primera vez.

—Está a punto de amanecer —comento, y señalo el cielo, que está ligeramente más claro. Veo que el haz de luz de su lámpara sube y baja en un gesto de asentimiento.

Continuamos caminando y, poco después, el cielo adopta un tono morado y vamos siendo capaces de ver lo que nos rodea. Al cabo de una hora, los rayos del sol nos calientan la cara y, al haber alcanzado una ubicación más baja, el viento ya no es tan gélido. La nieve ya me cubre por debajo de las rodillas, y menos mal, porque es más agotador que una máquina de esas de subir escaleras en el gimnasio. Empiezan a asomar piedras y peñascos del paisaje nevado, y no sé si seré capaz de considerarlos inofensivos nunca más. No obstante, cualquier señal que indique que ya hay menos nieve es una buena señal.

Hemos pegado los desgarrones de mis pantalones de montaña con cinta americana, pero la nieve acaba por penetrar en la tela, que no es tan impermeable como debería. Intento con todas mis fuerzas ignorar el frío que me cala cuando ya solo me queda una capa para protegerme de los elementos.

Nos detenemos a descansar y a disfrutar de los rayos del sol que impactan contra la montaña y del alba que pinta la brillante nieve de un rosa intenso. Es precioso. En un par de ocasiones hasta me acabo por creer que estamos dando una caminata mañanera en lugar de realizando un descenso de vida o muerte.

Callahan se inclina hacia un lado y señala hacia delante. Me cuesta un instante darme cuenta de lo que me está mostrando, pero enseguida distingo un par de cuernos oscuros sobre el blanco paisaje a unos veinte metros de distancia. Es una cabra de monte lanuda que está acurrucada sobre la nieve y nos observa sin inmutarse.

—Qué locura —susurro.

Él señala un poco más a la izquierda.

—Hay otra ahí —dice con voz suave.

—Deduzco que hemos llegado a Goat's Ridge.

Cal se ríe. *Goat* significa cabra.

—En efecto.

—¿Deberíamos preocuparnos por su presencia?

—Por regla general no, pero estamos en la época de apareamiento, así que mejor guardamos las distancias...

Yo me quedo boquiabierta.

—¿Cómo dices?

—No pasa nada. Parece que les da igual que estemos aquí.

«Bien. Bien, bien, bien».

Caminamos durante un par de horas y, poco después, el espesor de la nieve se reduce hasta llegarme por los tobillos, o incluso menos en algunas zonas. Ahora siento la solidez de la roca bajo las cadenas que llevo atadas a las botas. Callahan mira hacia abajo y se percata de lo húmedos que tengo los pantalones.

—¿Qué tal tienes las piernas?

—Bien —miento. Tenemos que seguir avanzando.

—A mí me están matando las rodillas —bufa. Yo también las noto resentidas—. Vamos a descansar un rato.

Aprovechamos para beber un poco de agua.

—Tienes la lámpara encendida —le digo sin aliento después de dar un buen trago. Me sorprende que no se nos haya congelado el agua de las botellas entre tanta nieve.

—Ups —dice, y la apaga.

Callahan me obliga a sentarme en el borde de una gran roca mientras se agacha a mis pies y me retira los crampones caseros. Ya no me hacen falta. Vuelvo a guardar la botella de agua en la mochila mientras él mete la cuerda y las cadenas en la suya; después retomamos la marcha.

Caminar cuesta abajo es una mierda. Nunca había descendido tanto en tan poco tiempo. Cuando llevamos recorridos tres cuartos del trayecto hasta el valle, tengo la rodilla destrozada, pero no dejo de avanzar porque todavía nos queda un buen trecho y no quiero ralentizar la marcha.

—¿Cómo vas?

—Bien —gruño.

Cal se detiene y me pone las manos sobre los hombros para mirarme a los ojos.

—Vamos a volver a intentarlo. ¿Cómo vas?

—Cansada.

—Pues nos detenemos. Ya no hay nieve, ha salido el sol y estamos llegando al valle en un tiempo récord.

Tomo un trago de agua.

—¿Cuánto falta?

—Unos ocho kilómetros más o menos. Pero bastante llanos.

Sonrío.

—Eso no es nada para...

De repente, Cal gira la cabeza hacia la izquierda. ¿Ha visto algo? Yo me pongo a buscar cabras de monte por la zona.

—¿Has oído eso? —me pregunta.

Yo me quito la capucha. Oigo un zumbido. El ronroneo suave de algo mecánico. Me pongo en pie y nos abalanzamos hacia el ruido. Va subiendo de volumen, vamos en la dirección correcta, pero ¿por qué no lo vemos?

El ruido gana intensidad hasta que se deja ver el aparato que lo emitía: un UTV rojo y negro dobla la siguiente curva. Callahan y yo nos detenemos en seco.

—Maldita sea —dice entre risas.

Seguimos avanzando, pero ahora más despacio. Los ocho kilómetros que nos faltaban para llegar se han convertido en ochocientos metros. El UTV parece fuera de lugar en este paisaje tan remoto.

Callahan sonríe y saca el dedo como si fuéramos un par de mochileros en medio de la nada.

Al acercarse, el conductor y el pasajero nos devuelven la sonrisa.

—¿Son...?

—Xander y King. —Cal sonríe de oreja a oreja—. ¿Son el Uber que pedí? —grita por encima del ruido del motor.

—Sí, tengo entendido que alguien se ha saltado el toque de queda —dice King (Rowan) al apagar el motor y poner el freno de mano. Recuerdo jugar al póker con él en Oregón, o sea que el otro debe de ser Xander. Es verdad que tiene los ojos muy azules.

Xander se baja y toma mi mochila. Cal se quita la suya y la avienta a la parte de atrás.

King lo saluda con la barbilla.

—¿Qué tal la ruta, cielito?

—Una maravilla... Xander, King, ¿se acuerdan de Scottie? —nos presenta.

—Hola. —Los saludo con la mano y contengo la emoción que me sube por la garganta cuando el alivio me abruma. Lo hemos conseguido—. Me alegro mucho de verlos.

King toma la radio para mandar un mensaje.

—Los hemos encontrado. Están vivos... Scottie tiene una herida grande en la frente, pero parece estar curándose bien.

La radio emite un zumbido.

—Muy buenas noticias. ¿Alguna otra lesión? —Esa voz me suena.

—¿Es Matt? —pregunto.

King asiente, y me dan ganas de morirme de la vergüenza. Lo último que desearía es haberlo molestado y haber supuesto un problema en mi trabajo. Ya es bastante malo no haberme presentado en mi puesto hoy.

—Se dislocó el hombro hace unos días —añade Cal. King se lo comunica a mi compañero.

Nos ayudan a subir al asiento trasero del vehículo y, después, nos ponemos en circulación, rebotando por el sendero. Me entran escalofríos cuando se me enfría el sudor. Cal me abraza y me acerca más a él.

—¿Les llegó el mensaje? —vocifera para que lo escuchen.

Xander gira la cabeza para contestar.

—Sip.

King se da la vuelta para mirarnos.

—No nos dimos cuenta de que habías desaparecido hasta que nos enteramos de que faltaba Scottie. Entonces, cuando no fuimos capaces de contactar contigo, atamos cabos.

Se me juntan las cejas y King vuelve a mirar al frente. «¿Cómo sabían que había desaparecido?».

—¿Cómo se enteraron de que estaba aquí? —pregunto—. No tenía que volver al trabajo hasta hoy... No conozco a bastante gente como para que alguien denuncie mi desaparición.

Xander y King intercambian una mirada, pero ninguno de los dos contesta. Yo los miro alternativamente, esperando una respuesta. King ajusta el retrovisor y Xander contempla la lontananza. «¿Qué es lo que no quieren decirme?».

—¡Oye! —suelta Cal, y se inclina hacia delante para asegurarse de que lo escuchan—. ¿Cómo se enteraron de que había desaparecido Scottie?

—No fuimos nosotros —escupe King—. Fue su marido.

42
Callahan

De pronto desearía que no nos hubieran venido a rescatar. La burbuja ha reventado y nos estamos quedando sin tiempo con cada kilómetro recorrido hacia el pueblo. Scottie no ha dicho ni una palabra desde que se enteró de que Jonathan estaba aquí. En la montaña trazamos planes de futuro, pero con esta presencia inesperada, ¿los mantendrá? ¿Y si la convence para que no firme los papeles del divorcio?

Cuando atisbamos el estacionamiento, lo distingo a simple vista. Tiene la misma actitud que tendría yo si me enterara de que Scottie ha desaparecido: con los dedos entrelazados sobre la cabeza y paseando adelante y atrás. En cuanto ve el UTV, se queda quieto y entonces echa a correr como un rayo hacia nosotros.

Retiro el brazo con el que estaba rodeando a Scottie, a pesar de que mi cuerpo protesta por instinto ante esa acción. Entonces fijo la vista en mi hermana, al lado de las ambulancias.

—No puedo creer que le hayan avisado a Teddy. —No lo digo a modo de agradecimiento. Este día se acaba de poner aún peor. Me va a echar una bronca tremenda.

En cuanto nos estacionamos, Scottie se baja y el hombre que asumo que es su marido la envuelve entre sus brazos.

Mi hermana me da un abrazo rápido justo antes de apartarse y cruzarme la cara con la mano volteada.

—Menos mal que estás vivo, imbécil de mierda. —Con las fosas nasales abiertas, me vuelve a estrujar entre sus brazos.

Miro por encima de su hombro cómo Jonathan y Scottie comparten un abrazo lleno de afecto. A pesar de lo que me ha contado ella sobre su relación, me arde el pecho de celos. Scottie me mira a los ojos y me ofrece una sonrisa lastimera. ¿Cómo la habrá encontrado? Y ¿qué querrá? Más le vale no tener pensado intentar llevársela de vuelta con él. Aunque sigan casados, no pienso renunciar a ella sin pelear.

Teddy se separa de mí.

—Te hace falta un buen baño.

—Quiero presentarte a una persona —digo, ignorando sus quejas, porque no puedo apartar la mirada de Scottie. La llamo antes de darme cuenta de lo que estoy haciendo—. Scottie.

Ella se aparta de Jonathan y se nos acerca. Él la sigue. Cuando se planta ante mí, todo me parece surrealista. Maldición, es como si ya la hubiera perdido. Lo odio.

—Scottie, esta es Teddy, mi hermana. Teddy, esta es Scottie.

Jonathan se pone a su lado y me ofrece la mano.

—Gracias por salvarla. No sé qué sería de mí si la perdiera.

«Pues no creo que te pasara nada, con lo que has tardado en venir a buscarla».

Se me tensa la mandíbula.

—Yo tampoco —digo, y la miro a los ojos.

Scottie se sonroja y de pronto se extiende un silencio incómodo entre nosotros.

—Bueno, te agradezco que le hayas salvado la vida a mi mujer y que me la hayas traído de vuelta.

«Eso ha dolido».

Abro la boca para responder justo cuando Matthew se baja de una de las ambulancias e interrumpe nuestra amistosa charla.

—Prescott, ¿ya te estás escapando del trabajo?

Ella se queda pálida y esboza una mueca.

—Lo siento muchísimo. ¿Me he metido en un problema gigantesco por no haberme presentado al trabajo?

Él se ríe.

—No te preocupes, nadie se ha enfadado contigo. Solo vengo a examinarte el hombro y la herida que tienes en la frente. ¿Te importaría acompañarme a la ambulancia?

Ella niega con la cabeza.

—Vamos.

Mientas se alejan, Matthew le va haciendo preguntas sobre las lesiones, y Jonathan no se despega de sus talones.

Yo relleno el formulario para rechazar el tratamiento y vuelvo con mi hermana, que me mira con las cejas levantadas. Señala con la vista la ambulancia en la que está Scottie y después a mí.

—Y bien, ¿me vas a contar de qué se trata eso? —Tiene los labios fruncidos, a juego con su expresión escrutadora.

Yo inclino la cabeza y me rasco la barba de varios días.

—Pues no.

—Oye, después de lo que pasó con Molly...

—Esto no es como lo de Molly, ¿de acuerdo? Es una situación complicada. Oye, me tengo que ir a casa. Estoy reventado. ¿Te llamo luego? Te prometo que te lo explicaré en cuanto pueda, pero ahora mismo lo único que quiero es irme a casa y bañarme.

Teddy inhala hondo.

—Bien. De acuerdo. —Deja caer los brazos.

—Dales un abrazo de mi parte a los niños —le pido.

Veo con el rabillo del ojo que se nos está acercando el UTV en el que nos rescataron Xander y King.

—Hola, Teddy —saluda Xander a mi hermana con una sonrisita burlona.

Ella le hace un gesto con la mano a modo de saludo.

—Oye, ¿estás bien? —me pregunta King.

—Sí. ¿Necesitan ayuda para cargar el UTV?

—Tranquilo, tú ocúpate de lo tuyo. Escríbenos cuando puedas —me pide Xander.

Me llevo la mano a la nuca.

—Gracias por salvarnos —digo con sinceridad.

—Por favor, si habrían llegado sin problema por su propio pie —interviene King—. No obstante, van a ser la comidilla de la próxima temporada en cuanto se sepa esto.

«Qué ganas tengo de escuchar lo que se inventen».

Mi hermana se echa a reír.

—Bueno, yo me marcho. Llámame luego —me dice, señalándome con el dedo. Se despide de todo el mundo con un gesto de la cabeza y se larga.

—Me alegro de verte, Teddy —le grita Xander mientras se aleja, y deja la mirada clavada en su nuca un rato demasiado largo.

Yo observo a mi amigo y a mi hermana, que está muy casada y con dos hijos. Ella alza la mano para despedirse por última vez y después se pone a mirar el celular hasta que llega a su coche. Si Xander siente algo por ella, se le pasó el momento hace mucho tiempo. Lleva con Logan desde la prepa y son muy felices.

Me quito esa idea de la cabeza.

—En fin, se los agradezco de todas formas.

Ellos se dirigen hacia la carretera que lleva al campo base en el UTV, donde seguramente tengan estacionado el carrito, y nos vamos cada uno por nuestro lado.

—Gracias por asegurarte de que no estoy muerto —le grito a mi hermana mientras camino de reversa hacia mi camioneta.

Ella abre la puerta del coche y me grita:

—¿Para qué servimos las hermanas pequeñas si no?

Me saco las llaves de la mochila y me subo a la camioneta. Después arranco, pero no soy capaz de irme. Me recuerdo que Scottie está en buenas manos con Matthew y su equipo.

«Y con Jonathan».

Sacudo la cabeza y meto la reversa. Ha llegado el momento de volver a casa, pero cuando empiezo a salir del estacionamiento, no puedo evitar pensar que me falta algo.

Al entrar en casa, aparto la tela de plástico que protege el comedor del aserrín. Esta casa lleva cinco años en obras, pero la verdad es que ha progresado mucho. Mis pisadas reverberan por la habitación sin terminar y se encaminan hacia la escalera. La casa suena vacía.

Una vez arriba, me dirijo al dormitorio, que es una de las primeras habitaciones que remodelé al comprarme esta vivienda, y dejo la mochila en el armario. Después, enchufo el celular y veo que se ilumina el símbolo de carga en la pantalla. Lo dejo sobre la mesita de noche y abro la llave de la regadera del baño adyacente. Me lavo los dientes mientras espero a que se caliente el agua. En cuanto las cerdas del cepillo contactan con mis encías y las bañan de ese sabor fresco y mentolado, gimo de placer.

—Ay, cielo, no sabes cuánto te había extrañado —farfullo con el cepillo en la boca.

Me paso unos cinco minutos cepillándome sin parar, me limpio hasta el interior de las mejillas, después me paso el hilo dental y por último uso enjuague bucal y me regodeo con el frescor que me deja en la boca. Luego me quito la ropa mugrienta, me meto bajo el agua y suelto otro gruñido de placer. Me limpio el cuerpo con el mismo detalle que la boca y salgo con una sensación de frescor que nunca había sentido. Las toallitas sirvieron de mucho, pero no hay punto de comparación con un baño de verdad. Me pongo a pensar en Scottie. ¿Habrá llegado a casa? ¿Se habrá podido bañar? ¿Se habrá limpiado la mugre del pelo, con las ganas que tenía de hacerlo?

Me enrollo una toalla a la cintura y salgo del baño para sentarme en el borde de la cama. Agarro el celular, que está a medio cargar, y espero ver un mensaje suyo, pero lo único que hay es un montón de mensajes de los últimos días. La mayoría son de Xander y King. Estos son los más recientes:

Xander: Oye, imbécil, ¿vas a salir con nosotros o no?

King: Más te vale no estar muerto.

Xander: Nos avisó al volver de Quell's..., probablemente esté con sus remodelaciones.

King: O con alguna chica.

Xander: ¿Sabes si tenía planes de irse de viaje?

King: A mí no me dijo nada.

Xander: Voy a preguntarle a Teddy, ella seguro que sabe dónde está.

King: Se comenta que Scottie está en paradero desconocido... ¿Estarán juntos?

Xander: Quizá.

Cal: Estoy con Scottie sorteando el temporal en la torre de prevención contra incendios de Quell's. El camino ha quedado bloqueado por un desprendimiento de piedras, pero estamos los dos bien. Tenemos agua y provisiones. En cuanto el clima nos los permita, bajaremos por Goat's Ridge.

Cal: No sé si les habrá llegado mi último mensaje, tengo poca batería, pero la tormenta está amainando y vamos a descender muy temprano el día 12 de noviembre.

Xander: Demonios.

King: ¡Ya te había dicho que no te fueras de ruta cuando estoy de descanso!

King: Maldita sea. Voy a cargar el UTV en el remolque.

Xander: Yo daré la voz de alarma.

Me cuesta un montón resistir la tentación de escribir a Scottie, pero me meto en nuestra conversación y frunzo el ceño. Odio los últimos mensajes que le mandé. Son fríos y duros.

Lo nuestro ya ha llegado a su fin.

De acuerdo.

Oye, ¿has terminado la ruta?

Escribo un mensaje en la pantalla.

No hace falta que me contestes, pero no quiero que abras los mensajes y te encuentres con que eso es lo último que te he escrito. Por eso te voy a enviar este, para decirte que te extraño. Que me costó muchísimo alejarme de ti hoy. Que te tengo presente constantemente. Que desearía que estuvieras a mi lado. Una parte de mí sigue en la cima de Quell's y espero que tú sientas lo mismo, porque no estoy preparado para abandonar esa versión de nosotros. El resto de mi ser está aquí, a unas cuantas calles de distancia, esperándote. Te esperaré el tiempo que haga falta, y quiero asegurarte que mantendré mi palabra. No pienso dejarte ir sin pelear.

Después de enviarlo, vuelvo a poner el celular a cargar y termino de vestirme. No tengo más notificaciones. Scottie necesita tiempo para gestionar el tema de Jonathan y es importante que le conceda su espacio. De momento, no puedo hacer nada más.

Me tiro en la cama y cierro los ojos, consciente de que no voy a descansar ni una milésima parte de bien que cuando tenía su cuerpo enredado con el mío.

43
Scottie

Cepillarme los dientes me resultó más satisfactorio que bañarme. Era consciente de que la presión del agua de la regadera no bastaría para quitarme la porquería del cuero cabelludo. Extraño aquellos baños que me daba en el gimnasio al que me apunté al llegar a Sky Ridge. Me planto delante del espejo en el diminuto cuarto de baño y me paso los dedos entre los mechones aún mugrientos y apelmazados. Es todo humedad y arena. No estoy ni remotamente todo lo limpia que quería estar al salir de la regadera. Agarro el cepillo, pero este no hace más que trasladar la porquería de un lado a otro. Lo dejo sobre el lavabo de un golpe.

—¡Maldita sea! —grito.

Cierro los ojos y respiro hondo cuatro veces.

—¿Scottie? —Jonathan da unos toquecitos en la puerta.

—¡Estoy bien! —le grito. Agacho la cabeza y después me miro en el espejo—. Perdona... Estoy bien. Necesito un poco más de tiempo. He pasado cuatro días muy extraños.

Abandono la tarea de limpiarme el pelo y me pongo ropa interior, unos jeans y una camiseta. Al menos la ropa sí que está limpia.

Al salir del baño veo a Jonathan sentado en la silla rota.

Tiene un brazo posado sobre la mesa. Nos quedamos mirándonos, pero nos resulta extraño. Llevamos unos dos meses sin hablar, y ahora está aquí, en mi nueva vida.

—Y bien, ¿qué tal todo? —le pregunto.

—Bastante regular.

Me siento enfrente de él, en la otra silla. No me sorprende nada de esto porque lo veía venir desde hace años, pero tardé bastante tiempo en recopilar el valor y el dinero para largarme. Si hubiera venido conmigo, podríamos estar embarcados en este viaje juntos.

—¿Qué tal tus padres? Cómo añoro el pollo frito de tu madre. —Suelto una carcajada ligera—. No puedo creer que me diera la receta, tengo que ponerme a practicar para conseguir que me quede bien. —Esta semana pienso hacer una compra de verdad, con fruta, verdura y proteína.

—No se la ha dado a nadie más. —Ríe, y después se pone serio—. Ella también te extraña... Le parece haber perdido a una hija.

Trago saliva y me miro las manos. La extraño. La familia de Jonathan eran buena gente. Ellos nunca supieron el acuerdo al que llegamos antes de casarnos.

—A mí también me parece haber perdido a una madre.

—Quiere que vuelvas a casa.

Esbozo una sonrisa tensa y jugueteo con un hilo suelto de la camiseta. Él sabe perfectamente que no puedo hacer tal cosa.

—Ambos sabemos que esa ya no es mi casa.

—A lo mejor sí.

Le ruego con la mirada.

—Jonathan...

—Tienes que regresar, Scottie.

Niego con la cabeza y señalo al suelo.

—Mi casa es esta.

Él se pone de pie, abre los brazos y gira sobre sí mismo.

—¿A esto lo llamas un hogar? ¡Si apenas tienes comida, duermes en el suelo y las paredes se están desmoronando! Yo fui la única persona que se enteró de que habías desaparecido. ¡No tienes a nadie aquí!

Me tiembla el labio inferior cuando se me empiezan a acumular las lágrimas en los ojos.

—Tal vez tengas razón. Pero apostaría hasta el último centavo que me queda a que soy más feliz en este departamento decadente que tú en lo que te queda de vida en La Grey.

Él se aprieta el puente de la nariz e inhala hondo. Yo exhalo y suelto los nervios. Se me pasa por la cabeza que no le he preguntado cómo ha dado conmigo.

Entrecierro los ojos.

—¿Cómo sabías que estaba aquí?

—Fue cosa del consejo.

—¿Cómo? —Se me eriza el vello de la nuca.

Él suspira.

—He venido a llevarte de vuelta a casa. A La Grey, que es tu hogar.

Ojalá dejara de referirse a ello como «casa». Una casa es un lugar en el que te sientes seguro. Mi hogar es Callahan.

—No quiero volver a Arkansas.

—Te comprometiste conmigo —argumenta.

—Hace semanas que nos separamos. ¿Te acuerdas que prometimos dejar ir al otro cuando llegara el momento? ¿Eso no cuenta?

—¡Scottie, se han enterado!

Abro mucho los ojos.

—¿Qué dices? —Esto es una pesadilla. Desde que nos casamos, asumieron que eso lo había «arreglado». Si saben que sigue siendo gay, no está a salvo allí. Me vuelvo a sentar y planto la mirada en un desgarrón del linóleo.

—Me interrogaron cuando te fuiste, fue horrible.

—¿Por qué les contaste...?

—¡No empieces! Me dejaste, ¿o ya no te acuerdas? No tienes ni idea de lo que he sufrido desde que te marchaste.

Niego con la cabeza.

—Lo siento. No pretendía decir eso. Tienes razón, no sé cómo ha sido tu vida desde que me fui.

—He vivido un infierno... y solo. ¡No me dejaste ninguna forma de contactar contigo! Comprendo que quisieras probar algo nuevo, pero tienes que regresar. Si no vuelves, sacarán todo a la luz. Y ya sabes lo que implica eso.

Palidezco al imaginar lo que le puede pasar. No quiero volver a La Grey, me he esforzado demasiado para salir de allí. No obstante, Jonathan se enfrenta a un destino mucho peor. Marcharme fue decisión mía, pero quien está recibiendo el castigo es él. Siempre juré protegerlo. Mi presencia era su único escudo, y me lo llevé conmigo al marcharme.

—Mi trabajo, mi familia, mi licencia médica, nuestra casa. —Se le quiebra la voz—. Me arruinarán la vida.

«Pero la mía no ha hecho más que empezar». Se me forma un nudo en la garganta. Lo tengo sentado enfrente, pero no puedo despegar la mirada del suelo.

—Te prometo que no te obligaré a quedarte allí para siempre. —Ojalá estuviera en la torre de prevención contra incendios con Callahan. Ojalá lo tuviera aquí conmigo. Me sería más sencillo digerir estas noticias con él a mi lado. Jonathan continúa—: Te juro que te apoyaré, pero si nos marchamos, tenemos que hacerlo como es debido... Ahora tenemos que volver y mantener la cabeza agachada hasta que pase la tormenta. Les dije que te traería de vuelta conmigo y que nos esforzaríamos más en nuestro matrimonio.

Lo miro a los ojos, pero me parece estar atravesándolo con la mirada.

—¿Cómo creíste que ibas a poder escabullirte en mitad de la noche dejando mil cabos sueltos? No es tan fácil.

¿Por qué a todo el mundo le parece que lo que hice fue fácil? ¿En serio cree que fue sencillo abandonarlo y vivir en la indigencia? Demonios, si sigo luchando con uñas y dientes para sobrevivir.

Tenía planes de futuro. Planes con Callahan, con respecto a mi trabajo, planes turísticos y hasta había planeado comprar esa maldita casa de Spencer Avenue. Cierto es que unos eran bastante descabellados, pero los otros eran tan realistas que casi los podía tocar... Los toqué durante cuatro noches, pero ahora se me están escurriendo entre los dedos.

—Lucas, 15:3-4 —me dice.

La ira me llega al torrente sanguíneo cuando lo oigo mencionar las Santas Escrituras. Levanto la vista para mirarlo a los ojos. Al ver su expresión lastimera, me arde la garganta y me trago la bilis. Me dan ganas de gritar, de insultar a Jonathan por no marcharse, por ser tan cobarde.

«Supongamos que uno de ustedes tiene cien ovejas y pierde una de ellas. ¿No deja las noventa y nueve en el campo, y va en busca de la oveja perdida hasta encontrarla?».

—La Grey no representa la palabra de Dios —escupo.

Él me mira con los ojos vacíos.

Las lágrimas que me estoy tragando me nublan la vista.

—Alégrense conmigo; porque encontré la oveja que se me había perdido.

—No me pienso alegrar por esto.

Después de respirar unas cuantas veces, siento que algo de la furia se me asienta en el cuerpo. Tengo que recordarme que no es culpa de Jonathan. Que está sufriendo una persecución que yo nunca he experimentado. A fin de cuentas, él necesita más protección que yo, y si le pasara algo por mi causa jamás podría perdonármelo.

—¿Por qué no te quedas conmigo? Las organizaciones como La Grey se consideran sectas. ¿Lo sabías? La gente las llama sectas.

Él pone los ojos en blanco.

—El cristianismo no es una secta, Scottie.

—El cristianismo puede que no, pero La Grey sí.

—No puedo dejarlo todo y largarme como has hecho tú. ¿Por qué no esperaste hasta que estuviéramos listos los dos?

—Porque ¿y si nunca te decidías a marcharte? ¡Lo hablamos muchas veces! Nunca mostraste interés por salir de allí. ¿Pretendías que esperara hasta el fin de los días? Uno de los dos tenía que hacer algo.

—Esta vez me marcharé. Te lo prometo.

Hundo la cara en las manos. Jamás había detestado La Grey tanto como en este momento. Me aclaro la garganta de todas las emociones que contiene. «No es culpa de Jonathan».

—Has dicho que quieres que esperemos a dejar atados los cabos sueltos... ¿Cuánto tiempo?

—Unos años.

Niego con la cabeza y bufo.

—De ninguna manera —me planto—. Cuando mucho uno.

—Pero quizá...

—Uno, Jonathan. Y el tiempo empieza ya. Uno. Ni un solo día más.

—De acuerdo —acepta, y levanta las manos en señal de rendición—. Perdóname, Scottie.

Asiento con la cabeza para demostrarle que lo comprendo. Me está costando mucho mantener la calma. A lo mejor debería haber esperado a que estuviéramos listos los dos, así al menos no sabría lo que me estaba perdiendo.

—Después, nos divorciaremos —digo, y la voz me sale temblorosa al pronunciar esa última palabra.

Él se mira el regazo. Ya debía de esperárselo, pero no por eso resulta menos doloroso verbalizarlo. Pasa un minuto de silencio.

—Jonathan, te prometo que hay felicidad fuera del lugar del que procedemos. —Pongo la mano encima de la suya—. Ambos sabemos que esta no es la vida que queríamos vivir. La Grey no decide a quién amamos. Nuestra relación no funciona no por falta de oraciones ni porque no le hayamos dedicado bastante tiempo a Dios o a evangelizar a los paganos. No funciona por ser quienes somos. Y te recuerdo que él nos creó a su imagen y semejanza. Tú eres perfecto tal como eres, y yo también. Sin embargo, no estamos hechos para estar juntos.

Me asquea que lo hayan hecho odiarse tanto desde tan joven, y no haber hecho nada al respecto, haber contribuido incluso. Creí que podría ayudarlo, aunque en realidad no lo necesitara en absoluto.

—Siento mucho haber participado en ese juego que tanto daño te ha hecho. Te quiero, Jonathan, y me ha encantado tenerte de compañero, pero los dos sabemos que esto no tiene nada que ver con el amor.

Él asiente. No es la primera vez que discutimos sobre este tema, pero sí que es la primera ocasión en la que él no contraataca.

—Somos dos personas a las que han criado en un sistema estropeado, pero eso no significa que nosotros estemos estropeados, sino solo que no somos igual que ellos; y gracias a Dios, porque eso no es amor.

Jonathan sorbe por la nariz.

—Tienes razón. Pero sigo sin querer perderte.

—Nunca me perderás —le prometo. Sin embargo, al haber estado cara a cara con la muerte, sé que la vida es demasiado corta—. Pero no puedes empezar una nueva vida si no dejas la vieja atrás.

Nos miramos con lágrimas en los ojos y nos vemos como personas independientes quizá por primera vez en nuestra vida.

—Entonces, dentro de un año... ¿nos marchamos? —dice con gran abatimiento.

Verlo llegar a la misma conclusión a la que llegué yo hace más de un año me provoca un dolor desconocido. Hasta hace nada, era el único hombre al que había amado. Es mi mejor amigo. No teníamos a nadie más.

—El amor que compartimos nunca desaparecerá, pero no es el que debe estar en la base de un matrimonio. No es romántico. Yo no soy lo que necesitas. No nos bastamos el uno al otro.

Él agacha la cabeza y vuelve a sorber por la nariz. Está de acuerdo conmigo.

—Te mereces ser feliz, mereces recibir el afecto de una pareja que pueda dártelo tal como yo jamás podré. Tenemos que vivir las vidas que nos pertenecen. Amar a la gente que debemos.

Le tiembla el labio.

—¿A Callahan? —pregunta.

Me toma desprevenida. ¿Quiero a Callahan? Sí... Lo quiero. «Quiero a Callahan». Vuelvo a mirar a Jonathan mientras proceso lo que acabo de descubrir.

—Vi cómo lo mirabas.

Me desbordan las lágrimas, pero las aparto.

—Lo siento.

Jonathan niega con la cabeza y vuelve a sorber por la nariz.

—Sabía que nuestra relación terminó el día que te fuiste. Pero cuando vi cómo lo mirabas y cómo te miraba él a ti... Supongo que es de verdad, ¿no? Vamos a romper.

—No nos queda otra —le digo—. Te prometo que la vida

es mucho más bella aquí fuera. —Dibujo una sonrisa triste en los labios.

Él suelta una carcajada y mira las manchas de humedad de las paredes.

—Ya veo, tienes una vida de sentimiento... Cuando volvamos en un año, te buscaré un departamento más decente.

Me encojo de hombros. No será un ejemplo de glamur, pero para mí vale su peso en oro. El día que se libere comprenderá el peso que te quitas de encima y la paz que conlleva escapar.

Me observa pensativo.

—Lo siento, Scottie.

«Un año, un año».

—Tengo que avisar en el trabajo. No puedo dejarlo todo y volver a Arkansas de inmediato. —Pretendo volver a este pueblo. Si quiero recuperar mi empleo dentro de un año, tengo que marcharme como es debido.

—¿Cuánto tiempo necesitas?

—Dos o tres semanas. Tendré que concretarlo con ellos. —Me miro las manos—. También tengo que hablar con Callahan.

Él asiente.

—De acuerdo. Estoy alojado en un hotel. —Toma papel y pluma de encima de la barra y me anota el nombre y el número de la habitación—. Si necesitas cambiar de aires... o hablar, ya sabes dónde encontrarme.

—De acuerdo. —Este departamento no será tan lujoso como la casa que compartíamos en Arkansas, pero forma parte de mi viaje. Algún día, al mirar atrás, podré ver el largo camino que he recorrido.

—Te quiero, Scottie. Espero que sepas que no me tomo a la ligera el sacrificio que estás haciendo por mí. Me estás salvando por segunda vez —me dice.

—Eres mi mejor amigo. —Me aprieta la mano y me pasa el anverso de los dedos por la mejilla—. Necesito un tiempo para procesar todo esto. No sé cómo se lo voy a explicar a Callahan.

—Mereces la espera. Si le importas, te esperará... No es un adiós.

Se me llena la garganta de emoción y se me forma un nudo demasiado grande como para tragármelo. «Y entonces ¿por qué me lo parece?».

Me suelta la mano, nos ponemos de pie y le doy un abrazo. Apoya la cabeza encima de la mía. Yo aspiro su aroma y le aprieto la cintura. Después de haber interiorizado lo que siento por Callahan es evidente que entre los dos hombres a los que más quiero existe una diferencia abismal. Jonathan me enseñó lo que es el amor, pero Callahan me ha permitido experimentarlo en mis propias carnes.

Jonathan se mete las manos en los bolsillos y suelta una risita poco convincente.

—Ya te llamaré.

—Me alegro de volver a verte.

Nos damos otro abrazo y se marcha.

Cierro la puerta a su espalda, me abrazo el vientre y me derrumbo sobre mi cama medio desinflada. Me ovillo y suelto un sollozo desgarrador tras otro.

No quiero decirle adiós.

Me despierto cuando cae el sol. Me dormí entre llantos. Inmóvil sobre el colchón, en el que mi cuerpo se ha hundido casi hasta el suelo, siento que me rugen las tripas. Me doy la vuelta y parece que se me hayan tensado todos los músculos del cuerpo.

—Ay, Dios —me quejo. Me está empezando a pesar esa caminata por la montaña.

Desenchufo el celular del cargador y veo una notificación. Por suerte, no se me descompuso el teléfono, solo se quedó sin batería, probablemente a causa del frío.

Abro la tapa y veo que tengo un mensaje de Cal.

Lo leo. Lo vuelvo a leer. Y una vez más.

Jamás imaginé que viviría un amor como este. De los que te llenan el estómago de mariposas y emoción. De los que aparecen en las novelas románticas. De los que hacen que, después de pasar cuatro días atrapado en una montaña con alguien, lo extrañes cuando no han pasado ni veinticuatro horas sin verse. De los que hacen que sientas que pierdes una parte de tu ser cuando lo dejas.

Hola.

El celular suena casi de inmediato después de enviar ese mensaje.

Hola.

¿Qué tal el cepillado de dientes?

Mejor de lo que imaginaba. ¿Y el baño?

Mediocre. ¿Has comido?

Podría volver a comer.

Tenemos que hablar. Quiero verlo. Abrazarlo. Disculparme y volver a llorar.

¿Quieres que nos veamos en la hamburguesería de aquí cerca?

De acuerdo. ¿Tendremos compañía?
No me importa si es así.

Me está preguntando si estoy con Jonathan, y agradezco que sea tan comprensivo.

Voy sola.

Te paso a buscar en cinco minutos.

Sonrío y respondo.

Si está aquí al lado.

Si tienes las rodillas igual que yo, creo que hemos caminado bastante por hoy. Te recojo dentro de cinco minutos.

Me río porque ya no me quedan lágrimas para llorar.

Te espero fuera. Me reconocerás por la cojera.

44
Callahan

Suelto el aire que había retenido en los pulmones cuando la veo delante de su edificio. Esa mujer es una preciosidad, con su cabello entre rubio y pelirrojo, con la cara lavada y esas pecas que tanto adoro en todo su esplendor. Lleva puestos unos jeans y un suéter, como una noche cualquiera, y a mí me parece estar soñando. «¿En serio hemos bajado de la montaña esta misma mañana?». El tiempo es un concepto extrañísimo.

Me bajo de la camioneta para abrirle la puerta, paso por delante del coche y la ayudo a subirse al asiento del pasajero. Después de cerrar la puerta, no puedo evitar fijar la vista en el destartalado edificio en el que vive. Si por fuera está así de mal, ¿cómo estará por dentro?

Arrancamos en silencio. Por suerte, al ser martes por la noche, no hay demasiada concurrencia en la hamburguesería y podemos estacionarnos justo enfrente de la puerta. Scottie suelta un gruñidito cuando le doy la mano para ayudarla a bajar de la camioneta.

El restaurante está casi vacío y nos sentamos en una mesa libre, aunque los dos nos movemos más despacio de lo normal. En cuanto nos sentamos, la mesera nos ofrece las cartas.

—La sopa del día es de pollo con arroz —nos comenta con expresión amable.

Scottie y yo nos miramos.

Abro la boca con sorpresa fingida.

—¿Has oído, cariño? Sopa. Y de pollo con arroz nada menos, tu favorita.

—¿Quiere que le apunte una ración...?

—No, gracias —dice, casi gritando, y después se muerde el labio inferior para no echarse a reír.

La mesera nos mira con suspicacia.

—Eh... Les doy un minuto para que le echen un ojo a la carta.

—Gracias —responde Scottie con una sonrisa, y después me lanza una mirada.

Abro la carta y murmuro:

—Ya sé lo que no me voy a pedir.

—Yo quiero una hamburguesa con queso y extra de pepinillos.

«Así me gusta».

—Y una ensalada jardinera...

Le lanzo una sonrisa burlona por encima de la carta.

—Y un batido de galletas.

—Maravillosa elección. —Cierro la carta y la pongo sobre la mesa—. Yo quiero lo mismo.

Ella deja su carta encima de la mía y se pone las manos sobre el regazo.

—Bueno...

—Bueno... —repite. Se le desvanece la sonrisa de la cara—. He hablado con Jonathan...

Dejo de respirar mientras espero a que siga hablando.

—Hemos conversado largo y tendido. Sobre nuestra relación. Sobre lo que necesitamos el uno del otro.

—Y ¿qué necesitas tú?

Ella clava la mirada en los cubiertos que tiene delante y los acomoda para que queden perpendiculares a la mesa, después vuelve a poner las manos en el regazo.

—Le he pedido el divorcio.

Suelto el aire. Agacho la cabeza y después me recuesto contra el respaldo de la banca tapizada en vinil. «Gracias a Dios». Ella suelta un suspiro trémulo y yo le ofrezco la mano. Me pone la palma encima de la mía y yo se la aprieto.

—¿Cómo reaccionó? —Me está costando muchísimo no acribillarla con todas las preguntas que me bullen en la mente desde que me marché del estacionamiento esta mañana.

Ella se encoge de hombros.

—Como era de esperar, porque ¿cómo le dices a una persona por la que sientes mucho cariño que quieres divorciarte sin hacerle daño? En realidad ya lo veía venir. Se lo dejé bastante claro cuando me largué. Aun así, creo que hoy se dio cuenta de verdad de que lo nuestro se ha terminado y que debemos tomar caminos separados para vivir nuestras propias vidas. —Al verle esa sonrisa triste en la cara me dan ganas de abrazarla.

La mesera nos interrumpe para anotarnos la orden y apunta las hamburguesas, las ensaladas y los batidos.

—¿Quieren café?

—Sí, por favor —responde Scottie.

Yo levanto dos dedos y añado:

—Gracias.

La mesera se guarda la libreta en el delantal y se dirige a la cocina.

Sobre la mesa hay un par de tazas de cerámica boca abajo encima de sendos platitos; les damos la vuelta. Scottie agarra un par de botecitos de leche y un sobre de azúcar del recipiente y yo me anoto cómo le gusta tomar el café. Ella destapa los botecitos de leche y los vierte en la taza, y después hace lo mismo con el azúcar.

Esperamos a que vuelva la mesera con el café para retomar la conversación. Por suerte, aparece enseguida, pero a mí me parece que pasamos una eternidad viéndola llenarnos las tazas. La de Scottie adopta un color claro. La mía se queda tan negra que me puedo ver reflejado en ella.

Asentimos a modo de agradecimiento y la mesera se va. Yo espero a que Scottie hable. Suspira, se coloca la taza justo delante y la usa para calentarse las manos.

—Tengo que volver —dice.

Yo frunzo el ceño.

—¿A tu departamento?

—A La Grey.

«¿Cómo?». Niego con la cabeza. Ni de broma.

—No lo entiendo.

—Han descubierto su secreto. Necesita que lo acompañe para poner su vida en orden y después marcharnos juntos de allí.

—¿Cómo que lo han descubierto? ¿No me dijiste que precisamente por eso arreglaron su matrimonio?

—Asumieron que se había vuelto hetero al casarse conmigo, pero ahora se han dado cuenta de que no ha cambiado nada y van a mandarlo a terapia de conversión. Podría perder el empleo, el contacto con su familia, todo. No está preparado para irse aún.

Eso me importa una mierda, que se las arregle solito. Scottie no está lista para admitirlo, pero yo sé lo bastante sobre esa organización como para no creer eso ni un poco. Los líderes controlan a la congregación mediante miedo y amenazas. Es una secta.

Me da un tic en la mandíbula.

—Y ¿cuándo piensa que lo estará?

A pesar de las ganas que tengo de moverme, me quedo quieto y hago acopio de toda la paciencia que poseo. Ha tardado un mes entero en venir a buscarla. Si hubiera sido yo, me habría vuelto loco.

Él tuvo la oportunidad de largarse y no lo hizo.

—Le he dado un año, pero pienso acortarlo cuanto pueda.

«¿Un maldito año?». Estoy dispuesto a esperarla. Vale la pena. Pero esto no es lo que tenía en mente.

Confío en su palabra de que el tipo este es buena gente, es evidente que ella lo quiere mucho, pero a fin de cuentas, no lo conozco de nada. No quiero que Scottie tenga que pasar por un proceso de divorcio largo y prolongado, sobre todo si mete las narices esa Iglesia tan jodida de la que provienen.

Ella me relata la conversación que mantuvieron esta tarde, y se le escapan algunas lágrimas. Detesto que reviva el dolor que sufrió. Dicho sea eso, no pienso dejar que se vaya de aquí.

—Te prometo que volveré —me dice.

—No vas a volver, porque no te vas a marchar.

—Callahan...

—Prescott. —Niego con la cabeza—. Lo siento, pero no.

Clava la vista en la taza.

—No te preocupes, no voy a marcharme de inmediato. Me ha dado un par de semanas para arreglar asuntos laborales y el tema del departamento. Tengo que avisar con antelación...

—Por favor. Dame una semana para buscar una solución. No desistas ahora mismo.

Scottie alza la barbilla y la suave sonrisita que le veo en los labios me rompe el corazón. Tiene los ojos rojos; antes supuse que era efecto del viento de la montaña, pero ahora comprendo que es por haber llorado.

—No será ni un año. —Su vocecita suena diminuta.

Eso no puede saberlo. Cualquier organización que abogue por las terapias de conversión dudo que apoye los derechos de las mujeres. Está poniendo en peligro su propia seguridad, y no pienso permitirlo.

—Te dije que no pensaba largarme cuando las cosas se pusieran difíciles. Tengo que pedirte que hagas lo mismo por mí —le digo.

Ella se enjuga las mejillas llenas de lágrimas.

—No es eso. No tengo elección, debo regresar. Todo va a salir bien. Cuando Dios cierra una puerta siempre abre una ventana.

«Al demonio con eso».

Bufo con desdén.

—¿Para que te lances por ella? —Niego con la cabeza—. No, vamos a volver a abrir esa maldita puerta. Así es como funcionan las puertas, Prescott.

Se le hunden los hombros.

—Me necesita.

Le acaricio los nudillos con el pulgar. No ve lo peligrosa que es esta situación, para ambos.

—Escúchame bien, no puedes salvar a todo el mundo. A veces solo puedes salvar a una persona, y no pasa nada si te eliges a ti.

Scottie me mira con la boca abierta, como si llevara toda la vida esperando a que alguien le diera permiso para priorizarse a sí misma. La esperanza que veo en sus ojos me hace reafirmarme en todo lo que he dicho. No pienso defraudarla.

—Deja que me ocupe yo de esto —digo justo cuando la mesera nos sirve los platos y tengo que soltar la mano de Scottie para hacerle espacio. Debería haber insistido en cenar en mi casa, en pedir algo a domicilio para que no nos interrumpiera nadie.

Ella no deja de mirarme. Yo le señalo el plato con la barbilla.

—Come, nena.

Ella asiente. La comida humeante me hace agua la boca, pero se me está cortando el apetito. Ella desenrolla la servilleta que contiene los cubiertos, se la pone en el regazo y agarra la hamburguesa con las dos manos antes de hincarle el diente.

—Aydiosmío —suspira con la boca llena. Se cubre los labios con la mano para masticar. Yo doy un bocado y la verdad es que está bastante buena. Aquí saben hacer una hamburguesa como Dios manda.

Sacrificamos la conversación a favor de la comida hasta que descubro a Scottie mirando a una familia con tres niños que se está sentando a otra mesa. Durante un instante, es puro caos. Buscan una silla alta para el pequeño, la colocan en la cabecera de la mesa y, cuando terminan, la mesera se acerca para repartir cartas y lápices de colores. Los dos niños mayores les preguntan a sus padres si pueden pedir leche con chocolate para beber antes incluso de sacar los lápices de colores.

Yo dejo la hamburguesa en el plato y trago.

—¿Quieres tener hijos?

Ella suspira.

—Si te soy sincera, la verdad es que no. Me gustan los niños, pero nunca he sentido la necesidad de tener hijos..., supongo que por haberme criado en La Grey. No obstante, incluso ahora que ya no vivo allí, no me parece que necesite ser madre para sentirme realizada.

Yo hace tiempo que abandoné la idea de tener hijos, pero me encanta ser tío. Como un par de papas fritas y recupero el apetito.

—¿Y tú?

Yo niego con la cabeza.

—Aunque durante el invierno no trabajo, durante la temporada de incendios me paso semanas fuera de casa. No es precisamente un calendario demasiado compatible con la paternidad. No digo que no pudiéramos arreglárnoslas entre nosotros, pero sería complicado.

—¿Entre nosotros? —Sonríe al dar un mordisco.

«Carajo, ¿he dicho "nosotros"?».

—Bueno..., con mi pareja. —Carraspeo y continúo—: Teddy y Logan tienen dos hijos, Penny y Dalton. Me encanta ser tío. Te llevas la mejor parte.

—Qué genial. Y si no trabajaras de bombero forestal, ¿crees que querrías formar una familia?

—Quizá. —Me encojo de hombros—. No te sabría decir. —No estoy seguro en absoluto. No llevo toda la vida soñando con tener hijos—. Me gusta el camino que está tomando mi vida tal como está. —Es decir, hacia un futuro con Scottie.

Después de haber pasado varios días sin más comida que la blanda y ultraprocesada del refugio, esta hamburguesa me está sabiendo a gloria. Ella debe de pensar lo mismo, porque lo siguiente que dice es:

—¡Qué gusto da comer algo crujiente!

En cuanto terminamos de cenar, me pongo a charlar de los planes que tenemos para la semana, con la intención de asegurarle que nada va a cambiar. No se va a marchar.

No me preocupa en absoluto, y a ella tampoco debería.

Scottie comenta que tiene que trabajar mañana, y yo le lanzo una mirada inquisitiva. Ella me da a entender que la preocupación que siento acerca de su vuelta al trabajo es en vano. Tiene la herida de la frente casi sin curar y aun así está lista para lanzarse al ruedo. No obstante, me asegura que no se ocupará de las urgencias durante un par de semanas, hasta que se le cure el hombro. Qué mal la va a pasar.

Pagamos la cuenta y volvemos a la camioneta. En unos minutos llegamos a la puerta de su casa. Ella insiste en que no hace falta que la acompañe, y, por segunda vez en lo que va de día, me alejo de ella.

Y me arrepiento al momento.

Cuando salgo de su cuadra me doy cuenta de que ni siquiera le he dado un beso de buenas noches.

—Al carajo.

Doy media vuelta y acelero. En cuanto me estaciono al lado de su edificio, salto del coche. La última vez que estuve aquí estaba muy enojado, pero ahora puedo fijarme en los detalles. Hay una contrapuerta barata de barras metálicas verticales con volutas ornamentales que probablemente fuera nueva en los años sesenta. Antes estaba pintada de blanco, pero ahora no es más que óxido que suelta grandes trozos de pintura al abrirla. También rechina con ganas, como si pasara las uñas por un pizarrón. El cristal cuarteado que hay al otro lado está sujeto con cinta azul.

Me sorprende ver que la puerta que está después de la oxidada tiene la cerradura rota. «¿Cómo no me di cuenta de esto la otra vez?». Podría entrar cualquiera. Recuerdo el número de su apartamento de cuando me dio su dirección hace unas semanas y busco su nombre en los buzones para confirmarlo. Repito, cualquiera podría entrar aquí. Subo por la escalera y me planto delante de su puerta, como la otra vez. Pero esta vez toco.

En cuanto me abre, atravieso el umbral y le planto un beso en los labios. Le sujeto el cuello con las manos y ella me agarra de los antebrazos. La hago retroceder hacia el interior, cierro la puerta de una patada y gruño cuando siento que me devuelve el beso con el mismo fervor. Me pierdo en ella.

Scottie me planta una mano en la nuca, me araña el cuero cabelludo y me provoca escalofríos por la columna vertebral.

«Me encanta que haga eso». Le meto una mano en el bolsillo trasero del pantalón y le agarro el culo con los dedos. Se me va la sangre al sur. A pesar de que mis instintos me dicen que no lo haga, me aparto de ella. Tengo que aclararme las ideas o acabaré cogiéndomela aquí mismo, de pie. Bueno, la verdad es que no es la peor idea que he tenido.

Pongo la frente contra la suya y nos reímos entre jadeos.

—Te olvidaste de darme un beso de buenas noches —me dice.

—Soy un idiota.

Percibo un movimiento con el rabillo del ojo y empiezo a echarle un vistazo al apartamento o, mejor dicho, al estudio. Se me abre la boca y giro en redondo para observar las condiciones en las que vive.

Además de ser pequeño, tiene las paredes llenas de marcas de humedad, tantas que parece hecho a propósito. También plagan la alfombra, que en algún momento debió de ser de color beige. Hay que reconocer que ella ha hecho todo lo que ha podido para hacerlo más acogedor, pero aunque la mona se vista de seda... Yo he pasado la noche en lugares muy horribles, he dormido envuelto en una lona bajo las estrellas, he vivido en una camioneta camperizada durante un tiempo, y la verdad es que todos esos lugares me parecen preferibles a este basurero. Decido, sin pensármelo dos veces, ofrecerle que venga a vivir conmigo.

Tengo que buscar una forma delicada de proponérselo sin resultar ofensivo ni agresivo. «Con tacto, con tacto...».

—Este lugar es un basurero —suelto. «En fin, lo he intentado».

Ella me da un empujón en el hombro y se ríe.

—Era una oferta que no podía rechazar.

—Pues yo te ofrezco que vengas a vivir conmigo.

Se le borra la sonrisa de la cara.

—¿Por qué? Si ya vivo aquí.

Niego con la cabeza.

—Ya no. No puedes vivir en un lugar como este. No es seguro —le argumento.

—Cal, no es para tanto. Me las arreglo. Es barato y puedo pagar mes a mes...

—Esto es ridículo. —Veo algo corretear por el suelo con el rabillo del ojo y, ahora sí, detecto lo que es. Mis ojos siguen la trayectoria de la rata café hasta que se cuela al lado del colchón inflable a medio desinflar que tiene detrás. «Ni de broma».

—¿Cómo se llama tu mascota? —Señalo con la barbilla.

Scottie frunce el ceño, confundida.

—No tengo mascotas.

Señalo con la mano, ella se da la vuelta y, al verla, retrocede hasta chocar contra mí. Yo la agarro para que no tropiece.

—A mí me parece que sí.

—¡Puaj! —Se estremece—. Odio las ratas.

—Me lo imaginé. Haz las maletas. Ya volveremos por el resto de tus cosas mañana.

Scottie asiente, sin darle la espalda al roedor intruso.

—De acuerdo... Bien, sí. —Sin perderla de vista, agarra la mochila, esa que tanto me suena. Mete unas cuantas cosas imprescindibles, como el cargador del celular, un neceser, una sudadera, calcetines, ropa interior y el uniforme de trabajo—. Espera, mañana trabajo. Te sigo en mi coche hasta tu casa.

—No te preocupes. Ya vendremos por tu coche mañana. —Estoy deseando largarme de aquí. Ya sabemos que convivimos bien. «O casi». No tiene que quedarse para siempre, pero me encanta pensar en tenerla en mi casa, donde sé que estará a salvo.

45
Scottie

Después de ver ese bicho me pica todo el cuerpo. Qué asco me dan las ratas. Hace unas horas dormí sobre ese colchón mientras ella andaba merodeando por el apartamento. No me ha costado aceptar el ofrecimiento de Cal.

—No sé dónde vives tan siquiera. —Es el dueño de mi corazón y no tengo ni idea de dónde queda su casa.

Me aparto ese pensamiento de la cabeza. Esta situación no es normal. Ni mucho menos. Ya se me está formando un pozo de abandono en el pecho, pero de momento intentaré disfrutar de las semanas que me quedan a su lado. No sirve de nada deprimirse antes de tiempo.

—No queda lejos, pero tengo que avisarte que tengo la sala en obras.

—¿Hay ratas? —pregunto.

—Te alegrará saber que mi casa está libre de roedores.

—Maravilloso.

Gira hacia Spencer Avenue y yo me muevo. Mi casa soñada está en esta calle. Se me abre la boca cuando nos acercamos a la modesta vivienda victoriana. Espero que pasemos cerca para poder enseñársela. Cuando aparece a lo lejos, se me pinta una sonrisa en la cara.

—Quiero enseñarte una casa —le digo, me yergo y me inclino hacia delante.

—De acuerdo —dice entre risas—. ¿Cuál?

En el momento en el que me dispongo a señalarla, él pone las intermitentes y reduce la velocidad. Se adentra en el camino para coches que está al lado de la casa. De mi casa. Me quedo boquiabierta.

Él alza la mirada para echar un vistazo alrededor y después fija los ojos en mí.

—¿Qué casa me querías enseñar?

—¿Vives aquí? —Señalo por la ventanilla, como una imbécil—. ¿E-e-en esta casa?

Él ladea la cabeza.

—¿Sí?

Me cubro la boca con la mano.

—¡Paso muchas veces por aquí al lado cuando salgo a correr! —Me inclino hacia delante para verla mejor a través del parabrisas. No puedo apartar la mirada.

Él imita mi entusiasmo.

—¡No inventes! ¡Yo también!

Niego con la cabeza y lo agarro del bíceps.

—No lo entiendes. Esta es mi casa. O sea, es la tuya, pero... también es mía.

Él me pasa la mano por la frente.

—¿Seguro que Matt no te vio ninguna secuela del golpe en la cabeza?

Yo sigo mirando por la ventanilla, anonadada. Es de noche, pero las dos farolas que están en la acera y las luces que de la fachada la iluminan bastante bien.

—Estoy bien, es solo que adoro esta casa. Por eso siempre vengo a correr por aquí. Siempre intento pasar por delante porque me encanta verla. Es la casa de mis sueños.

Cal se ríe.

—¿En serio?

—¡Sí! —digo con una sonrisa de oreja a oreja—. Siempre me había dado muchísima curiosidad ver cómo es por dentro, saber quién vivía en ella y cómo eran sus vidas. Creía que era una familia con dos niños. Una vez vi salir a una pareja con dos... ¡Ah! Seguro que eran tu hermana y su familia.

—Vienen de vez en cuando a comprobar que esté todo bien cuando paso una temporada larga de servicio.

Se me humedecen los ojos.

—Es que... Es que no puedo creer que vivas aquí. ¿Puedo... verla por dentro?

Esta casa siempre ha sido como una meta inconsciente desde que me mudé a Sky Ridge.

Cal hace una mueca.

—Vaya, yo que tenía planeado dormir a la intemperie hoy... Según parece, el aire fresco es muy bueno para la salud —responde con una sonrisita para después abrir la puerta de la camioneta—. Vamos, te la enseño.

Me bajo de un salto y corro hasta la puerta de entrada. De cerca resulta incluso más encantadora. Sigo a Cal por la escalera exterior y me voy fijando en los detalles ornamentales y en las duelas de madera que componen el porche que la rodea. Increíble.

Él abre la puerta y me deja pasar a mí primero. Me dan ganas de pellizcarme.

La primera habitación está desmantelada, con lonas de plástico sobre las puertas que me impiden ver lo que hay más allá, pero sé que este suelo es el original, y que da a la escalera más hermosa que he visto en mi vida.

—Esta es la sala, que, como ya te comenté antes, está en obras.

—Vaya.

Me acompaña hacia una de las lonas de plástico, que están cortadas a la mitad para poder pasar.

—Este es el comedor, que solo uso cuando vienen Teddy, Logan y los niños.

Las paredes están pintadas de un tono azul ceniza y la moldura blanca que recorre el perímetro del techo muestra delicados detalles.

Seguimos hacia la cocina, que también está remodelada. Le ha dado un toque moderno al diseño original con electrodomésticos actuales y una isla, todo cubierto de barras de madera.

—Tienes un talento espectacular.

—Gracias —acepta el cumplido sin pestañear.

Es evidente que dispone de habilidad y destreza a raudales. Él sabe que le ha quedado bien, pero no se regodea en su orgullo. Eso me hace sonreír; es bastante adorable cuando no se comporta como un imbécil arrogante.

—¿Qué?

—Nada. Has hecho un trabajo estupendo. Me impresiona lo bueno que eres para hacer cosas con las manos.

Terminamos de recorrer la planta baja, que incluye un lavadero, un cuarto de estar y una «sala de reunión» sin remodelar, pero con una chimenea impresionante. Me cuenta por encima lo que planea hacer en estas habitaciones durante el invierno y yo me embebo de sus palabras. De momento, estas habitaciones están llenas de muebles que ha tenido que sacar de las zonas de la casa que está renovando.

—El año pasado terminé con el primer piso. —Lo sigo mientras sube la escalera en curva y me muerdo el labio a causa de la anticipación mientras recorro con los dedos el barandal de madera noble. Llegamos al pasillo del piso de arriba. Él señala una puerta abierta que está a nuestra izquierda.

—El dormitorio de invitados que no tiene cama. —Después señala la de enfrente—. El baño. —Echo un vistazo al enorme cuarto de invitados. Está pintado de un tono suave de verde.

Lo sigo por el pasillo.

—El dormitorio de invitados que sí tiene cama —indica, señalando una habitación que dispone de una cama matrimonial y una cómoda.

Al fondo del pasillo hay dos puertas. Abre la de la izquierda. Sonrío de oreja a oreja y cruzo el dintel. Qué ganas tenía de ver esto. La habitación octogonal está rodeada de ventanas, lo que provoca que el techo ligeramente abombado parezca una cúpula. De una de las paredes asoman unas literas.

—Aquí es donde duermen mis sobrinos. Les encanta jugar a que están en un castillo.

«Ay, mi corazón». La boca se me curva hacia abajo y se me abren mucho los ojos al percatarme del cariño que les tiene. Él se ríe al ver la cara que he puesto. Me tiene encandilada. Este dormitorio refleja la parte más tierna de su ser, y es otro motivo para amarlo.

—No me extraña.

—Anda, vamos, pero qué sentimental. —Me toma de la mano y me guía hacia el último dormitorio—. Este es el mío. —Callahan se aparta y me hace un gesto para que entre yo primero.

Cruzo el umbral y, con solo verlo, habría podido adivinar que es su cuarto. Tiene su mismo aroma a cedro y a humo. Las paredes, pintadas de un tono jade oscuro, le proporcionan un ambiente íntimo. Contrasta con los demás dormitorios, todos de colores claros. Es el más grande de todos, por mucho, y tiene una cama extragrande en el centro. Entre el olor, la decoración en madera y los cuernos de alce, esta habitación me recuerda a los bosques del Pacífico noroeste. El lugar de Cal es la naturaleza; su hogar es el aire libre, y esta casa lo demuestra. Entra por una de las puertas y enciende la luz.

—Aquí están el baño y el vestidor.

Me tomo mi tiempo para admirar los sutiles detalles masculinos de la habitación y para contemplar la calle desde la ventana. Esa banqueta por la que he pasado no sé cuántas veces. En una pared hay fotos de diferentes tamaños, todas enmarcadas. Son de incendios forestales.

—¿Las has tomado tú?

—¿Eh? —Callahan saca la cabeza por la puerta del baño—. Ah. Sí.

—Me gustan. —Al darme la vuelta me lo encuentro sin camiseta—. ¿Qué haces?

—Esperarte —dice, y vuelve a desaparecer por la puerta.

Pico el anzuelo y atravieso el vestidor hasta llegar al baño justo en el momento en el que abre el agua de la enorme tina con patas.

Me llevo la mano a la boca.

—¿Es la original?

Cal asiente.

—No me vi capaz de deshacerme de ella.

—¡No, por Dios! Es demasiado bonita.

—No, digo físicamente capaz. Pesa como doscientos kilos.

Me río, él se baja los calzoncillos, se los deja a la altura de los tobillos y se los quita. Maldición, qué bueno está. Se mete en la bañera, pone los brazos en los costados, se recuesta y se desliza hacia abajo. Me hace un gesto con la barbilla.

—Desnúdate y ven. Ya verás qué bien te sienta.

46
Callahan

Cuando besé a Scottie en su apartamento, le entrelacé los dedos en el pelo y noté un poco de tierra, con las ganas que ella tenía de quitársela en la regadera. Me acuerdo que me dijo que en su apartamento la presión del agua era una basura, así que aprovecho la excusa para meterme en la tina con ella. Además, tendrá otros beneficios: aliviar el dolor de los músculos, verla desnuda, etcétera.

Observar cómo se quita la ropa me cura la parte de mi ser que se rompió antes, cuando me tuve que alejar de ella. Ha regresado a mí y todo vuelve a estar bien. No sé qué tiene esta mujer, pero necesito tenerla cerca. Después de todo lo que hemos vivido juntos, verla en mi casa me parece lo correcto. Así es como debería ser. Y descubrir que lleva mucho tiempo soñando con poseer esta casa no puede ser una coincidencia.

Me toma de la mano, se mete en la bañera y me proporciona unas bellas vistas de su culo. Al sumergirse en el agua, gime de placer.

Yo suelto una carcajada.

—¿Ves?

Scottie exhala.

—Qué gusto.

En cuanto la tengo sentada entre los muslos, la rodeo con los brazos y me la aprieto contra el cuerpo. Me vuelvo a recostar y la atraigo conmigo. Estar piel con piel con Scottie puede que sea mi nuevo lugar feliz. Se me cierran los párpados y suspiramos al mismo tiempo. Ella suelta una risita. Hasta en el relax estamos sincronizados.

—No me costaría acostumbrarme a esto —murmura.

—Ni a mí. —Le doy un beso en el pelo—. ¿Quieres que te limpie la tierra?

Se agarra del borde de la tina y se incorpora.

—¿Podrás? Yo lo intenté, pero no fui capaz.

—Será un placer.

Agarro el cabezal de cobre y compruebo la temperatura del agua. Se la acerco a la cabeza y ella alza la barbilla para que pueda trabajar mejor. Separo los mechones y los peino con los dedos. Me alegra ver pequeños trozos de tierra caer a la tina.

—Está saliendo todo —le aseguro, y sonrío—. Cómo me gusta verte agarrada a la tina y con la espalda arqueada... Me encanta.

—Me alegro de que lo estés disfrutando —dice entre risas.

—Lo disfrutaría más aún si te dieras la vuelta —la tiento.

—Si me limpias toda la tierra, haré lo que me pidas.

—¿Ah, sí? ¿Cualquier cosa?

—Lo que quieras.

—Me gusta cómo suena eso.

—A mí también.

Le limpio todo el pelo. Tengo que quitar el tapón de la bañera para que no desborde. Tras pasarme veinte minutos peinándole los mechones, le doy el visto bueno. Que me parta un rayo si queda una sola partícula de tierra en esa cabeza.

Meto el cabezal en el agua y ajusto la temperatura porque ya estaba empezando a quedarse un poco fría.

Ella gime de gusto, lo que anima a la erección parcial que tengo. Se escurre el pelo, se lo recoge hacia arriba y se vuelve a acostar sobre mi pecho.

—Gracias.

—Un placer.

Apoya la cabeza sobre mi hombro. Yo comienzo a masajearnos los muslos y las rodillas con el agua que escupe el cabezal.

—Me vas a malcriar.

Deslizo la mano entre sus pechos. Abro los dedos al llegar a su garganta y le acaricio la suave piel del cuello con el pulgar.

—Te lo mereces.

Vuelvo a dirigir el agua hacia sus piernas y comienzo a subir peligrosamente. Ella contiene el aliento.

—Tú relájate —le susurro. Hoy han pasado muchas cosas y quiero que descargue el estrés.

Scottie se derrite contra mí y exhala.

Meto la mano en el agua y le acaricio el vientre.

—¿Todo bien?

—Sí —dice con voz suave y seductora—. No pares.

Le abro los labios con el dedo corazón y le acaricio el clítoris, momento en el que ella abre las piernas.

Dirijo el chorro entre sus muslos y se le vuelve a arquear la espalda.

—Relájate, déjate sentir. Disfrútalo.

Se deja caer sobre mi pecho y yo aplico más presión sobre su clítoris. Ella se sobresalta, pero después vuelve a relajar los músculos, tal como le he indicado.

—Esa es mi chica. —Pone los labios en forma de O y respira despacio, como si estuviera meditando. Es perfecto.

—Buf —murmura.

El placer que se le pinta en la cara me pone la verga durísima. Está preciosa. Intentamos movernos lo menos posible para que el agua no rebose de la bañera. Ella gimotea cuando cambio el chorro por unos impulsos intermitentes.

—Lo estás haciendo genial.

—Sí... —Es casi un gemido.

—Me encanta que hayas fantaseado con mi casa —le susurro contra el pelo.

Ella asiente y suelta el aire de los pulmones.

—Pienso hacer que te vengas en todas y cada una de las habitaciones hasta que lo consideres tu hogar.

Su grito ahogado me provoca una sonrisa burlona. Dirijo el chorro hacia donde más lo necesita y, con la mano que me queda libre, le pellizco los pezones; entonces sus labios sonrosados se abren y se le forma una leve sonrisa en ellos.

—Ahí —dice.

Me clava los dedos en los muslos y arquea la espalda contra mi cuerpo. En la superficie del agua se forman pequeñas ondas cuando se viene con un dulce suspiro y con un movimiento de cadera. «Demonios».

—No pares. Sigue viniéndote así —gruño.

Los sonidos que emite me impactan en las entrañas. Me provocan una necesidad instintiva de clavarle la verga hasta lo más hondo.

Ella debe de leerme la mente.

—Callahan.

—Dime, nena.

—Te necesito. Por favor. —Esos gemiditos tan sexis me provocan sudores en la frente—. Llévame a la cama y cógeme.

Esas palabras me provocan un subidón de adrenalina; me pongo en pie y salgo de la bañera. Noto que le tiembla la mano cuando me la ofrece para que la ayude, la excitación le corre por las venas. Agarro una toalla y se la paso por el cuerpo para secar las últimas gotas que le quedan sobre la piel.

Me agacho, a pesar de lo mucho que me duelen las rodillas, y le enjugo las piernas una a una. Después, me seco yo y la tomo de la barbilla para admirar sus pupilas cafés y el rubor radiante que le anega las mejillas después de venirse. Esta versión de su rostro es mi preferida. Esas pupilas llenas de gozo me miran con la chispa justa para indicarme que lo está deseando.

Me muerdo el labio inferior cuando me pongo a imaginarme todas las formas en las que me gustaría tomarla.

—Eres lo más bonito que he visto en la vida.

Ella se pone de puntitas para besarme. La quiero.

«Demonios. La quiero».

En cuanto la tengo en mi cama, le pongo los codos a ambos lados del cuerpo y me coloco en posición. Nos miramos los dos igual, como si esas dos palabras estuvieran danzando entre nosotros. Los dedos de Scottie me aprietan los bíceps mientras se prepara para que la penetre. Normalmente yo me muestro impaciente, apresurado, con ansias por satisfacer mis necesidades. Esta vez es distinto. Me hundo en su interior despacio. Ella toma aire, pero no deja de mirarme. Sus profundos ojos brillan, y yo le cubro la boca con un beso igual de calmado, calculando cada caricia de mi lengua, y le vierto todas las emociones que siento sobre los labios.

Cuando se ha ajustado a mi tamaño, empiezo a moverme, y cada embestida es firme y calculada. «No pienso dejarla ir». Ella me toma la cara con las manos y yo vuelvo a besarla. Le trazo el contorno de los labios y ella los abre para que la explore. Nos lamemos y nos tentamos y nos consumimos el uno al otro. Siento su vagina y ella gime contra mi boca. «Es la maldita perfección».

Me pasa los dedos por la cabeza y me provoca escalofríos por la espalda. Nadie me ha tocado como ella, ni me ha hecho sentir así... de ninguna de las maneras.

Necesito que sepa lo que siento; me salen las palabras antes de que pueda detenerlas.

—Te quiero.

Se queda boquiabierta. Llevo más de cinco años sin pronunciar esas palabras, y aun entonces nunca tuvieron el mismo peso que ahora. Trago saliva y siento que me está leyendo la mente; durante un instante, temo que ella no sienta lo mismo por mí.

—¿Todo bien? —pregunto. «Me he pasado. Debería haber esperado».

Scottie sonríe.

—Yo también te quiero.

Juro que hasta el último átomo de oxígeno abandona mis pulmones.

—¿Sí?

—Que nos hayamos dado cuenta muy pronto no significa que no sea real.

Vuelvo a besarla. Esta confesión de amor me infunde energía para activar las caderas con un vigor renovado. Ella me agarra el pelo con el puño y se arquea a causa del ímpetu que le imprimo. Cierra los ojos.

—Ay, Dios, Cal. Dame más.

—Te daré lo que quieras, Prescott. Te daré el mundo entero, pero quiero que me mires a los ojos cuando me lo pidas.

Ella me ofrece esos iris azules tan hermosos.

—Cógeme más fuerte, Callahan. Te quiero entero.

Yo sonrío con arrogancia.

—Así me gusta. Me encanta cuando me hablas.

Me siento sobre los talones y me acerco su culo al regazo para embestirla. Con cada impulso, Scottie hunde los dedos en la madera de la cabecera para evitar impactar contra él. Le pongo las manos en las rodillas, que tiene dobladas, para apartárselas y poder admirar ese cuerpo tan exquisito que tiene mientras la devoro. Deslizo una mano por la suave piel de su muslo para trazar ochos alrededor de su clítoris, tal como la vi hacer a ella en el refugio.

—¿Así es como te gusta que te cojan?

—¡Sí! —grita.

—Pues demuéstramelo, Prescott. Termina contra mi maldita verga.

Sus gritos desatados me excitan a mil. «¿Cómo habré tenido tanta suerte?». Se le tensan los músculos alrededor de mi pene y yo sonrío al ver amplificarse el orgasmo.

—Esa es mi chica.

Y así, comienza a cogerme ella a mí.

—Maldición —gruño—. Eso es, tómalo todo. Es todo tuyo. Soy todo tuyo. —Me posee como nadie lo volverá a hacer—. Haz que me venga solo para ti.

Se le abre la boca y se le tensan los abdominales cuando se inclina para agarrarme de los antebrazos y apretármelos con todas sus fuerzas mientras se aferra a la euforia que la inunda.

—Esa es mi chica, sigue así, nena. ¿De quién eres? —bufo entre jadeos sin dejar de llenarle la vagina hasta el fondo. Ella farfulla y después se calla. Noto el momento exacto en el que la arrolla el orgasmo. Demonios—. Dímelo, Prescott.

—Soy tuya. Solo tuya —dice entre gemidos—. No salgas. —Como si pensara hacerlo.

Con dos embestidas más, me vengo. Esta vez no me parece una explosión, sino una reconstrucción. Como si hubiera encontrado la pieza que me faltaba. Como si me hubiera vuelto a completar.

Apoyo los hombros a cada lado de su cuerpo cuando me derrumbo.

—Te quiero muchísimo.

Le cubro los labios con los míos y ella me abraza por los hombros y se pone a acariciarme la piel con las uñas, lo que me deja en un estado de relajación máxima, en una cadencia que es solo nuestra.

Ella mueve los labios al ritmo de los míos. Esto es amor de verdad. Lo noto en el sabor de sus besos, lo siento en sus caricias, y lo veo en el brillo de esos ojos que tanto adoro.

47
Callahan

A las 5:30, cuando suena la alarma de Scottie, maldigo entre dientes y la abrazo por la cintura, porque todavía no estoy listo para que se vaya. Tengo que recordarme que volverá después del trabajo, pero después de la conversación que mantuvo ayer con Jonathan, me preocupa. Apenas he dormido, pero no ha tenido que ver con los recuerdos, sino con que le haya pedido que regrese con él. No pienso permitir que vuelva a esa vida. Le vi la derrota en los ojos. No permitiré que nadie le robe la paz que ha encontrado aquí.

Scottie es mi hogar, así como Sky Ridge es el suyo.

Debe estar donde sea feliz, donde pueda vivir sin miedo y progresar. Si ese lugar fuera Arkansas, no la detendría, pero se está sacrificando, y ya ha realizado demasiados sacrificios en la vida.

Solo de pensar que Scottie tiene que volver a juntarse con la gente que la destrozó me dan ganas de secuestrarla y volver a llevarla a la cima de Quell's. Podemos vivir en el refugio, echar leños al fuego y pasarnos las tardes abrazados.

Ella se estira y gruñe.

—Tengo la sensación de que nos acabamos de acostar.

—A mí me pasa igual.

Le doy un beso en el cuello. Scottie ha descansado tan poco como yo, pero incluso en los escasos momentos en los que ha conciliado el sueño, su cuerpo buscaba el mío entre las sábanas en cuanto nos alejábamos. Hallamos consuelo en ocupar el mismo espacio que en la torre de prevención contra incendios, pero, por mucho que quiera retenerla a mi lado todo el día, tengo mucho que hacer en las próximas doce horas.

La suelto.

—Hora de levantarse, nena.

Ella emite un ruidito y pestañea antes de apartarse de mí. Yo ignoro el hueco que deja su ausencia. «Va a volver».

Palpa la mesita de noche hasta que da con el celular. Entrecierra los ojos y mira la hora.

—Diablos —dice—. Llegaré tarde.

Me incorporo y me paso la mano por la cara.

—¿Te hago un café?

Ella niega con la cabeza.

—Ya lo tomaré en el trabajo.

Pongo los pies en el suelo y me estiro; me crujen las articulaciones como si hubiera envejecido cuarenta años de repente.

Ella agarra el uniforme azul marino y da saltitos por la habitación mientras se enfunda los pantalones. Luego va al baño y se lava los dientes con una mano mientras se intenta abotonar la camisa con la otra. Yo me coloco a su espalda, le aparto los dedos y termino de abrocharle los botones que le faltan.

—*Jrafiaf* —dice con el cepillo de dientes en la boca.

—Oye, ayer no usamos protección.

Frunce el ceño, se saca el cepillo de dientes de la boca e inclina la cabeza hacia un lado para que no se le derrame la pasta de dientes.

—Uso anticonceptivos inyectables.

—¿Cómo? —digo casi gritando—. ¿Desde cuándo?

—Ya te dije que no quería tener hijos. No tengo que volver a ponerme la inyección hasta dentro de un año.

—¿Y no me lo has dicho hasta ahora?

Ella se encoge de hombros, sigue lavándose los dientes y escupe en el lavamanos.

—Perdón, es que creí que querías usar condón como protección adicional. —Se enjuaga con agua.

—No... ¡Claro que no! Nadie usa condones por gusto.

—Ah, pues entonces podemos dejar de utilizarlos. —Sonríe.

Yo niego con la cabeza y me río.

—Voy a calentar la camioneta —digo, y le doy un beso en la mejilla.

Me pongo unos pantalones y una camiseta de manga larga para a continuación agarrar las llaves del coche. Unos cinco minutos después, se sube en la camioneta con la cara lavada y el pelo recogido en un chongo bien apretado. Me impresiona lo poco que hemos tardado en pasar de estar en la cama a estar en el coche. Menos de diez minutos, diría yo.

—¿Trajiste las llaves de tu coche? —le pregunto. Me anoto que tengo que acordarme de darle una llave de mi casa.

Ella asiente y enseguida llegamos a ese edificio de mierda.

—¿Me dejas las llaves de tu apartamento? Voy a ocuparme de algunos asuntos. Cierro cuando salga.

—Ah —dice con las cejas levantadas—. De acuerdo. Pero no te sientas obligado. Ya lo haré yo después del trabajo.

Se me elevan las comisuras de los labios y extiendo la mano mientras ella saca la llave del llavero. No tiene demasiadas pertenencias. Me sorprendería tener que dar más de un viaje cuando haya guardado todo en cajas.

En cuanto me la deja sobre la palma, le sujeto los dedos y le agarro la barbilla con la otra mano para darle un beso.

—Nos vemos por la noche —le digo. Es una promesa.

—Sí. —Le brillan los ojos al tragar—. Nos vemos por la noche.

Me arde la garganta al oír el tono de duda que le tiñe la voz, como si no nos quedaran más que unos cuantos «Nos vemos por la noche».

—Todo va a salir bien.

Scottie me contesta con un sonidito poco convencido. Jala la manija de la puerta y sale de la camioneta. La veo subirse al coche y salir del estacionamiento.

«Hora de ponerse manos a la obra».

Ya llevo la mitad de las cosas empaquetadas cuando fijo la vista sobre un papel en el que está escrito el nombre de un hotel del pueblo y un número de habitación. ¡Bingo! Me he ahorrado tener que llamar a todos los hoteles para averiguar dónde se aloja Jonathan. Arranco el papelito de la libreta y me lo guardo en el bolsillo, después guardo el cuaderno en la caja que estoy rellenando, en la que están la sartén y la olla, que es toda la batería de cocina que posee Scottie. Vislumbro una rata en la esquina, no sé si será la misma de ayer o una amiga suya.

—Normalmente no me entusiasman los de tu especie —le digo—, pero ayer me hiciste un gran servicio, así que te voy a dejar vivir. Parece que estás de suerte.

No tardo más que una hora en empaquetar todas sus pertenencias. Tendremos que limpiar este basurero a fondo gracias a los roedores que se han instalado en su ausencia.

En cuanto tengo todo cargado en la camioneta y he cerrado con llave, voy a ver al casero. Evidentemente, él tiene una puerta de seguridad, no como el resto del edificio.

Aprieto el botón del interfón.

—Vengo a dejar unas llaves.

Me abre la puerta y entro en su oficina sin tocar. Me planto delante de su mesa. Parece sorprendido de verme.

—¿Te debe alguna mensualidad Prescott Timmons? —Pagaré lo que haga falta para sacarla de este agujero inmundo.

—Pues tendría que revisarlo... —Se gira hacia la computadora.

Tras unos cuantos clics y varios movimientos del mouse, acaba por negar con la cabeza.

—No, está al día. —No me extraña.

—Estupendo. Aquí tienes sus llaves. —Se las dejo sobre la mesa y le robo una nota adhesiva y una pluma para anotarle mi dirección—. Se ha mudado...

—Un momento, tiene que avisar con sesenta días de antelación —me discute con una sonrisita de arrogancia.

Yo me río, me sorprende que tenga las pelotas de pedir una antelación de sesenta días para ese santuario de ratas.

—Ah, pues no será así.

Le pego la nota delante.

—Puedes enviarle la fianza a esta dirección. —Me le quedo mirando hasta que consigo que asienta a regañadientes. No voy a descansar hasta que reciba ese cheque. Rentar ese estudio es una atrocidad, pero que se lo haya rentado a Scottie me molesta sobremanera. Se aprovechó de su situación.

Lanzo la pluma sobre la mesa y me marcho.

—Por cierto, hay ratas —grito cuando llego a la puerta exterior, lo bastante alto como para que me escuchen los inquilinos que están en los buzones.

Paso por un restaurante de comida rápida y pido algo para llevar. Me lo como en el coche, delante del hotel. No sé cuánto tiempo voy a pasar ahí dentro. He ensayado lo que quiero decirle unas doce veces desde que Scottie me contó lo que habían hablado. Si acaba sucediendo tal como lo he planeado, va a llevar su tiempo. Lo vuelvo a repasar en la mente y después bebo un último trago de refresco antes de salir de la camioneta.

Las puertas automáticas se abren ante mí y accedo a la recepción para dirigirme directo a los elevadores.

Saco el papel que llevo en el bolsillo y espero a que se abran las puertas. Habitación 415. Oigo un sonoro ding, entro en el cubículo y marco el número de su piso. Me miro en el reflejo de las puertas brillantes. Estoy igual que hace una semana, pero no puedo ser una persona más distinta. En cuanto el elevador llega al cuarto piso, salgo y me impacta el olor a toallas lavadas con lejía y a desodorante para alfombra. Me planto delante de la puerta de su habitación y, tras respirar una última vez, doy dos golpes.

Al otro lado de la puerta se oyen pasos y, después, oigo que se desliza una cadena. A continuación, gira la manija y me quedo cara a cara con el hombre que está intentando arrebatarme a Scottie. Es su amigo, pero el mío no.

—Hola.

En cuanto me reconoce, se le alarga la cara ligeramente. Algo me dice que le acabo de arruinar el día. Nos quedamos mirándonos en silencio un rato antes de que se aparte para dejarme pasar.

—Adelante —me ofrece.

Espero que mantengamos los modales, pero no vamos a poder mantener esta conversación sin discrepar. Me meto los puños en los bolsillos y avanzo hacia el interior. Él se sienta en una de las camas matrimoniales, se inclina hacia delante y se pasa una mano por la cara antes de estirar la espalda y posar las manos sobre los muslos. Yo me recuesto contra el escritorio que tiene enfrente y cruzo los tobillos.

—No sé si me recordarás...

—Callahan, ¿verdad?

—Así es.

Él asiente, y veo que comprende lo que soy para Scottie.

Me aclaro la garganta.

—No te conozco. Ni tú a mí tampoco, pero tenemos algo en común: los dos queremos a Scottie. No sé qué planes tienes respecto a volver a tu casa, pero tenemos que hablar de un tema... Creo que sabes por qué he venido y lo que estoy a punto de decirte.

Se le infla el pecho al tomar aire. Debía de saber que esto iba a suceder.

—Si quieres a esa mujer, tienes que divorciarte de ella.

—Claro, en cuanto...

—No. Ahora. Déjala libre.

Se le humedecen los ojos.

—No puedo.

Me cruzo de brazos.

—Claro que sí.

—¿Qué te contó Scottie de nuestro lugar de procedencia?

Suspiro y agacho la cabeza. Como si se hubieran escapado de la cárcel, Scottie no va a volver.

—Me ha contado lo suficiente.

—No creo —argumenta—. Asumo que al menos te habrá explicado nuestro trato. La cuestión es que me están chantajeando. Me amenazan con airear mi secreto a nuestra comunidad...

—A tu comunidad. Scottie ya no forma parte de ella.

Él abre la boca para discutírmelo, pero lo piensa mejor.

—Me exiliarán, perderé mi empleo, la licencia médica,

mi casa, a mis amigos, a mi familia, mi seguridad..., todo. Si no vuelvo con ella, perderé todo.

—¿Y qué perderá ella si vuelve? ¿Qué hay de su vida?

Se le refleja la empatía en la cara y se le inundan los ojos de lágrimas. No es capaz de mirarme. Sabe que no tiene razón.

—La quiero.

—Si la quisieras la mitad de lo que aseguras, no le harías esto. Te ha salvado el pellejo toda la vida, esta es tu oportunidad de devolverle el favor.

Jonathan se pone de pie y se cruza de brazos.

—¿Qué quieres que haga?

Extiendo los brazos a los lados.

—¡Que les revientes el farol! Mira, es evidente que le importas, lo que significa que a mí también me tienes que importar. —Y menos mal, porque si no esta reunión sería muy distinta—. Haremos todo lo que esté en nuestra mano para ayudarte, pero tienes que dar el primer paso. No deberías avergonzarte por tus sentimientos. Deberías poder querer a quien te dicte el corazón. Quedarte en esa «comunidad» te hace más daño que marcharte.

Él niega con la cabeza.

—Scottie siempre te ha querido tal como eres, eso no cambiará. Desde mi punto de vista, ella es tu verdadera familia, así que ¿para qué volver?

Él toma aliento y lo suelta antes de hablar.

—Comprendo que la gente no entienda nuestra relación, pero lo único que necesito es que me acompañe hasta que se calmen las cosas. Después, nos podremos marchar juntos...

—No —zanjo, tajante—. Ya te dio la oportunidad hace meses, y no la aprovechaste. Dudo que te guste oír esto, pero Scottie no se va a mover de Sky Ridge. En La Grey no está a salvo. Puede que ella sea lo bastante altruista como para abandonar el hogar que ha encontrado aquí, pero yo no.

Él bufa, deja caer los brazos y se da la vuelta.

—Scottie vive en Sky Ridge, y es lo único que tienes. Mereces vivir la vida tanto como ella, así que puede que haya llegado el momento de seguirla. Te ayudaremos a separarte de la Iglesia y a establecerte aquí, pero no esperes que te haga todo el trabajo. Tú también te vas a tener que esforzar. Ella ha peleado mucho para llegar hasta donde está.

—Si me marcho arriesgaré todo lo que tengo.

—Ella lo arriesgaría todo si volviera. Tú tienes la oportunidad de empezar de cero. Aprovéchala.

Jonathan se pone de pie y camina por la habitación mientras se pasa las manos por el pelo. Se detiene y me mira. Yo me encojo de hombros.

—¿No estás harto de sentirte atrapado? No te pido que salgas del clóset, eso tendrás que hacerlo cuando estés preparado, lo que te pido es que le concedas el divorcio antes de marcharte.

—No entiendo a qué viene tanta prisa...

—Es que no puedo casarme con ella antes de que se divorcien —suelto, y me clavo un dedo en el pecho. Mis propias palabras me toman desprevenido, pero ahora que han salido a la luz, no me arrepiento en lo más mínimo. Es la verdad.

—Scottie es mi mujer, deberíamos hablar este tema en privado. Nuestra fe no te incumbe.

Yo suelto una carcajada. No puede haberlo dicho en serio. En el momento en el que su fe implica que necesite protección, es asunto mío. Y haberlo oído referirse a Scottie como su mujer me ha agitado, así que alzo la voz.

—¿Y qué es lo mejor para tu mujer, eh? ¿Qué pasa con lo que quiere ella, con su seguridad? Si pretendes jugar la carta de marido, ¡más te vale estar a la altura! No seas cobarde y protégela, porque desde mi punto de vista, lo estoy haciendo mejor que tú.

No la merece.

Suelto parte de la ira y me calmo.

—Haz lo que es mejor para ella —le ruego—. Déjala ir.

El silencio que se instala entre nosotros es ensordecedor. Nos miramos y le veo un tic en la mandíbula.

Se cruza de brazos.

—Tengo que pensarlo.

Formulo la siguiente frase con claridad.

—Esto es lo que tienes que pensar: te estoy ofreciendo una oportunidad de empezar de cero, pero ese ofrecimiento tiene fecha de caducidad. No quiero que seamos enemigos, es evidente que eres importante para la mujer a la que amo, pero te traeré el infierno a la puerta si me plantas pelea.

Él sonríe.

—¿Me estás amenazando?

—Es más bien una promesa. —Me incorporo—. No te la vas a llevar de aquí. Ella se queda en Sky Ridge.

Para cuando recorro los pasillos del supermercado con mi hermana, ya se me ha pasado un poco la ira. Tengo que sacarme esto del pecho, pero también llenar el refrigerador y la despensa. Como al final no pude llamarla ayer, se me ocurrió compensárselo así. Tenemos muchas cosas que contarnos. Ella todavía no ha acabado de procesar el tema de Jonathan cuando le suelto el gran bombazo.

Agarra el carrito y me detiene en medio del pasillo.

—¡¿Le has dicho que la quieres?!

—Sí.

Abre mucho los ojos y me agarra del brazo.

—¿Y ella te correspondió?

Se me dibuja una sonrisita en los labios.

—Sí.

Teddy me da un manotazo en el hombro.

—Ay, Dios. Esto va en serio. ¿Y dices que está viviendo contigo? ¿No te parece que va demasiado rápido?

Niego con la cabeza.

—Sé que desde fuera puede parecerlo, pero a mí no me da esa sensación.

Ella ensancha la sonrisa.

—Qué bien. Cuánto me alegro por ti, Cal. Te hacía mucha falta algo así.

Me hacía falta ella.

—Gracias —le contesto, y vuelvo a ponerme en marcha—. Se me ha ocurrido prepararle el pollo al ajillo que tanto nos gustaba.

—Buena idea. Se lo preparé a Logan y a los niños la semana pasada.

—¿Qué tal los peques?

Salimos del pasillo y me dirijo hacia la carnicería mientras Teddy me relata la última anécdota graciosa de Dalton. Estoy agarrando una charola de pollo cuando me interrumpe el último sujeto con el que debería cruzarme cuando estoy de mal humor.

—Hola, Cal. Me alegro de que Scottie y tú salieran ilesos del incidente —dice Dave, que se me está acercando—. Según parece, ha sido toda una aventura.

Parece que el universo conspira contra mí.

—Sí. —Tenso la mandíbula.

—Nos alegra tenerla de vuelta. —Está intentando que muerda el anzuelo.

—Solo ha faltado un día al trabajo, no una semana —le recuerdo.

Su sonrisa lisonjera me pone de nervios.

—Bueno, es que cuando te acostumbras a tenerla cerca, un día parece muy largo.

Teddy suspira.

—Maldición...

Nos damos la vuelta para mirarla, y ella alza las palmas abiertas.

—Yo solo he venido por la violencia... y, y por este pavo. —Sonríe con expresión inocente, agarra un pajarraco de siete kilos del refrigerador y me lo mete en el carrito.

«Estupendo».

Pongo los ojos en blanco y vuelvo a mirar a Dave, aunque compruebo que no haya nadie alrededor antes de continuar hablando.

Me inclino hacia él y bajo la voz.

—No me peleé contigo cuando te acostaste con Molly, espero que sea muy feliz a tu lado, de verdad. Pero si me entero de que intentas interferir con mi Scottie, o pasar más tiempo del debido con ella, o la haces sentir incómoda, te tiraré los malditos dientes.

Le doy la vuelta al pollo y el aroma a ajo que sale de la sartén me hace agua la boca. Scottie debería estar por llegar. En términos generales, yo diría que he cumplido hoy. He traído sus cosas a mi casa, he cancelado su contrato de renta, he mantenido una conversación muy agradable con su futuro exmarido y he concertado cita con un psicólogo. Y, después de lo que pasó en el hotel y en el supermercado, me va a hacer falta.

Jonathan y yo fuimos capaces de mantener la calma, pero, por desgracia, no pude sacarle la respuesta que quería. Decida lo que decida, Scottie no se mueve de aquí.

Miro por la ventana y la veo estacionarse en la entrada para coches. Se me relajan los hombros de golpe al verla. Debería preocuparme lo rápido que me he acostumbrado a que viva conmigo, pero es que me parece muy normal. Me brinda paz. Su presencia resulta calmante. Siempre ha tenido ese efecto sobre mí, incluso cuando no estaba preparado para recibirlo.

Le abro la puerta antes de que llegue.

—No me abraces, que me tengo que bañar primero. Hoy he tenido una tarea bastante asquerosa. —Deja los zapatos junto a la puerta.

—¿No decías que no ibas a salir de la estación de bomberos?

—No salí, solo me tocó limpiar la ambulancia.

Me estremezco y aprieto los dientes.

—¿Me atrevo a preguntar?

—Nop —responde, haciendo énfasis en la pe.

Deja la mochila en el suelo y pasa por mi lado.

—No sé qué estás cocinando, pero huele de maravilla —vocifera mientras sube por la escalera. En menos de un minuto, oigo que se abre la regadera.

Vuelvo a la estufa, tomo unas pinzas y les doy dos golpecitos antes de sacar las pechugas de la sartén y dejarlas en el plato. Después vierto un poco de caldo de pollo y crema y le doy unas vueltas. No será la cena más sana de la historia, pero está deliciosa. Y después de llevar toda la temporada comiendo comida precocinada, tengo muchas ganas de un buen platillo casero. Mientras la salsa se va espesando, saco del refrigerador la ensalada que preparé antes y pongo un par de platos en la mesa.

De repente, me quedo quieto.

—Maldita sea. Esto no me parece nada raro —murmuro, y después me río de la situación—. ¿Por qué no me parece raro?

Scottie vino a mi casa después del trabajo; prácticamente compartimos un momento del tipo «Cariño, ¡ya estoy en casa!», estoy cocinando, vamos a cenar en el comedor, después probablemente veamos una peli y nos vayamos a la cama. Vive aquí. Es muy posible que haya estado actuando por instinto desde que fui en su busca en Quell's. Estábamos en modo supervivencia. Ahora me está impactando todo de golpe. Y lo interesante es que me parece bien. Todo. A lo mejor tener a Scottie cerca forma parte de mi supervivencia.

Cuando se cierra la regadera, saco un par de copas de vino, nos sirvo a ambos y las dejo sobre la mesa del comedor. Ella aparece en la cocina con el pelo mojado y me abraza por detrás mientras emplato la comida. Me doy la vuelta entre sus brazos y le robo un beso. Sus delicados dedos me recorren el vello de la barba y me pasa los pulgares por las sienes. Scottie se aparta y nos quedamos mirándonos. Me está recorriendo entero, como si pretendiera memorizar todos mis rasgos.

—¿En qué piensas?

Le brillan los ojos e inclina la cabeza con una sonrisa reticente.

—Que voy a extrañar estos momentos.

—No te preocupes. —Apoyo la frente contra la suya—. Te prometí que no te iba a dejar marchar y pienso mantener mi palabra.

48
Scottie

Bostezo mientras arrastro los pies por el estacionamiento de la estación de bomberos después del último turno de la semana. La carta de renuncia me saluda desde el asiento del copiloto. De camino a la casa de Callahan, dejo vagar la mente. He decidido entregar la carta mañana. No fui capaz de hacerlo durante la semana para no tener que enfrentarme a las preguntas y al juicio que conlleva dejar un trabajo en el que no llevas más que unos días. Dios, espero que me permitan volver.

Cuando Callahan me contó que había ido a ver a Jonathan, casi tengo que recoger la mandíbula del suelo. Me puse a bombardearlo a preguntas acerca de lo que habían hablado. Él se encogió de hombros y dijo: «No sé, simplemente le pedí que lo pensara, sin más». Lo dijo con tanta inocencia como si se hubiera encontrado con un colega de la universidad y le hubiera preguntado cómo le iba la vida. Como si no fuera gran cosa. No me lo creo, pero Jonathan no me ha contestado al teléfono ni una sola vez.

Lo que más me preocupa es Callahan. Me temo que no se esté tomando este asunto en serio. Cuando lo hablamos, sentí que estaba en plena negación. Ni siquiera finge estar enfadado, y probablemente eso sea lo que más me duele. Me cuesta muchísimo estamparme una sonrisa en la cara cuando estamos juntos. Cada hora que pasa es una menos que nos queda. El tiempo me está comiendo viva. Ni siquiera soy capaz de mirar el reloj cuando estoy en casa.

No obstante, la seguridad de Jonathan me preocupa aún más. Él dice que no será más que un año, pero yo ya estoy planeando cómo hacer que sea la mitad. Nos sacaré de allí en seis meses. No me pienso quedar. No puedo.

Cuando llego a casa, me encuentro la puerta cerrada con llave. No ha debido de llegar de su primera consulta con el psicólogo. Me alegró que encontrara a una persona especializada en personal de rescate con traumas complejos. Estoy orgullosísima de él por ocuparse de sí mismo y por hacer honor a su palabra, pero también sufro. El camino que tiene por delante no será sencillo, y yo no estaré aquí para ayudarlo. Solo de imaginarlo regresando a una casa vacía después de vaciarse en una sesión me ata un nudo en la garganta. No quiero que esté solo.

Yo estaba en lista de espera para un terapeuta especializado en traumas religiosos. Según parece, por el noroeste del Pacífico esto sucede mucho. No voy a desapuntarme. Ofrecen terapia a distancia, y si puedo escaparme de Arkansas dentro de seis meses, tal como planeo hacer, para cuando me toque ya estaré de vuelta. Tengo que pagarlo de mi bolsillo porque no me lo cubre el seguro, pero no me importa, porque así La Grey no se enterará. «¿Para qué vas a ir a terapia si puedes rezar?».

Me descalzo y subo a darme un baño antes de que llegue Cal. Ha sido el baño más rápido de la historia. Me estoy poniendo unas mallas y una sudadera cuando oigo sus pasos en el piso de abajo. Voy a extrañar ese sonido. Sus pisadas me llenan el alma de paz. Me cepillo el pelo húmedo y bajo a toda velocidad.

Está mirando el correo sobre la mesa del comedor cuando atravieso las cortinas de plástico.

—¡Hola! —le digo—. ¿Qué tal te ha ido?

La sonrisa que me dedica cuando me ve me derrite el corazón. Me atrae contra su pecho y me envuelve en un abrazo. Yo le correspondo. Callahan me da un beso en el pelo y apoya la cabeza sobre mi coronilla.

—Bastante bien. Era más que nada para conocernos, pero me cae bien. Creo que vamos a encajar. Le parece que puede funcionar la terapia EMDR, el asunto ese del movimiento de los ojos. A mí me parece interesante, le he dicho que lo probaría.

Tengo la oreja pegada a su pecho y la mitad de sus palabras reverberan en su cavidad torácica. Cierro los ojos y memorizo la confianza. Desde que volvimos de Quell's Peak, he pasado todas las noches en su cama. Nuestras conversaciones nocturnas se han convertido en mi ritual favorito. Me estoy empapando de los momentos compartidos, saboreando su compañía, intentando estar presente a pesar de que mis pensamientos no dejan de recordarme que dentro de un par de semanas estaré a cientos de kilómetros de distancia compartiendo cama con un hombre que no es el mío. A pesar de lo mucho que quiero a Jonathan, noto un sabor amargo en la boca. Mi sitio está al lado de Callahan. Sobre todo ahora que tanto se está esforzando para mejorar.

—Estoy muy orgullosa de ti.

Él suelta una carcajada.

—No tenía ni idea, como no me lo has comentado... —dice con sarcasmo.

Es posible que me haya repetido como un disco rayado, pero es que enfrentarse a los demonios internos es de valientes. No tengo ni idea de qué será de mí cuando empiece la terapia, pero sé que me hace mucha falta. Me cuesta soltar muchas de las creencias que siempre he albergado, y la relación que mantengo con Dios es muy confusa. No pienso abandonar la fe, pero me está costando saber lo que significa y dónde me deja eso a mí. Sigo sintiendo muchísimo miedo y culpa por haberme marchado. Y también ira contra La Grey. Me encantaría encontrar otra congregación en el futuro, pero todavía no estoy preparada.

Apoyo los dedos contra su pecho para mantener el equilibrio cuando me pongo de puntitas para darle un beso. Se le forma una sonrisa en los labios y me levanta con un solo brazo, aparta las cartas de la mesa con la otra mano y me pone sobre la madera. Introduce los dedos por dentro del dobladillo de la sudadera y me la sube por el pecho para acariciar la parte inferior de mis senos con los pulgares.

—Se me ha ocurrido que podría ir avanzando en la lista de habitaciones en las que podría cogerte —dice con una sonrisa traviesa—. ¿Qué te parece?

Abro las piernas para que se meta entre ellas.

—Me parece que deberíamos empezar cuanto antes.

—Estoy de acuerdo —dice entre risas, y me hace un gesto con la barbilla—. Acuéstate, nena.

Justo cuando me estoy recostando oímos que alguien toca a la puerta y nos quejamos al unísono por la interrupción.

—No te muevas —me advierte.

Yo lo agarro de la camiseta y me lo acerco a la cara.

—Si tardas demasiado, empezaré sin ti. —Lo empujo y él trastabilla.

Se aleja de mí despacio, sin dejar de mirarme.

—Si se te ocurre empezar sin mí, lo pagarás después.

—¿Me lo prometes?

Él niega con la cabeza y se da la vuelta para atravesar la cortina de plástico y acudir a abrir la puerta. Oigo su voz y de pronto unos pasos se unen a los suyos por la entrada.

Después, oigo que Callahan adopta un tono solemne.

—Voy a buscarla.

Asoma la cabeza por el umbral y veo que todo rastro de travesura se ha esfumado de su cara.

—Scottie, tienes visita.

Frunzo el ceño y me bajo de la mesa.

—Los dejaré solos para que puedan hablar. Si me necesitas, estoy arriba. —Y desaparece.

Me paso las manos por el pelo y me enderezo la sudadera. «¿Qué demonios está pasando aquí?». Cuando me cuelo entre la cortina de plástico, veo a Jonathan y casi me tropiezo con mis propios pies. No quería que se enterara así de que estoy viviendo con Callahan. ¿Qué le estará pasando por la cabeza?

Jonathan se aclara la garganta y me centro en la situación en la que nos encontramos. Él tiene las manos a la espalda y empieza a contemplar la habitación, se fija en el suelo despejado, en las herramientas y en las tablas que hay por todas partes.

—Está mucho mejor que el departamento.

—Hola... Quería decírtelo, pero...

Esboza una sonrisa casi tímida cuando se pone a mirarse los pies. Parecemos desconocidos. Se me rompe un poco el corazón; no quiero que la pase mal. Él restriega un pie por el suelo.

—Es lo que hay, ¿no?

Aprieto los labios y asiento, imitando su postura.

—Tengo, esto..., tengo algo para ti. —Su voz suena sombría. Yo levanto la vista y él me mira a los ojos. Me enseña los papeles que llevaba a la espalda y me los entrega. Se me nubla la vista cuando veo las palabras que están escritas en lo alto de la página—. He tomado un formulario de divorcio en el juzgado de paz. Ya he... rellenado mi parte. Tendremos que hacer algún papeleo más, pero por algo se empieza.

Se me llenan los ojos de lágrimas. No puedo creer que haya hecho esto. Me quedo boquiabierta y lo abrazo.

—Gracias.

Nos quedamos abrazados un rato en silencio antes de que se aparte de mí.

—Seguro que Callahan te ha comentado que me vino a visitar el otro día.

—No me habló mucho del tema.

—Pues a mí sí. —Jonathan se ríe y alza las cejas—. Reflexioné sobre ello unos cuantos días. Pensé en lo que me dijo él, pero sobre todo en lo que me dijiste tú... Nunca había pasado tanto tiempo fuera de La Grey.

Se me forma una sonrisilla.

—Es agradable, ¿verdad?

—Da un poco de miedo, pero se respira mejor.

Sé de lo que habla. Sientes que llevas toda la vida respirando dentro de una bolsa y, de pronto, alguien te la quita y te das cuenta de lo fácil que es beberse el aire. No cuesta nada.

—En fin, me ha conseguido un cuarto en un pueblo aquí al lado. Existe una organización que me ofrece alojamiento mientras salgo de La Grey. Incluso me ayudan a encontrar trabajo y medio de transporte, así como en asuntos legales que puedan surgir en estas situaciones. Solo hasta que consiga valerme por mí mismo.

Miro hacia la escalera, por donde se ha retirado Callahan, y me llevo una mano al pecho cuando siento que se me hincha el corazón. Cal ha salvado a Jonathan. Me ha salvado a mí.

—¿Has contactado con algún miembro de La Grey? —Me giro para volver a mirar a Jonathan.

Él suelta un suspiro.

—Todavía no. Primero tengo que poner en orden unas cuantas cosas, temas del banco y demás. Les he comentado que necesitabas avisar con tres semanas de antelación para poder dejar el trabajo, eso nos da un poco de tiempo. Cuando pase ese plazo... —Alza un hombro—. Ya nos preocuparemos de ese puente cuando lleguemos a ese río.

Está jugándose el todo por el todo. Lo tomo entre mis brazos y lo estrujo.

—No sé qué pasará. Mis padres... —Se le quiebra la voz y me mira a los ojos—. Eres la única familia verdadera que tengo, la única persona que me ha visto tal como soy y me ha mostrado el amor que se describe en las Escrituras. El amor es paciente, amable e infinito. Tu amor siempre ha sido incondicional.

Con sus palabras me quita tal peso de los hombros que me parece estar flotando. Lo único que me mantiene con los pies en la tierra es saber que está a punto de pasar por el conflicto de emociones contradictorias que experimenté yo al marcharme. Atravesé medio país en coche, y la tentación de darme la vuelta fue intensa, pero me obligué a seguir adelante. No fue fácil.

—Hay muchas cosas buenas aquí. —Dejo los papeles en el suelo y vuelvo a abrazar a Jonathan—. Te prometo que las encontrarás, pero, hasta entonces, nos tienes a Cal y a mí. No estás solo.

Él me devuelve el abrazo.

—Me alegro mucho de que hayas encontrado a Callahan. Es evidente que te quiere. —Resulta más obvio que nunca, al ver los esfuerzos titánicos que ha hecho para que me quede—. Qué potente es presenciarlo.

Se me llenan los ojos de lágrimas porque yo siento lo mismo por Cal.

Jonathan se ríe.

—Y vaya cómo te protege.

—Tienes mucho amor que dar, y estoy deseando ver cómo encuentras a alguien que lo merezca. Es una sensación indescriptible.

—¿Ah, sí?

—O sea,, primero tienes que pasar por un rescate a vida o muerte en la cima de una montaña..., pero sí. —Le sonrío y dejo caer los brazos a ambos lados de mi cuerpo—. ¿Quieres quedarte a cenar? —le ofrezco.

Él niega con la cabeza.

—Creo que todavía no estoy preparado para eso.

Ese rechazo me duele un poco, pero lo respeto. Aún está procesando la separación. Le queda un buen camino por delante.

—Lo entiendo. —Le acabo de poner el mundo patas arriba con lo del divorcio, no quiero añadir más leña al fuego.

—Me parece que voy a volver al hotel. Tengo que procesar todo esto a solas.

Frunzo el ceño y esbozo una media sonrisa. Me suena bastante eso que dice, y hallo consuelo en sus palabras. Cuando discutíamos, siempre prefería procesar lo que había pasado a solas.

—Claro. Tengo unos cuantos días libres, ¿quieres que quedemos para comer?

—Quizá sí... Ah, por cierto. He cambiado de dirección de correo electrónico. Te enviaré unos documentos para el asunto este. —El que empieza por «D».

Le doy un último abrazo.

—Quiero saber que estás bien.

Él me da un beso en la mejilla.

—Lo estaré —responde, y sé que lo dice de verdad—. Es un cambio importante, pero no podría alegrarme más por Callahan y por ti. Te mereces alguien que te merezca. «Porque yo sé muy bien los planes que tengo para ustedes», ¿verdad?

—«Planes de bienestar y no de calamidad, a fin de darles un futuro y una esperanza» —termino la cita.

—Adiós, Prescott.

Alza una mano y yo apoyo la cabeza contra el marco de la puerta mientras lo veo marcharse. En lo más profundo de mi alma, sé que esta es la dirección correcta para los dos, pero eso no alivia el dolor del fin de una era.

49
Callahan

Desde la ventana de nuestra habitación veo a Jonathan subirse al asiento trasero del taxi que lo estaba esperando en la calle. Salgo del dormitorio con el aliento contenido porque no sé en qué estado me encontraré a Scottie. Bajo por la escalera y la veo en la puerta, contemplando el coche alejarse.

Me pongo a su lado y espero, paciente.

—Me ha concedido el divorcio —susurra.

Yo le tomo el brazo, la aprieto contra mi pecho y le doy un abrazo de oso.

—Aun así, no es fácil, ¿sabes? —gimotea.

Yo asiento.

—Ya lo sé, nena.

—Y tú... le has ayudado mucho. Para que no tuviera que marcharme. No sé ni cómo procesarlo. ¿Cómo te lo podré agradecer? —Está sollozando.

Le doy el tiempo que necesita para desahogarse y le acaricio la espalda ahí, en medio de la puerta. Un minuto después, respira hondo para recomponerse y suelta el aire con un estremecimiento.

—¿Es... de eso de lo que hablaron el otro día? —Se aparta

de mí y se pasa las manos por la cara para limpiarse las lágrimas de las mejillas.

Yo me meto las manos en los bolsillos y me encojo de hombros.

—Indagué un poco y encontré un programa que me pareció que lo podría beneficiar. No iba a permitir que te marcharas, pero también era consciente de que no serías feliz hasta que te aseguraras de que Jonathan estaba a salvo. Así que hice lo que había que hacer. Y tal vez tocamos el tema del divorcio así de pasadita.

—¿De pasadita? —pregunta.

—Tuve que hablarle de hombre a hombre. Ambos te queremos y... tenía que hacerle entender cuáles eran mis intenciones.

—¿Tienes intenciones?

—Pues sí.

Aunque ya tenía las mejillas sonrosadas de llorar, se sonroja aún más.

—No digo que tenga que ser ya mismo —aclaro—. Primero tenemos que tener cierta estabilidad. Mejorar como personas, tal como habíamos comentado. Es evidente que las cosas se han puesto bastante intensas, pero sí, después..., cuando llegue el momento... —Se le dibuja una sonrisita en los labios—. Voy por ti, Prescott.

Se le ensancha la sonrisa.

—Me encantaría.

Entrelazo los dedos con los suyos y la conduzco hacia la escalera.

—¿Sabes lo que me gustaría a mí?

Ella se ríe y me sigue.

—Me parece que lo puedo adivinar...

La llevo hacia el dormitorio, luego le suelto la mano y busco la mochila en el armario; la abro y de ella saco el objeto que espero que la ponga de buen humor.

Al darme la vuelta la veo sacándose la sudadera por la cabeza. Cuando la tira al suelo, clava la mirada en el juego de Hundir la flota que tengo en la mano y le entra un ataque de risa. Es el mejor sonido del mundo, sobre todo después de haberla visto desmoronarse hace un rato.

—¡Un momento! ¿Eso no será...? —Le cuesta hablar entre tanta carcajada.

Yo le observo el torso desnudo. Nunca me acostumbraré a lo irresistible que es.

—Ya empiezas a desvestirte antes incluso de empezar, ¿eh? Me gusta ese entusiasmo.

Ella señala el juego.

—¿Lo has robado?

Yo me encojo de hombros.

—Como recuerdo.

Se le agranda la sonrisa.

—No pienso dejarte ganar.

Lanzo el tablero sobre la cama y digo:

—Pues dejémonos de preámbulos y vamos al asunto.

Su carcajada se ve interrumpida por el timbre. Odio cómo se le tensa el cuerpo, pero cuando mira por la ventana y ve al repartidor de pizzas, se le relajan los hombros.

—Hoy me pareció apropiado pedir una cena rápida. —Le planto un beso en la mejilla.

—Me gusta cómo piensas —dice, y se agacha para coger la sudadera del suelo. «Carajo». Me vencen los impulsos y le doy un golpe en el trasero al salir por la puerta—. Nos vemos en el comedor.

Hoy ya nos han interrumpido dos veces, ambas por buenas razones: los papeles del divorcio y la pizza. No obstante, ahora que ya no esperamos más visitas, voy a desconectar el maldito timbre.

50
Scottie

Después de cenar, Cal se pone manos a la obra para completar el objetivo que se ha marcado de practicar sexo en todas las habitaciones de la casa. Ha sido un día lleno de emociones, pero no se me ocurre mejor forma de terminarlo que sobre la mesa del comedor. Él me sienta en el borde y pone la frente contra la mía. Me agarra del cuello con ambas manos y me abraza. Cuando sus labios acarician los míos me parece estar enamorándome de él otra vez. Este hombre ha hecho muchísimo por mí, me ha priorizado. Es mucho más que amistad, mucho más que sexo, es mucho más profundo de lo que me imaginé que podría ser el amor.

—¿Qué voy a hacer contigo? —gruñe.

—Hazme tuya —susurro.

Baja las manos, me agarra por detrás de las rodillas y me acerca más a él. Yo me arranco la sudadera por la cabeza y al instante nos ponemos a quitarnos la ropa y a tirarla en el suelo, tal como siempre había deseado hacer.

—Qué delicia —comenta al ver la humedad en mi ropa interior, después agarra las pantaletas con el puño y jala de ellas hacia arriba hasta que me presionan el clítoris. Suelto un gritito cuando el material penetra en mi piel y él lo pone más tenso si eso es posible.

—Vas a ser mi buena chica, ¿verdad?

—Sí. —Su voz me trae de vuelta a la tierra cuando el placer me sobrecoge. Me devuelve al momento, a su lado.

Con un contoneo, me desliza las pantaletas por las piernas y después me las abre y se arrodilla para soltar un soplido de aire fresco en el centro de mi placer, que me provoca un escalofrío por la espalda. Contrasta con el pellizco que me provocó la tela sobre el clítoris hace un rato. Chorreo para él. Su dedo medio se desliza hacia mi interior y se me cierran las pestañas. Dios, qué gusto. Añade otro dedo y yo reposo la espalda contra la mesa. El frescor de la madera intensifica la sensación. Me encanta exhibirme para él porque el hambre con el que me mira es algo que jamás había experimentado.

—Jesús, qué vagina tan bonita tienes.

Mete y saca los dedos y yo me pongo el antebrazo encima de la boca para intentar controlar la respiración. Él dobla los dedos en mi interior. Nos miramos a los ojos y suelta una carcajada cuando siente cómo se me estremece el cuerpo, como si cada sonido amortiguado que me sacara de los pulmones fuera una fuente de orgullo para él.

—Eso es, nena. Dame todos tus gemidos —gruñe, y después se inclina y me lame el clítoris. Se me arquea la espalda y contengo el aliento para intentar no emitir ruido alguno. Él levanta la cabeza y retira la mano.

—Abre la boca, Prescott.

Yo me incorporo, separo los labios y me hunde los dedos en la boca, esparciendo mi excitación por la lengua.

—Chupa hasta que yo te ordene lo contrario.

En cuanto rodeo sus dedos con mis labios, él suelta un gemido y hunde la cara entre mis piernas para chuparme el clítoris. Me tiemblan las piernas contra sus mejillas y gimo.

Siento un calor intenso en el centro de mi placer que se me extiende por todo el cuerpo en oleadas de gozo. Es demasiado para una sola vez. El brillo de sus ojos es perverso. Le encanta que me descontrole.

Tenso los abdominales, estoy a punto de alcanzar el clímax y de pronto él se incorpora y suelto un bufido frustrado.

—Hoy quiero que la primera vez que te vengas sea contra mi verga.

Me cuesta reconocer los sonidos desesperados que salen de mi boca, pero los noto vibrar contra sus dedos. Él me observa chupar, desnuda, temblando, ansiosa por más. Dejo vagar los ojos por el color avellana de sus iris. Hasta que oigo que abre la hebilla del cinturón.

Miro hacia abajo con ansia, deseando verlo. Ocupa el espacio que dejan libre sus dedos con su lengua y me besa hasta que me siento delirar a causa de su sabor y de su tacto. Estoy perdida en él cuando noto la punta de su pene en la entrada a mi cuerpo, momento en el que abro más las piernas. Él empuja y se une a mí, y yo gimo de alivio.

Le rodeo la cintura con las piernas y le clavo los talones en el culo, momento en el que él comprende que quiero que embista, que se hunda en mi interior una y otra vez. Me pone un brazo alrededor de la parte baja de la espalda y con la otra mano me jala del pelo para que levante la barbilla hacia él. Baja la boca al hueco que hay entre mi cuello y mi hombro. Me acaricia la garganta con la punta de la nariz y vuelve a besarme la mandíbula. Me arqueo y disfruto del roce de su pecho contra mis pezones.

—Te quiero —digo en un suspiro. Lo quiero muchísimo.

Él sonríe contra mis labios antes de besarme.

—Yo también te quiero.

Con su boca sobre mis labios, embiste con más intensidad y me deja sin respiración. Cuando se pone sensual es muy agradable, pero cuando se pone brusco me siento deseada como nunca en la vida. Sentirme a su merced cuando pierde el control es lo mejor. Notar su pasión desatada. Es demasiado sexi.

—Más duro, Cal —susurro para intentar llevarlo al borde de la locura. Sus ásperas manos se clavan en mis curvas suaves mientras empuja con las caderas y me toma sin vacilar—. Qué bien —balbuceo.

La presión del orgasmo interrumpido de antes vuelve a mí, y me deleito en ese placer en aumento.

Él baja la mirada y yo lo observo contemplar cómo entra y sale de mí.

—Lo estás haciendo genial, Scottie. —Se detiene y, de pronto, se hunde hasta el fondo, forzando hasta la última micra de su pene en mi interior—. Mira cómo te la meto hasta el fondo..., eres perfecta.

Lloro de lo llena que estoy. En todos los aspectos. Nos queda mucho trabajo por delante, pero cuando estamos así de conectados, me parece que podríamos comernos el mundo juntos. Nuestro amor no hará más que crecer. Lo aprieto con las piernas y me lo acerco más.

—Esa es mi chica guapa. Qué bien lo estás haciendo, ya casi está. Anda —me apremia. Tenso la vagina alrededor de su verga—. Ahora, vas a llegar al borde del abismo a la vez que yo, ¿entendido?

Asiento con ansia, pues necesito esa descarga. «Ay, Dios». El gozo me inunda hasta que veo destellos blancos detrás de los párpados y de pronto la tensión revienta. Me vengo más intensamente que nunca. Noto los latidos en los oídos cuando él se adentra en mi interior y suelta toda su carga allí.

En cuanto los cuerpos y las respiraciones se tranquilizan, Cal me hunde las manos en el pelo. Nunca me había sentido más en casa que aquí. Le araño la nuca y él se estremece.

Este es mi hogar. Esto es amor de verdad. Esto es vivir.

—Gracias.

Cal suelta una carcajada.

—¿Por qué?

—Por luchar por mí.

Epílogo
Callahan

Un año después

El clima es exactamente como yo esperaba. Antes del amanecer hace algo de frío aquí en Quell's Peak, pero no hay ninguna tormenta de proporciones épicas que nos aísle del mundo. De hecho, está haciendo un calor fuera de lo común para la época. Scottie y yo nos pasamos todo el día caminando, esta vez juntos, por la nueva ruta que han habilitado los responsables del parque natural. Cuando la gente vio cómo quedó el sendero después del deslave de tierra, Scottie se ganó cierta fama en el pueblo, donde la conocen como la montañista que sobrevivió.

Estamos en la cama y ella se da la vuelta entre mis brazos para mirar hacia mí. Estoy casi seguro de que está dormida. Le acaricio la cicatriz de la cabeza con el pulgar. Esos mechones rubios rojizos suyos aún están alborotados de la sesión de pasión de anoche, similar a las muchas que hemos compartido aquí. Ayer la obligué a montarme hasta que se vino. Sonrío al recordarlo.

Quería celebrar lo mucho que hemos avanzado durante este año que llevamos juntos, y no se me ocurrió un emplazamiento más apropiado que el lugar donde empezó todo. Es surrealista estar aquí en unas circunstancias tan distintas. Hasta el refugio me parece diferente. Esta vez, podemos abrir las contraventanas y disfrutar de la vista envolvente desde la torre mientras nos calentamos delante de la estufa de leña.

Le doy un beso en la frente y me escabullo de la cama para echar otro madero al fuego y preparar un café. Al moverme la despierto y pestañea unas cuantas veces; justo cuando armo la estufa de gas oigo que suelta un quejido desde la cama.

—Te quiero —dice.

Me hace sonreír con más alegría que nadie.

Nuestro amor ha sido un sendero enrevesado. Hemos tenido que luchar para llegar hasta donde estamos, pero lo hemos conseguido, y las vistas merecen mucho la pena.

—Yo también te quiero.

Scottie

Cal pone el agua a hervir y vuelve a la cama, donde se acuesta detrás de mí y ajusta su cuerpo al mío. El agua no tarda mucho en alcanzar la temperatura adecuada para verter el amargo café soluble que hemos traído. Cal se levanta y yo lo vuelvo a obligar para que se acueste.

—Yo voy.

Saco las piernas de la cama, me pongo en pie y me estiro delante de las llamas de la estufa de leña. Su calor es bien recibido ahora que he salido de entre las tibias mantas. Preparo un par de tazas de café y las dejo a un lado para admirar los rayos rosados que se cuelan por encima de las montañas.

—El sol está saliendo por las cumbres. Voy a ver el amanecer desde fuera —digo, y me enfundo las botas heladas de montaña en los pies. Debería haberlas dejado junto al fuego anoche—. ¿Quieres venir?

Me pongo el abrigo y me lo abrocho, después agarro la taza humeante para que me dé un poco de calor.

—Dentro de un rato. —Se arrebuja entre las mantas—. Ahora estoy demasiado cómodo para moverme.

Suelto una carcajada y abro la puerta para salir al fresco de la mañana; me apresuro a cerrarla para que no entre mucho aire frío en el refugio. Salgo a al puente y enseguida aprecio lo maravilloso que es escuchar el sonido de mis botas contra el metal en lugar del crujido de la nieve que había el año pasado.

Hace un año no estaba tan despejado como hoy, y lo que más ganas tenía de hacer es ver el amanecer... Bueno, casi. Anoche Callahan no escatimó en el romance e incluso trajo nuestro querido Hundir la flota, que derivó en otras actividades divertidas. De hecho, incluso llegué a pensar que igual me proponía matrimonio, pero me parece bien que no lo haya hecho. Nos va genial, no hay por qué apresurarse. Jamás me habría podido imaginar que la vida podía ser tan maravillosa. No siempre es fácil, pero siempre es buena. No hay prisa por dar el siguiente paso; estamos avanzando a nuestro propio ritmo.

La cereza del pastel fue conocer al novio de Jonathan la semana pasada. Debí de parecer una chiflada cuando me puse a llorar como una magdalena, pero ver la felicidad y el orgullo que destilaban sus ojos cuando nos presentó a Óscar me hizo estallar el corazón. Inhalo el frío aire de la mañana y recito las afirmaciones diarias en silencio.

—Vaya —dice Callahan cuando sale ataviado con sus botas y su abrigo.

—¿Verdad que es precioso?

—Pues la verdad es que sí. —Me abraza por la espalda y me aprieta contra su pecho. Yo dejo la taza sobre el barandal y me regocijo en su calor mientras los rayos del sol escalan por las montañas y pintan el paisaje en tonos rosas y anaranjados. El amanecer incendia el cielo.

Me maravilla el paisaje que tenemos a nuestros pies. Cuesta creer que sea tan majestuoso todos los días. Rezo en silencio una plegaria de agradecimiento por Callahan y por la belleza de este momento que estamos compartiendo. Ahogo un grito cuando veo que tiene una cajita en la mano y me quedo helada, con los ojos muy abiertos.

«Aymadremía».

Abre la caja y desvela un anillo con un diamante en forma de pera que emite un millón de destellos brillantes bajo la luz del amanecer.

—El amor de verdad no tiene nada que ver con el amor a primera vista. Ni con el primer amor. El verdadero es el que sobrevive a una tormenta. Es el que, a pesar de que muestres todas tus carencias, sabe que vales la pena. Es luchar por esa persona cuando ella no sabe cómo defenderse. Es el que ilumina las partes más oscuras de tu alma para que la vida pueda volver a florecer. Es oír esas dos palabras y comprender su significado de verdad.

Me doy la vuelta entre sus brazos y lo agarro de los hombros. Se me agolpan las lágrimas por lo mucho que quiero a este hombre.

—¿Todo bien? —me pregunta.

Me pongo de puntitas, le poso un beso en los labios y le ofrezco la mano izquierda.

«Esto es de verdad». Esto es lo que llevaba toda la vida buscando, y lo he encontrado en Callahan, en lo alto de una montaña.

—Contigo, siempre.

Agradecimientos

Mark, mi querido esposo, has sobrevivido a otro libro. No existe hombre más paciente y alentador. Gracias por los sacrificios, por las cenas y por las palabras de apoyo. No podría perseguir este sueño sin ti. Te quiero.

Paisley y Dani, ¿pueden creer que lo hemos conseguido? ¿Cómo ha pasado todo tan rápido? Hemos escrito estos libros en un tiempo récord (o al menos yo). Es todo un honor compartir colección con ustedes. Ha sido maravilloso trabajar juntas, colaborar y entrelazar nuestros personajes en el precioso pueblo de Sky Ridge. Sin ustedes, no sé si me habría sentado a escribir esta historia que llevo en el corazón desde hace años.

Bri, nuestra editora. Gracias por repasar los tres libros para revisar que no hubiera problemas al entrelazar las historias y los tiempos de la narración. Como de costumbre, lo lograste. Estoy encantada de tenerte no solo como editora, sino como buena amiga y confidente. ¡Te quiero un montón!

Mi editora de mesa, y amiga querida, Dee. Sé que te lo digo a todas horas, pero estoy feliz de haberte encontrado tan pronto y agradecida de tener a alguien que no solo me muestra los errores, sino que también me ayuda a ser mejor escritora. Seguro que te entusiasmará haber comprobado que no he puesto a ningún personaje a «masticar pensativamente» en este libro. ¡Abrazos fuertes!

A Cathryn, la maquetista que ha puesto tan guapos por dentro a nuestros niños como son por fuera y ha coordinado todos los interiores, ¡gracias!

A Loni, la Whiskey Ginger. Dios santo, mujer. Vaya portadas que haces. Cuando se me ocurrió la idea de hacer esta colección, jamás imaginé que la portadas pudiera hacerle justicia a la historia. Pero heme aquí, esperando que la historia esté a la altura de la portadas. Eres una persona maravillosa, por dentro y por fuera, y me ha encantado conocerte. El Cabo fue una locura. Siempre nos quedarán las ostras.

A mi equipo de redes: Catie (gráficos), Rachel (coordinadora de calle), Shannon (asistente personal y coordinadora del grupo de lectura) y Kenz (*reels*), que han evitado que el tren descarrile a pesar de tener que lidiar con tres escritoras que intentaban sacarlo de las vías de vez en cuando. La publicación no habría podido suceder sin su ayuda. Gracias por su profesionalismo infinito, trabajo incansable y organización increíble.

A las primeras lectoras de la colección: Jess, Kara, Katie, Mel, Rose y Trish. ¡Son unas campeonas por leer los tres libros seguidos! No sé cómo lo hicieron, pero estamos increíblemente agradecidas por sus comentarios. Nuestros libros no serían tan buenos sin ustedes. Seguro que Callahan habría sido un imbécil aún más grande.

A mi equipo de lectoras: Catie, Emma, Kailey, Kenz, Lorelei, Nicole y Shannon. Lo han vuelto a lograr. Gracias por encontrar nuevas formas de hacer que mis historias funcionen mejor y que el sexo sea aún más sucio. Estoy muy agradecida de tenerlas como amigas, aunque no entre tanto en Discord como me gustaría. Las quiere, Beefer Sutherland.

A nuestro fantástico equipo de lectores preliminares que no sé cómo han conseguido leer los tres libros en tan poco tiempo, eso sin contar con que tuvieron que colar días de fiesta de por medio. Han conseguido una tarea casi imposible, y estamos eternamente agradecidas por sus reseñas que han ayudado a que el día de publicación fuera superdivertido. ¡Esperamos que les haya encantado!

Al Equipo de Sloane St. James: ¡lo han hecho genial! Muchas gracias por difundir la información sobre esta maravillosa colección. Estoy eternamente agradecida por que estén dispuestas a compartir mi obra con sus seguidores.

Mucho cariño para el Club de Lectura Good Girl. Me entusiasma que esos más de mil quinientos lectores se hayan encontrado al leer la colección de Lakes Hockey. ¡Brindo por que el año que viene seamos muchos más!

Victoria Wilder, mi hermosa amiga, gracias por ayudarme a arreglar el texto de solapa y hacer que quedara deslumbrante. ¿Qué haría yo sin ti?

S, no habría podido escribir este libro sin ti. Tu sabiduría, tus consejos y tu paciencia infinita me han ayudado a comprender a los bomberos forestales y los problemas tan inmensos a los que se enfrentan. Gracias por insuflarle vida a mi personaje y por compartir una parte tan personal y significativa de tu ser. Perdona por hacerlo un poco menos imbécil de lo que tú querías. Échales la culpa a los lectores de pruebas.

C, gracias por contestar a mis preguntas y por aportar un montón de información valiosísima conmigo. Espero que a tu novia le haga ilusión que te mencione.

R/wildfire. Esta comunidad es el mayor grupo de imbéciles adorables con los que he tenido el placer de tratar.

Gracias por permitirme acceder a su grupo para formular preguntas y exponer situaciones hipotéticas. No saben lo mucho que me ha gustado aprender sobre su trabajo y escuchar sus historias. Son desagradables hasta el cansancio. No cambien nunca.

Bienvenida a la zona Sloane

¡Gracias por apoyar mi trabajo! Si te ha gustado este libro, ayuda a correr la voz dejando una reseña en Amazon, Goodreads, Bookbbub, Grupos de Lectura de Facebook, Booktok, Bookstagram o dondequiera que te guste hablar sobre la novela romántica. Si lo has hecho ya, tienes mi gratitud eterna. Espero que te vayas a dormir con la conciencia tranquila porque estás ayudando a hacer realidad los sueños de una mujer en plena crisis de la mediana edad.

¡Me encanta estar en contacto con mis lectoras!
SloaneStJamesWrites@gmail.com
Instagram @SloaneStJames
TikTok @SloaneStJames

Grupo de Lectura de Facebook
Sloane's Good Girl Book Club

¿Te gustaría ser lectora preliminar?
www.SloaneStJames.com
¿Buscas ejemplares firmados o *merchandising*?
www.SloaneStJames.com

NO TE PIERDAS LA SEGUNDA ENTREGA DE LA SERIE *BOMBEROS DE SKY RIDGE*